# 节能防灾型钢管混凝土结构

查晓雄 著

科学出版社

北京

## 内 容 简 介

　　钢管混凝土结构在我国得到越来越多的应用,一方面钢管混凝土结构显示出一些比其他结构更好的性能,如抗冲击、抗倒塌等,另一方面在节能环保方面也显示出巨大的优越性。

　　本书全面介绍了钢管混凝土结构在抵抗意外灾害荷载下的性能和节能环保方面的应用,涉及最新的钢管混凝土结构抗冲击性能、抗倒塌性能,椭圆形钢管混凝土性能,海砂钢管混凝土性能的研究,以及可利用二氧化碳钢管混凝土性能的研究成果。

　　本书可供高等院校土木工程专业作为选修课程的教材,也可供土木工程方面的技术人员和科研人员参考。

**图书在版编目(CIP)数据**

节能防灾型钢管混凝土结构 / 查晓雄著. —北京:科学出版社,2011
ISBN 978-7-03-029908-6

Ⅰ. 节… Ⅱ. 查… Ⅲ.①钢管结构:混凝土结构 Ⅳ.①TU37

中国版本图书馆 CIP 数据核字(2011)第 000065 号

责任编辑:余 丁 / 责任校对:钟 洋
责任印制:赵 博 / 封面设计:耕 者

**斜 学 出 版 社** 出版

北京东黄城根北街16号
邮政编码:100717
http://www.sciencep.com

**双 青 印 刷 厂** 印刷
科学出版社发行 各地新华书店经销

\*

2011年1月第 一 版 开本:B5(720×1000)
2011年1月第一次印刷 印张:20 1/2
印数:1—2 500 字数:397 000

**定价:70.00 元**
(如有印装质量问题,我社负责调换)

# 序

本书是作者收集国内外有关资料，及本人多年来科学研究的成果编辑而成。内容十分丰富多彩。主要内容有：

一，钢管柱、钢筋混凝土柱和钢管混凝土柱在微型汽车、小型货车和中型货车作用下的撞击试验，并进行了有限元模拟，证明了钢管混凝土柱具有良好的抗冲击性能，得到了我国现行规范中对汽车冲击荷载取值过小的结论。

二，对钢管混凝土框架结构在火灾、地震等灾害下的抗连续性倒塌性能进行了计算模型和计算方法的简化，及有限元分析的验证。分析了各种因素的影响，提出了加强的方法。

三，对大江中的深水平台柱和大桥桥墩应采用椭圆形钢管混凝土柱进行了研究。作者对椭圆形钢管混凝土柱轴压短柱和长柱进行了理论分析和实验验证，并分析研究了受弯的工作性能，得到了承载力计算公式；最后提出了承载力实用计算公式，可供设计应用。

四，首次提出钢管海砂混凝土，合理利用大量廉价海砂来浇注混凝土。为了避免海砂中所含盐分对钢管的腐蚀，开创性地提出了在钢管内壁铺一层 FRP 板，再灌海砂混凝土，及在钢管内先浇灌一层普通混凝土，再灌海砂混凝土的新方案，并进行了试验验证。试验结果与有限元模型结果吻合很好。此项创新成果，已申请专利。

五，提出了采用再生混凝土，利用废弃的混凝土，粉碎后作为骨料，再次利用。此外还分析了空气中的二氧化碳对钢管混凝土性能的影响等。

总之，全书提出的以节能防灾为核心的内容与措施，十分必要。众所周知，节能、环保和低碳是当今世界特别关心的问题，是关系着人类生存的大问题。该书完全符合国家节能、环保和低碳的国策，是一本很好的参考资料，可供相关专业的高年级本科生和研究生作为教材，也可供相关工程技术人员参考。

钟善桐
2011 年 1 月

# 前　言

随着全球能源危机的爆发和地球气候环境的日益恶劣,节能、环保、低碳日益成为社会生活中的重要概念。

钢管混凝土由于本身的优势,完美地结合了钢材和混凝土二者的性能,从而节省了钢材和混凝土的用量,加快了施工进度,施工现场对环境污染少,表面无裂纹免维护,从总体而言就是一种节能环保型结构。这是这种结构从出现就自然而然存在的优良特性。近两三年,研究者发现经过适当处理,钢管混凝土还能发挥更大的作用,在节能环保领域具有得天独厚的优势,这已经逐渐引起注意。

本书结合作者近年来在此方面的研究工作,以及与国外高校的合作成果,对此进行探索,以期更大发挥钢管混凝土的优势并推广应用,相信随着逐步的重视和开发,更多更好的钢管混凝土节能环保形式会出现,使得这一结构为我国的现代化建设和人类文明的发展做出更大的贡献,相信这也是我们科研的主要目的。

撞击荷载属意外载荷,近年来随着交通工具的增加和更频繁的使用,撞击事件不断发生,也出现了很多重大的事故和伤亡。在容许的条件下使结构更安全可靠,是工程技术人员的攻关方向,钢管混凝土结构在此方面同样表现出很强的优越性,故本书将钢管混凝土抗撞击和倒塌性能的研究也列入其中。

虽然如此,此方面的研究尚不多见,需要更多的开创性学者投入到这个行列,不断创新,相信社会的需要就是这个领域发展的无限动力,它的前景一定无限光明。

本书的编排如下:

第一章主要介绍钢管混凝土结构的发展现状和存在的问题;

第二章介绍实心和空心钢管混凝土抗冲击性能研究;

第三章详细讲解实心和空心钢管混凝土结构抗连续性倒塌性能研究;

第四章详细讲解椭圆钢管混凝土结构;

第五章讲解钢管海砂混凝土结构;

第六章讲解可利用二氧化碳钢管混凝土构件。

作者衷心感谢导师钟善桐教授在此领域长期的指导,他在九十多岁高龄还表现出旺盛的科研热情和对新领域的探索精神,令后辈永远学习。感谢英国皇家协会和国家留学基金管理委员会提供的多次出国合作资助,感谢英国伯明翰大学李龙元博士、英国曼彻斯特大学王永昌教授、英国里兹大学叶建乔博士、英国帝国理工大学 Izzuddin 教授等提供的合作机会和创新想法。每每想起他们对我的巨大帮助及在最困难时候的关心,我感激不尽,同时深深的自责,感到自己付出太少,对社会的贡献太少。感谢近年来一道同甘共苦、默默无闻参与其中的研究生,正是这种亦师亦友、如琢如磨的交流促成本书的完成。所有帮助过我的人和对社会的感恩之心是激励我不断前进的动力。

虽然经过日日夜夜的努力,但由于作者的水平有限,不尽如人意的地方一定很多,不足之处在所难免,恳请广大读者批评指正。

# 目　　录

# 第一章 绪 论

## 1.1 普通钢管混凝土构件

通常,钢管混凝土是指在钢管中填充混凝土而形成的构件。按制作不同,可分为实心钢管混凝土和空心钢管混凝土。其中,实心钢管混凝土采用浇灌的方式制作,混凝土完全填满钢管,空心钢管混凝土是采用离心法浇筑管内混凝土并通过蒸汽养生制成,混凝土部分为中空。

钢管混凝土柱根据形状可分为圆形、正方形、矩形和多边形等,如图 1-1 所示。圆形钢管混凝土柱受压时具有诸多优点,在实际工程中应用最多,往往成为钢管混凝土柱的代名词;正方形、矩形钢管混凝土柱因外形在建筑上有利,主要应用于多层和高层民用建筑中。内填混凝土强度级别较高的又称为钢管高强混凝土柱。钢管混凝土柱最宜用作轴心受压构件以及小偏心受压构件,当偏心较大时,应采用二肢、三肢或四肢组成的组合式构件。

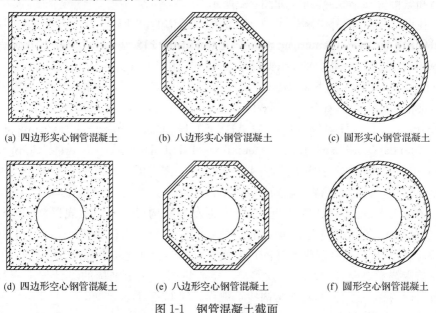

(a) 四边形实心钢管混凝土     (b) 八边形实心钢管混凝土     (c) 圆形实心钢管混凝土

(d) 四边形空心钢管混凝土     (e) 八边形空心钢管混凝土     (f) 圆形空心钢管混凝土

图 1-1 钢管混凝土截面

钢管混凝土中外钢管的作用:由于钢管对其核心混凝土的约束作用,使混凝土处于三轴应力状态,从而提高了混凝土的强度、塑性等力学性能;钢管包裹在混凝土外面,解决了钢筋混凝土构件所面临的表面纵向裂缝问题,延长使用寿命和减少维护;提高了抗冲击能力,减少了起吊、运输和安装工程中的破损率,在生产过程中能有效避免出现跑浆、麻面等问题,因此基本上不存在废品率的问题;钢管还可以作为浇筑混凝土的模板,可节省模板费用,加快施工速度;可安全可靠地采用高强度混凝土,混凝土的强度越高,其脆性就越突出,采用钢管混凝土,不但构造简捷,施工方便,而且能达到防止高强混凝土脆性破坏的目的。

钢管混凝土中混凝土的作用:由于混凝土的存在,可以延缓或避免钢管过早地发生局部屈曲,从而可以保证钢材性能的充分发挥;核心混凝土使钢管遭受环境腐蚀的接触面减少一半,解决了钢管内壁的防腐问题;能吸收大量热能,因此遭受火灾时,延长了柱子的耐火时间,可节约防火涂料。

因此钢管混凝土不仅可以弥补两种材料各自的缺点,而且能够充分发挥它们的优点,使得钢管混凝土具有承载力高、塑性和韧性好、施工方便、耐火性能较好和经济效果好等优点。空心钢管混凝土结构相对钢管混凝土结构具有诸多优点:避免了现场高空浇灌混凝土,可节省混凝土用量;由于构件工厂化生产,混凝土成形和养护条件优越,质量稳定可靠;中空的部分可以布置各种管线,节省空间。

钢管混凝土结构特别符合我国的国情,使得我国成为钢管混凝土结构应用最广泛的国家,主要有以下几个方面[1~4]:工业厂房、高炉和锅炉构架、送变电杆塔、公路和城市桥梁、高层建筑。如图 1-2 所示。

在设计方面,国外影响较大的钢管混凝土结构的设计规范有:美国混凝土协会的 ACI318-89 规程(American Concrete Institute 318-89)、美国钢结构协会的 AISC-LRFD(99)规程(American Institute of Steel Construction—Load and Resistance Factor Design Specification for Structural Steel Buildings (99))、欧洲标准协会的 EC4(94)规程(Eurocode 4：Design of Composite Steel and Concrete Structures (94))、日本建筑协会的 AIJ(97)规程(Architectural Institute of Japan—Standards for Structural Calculation of Tubular Steel Concrete Composite Structures (97))。由于历史的原因,我国现有三部有关计算圆钢管混凝土结构的行业规程:国家建筑材料工业局标准《钢管混凝土结构设计与施工规程》(JCJ01-89)、中国工程建设标准化协会标准《钢管混凝土结构设计与施工规程》(CECS28：90)、中华人民共和国电力行业标准《钢-混凝土组合结构设计规程》(DL/T5085-1999)。计算矩形钢管混凝土柱的行业规程有中国标准化协会标准《矩形钢管混凝土柱结构技术规程》(CECS159：2004)。空心钢管混凝土结构的设计规范有最新颁布发行的《空心钢管混凝土结构技术规程》(CECS254：2009)。

1986 年,我国组建了中国钢结构协会钢-混凝土组合结构分会,每两年组织一次全国性组合结构学术讨论和交流会,到 2009 年先后共组织了 12 次全国性组合结构学术讨论和交流会,参加协会的团体会员单位近百个,已经成为我国研究、推广、交流钢管混凝土及组合结构重要平台。

(a) 钢管混凝土结构在工业厂房中的应用

(b) 钢管混凝土结构在送变电杆塔中的应用

(c) 钢管混凝土结构在高层建筑中的应用

(d) 钢管混凝土结构在桥梁中的应用

图 1-2　钢管混凝土结构工程应用实例

# 1.2 节能环保防灾型钢管混凝土

随着社会的发展,工程建筑不仅要求结构更加安全可靠,同时对环境保护、资源节约、二氧化碳减排提出更高的要求,需要工程技术和研究人员在发展和保护中保持平衡,在这种形势下,一方面出现了一些新型节能环保型钢管混凝土结构,另一方面对钢管混凝土结构新性能的研究和开发提出要求,下面分别论述近年来我们对几种立项研究的新型节能环保钢管混凝土结构的成果,以期丰富和发展这种结构。

## 1.2.1 钢管混凝土抵抗撞击等意外荷载的性能

### 1.2.1.1 概况及意义

近几十年,在各种意外荷载的作用下许多结构都出现了破坏甚至倒塌的事故,造成了巨大的经济损失和人员伤亡,结构在遭受意外荷载作用下的抗倒塌能力已经是结构工程师在设计时必须考虑的问题。意外荷载的来源很多,大体上可以将其分为撞击和爆炸,其中以撞击最为常见。自 1964 年 5 月发生的 Maracaibo 桥灾难性撞击事故以来,已发生多起船舶驶离航道而撞击桥墩的重大事故。切尔诺贝利核电站核泄漏,就是初期爆炸产生的碎片猛烈冲击周围混凝土结构,使之产生变形、破坏而引起的。震惊全球的 9·11 事件,也是飞机对高层建筑的直接撞击。这些事故的损失难以估量。同时各国都有不少具有重要政治与经济意义的标志性建筑和重大工程,迫切需要评价这些建筑物的安全以及提出防止结构倒塌的措施。因此,结构受撞击破坏的研究有着十分重要的社会背景和工程背景,受到工程界的高度重视。

随着社会的高速发展,现代交通工具已经成为人们生活中必不可少的一部分,它直接影响到人们的日常生活乃至国家经济建设。然而,随之而来的交通安全问题越来越引起人们的广泛关注,它不仅导致巨大的财产损失,更加威胁到人们的生命安全。交通工具之间的撞击屡见不鲜,最常见的就是汽车相撞。此外,交通工具撞击建筑物的事情也时有发生,如:飞机撞击大楼、汽车撞击道路护栏或城市立交桥的桥墩、轮船撞击桥墩等,如图 1-3 所示。撞击事故中,在交通工具破坏的同时,建筑物也有可能由于突然的撞击而破坏甚至倒塌,这样将导致更大的人员伤亡和财产损失,如何评估撞击中和撞击后的建筑物的安全问题就显得非常重要[5~8]。在常见的交通工具中,汽车是最普遍的,在 20 世纪 60 年代以前,汽车普及程度还不高,路况较好,交通安全问题还不突出,相关的研究也较少。近二三十年来,随着各国城市人口的日益密集,汽车制造技术的提高,以及汽车的普及,保有量的不断增多,道路交通安全问题越发突出。最近几年,我国道路交通每年的死亡人数一直维持在 10 万人左右的高位上(如 2004 年道路交通死亡人数为 107 077 人),这相当于我国每年有一个中等县城的人死于非命。欧盟国家 2000 年道路交通死亡人数为 4 万人,日本 2003 年道路交通死亡人数为 7 702 人[9]。据统计,目前全世界每年因交通事故而死亡的人数竟高达五六十万,即交通事故死亡居当今人类非正常死亡之首,其中汽车撞击柱子(包括树、电线杆等)的事故也是频频可见[10]。比较著名的由汽车撞击引起的灾难性事故有[11]:1983 年 4 月 18 日下午,一辆载有 900kg 炸药的卡车撞向了美国驻黎巴嫩大使馆,致使一幢 7 层的结构局部倒塌,造成 63 人死亡;1998 年 8 月 7 日早上,一辆满载炸药的黄色接送车撞向美国驻肯尼亚大使馆,导致这幢 5 层高的主楼严重损伤和一幢 7 层高的附属大楼完全倒塌,219 人丧失生命,与此同时,另一辆载有炸药的卡车撞向美国驻坦桑尼亚大使馆,由于使馆外防护墙的作用,没有导致大楼倒塌,但是 11 人在此次爆炸中丧生。可以说,交通工具的撞击特别是汽车撞击已经是结构最有可能会遭受的意外荷载之一。图 1-3 为交通工具撞击结构导致结构倒塌的事故图片。

(a) 飞机撞击大楼　　　　　　　　　　　(b) 轮船撞击桥墩[8]

(c) 卡车撞击公路桥[8]

图 1-3　在意外荷载作用下的结构倒塌事故

　　结构遭受碰撞及以后发生的冲击振动、爆炸、火灾等次生灾害的过程是很复杂的，其中涉及了多种几何、材料和接触类非线性问题，如何简化计算模型去模拟结构在受到冲击后的响应及倒塌效应是很关键的问题。而柱子作为结构中最重要的受力构件，其重要性不言而喻。柱子在撞击作用下的安全性将直接关系到整个结构的安全，研究柱子在冲击荷载作用下的性能具有代表性。而汽车撞击事故非常普遍，汽车撞击结构也到处可见，近年来国际上发生多次大型建筑物在冲击荷载作用下倒塌破坏的惨剧，造成巨大的损失，而使用汽车撞击建筑物，成了恐怖分子常见的进攻方式。在设计结构的时候如何考虑汽车的冲击荷载的大小和研究柱子的抗撞击能力也就显得非常必要。

　　目前的设计规范和方法对于结构的抗倒塌还基本处于概念设计阶段，其中也有通过使用尝试荷载、控制关键部件或是风险评估的方法来控制结构的倒塌，但是还不是很完善，并非涉及所有结构类型，也缺乏相应的理论和试验研究。但是其重要性已经很明显了。规范中也很少涉及汽车撞击荷载的计算要求，只有少数几个国家有关于汽车撞击荷载的规定，如英国 BS5400 规范。但是它们基本上是根据经验给出汽车撞击荷载的值和通过一些构造措施来保证结构安全，而且相关的计算方法和设计要求也很粗糙。不过这也正说明了汽车撞击荷载已经到了不可以忽视的地步。如中国最新的《公路桥涵设计通用规范》(JTGD60-2004)[12]中就对旧规范进行了修正，其中重要的一项就是加入了关于汽车撞击荷载的计算和设计要求。但是其内容只有 100 多个字，加上后面的条文说明也才 200 来个字，其计算要求和设计要求很笼统，其中规定：在车辆行驶方向是 1000kN，垂直行驶方向是500kN，两个方向不同时考虑，没有考虑撞击过程的动态特性及结构类型的不同，主要是参考的英国规范 BS5400[13]。

　　鉴于上面的原因，研究不同类型柱子在汽车撞击作用下的性能及汽车对撞击过程中不同柱子的冲击荷载的大小，对柱子的设计及柱子在撞击后的安全评估是很有意义的，同时为研究结构在汽车撞击作用下的鲁棒性乃至整个结构的安全评估提供一定的前提条件。

　　自 1990 年以来，钢管混凝土在我国已用于送变电杆塔结构中，但钢管混凝土用于高压送电杆塔结构时，现场浇灌混凝土是很困难的。因送电杆塔都建于野外，跨越山岭，杆塔档距达数百米，且无道路，现场浇灌混凝土几无可能。为解决此问题，必须改为在工厂预制。这时，为方便运输和现场组装，应把中心混凝土抽去，以减轻自重，这就出现了空心钢管混凝土。

　　由于空心钢管混凝土有着质量轻、承载力高等特点，已逐渐使用在高层、超高层以及桥梁等结构中[1]。空心钢管混凝土和其他混凝土结构一样，不可避免地要受到意外撞击，如飓风飞卷的碎片和失事飞机对高层、超高层建筑的冲击，船舶因偏离航线对桥墩及平台的撞击，爆炸对地面及地下结构的冲击碰撞等。在高层、超高层以及桥梁等结构中,空心钢管混凝土构件在这类结构中通常作为柱、桥墩等重要承重构件,其安全性将直接关系到整个结构的安全,遭受冲击时,一旦损伤或破坏将引起生命和财产的巨大损失。结构受冲击破坏的研究有着十分重要的工程背景,受到工程界的高度重视,如震惊全球的美国 9·11 事件、中国九江大桥垮塌事件等都是结构受冲击破坏的典型例子。

目前,国内外对钢管混凝土静力性能方面的研究较多,而对钢管混凝土构件在冲击荷载作用下的试验分析和理论研究很少,特别是空心构件的研究几乎没有。由于空心钢管混凝土构件内部存在一定空心率,钢管对内部混凝土的紧箍效应相对于实心钢管混凝土要小,而空心钢管混凝土的韧性相对于实心混凝土要好,故其在冲击碰撞下的受力性能也就变得复杂。当这种结构在冲击荷载作用下,将会发生弹塑性变形、动态损伤等多种效应组合,其撞击破坏是一个复杂的非线性动力过程,它与钢和混凝土材料特性、几何参数、撞击物质量、速度及冲击部位、结构约束等情况密切相关,研究难度大。还有混凝土的不均匀性也加大了研究的难度,也要对混凝土在高应变率下的压缩行为和冲击压缩问题进行研究。

因此,研究空心钢管混凝土构件抗侧向冲击性能的影响,从不同能量、不同部位、不同含钢率、不同的约束、不同混凝土强度等方面进行比较和分析,并总结其规律。为空心钢管混凝土构件的耐撞性设计、动力失效研究提供依据,可以促进空心钢管混凝土在建筑中广泛应用。

### 1.2.1.2 研究现状

本书的研究内容从属于冲击和爆炸,而关于冲击和爆炸的研究最开始都是为了军事目的,其中最早的研究著作包括第一次世界大战(1914~1918 年)时英国的 Hopkinson 的 *British Ordnance Board Minutes*(1915)[14] 和第二次世界大战(1939~1945 年)时 Christopherson 的 *Structural Defence*(1945)[15]。自 1945 年以后,许多专家学者对爆炸和冲击进行了试验与理论研究,如 1946 年 White 的 *Effects of Impacts and Explosions*[16];1955 年 Whitney 和 Anderson 的 *Design of Blast Resistant Construction for Atomic Explosions*[17];1956 年 Newmark 的 *Analysis and Design of Structures to Resist Atomic Blast*[18] 等。这些研究主要集中在两个方面:第一,探索爆炸冲击波的本质,研究在空气中爆炸和与结构接触爆炸的特征;第二,研究结构在爆炸冲击荷载作用下的响应。同时随着核电站的出现和发展,美国、西欧及日本等又提出外来飞射物(飞机、导弹、落石等)的碰撞问题。虽然被外来飞射物撞击的概率很小,但是考虑到其带来的巨大的破坏后果,对于建筑物尤其是重要的建筑物在冲击荷载作用下的安全性分析就显得很重要。在试验和理论研究的同时,为了满足工程需要,各国的规范作出了相应的改进,对结构在冲击荷载的作用下的破坏提出了相应的防护措施,其中包括:欧盟标准委员会 1967 年出版的建筑设计规范,英国的 BS5950[19] 和 BS8110[20,21] 规范,美国土木工程协会和美国国家标准委员会联合出版的民用建筑规范 ASCE7/ANSIA58[22] 等。本书的研究属于第二种研究中的一部分,目前关于结构碰撞的研究又主要集中以下四个方面:

① 桥梁结构在汽车、船和火车等交通工具撞击作用下的性能研究。

② 考虑建筑结构在汽车、起重机等撞击作用下的鲁棒性。

③ 道路的护栏设计。

④ 汽车在撞击中的安全性。

其中③和④被公认为汽车制造商最关心的问题,如汽车撞击试验,每种新型的汽车上市前,都要进行大量的撞击试验和计算分析;而关于结构撞击的研究和试验也都主要集中在③和④两个方面,而且汽车撞击的安全性研究已经有大量的研究,并且已经形成了相应的行业标准,可以说是相对比较成熟;①和②方面的研究和试验则相对较少,尤其是②;而对于①和②中的结构与③和④中的结构是不同的,如③和④中通常处理在轴向荷载下的结构和梁整个被轴向约束,而①和②中需要处理梁柱结构和非轴向约束的问题。

而目前国内外对不同类型柱子在汽车撞击作用下的性能及撞击过程中对不同柱子的冲击荷载的大小方面的研究比较少。由于本书涉及汽车撞击试验和汽车对结构的冲击作用的两个方面,所以下面将分别从上面几个方面讨论其研究现状的同时进行必要的分析。

1. 汽车撞击方面

目前世界各汽车制造先进国家都有新车撞击试验项目和承受能力的规定。欧洲、美国和日本等国家和地区的相关法规规定新车型上市之前必须进行撞击测试。但是真车撞击试验费用昂贵同时耗时间长,据统计,按传统的撞击试验,每种新型车的开发至少要投资 600 万~5 000 万美元。

随着计算机技术的发展,用计算机模拟相同的条件去进行实地撞击,经过对比计算机模拟和实地撞击的数据,发现两者的车体变形部位和力量分布都十分接近,甚至连被撞物体毁坏的程度也非常类似。

目前计算机模拟汽车撞击试验的技术已经有了相当大的进展,如今计算机已经广泛应用于汽车开发的各个环节,目前世界各大汽车厂在开发新车的过程中真正只需要 5~20 辆汽车进行碰撞试验,其余的模拟多用计算机取代,费用可以节省八成以上,开发时间也可以节省一年以上。

可是说汽车撞击试验的研究已经相当成熟,积累了大量的经验,并形成了相应的行业标准,其投资当然也是巨大的[23]。目前关于汽车撞击结构方面的研究,很多数据也是来自汽车撞击试验。而上面的各种试验和研究都主要针对汽车的防撞性,却很少研究结构在遭受到汽车撞击时的安全问题。但是用计算机模拟汽车撞击的技术却已经很成熟,我们有理由相信用模拟的汽车做撞击柱子的仿真是可行的。

### 2. 汽车撞击护栏

针对汽车撞击结构的研究目前也主要集中在汽车撞击护栏,也有个别的论文研究汽车撞击桥墩的,但是它们的汽车模型也基本上是用质量块代替汽车模型或是用一些简化的荷载代替,并不能较好地反映真实情况。很多的论文已经有关于汽车碰撞护栏的有效性的研究,它们不是通过整车撞击试验就是通过数值分析。两种方法都需要复杂的技术和高昂的费用。同时它们基本上都是研究汽车的防撞性和乘客的安全,对于结构设计,只是简单地评估了作用在结构上的最大冲击荷载。国外,在 Jiang (Monash University)等 2004 年发表的论文中已经就这个课题给出了比较全面的介绍。Jiang 的论文中提到,通过分析大量的整车撞击试验数据,给出了一种简单的关于路旁混凝土护栏受到的最大冲击荷载的设计公式[24]。假设混凝土护栏为刚性,冲击角度($\theta$,如图 1-4 所示)在 15°～40°之间,汽车撞击时的速度最高为 56km/h。则此时车单位宽度的冲击荷载大小为:$F = A + BC$,其中,$A$ 和 $B$ 是因车不同的两个参数,$C$ 是车的变形量;国内,1989 年张卓森发表的《汽车正面碰撞方程及其应用》中提到:在汽车碰撞时,可假设撞击力和塌陷变在宽度上均匀分布。由汽车碰撞试验结果可以归纳出撞击力与汽车塌陷变形大致呈线性关系[25],如图 1-5 所示。

$$f = C_A + C_B x$$

式中:$f$ ——单位汽车宽度所承受的冲击力;

　　　$x$ ——塌陷变形;

　　　$C_A, C_B$ ——撞击刚度系数。

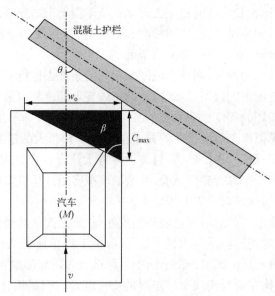

图 1-4　汽车撞击护栏示意图[24]

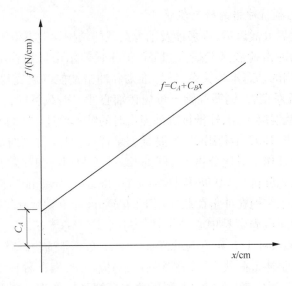

图 1-5 撞击力与汽车塌陷关系曲线[25]

上面的研究主要说明了冲击力和汽车的变形和汽车本身的特性的关系,也有些人提出了一些计算汽车撞击护栏的冲击力的简化模型,常见的计算汽车撞击护栏的冲击力的模型有拟静力模型和质量-弹簧模型。赵鸣、张誉对上面两个模型进行了详细的介绍[26]。其中拟静力模型忽略了汽车与护栏的变形,把汽车视为匀减速运动,与实际过程不符,结果仅仅是冲击力的平均值。质量-弹簧模型如图 1-6 所示,它忽略了对汽车的弹性回弹和冲击力的卸载过程的研究。不能全面反映出护栏受撞击时的动力响应。鉴于上面不足,钟云华等又提出了一个改进的模型[7],如图 1-7 所示。

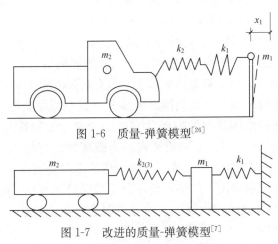

图 1-6 质量-弹簧模型[26]

图 1-7 改进的质量-弹簧模型[7]

### 3. 混凝土结构抗冲击的研究现状

从第二次世界大战以后,许多涉及动力荷载的结构问题不得不加以解决,出现了混凝土结构的冲击荷载试验研究,1986 年苏联切尔诺贝利核电站发生爆炸以来,对混凝土结构的动态本构关系、破坏准则和冲击性能的研究得到进一步发展。1986 年陈肇元等对钢管、钢筋混凝土短柱在轴心冲击荷载下进行了试验分析[27], 1987 年 Eibl 等就混凝土梁、柱抵抗意外撞击时的结构设计作了理论分析和试验研究[28], Louw 等于 1992 年利用 28 个混凝土悬臂柱,对其在侧向荷载撞击时的动力响应和静力特性作了对比分析[29],同期, Riad 等利用有限元对直接撞击下的混凝土进行了有限元分析[30], 1998 年日本的 Yoshikazu Sawamoto 等用离散单元法分析了钢筋混凝土结构在冲击荷载作用下的局部破坏[31]; 2000 年英国的 Izzuddin 等就飞机机翼割断世界贸易中心外围柱子进行了研究[32]; 2003 年美国加州大学伯克利分校的 Samuel Tan 和 Albolhassan Astaneh-Asl 试验研究了钢框架组合结构在单个构件由于冲击荷载作用而破坏后的响应,并针对此种情况提出了防护结构倒塌的措施[11];近年来,不少学者利用数值模拟和损伤理论展开了混凝土在撞击下动力特性的研究[33],如我国的商霖、王翔、胡时胜、王道荣、王政、刘小敏等都在混凝土、钢筋混凝土在强冲击荷载作用下的本构关系及力学性能上进行很多研究工作[34~40]。

### 4. 钢管混凝土结构抗冲击的研究现状

以梁、柱、杆见长的钢管混凝土,因其大量使用较晚,对它的耐撞性研究较少。而像钢管混凝土这种复合材料在冲击荷载作用下,会产生多种材料的相互作用,弹塑性变形、动态损伤等多种效应耦合,其撞击破坏是一个更为复杂的非线性动力过程,它与钢、混凝土材料特性、几何参数、撞击物形状、质量、速度及冲击部位、结构约束等情况密切相关,研究难度大,是防灾减灾工程与防护工程领域的前沿课题。目前,对钢管混凝土构件的抗冲击性能的研究尤其是抗侧向冲击性能的研究方面还十分薄弱,只有少数几篇关于定性分析钢管混凝土耐撞性能的文章和对轴向冲击的试验研究的报道。1986 年陈肇元等对钢管、钢筋混凝土短柱在轴心冲击荷载下进行了试验分析[41]; 2003 年美国加州大学伯克利分校的 Tan 和 Astaneh-Asl 试验研究了钢框架组合结构在单个构件由于冲击荷载作用而破坏后的响应,并针对此种情况提出了防护结构倒塌的措施[42]; Ge 的论文通过定性分析得到钢管混凝土良好的耐撞性的结论[43];空心钢管侧向冲击破坏的研究是 1998 年 Zhang 博士在英国剑桥大学首次完成的,他完成了多种弹体冲击内空钢管的试验与理论分析,得出了钢管在弹体侧向冲击下的多种破坏模式与钢管具有良好耐撞性的结论[44]; 2005 年太原理工的王克政、贾电波、张晨等就钢管混凝土试件在侧向冲击作用下进行了试验研究[45~47]。

Prichard 和 Perry 利用冲击物的自由落体运动对 70 根装在套筒里的混凝土

柱进行了轴向冲击,并对其力学响应作了描述[48]。在冲击过程中,对受冲击的混凝土柱的接触力、表面应力以及变形响应进行了测量。高 200mm,直径约 100mm,设计强度为40MPa的混凝土分别受到薄壁空钢管、空铝管及空塑料管的约束和不受约束。试验研究结果表明:当约束混凝土的套筒管壁有足够的厚度能够约束混凝土的侧向膨胀时,接触力及混凝土的强度都会得到相当大的提高,在一些情况下,其值是非受限混凝土的两倍;伴随着强度的增加,塑性及稳定性都有提高。

张望喜等采用57mm轻气炮试验装置和技术,进行了8根钢管混凝土柱模型的冲击试验和模拟分析计算,试验中测得了不同弹体冲击速度下试件表面的应变时程曲线,获得了试件破坏形态及残余变形,比较了不同弹体冲击速度、试件装夹部位、试件外包约束等因素的影响[49]。研究表明,冲击载荷作用下试件残余变形、应变变化直接与弹体冲击速度有关;受弹体冲击后,试件冲击端的残余变形最大;装夹部位设在试件中部更能真实模拟试件受力的真实情况;外包碳纤维对试件的抗冲击能力有一定的改善,尤其是在横向变形较大的部位。

近年来,Shan、Xiao 和 Xiong 等对钢管混凝土在冲击下的性能进行了研究[50~52]。但在空心钢管混凝土的抗冲击方面,却没有见到相关试验和论文报道。

## 1.2.2 钢管混凝土抗连续性倒塌的性能

对于结构连续性倒塌的广泛关注与研究可以说开始于1968年英国伦敦的 Ronan Point 连续性倒塌事件。该事件的发生,促成了结构抗连续性倒塌的第一次研究热潮。而后续世界范围内对结构连续性倒塌的研究热潮也都同样开始于经历不同的重大灾难事故。包括1995年美国 Alfred P. Murrah 联邦大楼倒塌事件引起的第二次研究热潮,以及2001年美国9·11事件后引发的第三次研究热潮。在这些灾难事件过后,很多国家都在结构设计规范当中,加入了结构抗连续性倒塌的设计要求,包括美国公共事务管理局所编制的《联邦政府办公楼以及大型现代建筑连续性倒塌分析和设计指南》(GSA2003)、美国国防部所编制的《建筑抗连续性倒塌设计》(DoD2005)、欧洲规范 EuroCode1 等。重大事故发生及结构抗连续性倒塌设计规范的时间表如图1-8所示。此后,很多研究者在规范的基础上,通过理论、试验及有有限元分析计算等方法对结构抗连续性倒塌进行了深入的分析。以下分别对国内外相关规程,以及研究结果进行论述。

### 1.2.2.1 相关设计规程

1. 英国规范

英国最早在结构设计规程中修改加入结构抗连续性倒塌设计原则。目前英国规范中要求[54],结构在意外荷载作用下不应发生与初始破坏不相匹配的大范围坍

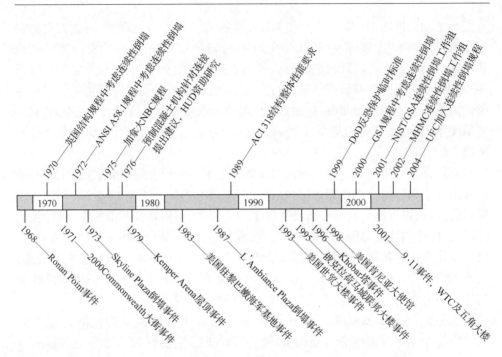

图 1-8　建筑灾难事故与规范修改[53]

塌,同时提出了三种设计方法:

① 拉结强度设计。利用结构已有构件或设计连接将结构整体"联结"在一起,使结构的整体性和冗余度。

② 备用力传递路径设计。在结构中设置竖向与横向系杆,如使其连接结构外围与内部梁间联结等。从而保证结构具有较高冗余度。当结构部分构件受极限荷载影响失效时,使结构内部可以形成有备用的荷载传递路径。当横竖系杆无法发挥功效时,结构可借助拱效应或悬链效应形成备用荷载路径,将破坏局限于结构局部。在进行设计时,可去除某一根结构构件来分析结构是否能够抵抗连续性倒塌的发生。

③ 关键构件设计方法。针对无法保证备用力传递路径可靠的构件,对其进行抗爆设计,使其能够承受任意方向上 $34kN/m^2$ 的设计压力,从而保证局部构件对偶然荷载的承载能力。

英国规范中所采用的基本设计原理后来在很多国家的结构规范当中采纳。可归纳为两种设计思想:直接设计法与间接设计法。在英国规范中所提出的第一种设计方法,即属于间接设计法,借助在构造与连接上采取改进措施,提高结构的冗余度与延性,使结构具备承受灾后变形的能力,而后两种方法更多属于直接设计法,即通过对结构与构件直接进行特定工况下设计,使构件与结构能够直接承受灾害荷载。在具体判定结构能否抵抗连续性倒塌时,采用的荷载组合包括 1/3 风荷载,(恒荷载＋活荷载)/3,以及 1.0 恒荷载。验算受损面积是否超过受损楼层面积 15% 或 70m² 作为判定标准。如果导致破坏高于此,需进行第三步构件设计。

2. 美国规范 ACI-318

与英国规范相比,美国规范 ACI-318 中并未给出直接设计方法,而是通过给出间接设计方法,使结构保证整体性。包括:使混凝土梁与楼板在柱以及支撑位置处的钢筋贯通连接;采用抗弯框架以及相应连接;在抗震地区,对于出现弯曲屈服的区域,采用更为牢靠的连接方式而非搭接。显然,ACI-318 考虑到了利用提高抗震措施来提高结构抗倒塌性能,这是很有帮助的。但是,单纯利用间接的设计方法,提高结构整体性,而忽略可能出现的灾害,这不足以抵抗真实结构连续性倒塌。

3. 美国国家规范 ASCE7[55]

美国国家规范 ASCE7 当中明确给出了三项设计建议,与英国规范类似,即间接设计方法、备用荷载路径方法以及局接构件直接设计方法。以上方法的目标即保证结构的延性、冗余度以及连续性。这也是很多规范当中重点考虑的。

其中,间接设计方法当中,给出了最小抗力、延性以及连续性,但没有给出荷载要求。备用荷载路径方法要求,结构能够承受并分散损失单个重要构件后的结构荷载。当然,这种方法也存在避端,一方面在很多爆炸事故中,往往会出现多个构件发生破坏的现象,另一方面,这种方法无法考虑突然损失单个柱子后,所产生的动力效应。当然,此种方法还是能够较好地保证结构具有较高的冗余度以及连续性,也后续成了很多研究学者采用的重要验算方法。规范规定,验算的荷载组合为 $(0.9$ 或 $1.2)D+(0.5L$ 或 $0.2S)+0.2W$,其中 $0.5L$ 为最大活荷载均值,当恒荷载有助于提高结构稳定性时,采用 0.9 荷载分项系数。

在采用直接分析方法验算构件的承载力时,一般选取主要结构构件如楼板以及底层柱。如验算不满足要求,可采用外包钢管的方法同结构抗倒塌能力。当然,此种设计方法也同样存有问题,即在真实结构中会出现爆炸荷载高于设计爆炸荷载的情况,此时结构也同样难以避免出现连续性倒塌。

4. 美国 GSA 设计准则

美国 General Services Administration(GSA)为了防止联邦大楼及新现重要建筑工程出现连续性倒塌事故,起草了《新联邦大楼与现代主要工程抗连续性倒塌分析与设计指南》。包括 2000 年针对钢筋混凝土结构制订的 GSA2000 以及针对钢结构制订的 GSA2003[56] 版本。

该规范同样要求结构设计具有较好的约束以及连接能力,通过提高变形能力等,保证结构的延性和冗余度。在采用多重荷载路径进行设计时,设计针对静力分析要求采用以下荷载组合(其中为了考虑动力效应加入系数 2.0)

$$2.0(D+0.25L)$$

当采用动力分析方法时,采用以下荷载组合

$$D + 0.25L$$

式中：$D$——恒荷载;

　　　$L$——活荷载。

此外,规范还针对结构的形式分为"典型"与"非典型"结构,而对两种结构形式的设计要求也分别做出了说明。为了进一步对构件的损坏以及结构的承载能力进行定量说明,规范提出了 DCR (demand capacity ratio)指标

$$DCR = \frac{Q_{UD}}{Q_{CE}}$$

式中：$Q_{UD}$——线弹性分析后节点或单元内力(轴力、弯矩、剪力等);

　　　$Q_{CE}$——节点或构件连接位置极限承载内力(轴力、弯矩、剪力等)。

对于"典型"与"非典型"结构,DCR 值分别取 2.0 与 1.5。当 DCR 大于这个范围,认为构件发生破坏。

5. 美国 DoD 设计准则[57]

除了在民用建筑与政府部门建筑的设计规程当中加入了结构抗连续性倒塌的设计准则,在美国军事部门同样也对此进行了考虑。美国国防部(Department of Defense)对于三层及以上的建筑结构给出了抗连续性倒塌设计要求。依据保护级别分为两类,即低级别保护以及中高级别保护建筑。对于低级别保护结构,要求结构利用现有结构构件保证相互间的连接力,使结构保持整体性;对于中高级别保护结构,设计者需要保证提供水平及竖向连接、多重荷载传递路径以及足够的延性。当采用非线性动力分析结构多重荷载传递路径时,采用与 ASCE7 设计规程一致的荷载组合。当采用非线性静力分析时,需加入荷载动力放大系数 2.0。

除了以上介绍的设计规范外,还有很多结构设计规范对结构抗连续性倒塌进行了说明,如加拿大的 NBCC[58]以及美国的 UFC[59]等。综合以上各规范可以发现,对结构抗连续性倒塌进行设计基本采用途径分为以下三种:通过构造等措施设计提高结构构件间连接力,借此保证结构连续性与整体性;通过删除单个关键构件,对结构进行分析,判定是否存在可靠多重荷载传递路径,保证结构冗余度与延性;对个别重要构件或易受灾构件进行抗爆设计,提高构件承载冲击与爆炸等荷载的能力。当然,以上各规范基于应用结构形式的差别、结构重要程度的差异等,提出的设计荷载存在差异,构件与结构失效准则也存在差异。国外众多学者[53,60~62]也对这些规范进行了细致的分析比较,说明了规范的差异以及对结构抗连续性倒塌性能的影响。但总体来说,当前的结构设计规范仍旧存在以下问题:

① 由于连续性倒塌过程结构构件受力的特殊性,当前关于节点等构件在轴力与弯矩作用下的试验较少,规范给出的延性等要求难以直接通过分析得到保证。

② 当结构构件之间的连接过强,当偶然荷载极大时,可能在损坏部分结构的

同时,间接的"拉倒"整个结构。

③ 采用静力分析方法分析删除结构构件时,选取的动力放大系数对于不同结构存在较大差异,统于取 2.0 与 1.5 对有些结构可能偏于保守,而对另一些结构可能仍旧难以保证结构安全。

④ 在真实灾害尤其爆炸等作用下,往往并非单个构件发生破坏,因此规范采用的删除单个构件方法仍旧难以保证结构安全。

针对以上问题,近些年来很多研究者也进行着大量的研究,尤其针对动力放大系数的取值等,进行了广泛深入的分析。

### 1.2.2.2 相关分析方法研究

#### 1. 灾害事故分析

关于连续性倒塌问题的研究,是始于一系列灾害事件的,因此很多的研究者都着手于灾害事件的分析,通过现场的结构破坏情况,分析影响结构倒塌的因素。Pearson 和 Delatte[63]对 1968 年英国 Ronan Point 事件进行了分析,指出预制板结构、较差的施工水平以及较差的连接是导致结构发生连续性倒塌的主要原因。Smith 等[64]对于第二次世界大战后受损的建筑结构进行了大量的观察分析,发现结构大部分破坏都是由于连接部位的破坏以及不良建造质量造成的,作者同时指出,很多采用砖墙的结构在灾后保存了下来,说明良好的墙体可以增加结构的抗倒塌特性。此外,Corley 等[65]针对 1995 年的俄克拉荷马城联邦大楼遭受汽车炸弹事件进行了研究,通过观察分析指出了结构受损特点,并给出了结构设计建议,包括建议采用抗弯框架结构或双系统结构形式,以及通过加入墙体提高结构的冗余度,或在柱的外层包围钢管等。此后,9·11 事件的发生再一次激发连续性倒塌的研究热潮,很多学者[63, 66~68]也针对美国世贸大楼的倒塌事件从不同尺度进行了分析,分别考虑了温度对结构的影响,以及失效构件对下层结构的撞击影响,说明失效构件在自重作用下产生的撞击作用很大程度影响了结构的稳定性,导致了大楼的倒塌。

#### 2. 基于规范的探讨与研究

由于当前关于连续性倒塌的规范仍旧存在一些问题,各国很多学者针对规范当中的计算方法与判定依据进行了一系列的对比分析。很多研究内容集中于规范规定的三个方面,包括拉结强度的分析、动力放大系数的设定以及计算方法的选择。我国陆新征等[69~71]介绍了国外抗连续性倒塌设计规范的主要设计方法和分类设计体系,然后重点对钢筋混凝土框架结构抗连续性倒塌拆除构件设计法和拉结强度设计法进行较为深入的分析研究。并采用非线性动力分析进行了分析,在大量分析研究基础上,提出了对我国框架结构抗连续性倒塌的概念设计方法、拉强强度设计方法和拆除构件设计法。此外,胡晓斌和钱稼茹[72~74]对一个多层平面钢框架连续性倒塌进行了分析,分别依照国外规范推荐的方法,采用了非线性动力分析、非线性静力分析以及线弹性静力分析,并做出对比,说明后面分析方法相比前一种分析方法均更为保守。为了研究动力放大系数,胡晓斌和钱稼茹还对单层与多层平面钢框架进行了分析,采用简化模型、杆单元模型以及塑性铰杆模型。分析表明,动力放大效应仅与构件失效时间和阻尼比有关,且最大值为 2.0。同时分析指出需求能力比(DCR)与动力放大效应间的相互影响变化规律。除了对计算方法以及动力放大系数进行研究,舒赣平等[75]采用 NIDA-NAF 软件对 10 层简单钢框架进行了数值模拟。分析得出,对于传统的简单框架,结构柱失效处梁中产生的拉结力将远远大于英国钢结构设计规范的规定,抗倒塌安全系数也难以满足要求。他们在此基础上提出一种半刚性连接设计法,可以有效提高结构抗连续性倒塌的能力。

此外,国外学者 Marjanishvili 等[76, 77]对现有的 GSA 与 DoD 等规范进行了比较,同时基于规范中所提出的多种计算分析方法进行了说明,尤其针对四种计算方法,即线弹性静力分析、非线性静力分析、线弹性动力分析以及非线性动力分析方法的优缺点进行了说明,同时对不同方法所需进行的计算步骤进行了阐述。说明越是简单模型,计算越为保守,建议在设计中进行由简至难的计算,以保证计算效率与可靠性。对于以上四种分析方法,其他一些研究学者如 Tsai 和 Lin[78]同样作出了类似的对比分析,得出相似的结论。但通过四种方法分析采用静力分析时施加的动力放大系数时,Ruth 等[79]通过对于多层三维钢框架进行分析,认为动力放大系数 2.0 取值过于保守,建议取值 1.5。但是,通过以上分析不难发现,对于不同结构,其动力放大系数往往存在较大差异,很难用统一标准进行衡量,虽然 2.0 取值相对安全,但在某些计算分析中同样发现,动力放大系数有可能仍旧无法满足要求。因此,尚缺少针对不同类型结构,给出相应更为合适的放大系数取值。而当结构形式复杂,难以判断取值是否合适的时候,进行非线性动力分析是较为必要的。

3. 相关试验研究

结构连续性倒塌作为一个较为特殊的灾害事件,所要研究的对象是整个结构体系。因此,相对于其他进行构件的力学性能研究,进行结构连续性倒塌试验较为困难,资金投入较大。但即便如此,国内外学者仍旧进行了一系列试验研究。而针对的试验对象也基本分为两种,一种为待拆除的建筑结构,相对真实,为足尺试验,但往往受限于结构本身固有的特性,另一种为将框架结构抽象出一榀平面框架进行试验,模拟结构的抗倒塌性能。为了让试验结果可与规范规定进行参考,试验常采用静力加载的方式,在失效柱位置施加向下的荷载,也使试验之间可以相互比较。

易建伟等[80]对一榀四跨三层的钢筋混凝土平面框架结构进行倒塌试验。试验采用作动器在失效中柱位置施加竖向向下荷载,直至结构因梁中钢筋被拉断而倒塌。塑性机构破坏荷载大约为悬索机构破坏荷载的 70%,且可用来预估框架考虑悬索作用的极限承载能力。

此外,国外也有很多学者通过对简化的一榀框架结构进行试验,分析其抵抗连续性倒塌的能力。Demonceau 等[81]针对一榀组合结构框架进行了柱顶竖向单调加载试验,获得了结构抗力与竖向位移的关系。作者采用弹簧单元等给出了简化分析模型,同时考虑节点受弯矩与轴力的影响,并对试验进行了模拟分析,吻合良好。Lee 等[82]对一榀双跨采用焊接节点的钢框架进行了跨中竖向加载试验,通过试验及有限元模拟分析了节点位置处轴力与弯矩的相互影响,以及对结构承载能力的影响。依据试验与有限元分析,提出了多线性节点弯矩与轴力的变化曲线,作为简化模型加入有限元程序。

除了对平面框架进行试验研究,为了研究楼板对抗倒塌的影响,El-Tawil 等[83]对一缩尺组合楼板钢框架结构进行了试验研究,并通过有限元程序进行了模拟验证,分析了压型钢板厚度、连接键等对承载能力的影响。此外,美国加州大学伯克利分校 Tan 等[84]为了深入研究连续性倒塌中组合楼板以及连接的影响,对一层多跨组合楼板钢框架结构进行了试验,同样在失效柱位置进行竖向静力加载,获得了柱顶荷载与柱顶位移的关系曲线,并通过试验观察到楼板开裂情况,以及节点的破坏情况。此外,为了提高结构的承载能力,还在受损跨位置加入预应力索,发现可以提高结构抗倒塌能力。此后,国内 Yu 和 Zha[85]对该试验进行了模拟分析,同时分析了节点位置连接承载力、预应力索等因素对于提高结构抗连续性倒塌能力的影响。

除了对简化框架模型进行试验外,很多国外学者对于待拆除结构进行了足尺抗连续性倒塌试验研究。包括采用爆炸的方式,使单个柱子发生破坏,或在失效柱位置突然撤去竖向支撑。Sasani 等[86, 87]对圣地亚哥旅馆进行了连续性倒塌试验,此结构为六层钢筋混凝土填充墙结构,通过突然撤去相邻两个柱子,获得了结构的位移及内力响应。结构在撤去柱后,竖向位移较小,说明重力荷载通过构件传至其他位置。同时,通过试验发现,失效柱以上各层间响应一致,层间柱接近为零。此外,Sasani 等通过有限元程序对这些试验进行了模拟,吻合良好。相似的真实结构连续性倒塌试验还有 Matthews 等[88]对台湾某学校两层钢筋混凝土框架结构进行连续性倒塌试验;Song 等[89, 90]对待拆的俄亥俄学生联盟以及某公司办公楼进行了连续性倒塌试验,连续拆除一些不同柱子,并进行了相应的有限元分析,说明顶层柱由于柱截面较小等原因,受连续性倒塌影响较大。

4. 简化设计与分析方法研究

对于工程设计人员来说,分析整栋结构的连续性倒塌的极为困难的。因为在结构连续性倒塌中存在影响因素多、破坏模式复杂等因素。尤其结构设计细节,如连接位置的失效等对结构抗倒塌能力有着重要的影响。而对于连接设计良好的结构,仍旧存在发生结构整体失稳的可能。因此,当前众多的研究者主要研究目的除了分析结构倒塌的机理外,还需要提出简化的分析方法,为工程设计提供指导。基于此目的,国内外出现了很多连续性倒塌简化的分析方法。

为了能够对结构整体进行分析的同时,考虑节点对结构的影响,一般有两种模拟方法。第一种,在节点位置设置转动铰,对 $M$-$\varphi$ 曲线进行简化,分段考虑节点弹性阶段、塑性阶段以及当轴力变大时,抗弯承载力曲线变小的阶段,如图 1-9 所示。此种模拟方法简单,可考虑节点抗弯能力下降的情况,但是由于节点抗弯承载力往往与所受轴向力有直接的关系,因此,直接假设 $M$-$\varphi$ 曲线无法完全表现节点的屈服及破坏过程,也基于这样的考虑,很多研究者提出采用第二种方法,即基于欧洲规范的构件法(component method)。此种方法将节点分解为一系列弹簧单元,用以代表节点位置不同成分的影响,如钢梁柱节点中的螺栓、T 型连接等。此种方法由于是基于真实节点形式的简化,因此可以考虑轴力与弯矩的相互影响,此外,通过使用此种方法模拟节点,还可以进一步分析节点区域各部分的影响程度。胡晓斌与钱稼茹[74]在对一多层平面框架进行分析,研究改变路径法时,便采用了第一种节点模拟方式。Bae 等[91]采用 SAP2000 对二维三层冷轧钢框架进行了抗连续性倒塌性能分析,其中梁柱节点力学性能同样选取以上第一种模拟方法,使得模型的建立更为简化,借由分析节点的 DCR 值,分析结构的抗倒塌能力。Marjanishvili和 Agnew[76]在对比四种计算分析方法时,同样采用了第一种节点模拟方法,不过节点模型未考虑转角达到一定程度后的承载力下降情况。近些年来,采用构件法及对其进行了改进的方法得到了普遍的认同与使用。El-Tawil 等[92~96]对梁柱节点进行了简化,提出了节点及节点域的宏观模型,采用弹簧单元代替节点域以及节点构件,并通过对多个钢框架与混凝土框架结构算例进行分析对比,说明了提出的节点形式可以作用在多高层建筑结构的计算分析当中。而节点构件除了包括梁中的钢筋或钢梁连接本身,还考虑了连接处楼板的影响,同时通过弹簧单元模拟连接件将组合梁上的楼板与梁进行了连接。与其相似,Williams 和 Williamson[97]也采用弹簧单元的模拟方式,代替节点构件,此外通过连接杆模拟组合梁中的剪力键,加入楼板进行了分析。除了针对钢结构与钢筋混凝土结构,进行简化分析,国外学者还对钢管混凝土结构进行了相关的简化分析。Zhao 等[98]针对钢管混凝土柱-钢梁结构,进行了宏观简化模型分析,采用弹簧及刚体模拟钢筋混凝土梁上剪力键,采用壳单元模拟梁上混凝土楼板翼缘,并与相关试验进行了对比,分析说明提出的简化节点模型可以用于更为复杂结构。除了通过在大量使用弹簧单元模拟节点以及剪力键等,国外还有学者对楼板也进行了相应简化分析。Williamson等[97, 99]为了降低楼板在模拟中的计算量,并在一定程度上反应楼板在结构连续性倒塌中的重要作用,对比了多种模拟楼板的方式,包括组合梁单元与壳单元模型,单独采用梁单元网格模型以及实体模型,分析说明梁单元模型相较于梁与壳组合模型可以较好的模拟真实的结构响应,并大大减少了计算与建模的工作量,同时保证了一定的精度。

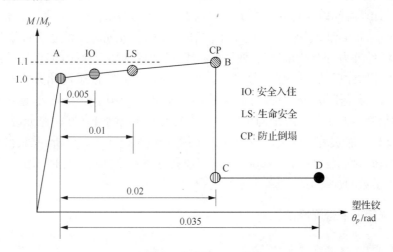

图 1-9 节点铰 $M$-$\varphi$ 曲线

除了以上对节点及构件进行简化模拟外,近些年来由于电脑计算能力的大幅提高,使得对节点及构件进行详细模拟成为可能,并可用来对比验证以上的简化分析方法。而且考虑到楼板对于结构的重要影响,很多学者也在模型当中加入实体单元,模拟混凝土楼板与组合楼板,效果良好。其中,Sadek 等[100]采用壳单元对抗剪连接节点进行了模拟,并在模型中采用实体单元以及壳单元模拟了组合楼板。通过与试验的对比,验证了节点模型的正确性,同时能够充分反应节点的各种破坏形态,并给出相应的简化节点模型,分析了组合楼板框架结构抗连续性倒塌的能力。Kwasniewski[101]采用壳单元详细模拟了英国用于火灾试验的 Cardington 八层钢框架结构。通过对比简单模型与详细模型的非线性动力响应发现两种模拟方式结果虽然存在差异,但仍旧相对较小,而详细模型则明显需要更多的计算时间。Alashker 等[83]则对双跨单层钢框架组合楼板进行了模拟,分析采用实体单元与壳单元等模拟了楼板与梁柱连接,并对板与梁模型与试验结果进行了对比验证。并在此基础上分析了不同参数对结构抗倒塌性能的影响,发现增强节点螺栓的个数并不会显著提高结构抗倒塌性能,而增加压型钢板的厚度相对影响较大。此外,我国学者为了深入研究节点对连续性倒塌的影响,也进行了相应研究。马人乐等[102]分析了三种钢框架梁柱节点对结构抗连续性倒塌的影响。Liu[103, 104]采用理论与有限元分析方法,分析了改进节点连接性能对结构连续性倒塌的影响。

以上一系列研究中,为了获得结构抗连续性倒塌性能,在模拟分析中多采用非线性静力分析与非线性动力分析的手段。但显然两种分析方法都存在着弊端,其中非线性静力分析方法并不能够完全反映出结构在突然失去关键构件时所产生的动力放大效应,而通过动力放大系数(DIF)实现对于一般结构偏于保守,对于特殊结构又容易不安全,较难做出正确判断;而非线性动力分析方法,虽然更为精确,但显然所需计算时间以及对软件要求相对也更高。为了解决以上两种方法所出现的问题与矛盾,Izzuddin 等[105, 106]提出了一种伪静力分析方法,通过能量守恒的原理,将非线性静力分析获得的荷载-位移曲线,转化成伪静力曲线,借以反映结构在突然失去柱构件后的非线性动力响应。此外,Izzuddin 等也通过此方法对一纯钢框架结构进行了模拟分析,利用构件法加入弹簧单元模拟节点及失效,通过验证发现,通过伪静力方法获得的结构响应与结构的动力响应吻合良好。充分说明,此种方法可以替代加入动力放大系数的方法,同时避免非线性动力分析,并获得更加精确的结构动力响应。此后,Izzuddin 等[107]还利用此方法针对设计需求给出了结构动力放大系数的计算方法与基于延性的分析方法。

### 1.2.3 椭圆形钢管混凝土

#### 1.2.3.1 概况和意义

如图 1-10 所示,椭圆形钢管混凝土是指在椭圆形截面钢管中填充混凝土而形成的钢管混凝土,椭圆形钢管混凝土所具有的特点如下:

① 椭圆形截面钢管混凝土具有一般截面钢管混凝土所具有的优点。

② 满足建筑美学方面的需求[108]。

③ 提供对结构有利的强轴和弱轴,例如,同等材料等截面面积的椭圆形钢管混凝土和圆截面钢管混凝土,前者主轴方向抗弯能力明显大于后者,因而在单向压弯的情况下采用椭圆形截面钢管混凝土可以节约材料。

④ 基于椭圆形截面的光滑凸形相比圆形、方形和多面形截面可以更有效地折减流体对椭圆形钢管混凝土所作用的荷载。例如,采用椭圆形钢管混凝土桥墩,相比圆钢管混凝土和矩形钢管混凝土,可以更有效地折减水流对桥墩的冲击作用。

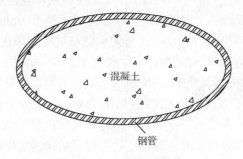

图 1-10　椭圆形钢管混凝土

目前尚无椭圆形截面钢管混凝土及相关方面的研究,研究椭圆形截面钢管混凝土既可以发现它优点,也是钢管混凝土研究方面的一种创新,为建筑结构材料开拓更为广阔的市场。

除上面的优点外,椭圆形钢管混凝土与圆截面钢管混凝土和矩形截面钢管混凝土相比可能会有一些未知缺点,这些也是本书要研究的内容。

### 1.2.3.2 国内外的研究现状

目前,国外已开始对椭圆形钢管混凝土进行研究。英国利兹大学土木工程学院 Lam 和 Testo 等对 12 根椭圆形钢管试件进行了试验研究[109~112],其中 9 根试件填充不同强度等级的混凝土,得出椭圆形钢管混凝土的抗压强度对钢管壁厚度和混凝土比较敏感。钢管壁越厚,承载力越高,延性越大;混凝土强度越高,承载力越高,但延性降低。悉尼大学土木工程学院 Zhu 和 Wilkinson 采用 Abaqus 对椭圆形钢管抗压性能进行了有限元分析,模拟出椭圆形钢管的弹性屈曲状况[113,114]。但这些都并没有系统研究椭圆形钢管混凝土的基本性能,或者相比圆钢管混凝土有什么样的优点。

## 1.2.4 钢管海砂混凝土柱

### 1.2.4.1 概况和意义

#### 1. 意义

本书希望通过提出一种钢管混凝土结构,达到利用海砂的目的,主要有钢管-GFRP-海砂混凝土双壁组合结构,利用 FRP 耐腐蚀性强的特点来阻断海砂中氯离子对钢管的腐蚀。主要研究了这些结构的性能,如轴压承载力和抗震性能,将海砂混凝土应用到土木工程中,从而有条件地开发利用海砂资源,具有重要的社会意义和经济意义。

#### 2. 海砂

随着我国经济建设的迅猛发展,建筑用砂资源短缺的矛盾日益突出,而且同等条件下,河砂的价格一般都比海砂要高很多。海砂在工程中的应用成了工程界和学术界普遍关心的问题。我国海岸线长,沿海地带海砂资源丰富,挖掘潜力大。如果海砂能够取代或部分取代河砂应用于土建工程中,则可以大大缓解河砂缺乏的现象。海砂淡化的常用方法有海滩堆积法和淡水冲洗法[115]。前者是将海砂堆积到一定厚度,自然堆放数月至几年,取样化验含盐量合格后使用。此技术措施简单,但周期长,空间利用率低且不能满足应急需要。后者即用淡水冲洗海砂,使其含盐量达到标准要求。此方法快捷,能满足应急需要,但通常需要冲洗设备,造价高且严重浪费水资源。

海砂应用的优点:

① 价格便宜,为同等质量河砂价格的 3/5。

② 含泥量低,有利于提高混凝土的力学性能。

③ 分选好,分布集中,方便运输。

④ 颗粒分布均匀,压碎指标小。

海砂应用的缺点[116]:

① 含盐量。主要是 $SO_4^{2-}$ 和 $Cl^-$,其中 $SO_4^{2-}$ 含量较少,对混凝土性能影响不大。$Cl^-$ 会破坏钢筋表面的钝化膜,导致钢筋锈蚀膨胀,混凝土开裂,影响混凝土结构的耐久性;同时 $Cl^-$ 有早强作用,也会导致混凝土干燥收缩。

② 贝壳含量。贝壳多呈薄片状,与水泥浆的和易性较差,容易沿节理面开裂,影响混凝土的和易性及力学性能。当含量较高时,可采用筛孔位 10mm 滚筛进行筛除。

3. 纤维复合材料

纤维增强复合材料(fiber-reinforced polymer,FRP)是把高性能的纤维,如玻璃纤维、碳纤维等经过编织或缠绕与环氧树脂等基材胶合凝固或经过高温固化而形成的一种复合材料。FRP 的基本组成材料为纤维和树脂。纤维是由纤维丝缠绕或纺织形成的。树脂是粘结介质,传递分布纤维间的应力,保证其形成整体并均匀受力。近年来,FRP 因其质量轻、便于施工、耐腐蚀、高强度质量密度比等优点,被广泛应用于土木工程中。常见的包括 FRP 桥板[117]、FRP 管混凝土柱和桩以及 FRP 索等[118],同时 FRP 也广泛应用于结构的修复加固工程中[119,120]。

(1) FRP 材料的优点

① 轻质高强。FRP 的相对密度在 1.5~2.0 之间,只有钢材的 1/4~1/5,但拉伸强度却接近其至超过碳素钢,其比强度可以和高级合金钢相比。

② 耐腐蚀性能好。FRP 是良好的耐腐材料,对大气、水和一般浓度的酸、碱、盐以及多种油类和溶剂都有较好的抵抗能力。

③ 电性能好。是优良的电绝缘材料,可用来制造绝缘体。FRP 在高频下仍能保护良好介电性,微波透过性能良好,已被广泛应用于雷达天线罩。

④ 可设计性好。可以根据需求,灵活设计出各种结构产品,来满足使用要求,同时使产品具有很好的整体性。

⑤ 工艺性优良。可以根据产品的形状、技术要求、用途及数量等来灵活地选取成型工艺。

(2) FRP 材料的缺点

① 弹性模量低。FRP 的弹性模量比木材大两倍,但比钢材小近 10 倍,因此在产品结构中常显得刚性不足,容易变形,可以做成薄壳结构、夹层结构等。

② 长期耐温性差。一般 FRP 不能在高温下长期使用,通常聚酯 FRP 在 50℃以上强度就明显下降,一般只在 100℃以下使用;通用型环氧 FRP 在 60℃以上,强

度有明显下降。

③ 老化现象。在紫外线、风沙雨雪、化学介质和机械应力等作用下容易导致性能下降。

④ 层间剪切强度低。FRP的层间剪切强度是靠树脂来承担的,所以很低。可以通过选择成型工艺、使用偶联剂等方法来提高层间粘结力。

（3）FRP管的成型工艺

FRP管的主要成型工艺有缠绕成型法和拉挤成型法,对于大口径FRP管,多采用缠绕成型法[121]。该方法是将浸过树脂胶液的连续纤维或布带、预浸纱等按照一定的规律缠绕到芯模上,然后经固化、脱模,获得制成品,如图1-11所示。根据纤维缠绕成型时树脂基体物理化学状态的不同,可分为干法缠绕、湿法缠绕和半干法缠绕三种。

图1-11 FRP缠绕成型工艺

① 干法缠绕。干法缠绕是采用经过预浸胶处理的预浸纱或带,在缠绕机上经加热软化至粘流态后缠绕到芯模上。由于预浸纱(或带)是专业生产,能严格控制树脂含量和预浸纱质量。因此,干法缠绕能够准确地控制产品质量。干法缠绕工艺的最大特点是生产效率高,缠绕速度可达 100～200m/min,缠绕机清洁,劳动卫生条件好,产品质量高。其缺点是缠绕设备贵,投资较大。此外干法缠绕制品的层间剪切强度较低。

② 湿法缠绕。湿法缠绕是将纤维集束浸胶后,在张力控制下直接缠绕到芯模上。湿法缠绕的优点有:成本低,产品气密性好,纤维排列平行度好,生产效率高等。主要的缺点有:树脂浪费大,操作环境差,含胶量及成品质量不易控制,可供湿法缠绕的树脂品种较少等。

③ 半干法缠绕。半干法缠绕是纤维浸胶后到缠绕至芯模的过程中，增加一套烘干设备，将浸胶纱中的溶剂除去。与干法相比，半干法缠绕省却了预浸胶工序和设备。与湿法相比，可使制品中的气泡含量降低。

三种缠绕方法中，以湿法缠绕应用最为普遍，干法缠绕仅用于高性能、高精度的尖端技术领域。

(4) FRP 耐久性

FRP 材料的耐久性受到如下因素的影响[122~125]：

① 化学介质的影响。玻璃纤维增强塑料(GFRP)具有很好的耐酸、耐盐腐蚀性能，但耐碱性能相对较差。因此，当 GFRP 应用到混凝土结构时需要考虑碱性环境的影响，可以通过控制应力水平低于极限拉伸强度的 25% 来保证耐久性的要求。与 GFRP 相比，碳纤维增强塑料(CFRP)的耐久性更好，但是 CFRP 的价格比 GFRP 高很多，在工程应用中，可以综合以上因素进行选择。

② 温度的影响。FRP 的热稳定性较差，FRP 聚合物会随着温度的升高而软化、分解，乃至烧焦，弹性模量也会因其分子结构的改变而急剧下降。树脂基体的玻化温度约为 60℃。因此使用 FRP 材料的结构，其环境温度应尽量低于该温度，最高也不宜超过 100℃。在合成材料中，纤维比树脂的耐高温性能更好，可以在长度方向上继续承受荷载。

③ 湿度的影响。FRP 中树脂基体可通过毛细作用吸收周围环境中的水分，其性能随之退化。由树脂本身的力学性能决定的抗压强度、剪切强度和粘结性能等特性将会显著下降，因此最好选用具有抗潮湿性的树脂。

④ 紫外线的影响。紫外线辐射会降低 FRP 材料的性能，其中芳香酰聚酰胺纤维对紫外线特别敏感，而碳纤维和玻璃纤维则对紫外线具有一定的抵抗能力。此外由于紫外线辐射作用会使树脂基体的材料性能略微下降。

### 1.2.4.2　国内外研究现状

#### 1. 海砂混凝土的研究现状

海砂型氯离子对钢筋的腐蚀的研究起步相对较晚，20 世纪 50 年代才对海工混凝土中的钢筋锈蚀问题展开了调查研究，对该方面的深入研究和对已损结构的修复处理主要是近年来随着"海砂屋"等现象的相继出现才开始的。刘军等[126]采用 NaCl 溶液浸泡模拟海砂进行混凝土试验，研究了海砂型氯离子在混凝土中的扩散特征，结合 SEM-EDS 微观试验，讨论了其传输机理。发现了海砂型氯离子与掺入型氯离子在混凝土中结合及传输方式的区别，并在此基础上提出海砂型氯盐侵蚀的概念。黄华县[127]进行了海砂混凝土抗压强度及耐久性试验研究。结果表明，海砂混凝土的抗压强度、抗折强度等比同级别的普通混凝土相差不多，28d 强度约为普通河砂混凝土的 $92\%\sim97\%$,海砂混凝土早期强度较高,但后期强度略有下降。刑锋等[128]研究了细骨料携带氯离子的砂浆中,氯离子结合率及其扩散机理,以及钢筋锈蚀参数的变化规律。结果表明,氯离子稳定结合律约为 $60\%$。砂浆试件中钢筋在 28d 之前存在一个加速锈蚀阶段。目前,我国已制定了行业标准《海砂混凝土应用技术规范》征求意见稿,包括海砂混凝土性能、配合比设计、施工及质量检验和验收等方面的相关规定和要求。

2. FRP 相关组合结构承载力研究现状

近年来,FRP 材料因其轻质高强、耐腐蚀性能好、电绝缘性能佳、可设计性强等优点而被广泛应用于土木工程领域。根据本书的研究内容,阐述相关领域的研究现状如下。

(1) FRP 管混凝土的研究现状

国外对 FRP 管的研究开始于 20 世纪 70 年代末,Kurt[129]首次提出用混凝土填充 PVC 或 ABS 管形成一种新型组合结构的想法。Mirmiran 和 Shahawy[130]建议用混凝土填充预制成型的 FRP 管来作为梁或柱以形成组合构件 CFFT(concrete-filled FRP tube)。Fardis 和 Khalili[131]研究了 FRP 缠绕圆柱混凝土的性能,通过试验提出了两种 FRP 管约束混凝土柱在轴向受压状态下的应力-应变关系,并对偏压及纯弯构件进行计算分析。在理论研究方面,FRP 管约束混凝土的本构关系已经提出了多种分析模型。最早的模型是基于约束混凝土横向变形的特征,随后 Fam 等[132]发展了考虑横向和轴向应变的 Mander 模型[133],该模型考虑了经受双向应力状态下 FRP 管的特性。Lam 和 Teng[134]为了得到更广泛使用的应力-应变模型,搜集了大量的试验数据建立了较大的数据库,从而提出了较有影响力的抛物线加直线段模型。

国内同济大学最早将 FRP 作为修复材料进行应用和研究。赵健、薛元德[135]采用有限元程序模拟 FRP 管混凝土的应力应变全过程曲线,并将 CFRP、GFRP 分别约束混凝土柱与素混凝土柱和钢管混凝土柱的轴向载荷位移曲线进行了对比分析。结果表明,正交铺设的 FRP 管混凝土柱的极限承载力优于素混凝土柱和钢管混凝土柱。黄龙男等[136]探讨了 FRP 管代替普通钢管增强混凝土柱的可行性,并对单轴压力下 FRP 管混凝土短柱的力学性能进行了试验研究。结果表明,FRP 管混凝土柱的性能明显优于两种结构单独承载下承载力和刚度的叠加。李杰、薛元德[137]对混杂 FRP 管混凝土偏压柱进行了试验和理论研究,研究表明当轴力较大时,FRP 管对核心混凝土的约束效果好。由于受到 FRP 管的约束,混凝土受压应力应变关系为双线形。刘明学、钱稼茹[138]为建立纤维增强复合材料约束圆柱混凝土受压应力-应变关系模型,分析了国内外 305 个轴心受压 FRP 约束圆混凝土试件的试验结果。提出了 FRP 约束圆柱混凝土受压应力-应变关系模型,该模型包括强化型和软化型两种。鲁国昌、叶列平等[139]考虑了 FRP 管轴向受力对承载力的贡献和对环向约束模量降低的影响,在现有约束混凝土模型的基础上,提出了一种考虑 FRP 管在双向受力下的应力-应变关系分析模型,并与试验结果进行对比,吻合较好。

(2) FRP 管-混凝土-钢管组合柱

圆 FRP 管-混凝土-钢管组合柱是受中空夹层钢管的启发,由滕锦光等于 2004 年提出的一种新的结构形式。滕锦光等[140]进行了六个圆 FRP 管-混凝土-钢管组合柱轴心受压短柱和三个四点弯曲构件的试验研究,并分析和探讨了其力学性能。试验表明,尽管结构内部空心,但 FRP 外管仍然可以对混凝土提供有效的约束,使构件具有良好的延性。钱稼茹、刘明学[141]完成了三个圆钢管短柱和十个双壁空心管短柱试件的轴心抗压试验。结果表明,双壁空心管短柱内层钢管受到管内混凝土的径向压力,屈曲被延迟;管内混凝土受到外层 FRP 管和内层钢管的共同约束,具有良好的延性。通过试验结果分析,提出了双壁空心管内混凝土受压应力-应变关系模型的三种类型及模型参数的计算公式。余小伍[142]根据已有试验结果,对 FRP 管-混凝土-钢管组合柱的轴压性能进行有限元分析,考虑了截面形状、外包 CFRP 厚度和弹性模量、内钢管的强度和厚度以及混凝土的强度等级对组合柱轴压性能的影响。通过线性回归,得到了轴压承载力公式,并引入稳定承载力系数对稳定承载力进行评价。

3. 相关组合结构抗震性能的研究现状

(1) 钢管混凝土柱抗震性能研究

大量的试验和理论研究证明,钢管混凝土柱具有优良的抗震性能。钟善桐等[143]对其抗震性能作了大量的研究,发现在低周反复荷载和地震荷载作用下,钢管混凝土的滞回曲线非常饱满,而且其延性系数都非常大。并根据试验得到了钢管混凝土弯矩-曲率模型和荷载-位移模型。陶忠[144]对内填普通强度混凝土压弯构件的滞回性能进行了分析,并给出了相应的恢复力模型。韩林海等[145]对圆钢管混凝土的滞回性能进行研究,通过试验和有限元回归得到了荷载-位移恢复力模型,并推导了延性系数的简化计算公式。查晓雄等[146]对空心圆钢管混凝土压弯构件的骨架曲线进行有限元分析,通过多元非线性回归得到了恢复力简化模型,并得到了空心钢管混凝土柱延性系数的计算公式。

(2) FRP 管混凝土结构抗震性能的研究现状

美国的 Priestley 等[147]最早开始研究 CFRP 管混凝土柱的抗震性能,进行了三个悬臂柱的拟静力试验,其中两个为 CFRP 管混凝土构件,一个有配钢筋,另外一个没配钢筋,参照组为相同配筋率的普通钢筋混凝土构件。试验结果表明未配置钢筋的构件过早发生脆性破坏,而管内配置钢筋的构件延性较好。我国的卓卫东和范立础[148]进行了 GFRP 管混凝土柱的拟静力和振动台试验。两组拟静力试验分别用来模拟弯曲破坏型桥墩和剪切破坏型桥墩。GFRP 管试件和对照钢筋混凝土柱试件配筋率约为 1.28%。试验结果表明,虽然使用 GFRP 管对试件抗力的提高影响不大,但对延性系数提高很大。无论是弯曲破坏型还是剪切破坏型的桥墩,均可以获得设计所需的位移延性系数。钱稼茹、刘明学[149]对 FRP 管-混凝土-钢双壁空心管柱抗震性能进行了试验研究。共完成了九根双壁空心管柱试件和四根混凝土-钢空心管柱对比试件在定轴力和往复水平力作用下的试验。双壁空心管柱试件有三种破坏形态:内层钢管受拉屈服,混凝土压坏;内层钢管未受拉屈服,混凝土压坏或在塑性铰区 FRP 管出现多条树脂受压剪切裂缝;塑性铰区 FRP 管压屈。结果表明,由于 FRP 的约束作用,双壁空心管柱试件的承载能力大于混凝土-钢空心管柱试件,变形能力和耗能能力显著大于对比试件。

### 1.2.4.3 电化学方法去除海砂中氯化物

#### 1. 概述

我国海域辽阔,海岸线很长,大规模的基本建设集中于沿海地区,而海边混凝土工程由于长期受氯离子侵蚀,混凝土中的钢筋锈蚀现象非常严重,已建的海港码头等工程多数都达不到设计寿命的要求。我国北方地区,为保证冬季交通畅行,向道路、桥梁以及城市立交桥等撒除冰盐,大量使用的氯化钠和氯化钙,使得氯离子渗入混凝土,引起钢筋锈蚀破坏。我国还有广泛的盐碱地,其腐蚀条件更为苛刻[150]。国外的情况更加严重,20 世纪 30 年代建造的美国俄勒冈州 Alsea 海湾上的多拱大桥,20 世纪 60 年代建造的美国旧金山海湾的第二座 San Mateo-Hayward 大桥,以及在阿拉伯海湾和红海上建造的大量海工混凝土结构等都是由于氯离子的侵入导致钢筋腐蚀造成结构破坏[150]。总之,在整个世界范围内来说,氯化物引起的钢筋的腐蚀已经成为了引起混凝土结构提前失效的最主要最普遍的原因,造成了巨大的直接或间接的损失。

混凝土中的微孔、毛细孔等内含有可溶性的钙、钠、钾等碱金属和碱土金属离子,为混凝土中的钢筋提供了一个 pH 为 13 或更高碱性的环境,在这样的环境条件下,钢筋表面形成一层致密的钝化膜[151],保护钢筋不受腐蚀,见式(1-1)。

$$2Fe + 6OH^- \longrightarrow Fe_2O_3 + 3H_2O + 6e^- \qquad (1-1)$$

而当混凝土的 pH 下降或受到氯离子作用时,在钢筋与混凝土界面存在局部 pH 降低,致使钝化膜逐渐溶解破坏,从而丧失了保护能力,见式(1-2)。

$$Fe_2O_3 + 6Cl^- + 3H_2O \longrightarrow 2FeCl_3 + 6OH^- \qquad (1-2)$$

同时由于氯离子半径小、活性大,可以从钝化膜的缺陷处(如晶界、位错等)渗入,直接与铁原子发生反应,形成以钢筋为阳极,见式(1-3)、式(1-4)、式(1-5),而大面积的保护膜为阴极的腐蚀电池,见式(1-6)。阳极产生的多余的电子通过钢筋传到阴极,阴极产生的氢氧根离子通过混凝土的孔隙以及钢筋表面与混凝土间空隙的电解质被送往阳极,从而形成一个腐蚀电流的闭合回路,如图 1-12 所示[151]。这种小阳极与大阴极的腐蚀电池成了所谓的小孔腐蚀,即坑蚀现象,而在腐蚀过程中,氯离子不被消耗,主要起到催化作用。

$$Fe \longrightarrow Fe^{2+} + 2e^- \tag{1-3}$$

$$Fe + 2OH^- \longrightarrow Fe(OH)_2 \tag{1-4}$$

$$4Fe(OH)_2 + O_2 + 2H_2O \longrightarrow 4Fe(OH)_3 \tag{1-5}$$

$$\frac{1}{2}O_2 + H_2O + 2e^- \longrightarrow 2OH^- \tag{1-6}$$

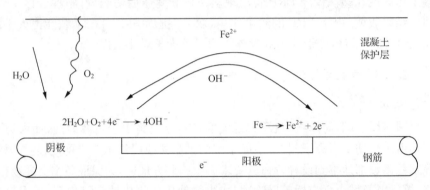

图 1-12　氯离子腐蚀钢筋的基本原理

为了使混凝土结构在使用期内避免遭受钢筋腐蚀破坏,严格控制氯离子在混凝土中的含量是十分必要的。传统的修补方法是将结构表面受污染混凝土直接清除,对钢筋作除锈、阻锈处理,再使用抗渗性较高的混凝土或砂浆作保护层进行修补,这种方法存在施工工艺复杂,不能清除已侵入混凝土内层的氯离子,不能使已经活化且局部锈蚀的钢筋表面重新钝化,新旧混凝土界面粘结性不良等缺点[152]。因此,针对如何处理氯化物所带来的腐蚀这一问题,人们现今更多地关注于发展可供选择的补救措施。而阴极保护以及氯化物的电化学去除方法就是以此为目的发展出来的两项技术。与阴极保护相比,氯盐的电化学排除法是一种在短时间内即可完成的技术工作,并且在剩余的承载期间里,我们不需要对这套系统进行维持以及监测。因此,氯化物的电化学排除法与阴极保护相比是一种更为经济有效的方法[153],尽管它所能应用的范围仅限于那些由氯离子引起的腐蚀在钢筋表层区域还未十分显著的情况。

电化学脱盐是指在无需破坏原混凝土结构保护层的条件下,通过外加电场使侵入混凝土保护层的氯盐有害组分直接排出,并且使已经活化开始锈蚀的钢筋表面重新钝化的一种新技术,可以对钢筋混凝土进行高效、快速、低成本且非破损型修复[154]。实践表明,电化学脱盐技术能脱除氯离子(总量)平均达 70% 以上,使混凝土中氯离子含量降到钢筋安全的范围内,使钢筋表面恢复钝化或使钝化膜加强,从根本上消除可继续存在钢筋腐蚀的隐患。与传统的修复技术相比,电化学脱盐技术是一项针对氯离子侵入混凝土,致使其中钢筋发生腐蚀的修复方案,具有经济、省时、方便的优势;同时该技术处理范围比较大,可对整个被处理面积下的钢筋实施腐蚀防护和修复;劳动强度低,对混凝土表面尚完好的区域(即使其内部钢筋已开始点蚀)和已破坏区域钢筋背后混凝土,无需进行凿除处理,易于操作和掌握[155]。

当然电化学脱盐是一个复杂的过程。它包括不同离子的扩散移动,在混凝土孔隙电解液中它们的相互作用,在固态水泥与液态电解液间离子的划分,多种离子之间的化学反应与发生在电极处电化学反应。尽管现已有一些关于这项措施功效的试验研究,但还缺乏一些可靠的足以描述基本现象的理论模型。这就严重阻碍了对于给定结构为了优化过程变量所能进行的努力的成效。而工程师们现今所采用的例如外部电极成分、施加的电流强度与持续时间等一些重要参数还只是基于经验的猜测。因此迫切需要我们对此建立一个理论模型,来深入理解这一过程,对其进行优化处理。

因此本书选择 COMSOL 耦合物理场软件对电化学脱盐过程做有限元的模拟,考虑各脱盐技术因素,分析得出最优脱盐技术参数,以及各因素对脱盐效率的影响,得出脱盐效率总方程。

2. 研究现状

欧美发达国家于 1975 年开始对如何采用电化学的方法去除氯离子进行不懈的研究。而我国许多科研人员也在近些年开始了针对钢筋腐蚀等问题的深入研究,采用各种方法以去除氯离子对钢筋的腐蚀。然而这种腐蚀广泛存在于现实结构中,并且很难依靠纯物理的方法得以解决。因此这便启发人们寻找一种利用电化学原理的解决途径。经研究,人们选取钢筋作为阴极,并在其上作用持续的低电流密度,即阴极保护的方法,或者在其上作用短时的高电流密度,即氯盐的电化学排除法[156]。通过这两种方法,混凝土结构中的氯离子便可得以去除。而后一种方法由于不需要安放永久的电器设备,对于那些受氯化物侵蚀还不十分显著,没有透过钢筋表层区域的建筑结构来说则更具吸引力[157]。而且采用此种方法,其所带来的副作用较小可以接受[158~160]。

多年以前,我国的研究人员便对由氯化物造成的混凝土耐久性降低的原理有了深入的了解,分析出了由氯盐引起的钢筋腐蚀这一过程中所发生的各种反应情况。储炜等就曾采用动电位扫描法研究钢筋在混凝土模拟孔溶液中腐蚀的电化学行为,获得了不同 pH 和氯离子含量对影响钢筋局部锈蚀的临界关系。针对钢筋的腐蚀问题,现有许多相应的修复保护技术。陈肇元曾详尽地讨论了混凝土结构的耐久性设计方法[161]。卢木也曾就混凝土中钢筋锈蚀的研究现状进行细致介绍,包括钢筋锈蚀机理、锈蚀速度、锈蚀程度、锈蚀防护、锈蚀的力学性能等方面[162]。而冷发光等则以正交试验的手段对提高混凝土强度及耐久性进行了研究。胡曙刚等则应用电化学阻抗谱(EIS)研究了环境介质中氯离子对混凝土中钢筋腐蚀行为的影响[163]。覃丽坤介绍了日本关于混凝土构筑物的腐蚀诊断及加固被强的最新动向和方法。洪定海针对钢筋腐蚀的不同机理,分别评述了对钢筋腐蚀引起的混凝土结构破坏进行长效修复的各种基本方法。赵鹏飞等根据钢筋混凝土构件耐久性评估的特点,借助于模糊数学的手段,提出了一种耐久性分级评定方法。

近些年来,由于欧美引入的电化学方法除氯的兴起,我国的科研工作者也加入到了对这一世界性问题进行研究的行列中。但由于我国在这方面的研究相对较晚,因此我国现有的研究多是在国外研究的已有成果的基础上进行了修正和发展。但也有了相当的成果。周新刚等分析比较了除盐法与其他电化学方法的防治效果[164]。成立等通过各种试验研究出了影响电化学脱盐效果的各种因素,包括电化学参数如电流密度、电荷量等[165],混凝土技术参数包括混凝土保护层厚度、初始氯离子浓度、钢筋面积/ 混凝土面积之比、水灰比[166]、电解液[167]、阳极金属网[168]等;同时,得出了电化学脱盐后钢筋混凝土强度和结构的影响,混凝土强度没有发生明显的改变,混凝土密实性和抗氯离子渗透性能有所提高,但混凝土与钢筋的结合强度会因电化学脱盐而有一定程度的下降,并且其下降幅度将随脱盐施加电流密度的增加而增加[169]。路新瀛等则根据 Nernst-Einstein 方程发展了一种快速测定混凝土中氯离子扩散系数的方法,并测定了氯离子在一系列不同水灰比的水泥砂浆和混凝土中的扩散系数,建立了氯离子扩散数据库[170~173]。

近段时间大多数国外研究者也还是以试验为主要手段[174~178],分析了影响电化学脱盐效果的因素,主要有 Michael Siegwart 等对电化学脱盐处理(ECR)处理中孔隙尺寸变化影响[179],Garces 等分析了钢筋排列对 ECE 处理的影响[180],Siegwart 等研究出 ECE 不能用来处理预应力钢筋混凝土结构[181]。目前已出现了一些电化学脱盐法的数学模型,例如 Gau 和 Cornet 的模型、Arya 和 Vsssic 等的模型等,以及 Andrade 等的模型[182],它与实际工程相对来说比较接近。21 世纪初,Li 等又对数学模型进行了修正,他们主要是建立氯离子去除过程中的非线性对流-扩散方程[183],利用有限元模型模拟电化学脱盐的全过程,分别做了一维模型[183]、二维模型[153]、氯离子侵入混凝土模型[184]以及离子活性影响模型[185],对电化学作了研究和分析,分析了电流密度、电势梯度、离子粘合及离子扩散系数对电化学脱盐效果的影响。

国内电化学脱盐在现场的使用还是相对较少,主要是以预防为主,沿海等建筑防氯离子腐蚀措施大都在结构成形前设置好阴极保护法的装置。而国外对电化学脱盐的现场采用却已经很普遍。这里主要介绍在美国爱荷华州爱荷华路上一人行天桥表面进行电化学脱盐处理的流程[186]。电化学脱盐的试验装置如图 1-13 所示,试验中各装置的位置以及作用见图示。首先采用半电池电位法(ASTMC-876

设备)检测结构内部氯离子的含量。接着进行电化学脱盐处理:先在桥面上撒上石灰,在石灰上铺上一层毡制毛布,然后铺上一层钛金属网,如图 1-14 所示[186];在金属网再一次铺上毡制毛布,在其上布置洒水的水管,以维持混凝土结构表面的湿度,达到外加溶液的作用;最后铺上塑料薄膜,防止水分的蒸发。同时用电线以及整流器把钢筋和钛金属网连接起来,组成一个闭合电路,如图 1-15 所示[149]。

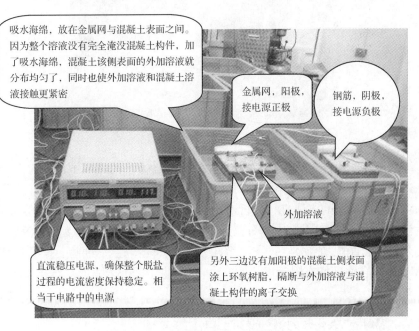

图 1-13 电化学脱盐的试验装置

图 1-14 桥面铺置的钛金属网

图 1-15　电化学脱盐的设置

综合现今国内外发展情况,对于电化学除氯盐方法的原理虽已为人们所理解,但在进行处理的过程中,对各种离子及外部条件等所产生的影响还不完全了解。以往多是通过试验的方法进行分析对比及研究措施的功效,在有经验的基础上进行设计。即使是数值模拟,大部分是通过 Matlab 编程计算的。为了避免编制程序的复杂,并能直观有效地充分了解电化学除氯盐这一过程,本项目将采用 COMSOL 耦合物理场有限元模拟的方法,通过建立一个全面的二维模型来解决这一复杂问题。

### 1.2.5　能利用二氧化碳的钢管混凝土构件

#### 1.2.5.1　概况

##### 1. 二氧化碳的危害

工业革命开始时的 1880 年大气中二氧化碳浓度为 280ppm(ppm 表示百万分之一,即 $10^{-6}$),而 1950 年为 310ppm,1991 年为 383ppm,现在每年以 0.4% 的速度增长。现在全球每年人为排放二氧化碳约 215 亿 t,干扰了生物地球化学循环,引起大气中二氧化碳浓度逐步年上升,其温室效应将导致气候变暖[187]。例如 1998 年是全球有温度记录以来最热的年份,发生超级厄尔尼诺现象,促使地球气温达到最高纪录;2005 年气温变化幅度相似于 1998 年,甚至超过 1998 年而成为迄今最热的年份。大气层中温室气体浓度增加,加剧温室效应,可引起西太平洋赤道地区的海水温度高于东太平洋赤道地区的海水温度,两者的温差可导致正常气候与厄尔尼诺之间的气温度化幅度增大。厄尔尼诺是热带太平洋上的现象,却影响着全球气候变化,对中国的影响也很大。太平洋上沿着中国海有一支非常强的洋流(黑潮),黑潮洋流对中国汛期、降水影响很大。厄尔尼诺这种现象可能是全球气候变暖的重要征候。除太平洋之外,也会影响大西洋和印度洋引发类似现象。图 1-16 所示为全球变暖加速冰川融化[187]。

图 1-16 全球变暖加速冰川融化

气候变暖正在影响西太平洋表层海水温度,随后进一步影响深层海水温度。最近全球平均气温骤升,全球地表温度在近 30 年来,每 10 年上升 0.3℃,地球可能接近最近 100 万年来最热的时期,尤其是太平洋部分地区。厄尔尼诺对台风现象也有影响,台风可造成重大灾害,台风发展使大量冷水上翻、冷水上翻又影响台风运行路径和强度。而全球气温骤升在一定程度上归结为人类活动向大气排放温室气体二氧化碳,化石燃料的利用是二氧化碳的重要来源。二氧化碳的温室效应引起气候变化,而气候变化造成的气候灾难直接关系着生态系统平衡。生命财产的安全、国家经济发展和社会进步,关联着国家综合实力和人类安全[187]。

2. 建筑行业与二氧化碳的关系

水泥是资源和能源高消耗的行业,是典型高投资、低产出、高污染的产业,也是社会物质文明和经济增长的支撑之一。水泥工业在整个国民经济产值中所占的比例很小,却是国家经济社会建设中不可缺少的产业。在当今的信息经济以及随之而来的知识经济时代,不论纳米技术和生物技术如何发展,也不管新材料和新能源如何层出不穷,水泥仍然是难以替代的经济实用的建筑材料,是建材中的骨干和基础[187]。

进入 21 世纪,中国水泥产量稳居世界第一。2005 年,中国水泥产量 10.6 亿 t,年增长 10%[187],由于水泥生产时需要在 1300～1450℃高温下煅烧,又要通过粉磨，使水泥表面面积在 2500～6000cm²/g 之间，因此，水泥生产是高能耗产业，我国生产每吨水泥熟料的单位能耗大约在 100～110kg 标准煤的水平，可能还有相当量的水泥生产单位能耗高达 190～220kg 标准煤。粗略估计，2005 年全国水泥生产消耗的能量大约在 1.27 亿～1.7 亿 t 标煤之间（甚至还可能接近 2 亿 t 标煤），大约占全国总能耗（22.2 亿 t 标煤）的 5.7%～7.6%（也可能接近 9%）。而水泥制造活动，用传统的工艺生产每吨水泥要排放 900～1000kg 二氧化碳，而改用干式回转窑生产可望将二氧化碳的单位排放量降至 700kg 以下。由于水泥制造过程中排放高浓度的大量的二氧化碳，为控制温室气体的排放，可望回收利用或固定二氧化碳。图 1-17 所示为水泥厂排放出的大量工业废气。

图 1-17　水泥厂对大气环境的污染

　　水泥工业是高能耗产业，又是二氧化碳的高排放行业。生产每吨水泥大约要排放 900～1000kg 二氧化碳，其中有超过 510kg 来源于原料石灰质的热分解，其余则取决于单位能耗的多少。2005 年中国水泥总产量 10.6 亿 t，意味着排放二氧化碳 9.54 亿～10.6 亿 t，大约占中国二氧化碳年排放量的 1/3。二氧化碳是温室气体，由于温室效应，可引起气候变暖，按《气候框架条件》和《京都议定书》的规定，要求逐步对二氧化碳等温室气体实行总量控制和严格监管。这将是水泥工业发展不可回避的大问题。

　　能源产业是二氧化碳最主要的排放源，中国能源以煤炭消费为主，占总能源比重的 75%，火力发电厂、建材、陶瓷、水泥厂等行业大量燃烧化石燃料，不仅耗能巨大，更成为主要的污染排放源。其中火力发电厂是不仅是排放二氧化碳的最大行业（约占人类活动排放二氧化碳总量的 1/4），而且产生大量的固体废弃物——粉煤灰，对环境造成极大的污染。

### 1.2.5.2 国内外的研究情况

1. 混凝土碳化的机理研究

(1) 混凝土碳化的化学反应方程

普通混凝土是由水泥、砂、石、水等材料拌和水化而成的。由于高层建筑、大跨度桥梁、大型渡槽等大型复杂结构的建设需要,需使用粉煤灰、硅灰等掺和料以及减水剂、引气剂等外加剂来改善混凝土的性能,使混凝土的基本组成材料扩大为六种[188]。

水化后的混凝土由水泥石和骨料组成,水泥石使混凝土成为整体,是影响混凝土性能的关键部分。在普通硅酸盐水泥中,水泥石由氢氧化钙、水化硅酸钙、未水化的硅酸三钙、硅酸二钙、水化铝酸钙、水化硫酸钙和钙矾石等组成。其中氢氧化钙约占水泥石的 25%,混凝土一般呈强碱性,pH 为 12~13[188,189]。在水泥水化反应过程中,一部分水参与化学反应,另一部分水蒸发掉,其余的水作为自由水滞留在混凝土中。蒸发水外出的过程中会使混凝土形成空隙。因此,混凝土是固相、液相和气相组成的非均质体。

碳化是水泥石中的水化物与周围环境中的酸性物质反应,使混凝土的碱性降低的过程,这也称为混凝土的中性化。在一般大气环境下,酸性物质主要是指空气中的二氧化碳。室外空气中的二氧化碳浓度约为 0.038%,室内约为 0.1%。在有水的参与下,碳酸与混凝土的水化物质反应生成碳酸钙的碳化反应过程为[190]

$$CO_2 + Ca(OH)_2 \longrightarrow CaCO_3 + H_2O$$

$$3CaO \cdot 2SiO_2 \cdot 3H_2O + 3CO_2 \longrightarrow 3CaCO_3 \cdot 2SiO_2 \cdot 3H_2O$$

$$3CaO \cdot SiO_2 + \gamma H_2O + 3CO_2 \longrightarrow 3CaCO_3 + SiO_2 \cdot \gamma H_2O$$

$$2CaO \cdot SiO_2 + \gamma H_2O + 2CO_2 \longrightarrow 2CaCO_3 + SiO_2 \cdot \gamma H_2O$$

碳化反应的进程可分为三个步骤:第一步是二氧化碳气体融于混凝土孔隙中的水中形成碳酸;第二步是碳酸与混凝土的水化物质反应生成碳酸钙,其具体的化学反应方程如前所叙述;第三步是氢氧化钙溶出以补充混凝土孔隙液相中的氢氧化钙浓度。

因为碳化会降低混凝土内部的 pH[189,190],而钢筋表面的保护层是一种碱性物质,所以混凝土内部的 pH 降低影响钢筋的保护层,从而使钢筋锈蚀,为了减少对钢筋的影响,所以设置了混凝土保护层厚度。以往的研究大都重点研究碳化对混凝土耐久性的影响,而忽略了碳化对混凝土自身强度提高的作用。而在环境问题日益突出的情况下,如何有效地利用碳化的优点成了本书的研究重点。

(2) 碳化影响因素的分析

① 压力的影响。在不同的压力下,会影响二氧化碳的溶解性,相应地也会影响碳化速率,所以压力的不同会影响碳化深度。研究表明,在压力从 0.1MPa 到

20MPa时,二氧化碳的溶解性提高了 100 倍。更多的二氧化碳溶解于混凝土中的孔隙水中,可以增加参加反应的二氧化碳的含量,从而使反应进行的更快,有利于碳化反应。

② 温度的影响。碳化作为一种化学反应过程与一般的化学反应有相似之处,温度升高将加速二氧化碳气体向混凝土中的扩散,提高反应速度,加速碳化。但是过高的温度也将导致二氧化碳在水中的溶解度降低,延缓碳化速度。保持 65% 的相对湿度和 50% 的二氧化碳浓度,碳化 5d 时间,温度从 22℃ 提高到 42℃ 时,碳化深度从 17mm 提高到 22mm,碳化深度提高了 29.4%。因此有学者认为,在此湿度时,由于混凝土扩散受二氧化碳扩散控制,故对温度变化不敏感。因此,目前温度变化对混凝土碳化的影响各国学者意见尚不统一[189,191,192]。

③ 相对湿度的影响。二氧化碳和水结合形成碳酸是碳化的一个前提条件[193,194]。当混凝土比较干燥时,缺少生成碳酸的水分,混凝土碳化较慢。如果混凝土含水量过大,碳化反应放出的水无法释放,会阻止二氧化碳气体向混凝土深处继续扩散,同样将降低碳化速度。大量的资料表明,水下饱和状态的混凝土很少碳化,水位变动区的混凝土处于干湿交替状态,碳化发展的程度最严重,相比而言,水上部结构混凝土的碳化程度就轻一些。据分析,相对湿度在 50%～70% 时,碳化的速度较快[192,193]。

④ 二氧化碳状态变化的影响。超临界二氧化碳是一种特殊气体,存在于 31℃、74bar($1bar=10^5 Pa$)以上,在这个相位下的二氧化碳,具有液体一样的溶解性和活性,同时具备气体的流动性,容易进入微小孔洞。混凝土及砖瓦材料里具有大量的钙元素,如氢氧化钙,可以与空气中的二氧化碳发生碳化反应,生成坚硬的碳酸钙。在自然环境下,二氧化碳的溶解性很低,所以进入到混凝土孔隙水中的量也相对较小,碳化反应发生的极为缓慢,100mm 厚度的混凝土一般需要 50～100 年才能完全碳化。而对于超临界碳化来说,有两个突出的优点:首先,它具有液体的流动性却又像气体一样没有表面张力,所以极容易进入混凝土内部的微小孔隙,所以它能进入到混凝土内部的量也就相应增多;其次,因为其自身具有液体一样的溶解性,所以可以很快的溶于水中,省去了大量时间[194]。因而在碳化反应的两个阶段,自然碳化的速率与超临界碳化都是无法相比的;而对于试验条件下的加速碳化,因为二氧化碳呈气体性质,所以溶解性也会比较慢,与超临界碳化速率也无法相比。而由于超临界速率较快,碳酸钙沉淀没有在氢氧化钙的周围形成包围的时候,碳化反应已经完成,所以相对于自然状态下的碳化来说,其自身强度的提高也会比自然碳化值高。

⑤ 水灰比的影响。一方面,水灰比小,水用于水化反应的比例高,蒸发排出混凝土的水分少,因而混凝土中遗留的微空隙量小,混凝土比较密实,二氧化碳向混凝土内扩散受到的阻力增加,延缓了混凝土的碳化进度,混凝土的抗碳化能力较

强。水灰比增大时,情况正好相反。另一方面,水灰比小时,混凝土拌和物要达到相同的流动度,就需要增加水泥用量,这增加了混凝土中氢氧化钙的含量,也提高了混凝土的抗碳化能力。在其他条件相同的情况下,由于水灰比决定混凝土的强度,因此水灰比越小,混凝土的强度越高,碳化速度就越小。

　　2. 碳化深度的预测模型

　　目前关于混凝土碳化深度的模型较多,主要分为三类:随机模型、基于 FICK 定律提出的模型、多系数模型。这三种模型,有一个共同点,即碳化深度和时间的平方根成正比。

　　最典型的随机模型是由牛荻涛等提出的,这个模型考虑了环境温湿度、二氧化碳浓度及混凝土质量的影响预测碳化深度的随机模型,可表达为

$$L = K_T K_{RH} K_{CO_2} K_C \sqrt{t} \tag{1-7}$$

式中：$L$ ——混凝土碳化深度;

　　$K_T$ ——环境温度影响系数,可表示为 $K_T = \sqrt[4]{\dfrac{T_1}{T_0}}$,$T_1$ 为碳化环境温度,$T_0$

　　　　为标准环境温度;

　　$K_{RH}$ ——环境相对湿度系数,表示为 $K_{RH} = \dfrac{RH_1(100 - RH_1)}{RH_0(100 - RH_0)}$;

　　$K_{CO_2}$ ——二氧化碳浓度影响系数,可表示为 $K_{CO_2} = \sqrt{\dfrac{[CO_2]_1^0}{[CO_2]_0^0}}$;

　　$K_C$ ——混凝土质量影响系数;

　　$t$ ——碳化时间。

因为主要考虑的是室外实际工程,且碳化时间较长,所以没有考虑对热传递的影响,此处引入了室内热传递影响系数,来更好地拟合室内试验;而此式中的相对湿度影响系数存在较大问题,因为在相对湿度较低(约在 55% 以下)时,碳化反应受到限制,而此处给出的值在相对湿度为 40% 与 60% 时明显相同,所以,在低相对湿度的条件下,此式并不适用。

依据实际工程中混凝土抗压强度与碳化深度的统计资料,利用最小二乘法对其关系曲线进行拟合,所得混凝土抗压强度影响系数为

$$K_4 = \frac{57.94}{f_{cuk}} - 0.456 \tag{1-8}$$

作者查阅了有关文献[195~197],根据已有的研究成果,找到了几组不同常压碳化条件下的室内加速碳化试验,考虑到不同文献进行试验所考虑的影响因素不同,这里主要是与张海燕的硕士论文中的数据作为参考,影响因素主要有碳化时间、温度、相对湿度等,如表 1-1 所示。

**表 1-1　公式计算结果与实测值对比**[195]

| 序号 | $f_{cuk}$ | $t$/a | 实测 $X$/mm | 计算 $X_c$/mm | $X - X_c$ | $(X - X_c)/X$ | 地点 |
|------|-----------|-------|-------------|---------------|-----------|----------------|------|
| 1 | 43.5 | 0.077 | 7.6 | 8.70107 | 2.871291 | 0.377801 | |
| 2 | 39.9 | 0.077 | 13.2 | 10.53250 | −1.292100 | −0.097890 | |
| 3 | 35.4 | 0.077 | 13.1 | 13.34561 | 1.014548 | 0.077446 | 室内 |
| 4 | 34.2 | 0.077 | 13.9 | 14.22080 | 0.901062 | 0.064825 | 快速 |
| 5 | 31.7 | 0.077 | 18.3 | 16.25692 | −1.901760 | −0.103920 | 试验 |
| 6 | 27.7 | 0.077 | 17.2 | 20.27919 | 2.353373 | 0.136824 | |
| 7 | 26.7 | 0.077 | 17.9 | 21.47307 | 2.589870 | 0.144685 | |
| 8 | 22.3 | 0.077 | 23.2 | 27.99816 | 2.408267 | 0.103805 | |
| 9 | 22.0 | 0.077 | 24.4 | 28.53809 | 1.631804 | 0.066877 | |
| 10 | 21.9 | 0.077 | 25.6 | 28.72136 | 0.575561 | 0.022483 | |

　　由表 1-1 可以看出,拟合出的公式结果与实测值吻合的相对较好,误差的存在可能是因为对于试验室条件下的加速碳化来说,不可能把所有的影响因素都严格按照给定的值而没有偏差,而对于模拟来说,完全不存在上面的问题,所以两者之间存在一定的误差是可以接受的。

　　考虑再生混凝土的再生粗骨料的吸水作用,在强度相同时,再生混凝土的总水灰比与普通混凝土相比要大得多[198,199];而水灰比作为影响碳化深度的一个重要因素,对于再生混凝土来说是应该考虑的。因此,引入水灰比影响系数 $K_5 = 1.1$,对于再生混凝土有

$$X = K_1 K_2 K_3 K_4 K_5 \sqrt{t} \tag{1-9}$$

　　3. 二氧化碳回收利用及其国内外的应用

　　(1) 二氧化碳的回收方法

　　目前,国内外正大力研究提取二氧化碳的新技术。二氧化碳是潜在的碳资源,但必须进行分离回收、提浓,才能合理利用。

　　目前,工业上分离回收二氧化碳的方法有溶剂吸收法、低温蒸馏法、膜分离法和变压吸附法以及这些方法的综合利用[200]。溶剂吸收法中包括物理吸收法和化学吸收法,适用于处理气体中二氧化碳含量较低的气源,其分离效果良好,可获取 99.99% 的高纯度二氧化碳。但工艺投资费用大,能耗高,分离回收成本高。蒸馏工艺适用于高浓度(二氧化碳含量＞60%)气源。该工艺设备投资费用大,能耗高,分离效果较差,成本也高,采用较少。但国外引进的浅低温蒸馏法工艺装置可分离获取 99.95%～99.99% 的二氧化碳工业液体。低温蒸馏法,在 1.5～2.5MPa,−40～20℃下操作,这是国内原有二氧化碳装置所未采用的。变压吸附法,工艺过程简单,能耗低,适应能力强,无腐蚀问题,当二氧化碳含量小于 50%,变压吸附技

术比其他方法经济。西南化工研究院擅长变压吸附技术,已在四川、广东、辽宁等地建成了多套装置。膜分离法,工艺装置简单,寿命长,操作方便,技术先进,能耗低,效益高,经济合理,投资仅为溶剂吸收法的1/2,但很难得到高纯度的二氧化碳。若将膜分离法与化学吸收法相互组合成一个新工艺,前者作粗分离,后者精分离,其分离回收二氧化碳的成本最低。随着高功能膜技术的开发,膜分离回收的成本将进一步降低。也是分离回收二氧化碳最有前途的工艺技术。此外还有压缩冷凝法,用此法生产的瓶装工业液体二氧化碳,生产成本低,流程简单,设备投资最少,但产品未经提纯,充瓶后的二氧化碳瓶底的饱和游离水很多,空气含量也很高,不能用作食品添加剂,仅能制作干冰或进一步提纯的粗原料使用[201]。

二氧化碳在我国应用始于20世纪70~80年代,国内合成氨厂、酒精厂开始回收利用二氧化碳,基本为自产自用,仅有少量商品,一年最多产销3万~5万t。90年代初,国内二氧化碳产销量迅速增长到20万t以上,市场初具规模。随着我国工农业经济的多元化发展,国内二氧化碳需求呈现快速增长。至2000年底,二氧化碳的生产能力约为100万t,预计今后的年平均消费增长速度为15%~20%。面对中国广阔的市场,海外大气体公司也纷纷投资中国,在资源丰富、市场潜力较大的省市不断建厂。法液空公司和中国台湾的烃福公司立足青岛、上海等重要的沿海开放城市合作合资开发、经营二氧化碳等工业气体产品,为提高其市场占有率和竞争力,其规模也在不断扩大。如林德和上海焦化合资拟建6万t精制厂。与国外公司的合作,引进了先进的工艺技术,使我国二氧化碳行业的整体技术水平上了一个台阶,与传统的高压工艺相比,流程简单,自动化水平高,成本降低,产品质量达到国际标准。同时,国内的科研机构也大力着手研究二氧化碳提取与应用技术,在国家863计划、国家自然科学基金等高新技术和基础研究项目中,都已将二氧化碳列入相关的重大课题[202]。

(2)常压下的二氧化碳在土木工程中的利用

常压下的二氧化碳目前在土木建筑行业中应用非常少,其主要原因在于二氧化碳本身对混凝土的中性化使得混凝土抗氯离子性能大大降低。目前,常压下的二氧化碳可用于中和混凝土中的氢氧化钙,使得混凝土不起白霜[189]。另外,二氧化碳也能够通过中和混凝土中的氢氧化钙来保护混凝土中的玻璃纤维[189]。

(3)超临界二氧化碳在土木工程中的利用

将超临界二氧化碳应用于建筑行业,国外研究刚刚起步。University of Leeds(利兹大学)、University of Birmingham(伯明翰大学)、University of Aston(阿斯顿大学)联合研发了集二氧化碳提取和高压注入改善砖瓦材料性能于一体的试验设备。图1-18所示为利兹大学开发的二氧化碳回收改造高性能建筑材料的试验设备。研究表明,超临界二氧化碳是一种特殊气体,存在于31℃、74bar以上,在这个相位下的二氧化碳,具有液体一样的溶解性和活性,同时具备气体的流动性,容易进入微小孔洞[203]。混凝土及砖瓦材料里具有大量的钙元素,如氢氧化钙,可以与空气中的二氧化碳发生碳化反应,生成坚硬的碳酸钙[189]。在自然环境下,碳化反应极为缓慢,反应中生成的水严重阻碍碳化的进一步扩展,100mm 厚度的混凝土一般需要 50～100 年才能完全碳化。碳化后的混凝土强度提高,孔洞率小,具有更好的力学性能。国外研究表明,在适当的条件下,超临界二氧化碳可以更快速更充分地与混凝土发生碳化反应,可以用该方法制造物理性能、力学性能更好的水泥、陶瓷制品,同时也可以在制造过程中增添各种纤维以改善材料某一方面的性能。英国三所大学已经成功研制了二氧化碳改善的砖瓦材料,其抗裂性能、内部微小空隙得到了很大的改善,且表面光滑清洁,无需石灰砂浆涂层。

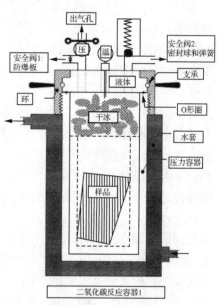

图 1-18　利兹大学开发的二氧化碳回收改造高性能建筑材料的试验设备

（4）空心钢管混凝土在我国的发展与应用

在空心钢管中放入一定量的混凝土,在旋转机上高速旋转,即形成中部空心的钢管混凝土,称为空心钢管混凝土。混凝土层的内径、外径比称为空心率。当空心率为零时,即为实心钢管混凝土,当空心率为 1 时,即为无混凝土的空钢管[1]。

实心钢管混凝土在国内应用已经较广泛,设计和应用经验丰富,成果也多。空心钢管混凝土在研究和应用较晚,主要用于送变电杆塔,替代预应力钢筋混凝土构架,耗钢量相同,节约混凝土,减轻自重,便于运输和施工,更重要的是不存在表面开裂。和钢构架相比,可节约大量钢材。

由于钢管混凝土具有突出的优点,由吉林省电力设计院与原哈尔滨建筑工程学院合作,于 1981 年 5 月建成投产第一个松蛟 220kV 输电线端塔。

横梁高 18m,四根立柱采用 $\varphi$245mm×4mm 实心钢管混凝土,钢材 Q235BF,内灌 C30 混凝土。立柱受轴心压力 500kN。共计用钢材 10t,混凝土 2.83m³,造价 18 200 元。与钢塔比,节约钢材 50%,节约投资 30%。施工时在现场进行了超载试验,超载 50%,工作仍为弹性,安全可靠。至今已安全运营 27 年。

该工程证明了钢管混凝土用于送变电杆塔结构具有很大的优越性,应该大力推广。然而,由于需现场浇灌混凝土,只能用于城区和靠近城市的工程,对郊外和线路上的塔架结构就无法施工。因此,提出了预制件的运输,为了减轻构件重量,想到了抽去中心部分的混凝土,这就出现了空心钢管混凝土构件。

随后,原哈尔滨建筑工程学院和辽宁省电力勘测设计院合作,开展了空心圆形钢管混凝土的研究。在瓦房店电力器材厂的支持下,进行了大量的试验研究,包括:轴心受压强度试验、稳定试验、受弯试验和受扭试验等。其中有一个 18m 长的轴心受压柱的立式试验,可以说是世界少有的大试验。

在研究和试验的基础上,辽宁省电力勘测设计院制订了《送电线路空心钢管混凝土杆段设计技术规定》(DLGJ-S11-92)。由此,在东北地区大量推广应用了这种新结构。

当时,我国严格控制钢结构的应用,因而电力部门大量采用了预应力钢筋混凝土杆塔结构。但 20 世纪 90 年代中期,这种结构普遍出现了纵向裂缝,影响了杆塔的使用寿命。为此,浙江省电力勘测设计院徐国林开始了空心钢管混凝土的研究和应用。在完成了大量的试验研究工作后,制订了电力行业标准《空心钢管混凝土结构技术规程》(CECS254-2009)。

迄今为止,全国已建成运行的采用空心钢管混凝土的送变电杆塔的工程已达上百个。

### 1.2.5.3　研究的目的与意义

#### 1. 回收二氧化碳

就目前的技术来说,低碳建筑离人们的实际生活也许还很遥远,如何在这段技术空白的时间内有效地回收二氧化碳就成了本书的研究重点。改造空心钢管混凝土与传统的空心钢管混凝土相比,充分利用了空心部分,而在钢管混凝土中,不存在钢筋由于碳化而锈蚀的问题。将二氧化碳放入空心部分,可以作为一种有效地回收二氧化碳的方法。

#### 2. 提高建筑材料的力学性能

混凝土是工程中用量最多,也是最主要的一种建筑材料,混凝土在环境作用下会发生碳化而失去碱性,呈现出中性化状态。此时钢筋将因脱钝失去保护而锈蚀[14,34],所以以往对混凝土碳化的研究,一般都是基于研究钢筋混凝土的耐久性考虑。而随着二氧化碳气体对地球环境的影响日益加大,而还没有有效减少二氧化碳的排放措施,所以如何利用已经排放出的二氧化碳成为了新的研究内容。建筑行业本来就是个高能产业,每天会产生大量的二氧化碳气体,而混凝土的碳化可以有效地吸收大气中的二氧化碳,而且碳化对混凝土自身的强度有提高,如何利用碳化的优点而又不影响结构的耐久性就成为了我们的研究内容。通过空心钢管混凝土结构这一形式,可以将内部空间作为储存空间,而在建筑成形后也不会对耐久性造成任何影响。

3. 主要研究内容

本书将根据国外的研究试验,利用临界二氧化碳做了钢管混凝土和再生钢管混凝土内部碳化的试验,并用有限元软件模拟了钢管混凝土内部碳化的情况,得出了一些研究结论。具体研究内容如下:

① 使用 COMSOL 有限元软件构建全面的有限元分析模型,考虑外界相对湿度、温度、二氧化碳浓度等影响因素,设置三面绝缘,一面碳化的二维物理模型对碳化过程进行模拟,得出不同因素影响下的碳化深度变化规律,将模拟结果与试验结果进行比较,以验证模型的正确性和全面性。并在此基础上,建立了钢管混凝土二维碳化模型,对钢管混凝土和再生钢管混凝土进行了碳化模拟,找到钢管混凝土和再生钢管混凝土在不同二氧化碳压力、不同养护时间下碳化的深度,通过碳化深度的模拟,进一步得出了碳化对钢管混凝土及再生钢管混凝土强度的提高程度,并与实际的钢管混凝土的强度做了对比。

② 进行空心钢管混凝土高压碳化试验,找出不同影响因素对碳化的影响规律,得到高压碳化下的碳化深度方程,并将有限元模拟的结果和试验结果进行了对比。

③ 分析不同碳化时间下的碳化深度与强度提高的规律,得出碳化深度与强度的关系公式,并针对空心钢管混凝土构件提出碳化后强度提高的计算公式。

④ 研究碳化对再生混凝土及再生钢管混凝土的影响规律,为再生混凝土找到一条新的应用途径,从而更好地利用建筑废物。

## 1.2.6　再生混凝土的研究

据统计,目前我国每年城市产出的建筑垃圾约为 60 亿 t,其中废弃混凝土约为 24 亿 t 左右,已占到建筑垃圾的 $30\% \sim 40\%$[204]。目前,我国建筑垃圾的综合利用率很低,许多地区建筑垃圾未经任何处理[205],便被运往郊外或乡村,露天堆放或进行简易填埋;而且,运送建筑垃圾大多采用非封闭式的运输车,不可避免地引起运输过程中的垃圾遗撒、粉尘和灰砂飞扬等问题,严重影响了城市的容貌和景观。主要表现为:

(1) 占用土地,降低土壤质量[206,207]

随着城市建筑垃圾量的增加,土地被占用面积也逐渐加大,大多数垃圾以露天堆放为主,经长期日晒雨淋后,垃圾中有害物质通过垃圾渗滤进入土壤中,从而发生了一系列物理、化学、生物反应,或为植物根系吸收或被微生物合成吸收,造成土壤的污染。

(2) 影响空气质量[206,208]

建筑垃圾在堆放过程中,在温度、水分等作用下,有些有机物质发生分解,产生有害气体;一些腐败的垃圾发出了恶臭气味,同时垃圾中的细菌、粉尘飘散,造成空气的环境污染。

(3) 对水域的影响[208]

建筑垃圾在堆放和填埋过程中,因发酵和雨水的冲淋以及用地表水和地下水的浸泡而产生的渗滤液,这会造成周围地表水和地下水的严重污染。

(4) 破坏市容、恶化城市环境卫生[206,209]

城市建筑垃圾占用空间大、堆放无序,甚至侵占了城市的各个角落,恶化了城市环境卫生,与城市的美化与文明的发展极不协调,影响了城市的形象。

(5) 存在安全隐患

大多数城市对建筑垃圾堆放未制定有效合理的方案,从而产生不同程度的安全隐患,比如建筑垃圾的崩塌现象时有发生,甚至有的会导致地表排水和泄洪能力的降低。

建筑垃圾的收集处理问题已是摆在全国环保工作者和城市领导面前的一道不小的难题。无数事实已经证明,建筑垃圾的收处和资源化循环利用,不仅是当地政府的重要日常工作,也是当今社会可持续发展的核心内容。

另一方面,混凝土中砂石骨料占总重量的 70% 以上[206,207],长期以来砂石被认为是取之不尽、用之不竭的,而随意开采,甚至滥采滥用。结果造成植被破坏、山体滑坡、河床改变,严重破坏自然环境和生态环境,对生态环境的可持续发展极为不利,产生巨大的社会负面效应。并且从某种意义上看,天然砂石属于不可再生资源,它们的形成需要经过漫长的地质年代,如果不加限制的采集,长此以往,我们将面临天然骨料短缺。可以预见,随着社会经济的发展,混凝土用量的增多,混凝土的可持续发展与骨料危机的矛盾将日益突出。

由于废弃混凝土块中含有大量砂石骨料,如果能将它们就地回收,经过破碎、清洗、分级[7]后作为骨料再利用,生产再生混凝土用到新建建筑物上,则不仅能降低成本、节省天然骨料资源、缓解骨科供求矛盾,还能保护骨料产地的生态环境,又能解决城市废弃物的堆放、占地和环境污染等问题,实现混凝土生产过程中的物质循环化。对废弃混凝土进行循环再利用被看作是发展绿色混凝土的主要措施之一,具有十分明显的环境效益、经济效益和社会效益。

尽管使用再生混凝土符合我们国家可持续发展的要求,但是由于再生骨料具有孔隙率高、吸水率大和强度低[6]等特征,在工程应用中受到很大的限制,目前还主要是应用于道路工程中,在建筑工程、桥隧工程应用非常少。

再生骨料的生产过程是这样的,基体混凝土经过破碎处理生产的再生骨料,在破碎的过程中,混凝土受到挤压、冲撞、研磨等外力的影响,造成损伤积累使骨料内部存在大量的微裂纹[8],使得基体混凝土块状骨料和水泥浆体的原始界面受到影响和破坏,粘结力下降。导致其相对于天然骨料吸水率高,吸水速度快,表观密度小,堆积密度小,压碎指标大等特点。目前针对再生骨料本身的这些缺点,研究者已经提出了机械改性和化学改性等方法,来提高骨料本身的性能。还有的学者通过掺加外加剂和活性掺和料来改进再生混凝土的性能。很多试验已经表明,这些方法都存在这样或那样的缺点,还没有一种方法可以在性能、经济上取得非常理想的效果,目前再生混凝土的强度、耐久性等都还不能完全符合人们的期望。

基于以上这些问题,再生混凝土目前应用范围还不大,人们对再生混凝土的各项性能还持怀疑态度,还需要大量研究来提高再生混凝土的各项性能。因此,如何充分利用再生骨料配制出高强高性能的再生混凝土显得非常重要。只有使得再生混凝土强度、耐久性等各项性能指标达到甚至超过普通混凝土时,才会使得再生混凝土的应用范围得到大大的拓展,而这对加快城市建筑垃圾的消化有巨大的促进作用。

目前,就广东地区而言,在广州、深圳、佛山这些地区,每年都会有大量的酸雨,再生混凝土在酸雨环境下如何保持较好的力学性能值得深入研究。已有的研究[210]表明,酸雨对混凝土的侵蚀会引起混凝土强度的降低,还有研究[211]表明,酸雨作用下初始承载力越大的构件,混凝土性能下降越多。再生混凝土本身性能比普通混凝土更差一些,因此,关于再生混凝土受酸雨侵蚀的问题可能更严重,如果再生混凝土要大量应用于广东地区,必须解决其在酸雨环境下的侵蚀问题。

另一方面,除了将再生混凝土本身进行高强高性能改性之外,将再生混凝土应用于钢管混凝土中也可以有效克服再生混凝土本身强度低等各种缺陷[208,212,213]。将再生混凝土应用于钢管结构中形成再生钢管混凝土和空心再生钢管混凝土使得再生混凝土可以应用于高层、大跨等受力结构中,这对再生混凝土的大力推广具有重大意义。将再生混凝土应用于空钢管中主要有两种形式:实心钢管混凝土和空心钢管混凝土。

目前关于空心钢管混凝土抗冻性能的研究还是一片空白,将空心钢管混凝土应用于北方冻融条件下是否其受力性能还能保持在较高的水平[214,215]、空心钢管混凝土中的混凝土在冻融条件下是否会脱离钢管内表面等问题都值得深入研究。

对于实心和空心再生钢管混凝土,要将其用于高层建筑或工业厂房的结构中,必须考虑防火问题。目前国内外关于再生钢管混凝土抗火性能的研究还是空白,再生混凝土的导热系数低于普通混凝土,在火灾下其升温速度将低于普通混凝土,钢材的升温速度必将较钢管普通混凝土中的钢管滞后[213,216,217],为了深入了解钢管再生混凝土柱在火灾下的力学性能及与钢管普通混凝土柱火灾下力学性能的区别,有必要对钢管再生混凝土柱的耐火性能和抗火设计方法进行理论和试验。

在解决以上问题之后,人们对于再生混凝土的应用必将更加放心,再生混凝土部分取代乃至完全代替普通混凝土也将有可能实现,这为我国大量建筑垃圾的处理开辟了一条崭新的道路,与我国目前大力提倡的循环经济、绿色经济吻合,符合可持续发展的思路。

## 参 考 文 献

[1] 钟善桐. 钢管混凝土结构(第三版). 北京:清华大学出版社,2003

[2] 钟善桐. 高层钢管混凝土结构. 哈尔滨:黑龙江科学技术出版社,1999

[3] 蔡绍怀. 现代钢管混凝土结构(修订版). 北京:人民交通出版社,2007

[4] 韩林海. 钢管混凝土结构——理论与实践. 北京:科学出版社, 2004

[5] 阎小平,邱欣,索智,等. 汽车冲击防撞护栏运动响应计算机仿真. 沈阳建筑工程学院学报(自然科学版),2002

[6] 刘佳林,赵强,甘英,等. 汽车撞击城市立交桥墩后对桥墩结构的影响. 交通标准化,2005

[7] 钟云华,黄小清,汤立群. 刚性护栏在事故碰撞中的冲击力计算. 暨南大学学报(自然科学版),1999

[8] Sherif El-Tawil, Masce P E, Edward Severino, et al. Vehicle collision with bridge piers. Bridge Engineering,2005

[9] 杨辉. 汽车碰撞试验法规综述. 上海标准化,2006,(6):16~20

[10] 陆勇,曹立波. 对汽车撞柱的仿真研究. 农业装备与车辆工程,2006,(1):28~31

[11] Samuel Tan, Albolhassan Astaneh-Asl. Cable-based retrofit of steel building floors to prevent progressive collapse. Master Thesis,University of California, Berkeley, 2003

[12] JTGD60-2004:公路桥涵设计通用规范,中华人民共和国行业标准

[13] BSI , BS5400: Steel, Concrete and Composite Bridges, Part 2: Specification for Loads, British Standards Institution, London,1988

[14] Hopkinson B. British Ordnance Board Minutes, 13565, 1915

[15] Christopherson D G. Structural Defence. British Ministry of Home Security,1945

[16] White M T. Effects of impacts and explosions. Summary Report of Division 2, National Defence Research Council, Washington, 1946,1: 221~586

[17] Whitney C S, Anderson B G, Cohen E. Design of blast resistant construction for atomic explosions. ACI structural, 1955,(151): 589~684

[18] Newmark N M. Analysis and design of structures to resist atomic blast. Bulletin of Virginia Polytechnic Institute Engineering Experiment Station,1956, 106(2): 49~77

[19] BS5950. The Structural Use of Steelwork in Buildings. British Standards Institution, London, 1990

[20] BS8110. The Structural Use of Concrete,Part 2:Code of Practice for Special Circumstances. British Standards Institution,London, 1985

[21] BS8110. The Structural Use of Concrete,Part 1:Code of Practice for Design and Construction. British Standards Institution,London,1997

[22] ASCE. Minimum design loads for buildings and other structures. American Society of Civil Engineers, 1993

[23]　欣欣. 电子计算机模拟汽车撞击实验技术. 世界汽车,1999,(5):42

[24]　Jiang T, Grzebieta R H,Zhao X L. Predicting impact loads of a car crashing into a concrete roadside safety barrier. International Journal of Crashworthiness, 2004, 9(1):45～63

[25]　张卓森. 汽车正面碰撞方程及其应用. 汽车技术,1989,(8):8～11

[26]　赵鸣,张誉. 汽车冲撞刚性护栏冲击力的计算. 土木工程学报,1995,28(6):37

[27]　清华大学抗震抗爆工程研究室. 钢筋砼结构构件在冲击荷载下的性能. 北京:清华大学出版社,1986

[28]　Eibl J. Design of concrete structures to resist accidental impact. Structural Engineering,1987,65(1):27～32

[29]　Louw J M. RC cantilever columns under lateral impact load:an experimental investigation//Proceedings of the Second International Conference on Structures Under Shock and Impact II,1992:16～18

[30]　Rind H L. Dynamic response of concrete structures under direct impact//Proceeding of the Second International Conference on Structures under Shock and Impact II,Jun 16～18. Southampton :Computational Mechanics Pub,1998:235～245

[31]　Yoshikazu Sawamoto, Haruji Tsubota, Yoshiyuki Kasai, et al. Analytical studies on local damage to reinforced concrete structures under impact loading by discrete element method. Nuclear Engineering and Design,1998, (179):157～177

[32]　Izzuddin B A,Song L,Elnashai A S,et al. An integrated adaptive environment for fire and explosion analysis of steel frames, part 2:verification and application. Constructional Steel Research, 2000, (53):87～111

[33]　Miyamoto A. 3-D dynamic analysis and computer graphics application to impact failure simulation for reinforced concrete slabs// International Conference on Structures under Shock and Impact, SUSI. Southampton :Computation Mechanics pub,1998:727～741

[34]　商霖,宁建国,孙远翔. 强冲击载荷作用下钢筋混凝土本构关系的研究. 固体力学学报,2005,(2):175～181

[35]　王翔,刘又文,沈庆,等. 冲击载荷作用下钢筋混凝土结构动力响应仿真. 力学与实践, 2005,27(6):49～53

[36]　王政,倪玉山,曹菊珍,等. 冲击载荷下混凝土动态力学性能研究进展. 爆炸与冲击,2005,25(6):519～527

[37]　胡时胜,王道荣. 冲击载荷下混凝土材料的动态本构关系. 爆炸与冲击,2002,22(3):242～246

[38]　王道荣,胡时胜. 冲击载荷下混凝土材料损伤演化规律的研究. 岩石力学与工程学报,2003,22(2):223～226

[39]　宁建国,商霖,孙远翔. 混凝土材料冲击特性的研究. 力学学报,2006,38(2):199～208

[40]　刘小敏,王华,杨萌,等. 混凝土本构关系研究现状及发展. 河南科技大学学报(自然科学版),2004,25(5):58～62

[41]　清华大学抗震抗爆工程研究室. 钢筋砼结构构件在冲击荷载下的性能. 北京:清华大学出版社,1986

[42]　Tan S, Astaneh-Asl A. Cable-based Retrofit of Steel Building Floors to Prevent Progressive Collapse. Master Thesis,University of California, Berkeley, 2003

[43]　Ge H B. Strength of concrete-filled thin-walled steel box column:experiment. Structural Engineering, 1992, 118(11):3036～3054

[44]　Zhang T G. Oblique Impact and Rupture of Thin Metal Tubes. University of Cambridge,1998

[45]　王克政. 钢管混凝土试件侧向冲击的试验研究. 太原理工大学硕士论文,2005

[46] 贾电波. 钢管混凝土构件在侧向冲击载荷作用下的初步研究. 太原理工大学硕士论文, 2005

[47] 张晨. 钢管混凝土柱在冲击荷载作用下的动力分析. 太原理工大学硕士论文, 2005

[48] Prichard S J, Perry S H. Impact behaviors of sleeved concrete cylinders. Structural Engineering, 2000, 78A(17): 23~27

[49] 张望喜, 单建华. 冲击荷载下钢管混凝土柱模型力学性能试验研究. 振动与冲击, 2006, 25(5), 96~101

[50] Shan J H, et al. Behavior of concrete filled tubes and confined concrete filled tubes under high speed impact. Advances in Structural Engineering, 2007, 10(2): 209~218

[51] Xiao Y, et al. Behaviour of CFT and CCFT columns under impact loads. Advances in Structural Engineering: Theory and Applications, 2006, (1,2): 56~61

[52] Xiong H X, Liu M Y. Study of a time-history method for structural dynamic amplifying effect under vehicle loads. Advances in Structural Engineering: Theory and Applications, 2006, (1,2): 714~720

[53] Baldridge S M, Humay F K. Multi Hazard Approach to Progressive Collapse Mitigation// Proceedings of the 2005 Structures Congress and the 2005 Forensic Engineering Symposium, New York, 2005: 2255~2266

[54] BS8110. The Structural Use of Concrete, Part 1: Code of Practice for Design and Construction. British Standards Institution, London, 1985

[55] ASCE. Minimum Design Loads for Buildings and Other Structures, New York, 2002.

[56] GSA U S G S. Progressive Collapse Analysis and Design Guidelines for New Federal Office Buildings and Major Modernization Projects, Washington, 2003

[57] Unified Facilities Criteria. Design of Buildings to Resist Progressive Collapse. UFC 4-023-03, Dept. of Defense, Washington, D. C, 2005

[58] Canada N R C O. National Building Code of Canada, Ottawa, Canada, 1975

[59] Unified Facilities Criteria. Draft DoD Minimum Antiterrorism Standards for Buildings, Defense D O, 2002

[60] Mohamed O A. Progressive collapse of structures: annotated bibliography and comparison of codes and standards. Performance of Constructed Facilities, 2006, 20(4): 418~425

[61] Nair R S. Preventing disproportionate collapse. Performance of Constructed Facilities, 2006, 20(4): 309~314

[62] Munshi J. State-of-the-art vs state-of-the practice in blast and progressive collapse design of reinforced concrete structures. ASCE, 2004: 18

[63] Pearson C, Delatte N. Lessons from the Progressive Collapse of the Ronan Point Apartment Tower// Proceedings of the Congress, ASCE/TCFE, Forensic Engineering, San Diego, 2003: 190~200

[64] Smith P P, Byfield M P, Goode D J. Building robustness research during world war II. Performance of Constructed Facilities, 2010, 1(1): 59

[65] Corley W G, Mlakar Sr P F, Sozen M A, et al. The Oklahoma City bombing: summary and recommendations for multihazard mitigation. Constructed Facilities, 1998, 12(3): 100~112

[66] Bazant Z P, Le J, Greening F R, et al. What did and did not cause collapse of world trade center twin towers in New York? Engineering Mechanics, 2008, 134(10): 892~906

[67] Bazant Z P, Verdure M. Mechanics of progressive collapse: learning from world trade center and building demolitions. Engineering Mechanics, 2007, 133(3): 308~319

[68] Usmani A S, Chung Y C, Torero J L. How did the world trade center towers collapse: a new theory. Fire Safety,2003, 38,(6):501~533

[69] 叶列平,陆新征,李易,等. 混凝土框架结构的抗连续性倒塌设计方法. 建筑结构, 2010,(2):1~7

[70] 梁益,陆新征,李易,等. 国外 RC 框架抗连续倒塌设计方法的检验与分析. 建筑结构,2010,(2): 8~12

[71] 陆新征,李易,叶列平,等. 钢筋混凝土框架结构抗连续倒塌设计方法的研究. 工程力学, 2008, (S2):150~157

[72] 钱稼茹,胡晓斌. 多层钢框架连续倒塌动力效应分析. 地震工程与工程振动, 2008,(2):8~14

[73] 胡晓斌,钱稼茹. 单层平面钢框架连续倒塌动力效应分析. 工程力学,2008,(6):38~43

[74] 胡晓斌,钱稼茹. 结构连续倒塌分析改变路径法研究. 四川建筑科学研究,2008,(4):8~13

[75] 舒赣平,凤俊敏,陈绍礼. 对英国防结构倒塌设计规范中拉结力法的研究. 钢结构, 2009,(6): 51~56

[76] Marjanishvili S, Agnew E. Comparison of various procedures for progressive collapse analysis. Performance of Constructed Facilities,2006, 20(4):365~374

[77] Marjanishvili S M. Progressive analysis procedure for progressive collapse. Performance of Constructed Facilities,2004, 18(2):79~85

[78] Tsai M, Lin B. Investigation of progressive collapse resistance and inelastic response for an earthquake-resistant RC building subjected to column failure. Engineering Structures,2008, 30(12):3619~3628

[79] Ruth P, Marchand K A, Williamson E B. Static equivalency in progressive collapse alternate path analysis: reducing conservatism while retaining structural integrity. Performance of Constructed Facilities,2006, 20(4):349~364

[80] 易伟建,何庆锋,肖岩. 钢筋混凝土框架结构抗倒塌性能的试验研究. 建筑结构学报, 2007,(5): 104~109

[81] Demonceau J, Jaspart J. Experimental and Analytical Investigations on the Response of Structural Building Frames Further to a Column Loss// Proceedings of the 2009 Structures Congress-Don't Mess with Structural Engineers: Expanding Our Role,2009:1801~1810

[82] Lee C, Kim S, Lee K. Parallel axial-flexural hinge model for nonlinear dynamic progressive collapse analysis of welded steel moment frames. Structural Engineering,2010, 136(2):165~173

[83] Alashker Y, El-Tawil S, Sadek F. Progressive collapse resistance of steel-concrete composite floors. Structural Engineering,2010, 1(1):157

[84] Tan S, Astaneh-Asl A. Cable-Based Retrofit of Steel Building Floors to Prevent Progressive Collapse. Berkeley,University of California, 2003

[85] Yu M, Zha X X, Ye J. The influence of joints and composite floor slabs on effective tying of steel structures in preventing progressive collapse. Constructional Steel Research,2010, 66(3):442~451

[86] Sasani M, Sagiroglu S. Progressive collapse resistance of Hotel San Diego. Structural Engineering, 2008, 134(3):478~488

[87] Sasani M. Response of a reinforced concrete infilled-frame structure to removal of two adjacent columns. Engineering Structures,2008, 30(9):2478~2491

[88] Matthews T, Elwood K J, Hwang S. Explosive Testing to Evaluate Dynamic Amplification During Gravity Load Redistribution for Reinforced Concrete Frames. ASCE, Long Beach, California, USA, 2007:10

[89] Song B I, Sezen H, Giriunas K A. Experimental and Analytical Assessment On Progressive Collapse Potential of Two Actual Steel Frame Buildings. ASCE, Orlando, Florida, 2010:107

[90] Song B I, Sezen H. Evaluation of an Existing Steel Frame Building Against Progressive Collapse. ASCE, Austin, Texas, 2009:208

[91] Bae S, LaBoube R A, Belarbi A, et al. Progressive collapse of cold-formed steel framed structures. Thin-Walled Structures, 2008, 46(7~9):706~719

[92] Bao Y, Kunnath S, El-Tawil S. Development of Reduced Structural Models for Assessment of Progressive Collapse. ASCE, Austin, Texas, 2009:187

[93] Khandelwal K, El-Tawil S, Sadek F. Progressive collapse analysis of seismically designed steel braced frames. Constructional Steel Research, 2009, 65(3):699~708

[94] Khandelwal K, El-Tawil S, Kunnath S K, et al. Macromodel-based simulation of progressive collapse: steel frame structures. Structural Engineering, 2008, 134(7):1070~1078

[95] El-Tawil S, Khandelwal K, Kunnath S, et al. Macro Models for Progressive Collapse Analysis of Steel Moment Frame Buildings. ASCE, Long Beach, California, USA, 2007:66

[96] Khandelwal K, El-Tawil S. Progressive Collapse of Moment Resisting Steel Frame Buildings. ASCE, New York, 2005:220

[97] Williams D, Williamson E B. Approximate Analysis Methods for Modeling Structural Collapse. ASCE, Vancouver, BC, Canada, 2008:245

[98] Zhao H, Kunnath S K, Yuan Y. Simplified nonlinear response simulation of composite steel-concrete beams and CFST columns. Engineering Structures, 2010, 32(9):2825~2831

[99] Williamson E B, Stevens D J. Modeling Structural Collapse Including Floor Slab Contributions. ASCE, Austin, Texas, 2009:226

[100] Sadek F, El-Tawil S, Lew H S. Robustness of composite floor systems with shear connections: modeling, simulation, and evaluation. Structural Engineering, 2008, 134(11):1717~1725

[101] Kwasniewski L. Nonlinear dynamic simulations of progressive collapse for a multistory building. Engineering Structures, 2010, 32(5):1223~1235

[102] 马人乐, 黄鑫, 陈俊岭. 钢框架梁柱节点在结构连续倒塌中的性能分析. 青岛理工大学学报, 2009, (2):31~35

[103] Liu J L. Preventing progressive collapse through strengthening beam-to-column connection, part 1: theoretical analysis. Constructional Steel Research, 2010, 66(2):229~237

[104] Liu J L. Preventing progressive collapse through strengthening beam-to-column connection, part 2: finite element analysis. Constructional Steel Research, 2010, 66(2):238~247

[105] Izzuddin B A, Vlassis A G, Elghazouli A Y, et al. Progressive collapse of multi-storey buildings due to sudden column loss, part I: simplified assessment framework. Engineering Structures, 2008, 30(5):1308~1318

[106] Izzuddin B A, Vlassis A G, Elghazouli A Y, et al. Progressive collapse of multi-storey buildings due to sudden column loss, part II: application. Engineering Structures, 2008, 30(5):1424~1438

[107] Izzuddin B A, Nethercot D A. Design-oriented approaches for progressive collapse assessment: load-factor vs ductility-centred methods. ASCE, Austin, Texas, 2009:198

[108] 陈文礼, 李惠. 圆柱非定常绕流及风致涡激振动的 CFD 数值模拟//第十二届全国结构风工程学术会议论文集, 2005:694~698

[109] Yang H, Lam D, Gardner L. Testing and analysis of concrete-filled elliptical hollow sections. Engineering Structures,2008, 30(2): 3771~3781

[110]. Lam D,Miss Nicola Testo. Structural design of concrete filled steel elliptical hollow section//Composite Construction VI, Devil's Thumb Ranch, Colorado, USA,2008

[111] Jamaluddin N, Lam D, Ye J. Finite element analysis of elliptical stub CFT columns. Steel Concrete Composite and Hybrid Structures, 2009: 265~270

[112] Dai X, Lam D. Numerical modelling of the axial compressive behaviour of short concrete-filled elliptical steel columns. Constructional Steel Research,2010, 66(7): 931~942

[113] Zhu Y, Wilkinson T. Finite Element Analysis of Structural Steel Elliptical Hollow Sections in Compression. University of Sydney, Department of Civil Engineering, 2007, (874):1~37

[114] Zhao X L, Packer J A. Tests and design of concrete-filled elliptical hollow section stub columns. Thin-Walled Structures,2009, 47(6~7): 617~628

[115] 周庆, 许艳红, 颜东洲. 建筑中合理利用海砂资源的新技术. 全面腐蚀控制,2006, 20(3): 8~10

[116] 王炜. 海砂中主要有害物质对混凝土的影响及处理方法. 施工技术,2005, 34(4): 81~82

[117] Neto A B D S , La Rovere H L. Flexural stiffness characterization of fiber reinforced plastic (FRP) pultruded beams. Composite Structures,2007, 81(2): 274~282

[118] Nanni A, Mbradford N. FRP jacketed concrete under uniaxial compression. Structure and Building Materials,1995, 9(2): 115~124

[119] Walker R A, Karbhari V M. Durability based design of FRP jackets for seismic retrofit. Composite Structures,2007, 180(4): 553~568

[120] Mirmiran A, Shahawy M. Behavior of concrete columns confined by fiber composites. Structural Engineering,1996, 123(5): 583~590

[121] 娄小杰, 张维军, 周晏云. 玻璃钢细长管缠绕工艺的研究. 纤维复合材料,2001,18(4): 29~33

[122] 朱海棠,方高干, 孙丽萍. 纤维增强聚合物 FRP 耐久性能研究进展. 玻璃钢/复合材料, 2009,(2): 78~86

[123] Mufti A A, Onofrei M, Benmokrane B. Field study of glass-fiber-reinforced polymer durability in concrete. Canadian Journal of Civil Engineering,2007, 34(3): 355~366

[124] Ouyang Z, Wan B. Experimental and numerical study of moisture effects on the bond fracture energy of FRP concrete joints. Reiforced Plastics and Composites,2008, 27(2): 205~223

[125] Chen Y, Davalos J F, Ray I ,et al. Accelerated aging tests for evaluations of durability performance of FRP reinforcing bars for concrete strucrtures. Composite Structures,2007, 78(1): 101~111

[126] 刘军,刑锋,董必钦,等. 模拟海砂混凝土中氯离子扩散研究. 混凝土,2008, (3): 33~35

[127] 黄华县. 海砂混凝土耐久性试验研究. 暨南大学硕士学位论文,2007

[128] 刑锋, 张小刚, 霍元, 等. 砂浆中细骨料携带氯离子腐蚀机理与强度规律. 建筑材料学报,2008, 11(2): 201~205

[129] Kurt C E. Concrete filled structural plastic columns//Proceeding of the American Society of Civil Engineers, 1978, 104(ST1): 55~63

[130] Mirmiran A, Shahawy M. Behavior of concrete columns confined by fiber composite. Journal of Structural Engineering,1997, 123(5): 583~590

[131] Fardis M N , Khalili H H. FRP-encased concrete as a structural material. Magazine of Concrete Research,1982, 34(121): 191~202

[132]　Fam A Z, Rizkalla S H. Behavior of axially loaded concrete-filled circular fiber-reinforced polymer tubes. ACI Structural,2001, 98(3)：280～289

[133]　Mander J B, Priestley M J N, Park R. Theoretical stress-strain model for confined concrete. Structural Engineering,1998, 114(8)：1804～1826

[134]　Lam L, Teng J G. Strength models for fiber-reinforced plastic-confined concrete. Structural Engineering,2002，128(5)：612～623

[135]　赵健, 薛元德. FRP 约束混凝土初探//第十二届玻璃钢/复合材料学术年会论文集,1997：232～237

[136]　黄龙男, 张东兴, 王荣国. 玻璃钢管柱轴心受压本构关系研究. 武汉理工大学学报,2002, 24(7)：31～34

[137]　李杰, 薛元德. FRP 管混凝土组合结构试验研究. 玻璃钢/复合材料,2004, (6)：7～9

[138]　刘明学, 钱稼茹. FRP 约束圆柱混凝土受压应力-应变关系模型. 土木工程学报,2006, (11)：1～6

[139]　鲁国昌, 叶列平, 杨才千, 等. FRP 管约束混凝土的轴压应力-应变关系研究. 工程力学, 2006, (9)：98～103

[140]　滕锦光, 余涛, 黄玉龙, 等. FRP 管-混凝土-钢管组合柱力学性能的试验研究和理论分析. 建筑钢结构进展, 2006, (5)：1～7

[141]　钱稼茹, 刘明学. FRP-混凝土-钢双壁空心管短柱轴心抗压试验研究. 建筑结构学报,2008, (2)：104～113

[142]　余小伍. CFRP-混凝土-钢管组合柱轴压性能的研究. 哈尔滨工业大学硕士学位论文, 2006

[143]　钟善桐, 张文福, 屠永清, 等. 钢管混凝土结构抗震性能的研究. 建筑钢结构进展, 2002, (2)：3～15

[144]　陶忠. 方钢管混凝土构件力学性能若干关键问题的研究. 哈尔滨工业大学博士学位论文,2001

[145]　韩林海, 陶忠, 阎维波. 圆钢管混凝土压弯构件荷载-位移滞回性能分析. 地震工程与工程振动, 2001, 21(1)：64～73

[146]　张凤亮, 查晓雄, 倪艳春. 空心圆钢管混凝土柱延性系数的研究. 建筑科学,2009, 25(9)：9～13

[147]　Priestley M J N, Seible F, C G M. Seismic Design and Retrofit of Bridges. London：Wiley, 1996

[148]　卓卫东, 范立础. GFRP 管-混凝土组合桥墩的概念及其抗震性能. 福州大学学报(自然科学版), 2005, 33(1)：73～79

[149]　钱稼茹, 刘明学. FRP-混凝土-钢双壁空心管柱抗震性能试验. 土木工程学报,2008, (3)：29～36

[150]　金伟良, 赵羽习. 混凝土结构耐久性. 北京：中国科技出版社,2002：48～54

[151]　张海廷. 氯离子侵蚀环境下在役钢筋混凝土结构的可靠性检测诊断. 郑州大学硕士学位论文,2005

[152]　姬永升, 袁迎曙, 戴靠山. 氯离子诱发钢筋混凝土结构局部修补的电化学不相容机理分析. 混凝土, 2004 , (8)：11

[153]　Wang Y, Li L Y, Page C L. A two-dimensional model of electrochemical chloride removal from concrete. Computational Materials Science, 2001,20(2)：196～212

[154]　高小建, 赵志曼, 孙文博. 钢筋混凝土电化学除氯原理与研究进展. 材料导报,2007,21(5)：98

[155]　范庆新, 成立, 余其俊, 等. 电化学脱盐的原理及其应用技术要点. 广州建材,2004,(10)：18～20

[156]　李建勇, 杨红玲. 国外混凝土钢筋锈蚀破坏的修复和保护技术. 建筑技术,2002,33(7)：491

[157]　Polder R B, Walker R, Page C L. Electrochemical desalination of cores from a reinforced concrete coastal structure. Magazine of Concrete Research , 1995,47：321～327

[158]　Page C L, Yu S W, Bertolini L. Some potential side effects of electrochemical chloride removal from reinforced concrete//Proceedings of the UK Corrosion and Eurocorr, Institute of Materials, 1994,3：

228～238

[159]　Page C L, Yu S W. Potential effects of electrochemical desalination on alkali silica reaction. Magazine of Concrete Research,1995, 47:23～31

[160]　Orellan Herrera J C, Escadeillas G, Arliguie G. Electro-chemical chloride extraction: influence of C3A of the cement on treatment efficiency. Cement and Concrete Research,2006,36 : 1939～1946

[161]　陈肇元. 混凝土结构的耐久性设计方法. 建筑技术,2003,34(6)

[162]　卢木. 混凝土耐久性研究现状和研究方向. 工业建筑,1997, 27(5):1～6

[163]　胡曙光,张厚记,成保国,等. 抗钢筋锈蚀混凝土服务年限预测. 武汉工业大学学报,1997:19(4)

[164]　周新刚,周长军,王振. 混凝土中消除氯离子的原理与应用. 工业建筑,2002,(2)

[165]　成立,余其俊,范庆新. 电化学除盐试验研究. 广州建材,2006,(7):8～9

[166]　范庆新,余其俊,成立,等. 电化学脱盐技术及效果初探. 全国中文核心期刊,2005,(12):101～104

[167]　成立. 电解质溶液对电化学除盐效果的影响. 四川建材,2006,(2):19～21

[168]　周新刚,张瑞丰,韦昌芹. 混凝土结构工程除盐的研究与应用. 工程力学,2006,22:82～89

[169]　朱雅仙,朱锡昶,罗德宽,等. 电化学脱盐对钢筋混凝土性能的影响. 水运工程,2002,(5):8～12

[170]　路新瀛,冯乃谦. 电学和电化学技术与混凝土耐久性. 混凝土与水泥制品,1998,(4):8～11

[171]　刘小佳,路新瀛. 混凝土电除盐技术可行性的计算机模拟研究. 混凝土与水泥制品,2001,(6):17～19

[172]　王洪深,路新瀛,蒋清野. 混凝土氯离子扩散数据库(CDBASE)建立. 混凝土,2001,(10)

[173]　李翠玲,路新瀛,张海霞. 确定氯离子在水泥基材料中扩散系数的快速试验方法. 工业建筑, 1998,28(6): 41～43

[174]　Swamy R N, Stephen McHugh. Effectiveness and structural implications of electrochemical chloride extraction from reinforced concrete beams. Cement and Concrete Composites,2006,(28) :722～733

[175]　Toumi A, François R, Alvarado O. Experimental and numerical study of electrochemical chloride removal from brick and concrete specimens. Cement and Concrete Research, 2007, (37) :54～62

[176]　Fajardo G, Escadeillas G, Arliguie G. Electrochemical chloride extraction (ECE) from steel-reinforced concrete specimens contaminated by 'artificial' sea-water. Corrosion Science,2006, 48:110～ 125

[177]　Orellan J C,Escadeillas G,Arliguie G. Electrochemical chloride extraction:efficiency and side effects. Cement and Concrete Research,2004, 34:227～234

[178]　Castellote M, Andrade C, Alonso C. Electrochemical removal of chlorides Modelling of the extraction, resulting profiles and determination of the efficient time of treatment. Cement and Concrete Research,2000,30:615～621

[179]　Michael Siegwart, John F Lyness, Brain J McFarland. Change of pore size in concrete due to electrochemical chloride extraction and possible implications for the migration of ions. Cement and Concrete Research,2003, 33:1211～1221

[180]　Garcés P, Sánchez de Rojas M J, Climent M A. Effect of the reinforcement bar arrangement on the effciency of electrochemical chloride removal technique applied to reinforced concrete structures. Corrosion Science, 2006, 48(3): 531～545

[181]　Siegwart M, Lyness J F, Doyle G. The effect of electrochemical chloride extraction on pre-stressed concrete. Construction and Building Materials,2005, 19 (8): 585～594

[182]　Li L Y. Numerical simulation of electrochemical rehabilitation of reinforced concrete structure

[183]　Li L Y, Page C L. Finite element modelling of chloride removal from concrete by an electrochemical

method. Corrosion Science,2002，42：2145～2165

[184] Wang Y，Li L Y，Page C L. Modeling of chloride ingression into concrete from a saline environment. Building and Environment,2005,40:1573～1582

[185] Li L Y，Page C L. Modeling of electrochemical chloride extraction from concrete：influence of ionic activity coefficients. Computational Materials Science,1998，9：303～308

[186] Kim J Y，Lee Hosin，Edwards Rosanne,et al. Electro-chemical chloride extraction method to control and mitigate corrosion in rebar embedded in concrete：laboratory testing and field evaluation. Journal of the Transportation Research Board,2007,(1991)：78～85

[187] 施奈德马丁，杜塞尔多夫. 二氧化碳捕获和储存：水泥行业所面临的选择和挑战. CSI 研讨会，2008：3～5

[188] 袁润章. 胶凝材料学(第二版). 武汉：武汉工业大学出版社，1996：31～33

[189] 袁群，何婵芳，李杉. 混凝土碳化理论与研究. 郑州：黄河水利出版社：2009：13～14

[190] 杨静. 混凝土的碳化机理及其影响因素. 混凝土,1995，(6)：23～28

[191] Saetta A V，Schrefler B A，Vitaliani R V. The carbonation of concrete and the mechanism of moisture，heat and carbon dioxide flow through porous materials. Cement and Concrete Research, 1993，23(4)：761～772

[192] Saetta A V，Schrefler B A，Vitaliani R V. 2-D Model for carbonation and moisture/heat flow in porous materials. Cement and Concrete Research,1995, 25(8)：1703～1712

[193] Saetta A V，Schrefler B A，Vitaliani R V. The carbonation of concrete and the mechanism of moisture，heat and carbon dioxide flow through porous materials. Cement and Concrete Research, 1993，23(4)：761～772

[194] Berger R L，Klemm W A. Accelerated curing of cementitious systems by carbon dioxide,part II：hydraulic calcium silicates and aluminates. Cement and Concrete Research, 1972, 2(6)：647～652

[195] 张海燕. 混凝土碳化深度的试验研究及其数学模型建立. 西北农林科技大学硕士学位论文,2006：36～40

[196] 胡利娟. 养护方式对混凝土碳化作用的影响. 云南建材,1989，(3)：10～13

[197] 张令茂，文江辉. 混凝土自然碳化及其与人工加速碳化的相关性研究. 西安冶金建筑学学报，1990，(22)：32～35

[198] 刘学艳，刘彦龙. 混凝土再生利用的试验研究. 森林工程,2002,18(6)：56～57

[199] 肖建庄. 再生混凝土. 北京：中国建筑工业出版社,2008

[200] 胡逢恺. 二氧化碳的应用进展. 黄山高等专科学校学报,2001，(2)：108～109

[201] 孙正平. 工业废气二氧化碳的回收利用. 中国高新技术企业, 2009，(13)：88～89

[202] 杨淑英. 我国二氧化碳研究现状. 天然气化工,1991，(3)：47～49

[203] Purnell P，Seneviratne A M G，Short N R,et al. Super-critical carbonation of glass-fibre reinforced cement,part 2：microstructural observations. Composites Part A：Applied Science and Manufacturing,2003，34(11)：1105～1112

[204] 陈卫明，郑玉莹，颜培松. 再生混凝土的研究进展. 中国建材科技,2009,(4)：89～93

[205] 吴红利. 高性能再生混凝土试验研究. 北京建筑工程学院硕士学位论文,2006

[206] 刘数华,冷发光. 再生混凝土技术. 北京：中国建材工业出版社,2007

[207] 肖开涛. 再生混凝土的性能及其改性研究. 武汉理工大学硕士学位论文,2004

[208] 吴波,刘琼祥,刘伟. 钢管再生混合构件初探. 工程抗震与加固改造,2008,30(4)

[209]　雷斌. 再生混凝土梁耐久性能研究. 同济大学博士学位论文,2009

[210]　胡晓波,龙亭,陶新明,等. 模拟酸雨条件下 C50 混凝土力学性能变化的研究. 腐蚀科学与防护技术,2009,21(4)

[211]　牛获涛,周浩爽,牛建刚. 承载混凝土酸雨侵蚀中性化试验研究. 硅酸盐通报,2009,28(3)

[212]　肖建庄. 再生混凝土. 北京:中国建筑工业出版社,2008

[213]　杨有福. 钢管再生混凝土构件力学性能和设计方法若干问题的探讨. 工业建筑,2006:11~36

[214]　杨兰州. 外包钢管混凝土抗冻耐久性试验研究与理论分析. 西南交通大学硕士学位论文,2008

[215]　杨兰州,杨彦克,李园辉,等. 外包钢管混凝土抗冻耐久性初步研究. 四川建筑,2009,4

[216]　张枫. 混凝土热工参数实验研究. 同济大学硕士学位论文,2009

[217]　黄运标. 再生混凝土高温性能研究. 同济大学硕士学位论文,2006

# 第二章　实心和空心钢管混凝土抗冲击性能研究

## 2.1　钢管混凝土构件试验研究

### 2.1.1　试验目的

① 考察圆形截面空心钢管混凝土试件在侧向冲击荷载下的变形、是否形成塑性铰及开裂破坏等的响应。

② 研究空心钢管混凝土试件在冲击荷载作用下的整体变形、局部变形、吸能能力和抗冲击能力等。

③ 进行空心钢管混凝土动态和静态荷载作用下的变形特征及承载力的比较以及与实心钢管混凝土构件受冲击进行比较。

④ 通过物理模型试验，为空心钢管混凝土的侧向耐撞性有限元及理论分析提供合理的依据，由此改进有限元分析模型，完善理论分析方法。

### 2.1.2　试验测量数据

① 被冲击试件的位移。跨中挠度利用台式游标卡尺进行测量，并结合在平台上对冲击后的试件取挠度值，绘出挠度曲线。

② 碰撞产生的冲击力时程曲线。采用加速度传感器来采集加速度来计算冲击过程的冲击应力。

③ 试件典型点处的应变。动态应变片测量，型号为 KD6009 的超动态应变仪将信号输入数字示波器，通过事先标定值就可以得到试件的应变。

④ 试件局部变形等。试件被冲击部位的凹陷形状及程度。

⑤ 试件变形照片。反映了落锤冲击后金属面夹心板试件的整体与局部的变形情况。

### 2.1.3　冲击设备介绍

冲击试验在太原理工大学 DHR-9401 落锤式冲击试验机上进行，试验装置示意如图 2-1 所示。DHR-9401 落锤式冲击试验机高达 13.47m，相应的撞击速度最高可达 15.7m/s，能满足大范围内低速撞击试验的要求。轨道沿整个高度竖向误差仅 2mm，锤体下落十分平稳。落锤冲击速度重复性很好，与计算相比误差在 2‰以内。落锤通过作自由落体运动，产生速度，竖直冲向置于试验台的构件，力传感器接动态应变仪和数字储存示波器。根据每次试验前的动态应变仪和传感器的标定值,将电压幅值转化为动态应变值,继而最终得到冲击力时程曲线及各个应变时程曲线。试验落锤由 45 号锻钢制成,锤头平面为 30mm×80mm 矩形。落锤质量可在 1.9～240kg 范围内调整,与不同高度匹配,可满足大冲击能量输入的要求。本次试验落锤质量取 203kg,DHR-9401 落锤式冲击试验机如图 2-2 所示。

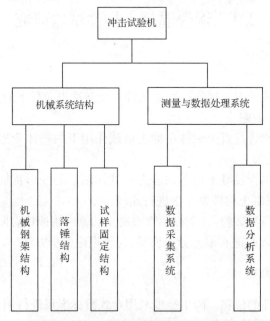

图 2-1　DHR-9401 落锤式冲击试验机系统结构简图

图 2-2　DHR-9401 落锤式冲击试验机

　　力传感器是用来测量冲击力大小的,因此它安装在落锤与冲击头之间,直接冲击试件,可测冲击力范围为 0~1000kN,可以获得准确的冲击力信号。传感器与二次电测仪器电阻应变仪一起组成量测系统,再输入数据采集系统示波器进行数据处理。

　　电阻应变仪是把电阻应变量测系统中放大与指示部分组合在一起的量测仪器,主要是由振荡器、测量电路、放大器、相敏检波器和电源等部分组成,把应变计输出的信号进行转换、放大、检波以致指示或记录,电阻应变仪如图 2-3 所示。

图 2-3　电阻应变仪

　　数字示波器是一个强有力的信号分析仪器,它除了储存波形、采集瞬态信号以外,还具有综合的波形处理和分析功能,并以实时方式用于已获得的试验数据,提供现场波形测量和分析功能,数字示波器如图 2-4 所示。

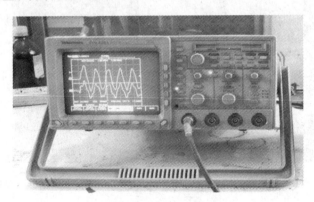

图 2-4　数字示波器

## 2.1.4　试验过程

　　① 将空心钢管混凝土试件表面浮锈磨掉,刷上百漆等漆干后,在其表面用刀

子划上四条纵线,以及环向横线,用来测量试件变形挠度。

②　将应变片贴到试件跨中底部和支座处,将试件放到支座上。降低重锤与试件中心对齐,试件支座刻度与支座内侧边缘对齐,最后放上支座盖板,上螺栓拧紧。

③　将应变片与动态应变仪相连,力传感器与信号放大器相连,再将动态应变仪和信号放大器与示波器相连。将动态应变仪、信号放大器和示波器开启,调好并可随时记录。

④　提升重锤到预定高度,放下重锤冲击,记录数据。

⑤　用台式游标卡尺测量冲击后的试件挠度。

注意事项:试件、支座、支墩和试验台之间应密合稳固,固简支试件为超静定结构,因此安装就位时更要让支座保持均匀接触,所有螺栓都要拧紧,不得有任何松动或滑移的可能。此外,安装时试件的对中问题也尤为关键,要让试件的冲击点处与落锤的中心对准,以保证试验的准确性。

试件打磨浮锈后如图 2-5 所示,涂漆贴应变片后如图 2-6 所示。

图 2-5　试件打磨浮锈后

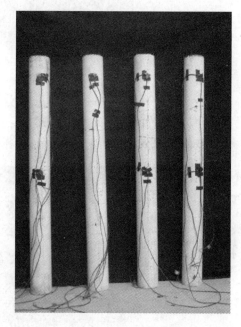

图 2-6　试件贴应变片后

### 2.1.5　构件材料属性

为了得到构件中混凝土和钢管的材料参数,在浇筑混凝土的同时,制作了边长为 100mm 的三个混凝土立方体试件,其平均抗压强度为 41.2MPa。将钢管试件制成标准的拉伸构件,进行标准室温拉伸试验[1],钢材的材料参数如表 2-1 所示。

**表 2-1 钢材的材料参数**

| 试件编号 | 弹性模量/GPa | 泊松比 | 屈服强度/MPa | 极限强度/MPa | 延伸率/% |
|---|---|---|---|---|---|
| 1 | 221.543 | 0.202 | 302.670 | 416.123 | 18.0 |
| 2 | 215.088 | 0.228 | 382.612 | 418.411 | 19.5 |
| 3 | 193.029 | 0.235 | 321.640 | 403.338 | 18.0 |
| 平均值 | 209.887 | 0.222 | 335.641 | 412.330 | 18.5 |

### 2.1.6 试验现象和结果

#### 2.1.6.1 冲击力时程曲线及构件变形

空心钢管混凝土构件长度为 1200mm,净跨 1000mm,两端简支。构件尺寸、落锤冲击速度和主要冲击结果如表 2-2 所示。空心钢管混凝土构件冲击前后对比如图 2-7 所示,构件冲击后局部变化如图 2-8 所示,冲击力时程曲线和挠度曲线分别如图 2-9 和图 2-10 所示。

**表 2-2 构件尺寸及试验结果**

| 构件编号 | 空心率 $(A_{ci}/A_{co})$ | 外径/mm | 钢管厚度/mm | 落锤高度/mm | 冲击速度/(m/s) | 冲击力平台值/kN | 最大挠度/mm |
|---|---|---|---|---|---|---|---|
| A-1 | 0.65(管内混凝土厚 10mm) | 114 | 3.5 | 3000 | 7.67 | 108.49 | 27.50 |
| A-2 | | 114 | 3.5 | 6000 | 10.84 | 106.68 | 68.95 |
| B-1 | 0.3(管内混凝土厚 25mm) | 114 | 3.5 | 3000 | 7.67 | 160.21 | 25.56 |
| B-2 | | 114 | 3.5 | 6000 | 10.84 | 164.77 | 52.30 |

注:$A_{ci}$ 为空心面积,$A_{co}$ 为空心面积与混凝土面积之和。

(a) 试验前　　　　　　　　　　　　　　　　(b) 试验后

图 2-7 构件冲击前后对比

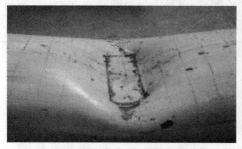

(a) 跨中凹陷　　　　　　　　　　　　(b) 端部鼓包

图 2-8　构件冲击后局部变化

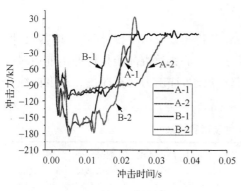

图 2-9　冲击力时程曲线

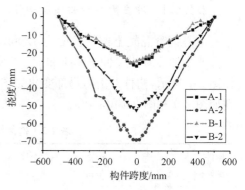

图 2-10　构件挠度曲线

观察试验可以得到：

试件 A-1：构件沿轴线呈 V 字形弯曲，受冲击的跨中上部产生较大凹陷，与锤头接触的上表面被压出锤头形状的印记，与锤头接触面的两侧鼓曲。

试件 A-2：试件端部划出一定距离，左侧 20mm，右侧 14mm。试件的弯曲程度和冲击处凹陷比 A-1 更大，与锤头接触上表面被压出锤头形状的印记，并且部分印记处断裂，与锤头接触面的两侧鼓曲更大，支座边缘有鼓包现象。

试件 B-1：构件沿轴线呈 V 字形弯曲，与 A-1 类似，但挠曲度比 A-1 小，与锤头接触的凹陷较小。

试件 B-2：构件沿轴线呈 V 字形弯曲，与前几种构件现象类似，与锤头接触的上表面被压出锤头形状的印记。

从上述试验现象可以得到：构件受到冲击后，基本都呈 V 字形弯曲，随着冲击速度的增加，弯曲幅度增大。与锤头接触上表面被压出锤头形状的印记，并且部分印记处断裂，与锤头接触面的冲击部位发生挤压向两侧鼓曲，支座边缘处产生鼓包现象。

从冲击力时程曲线和构件挠度变形还可以得到：当空心率相同时，随着冲击速度的增加，构件的挠度增加；当冲击速度相同时，空心率越小的构件，其挠度也越小。而当冲击速度相同时，随着构件空心率的增大，构件所受的冲击力减小，分析其原因为空心率大的构件其截面刚度小于空心率小的构件截面刚度。

#### 2.1.6.2　应变测量

应变计是感受元件，粘贴的好坏对测量质量影响甚大，技术要求十分严格。为保证质量，粘贴时要处理好测点，使之基地平整、清洁、干燥。粘结剂选用 AB 胶，此粘结剂的电绝缘性、化学稳定性及工艺性能均较好，蠕变小，粘结强度高，温湿度影响小。所选用的应变计规格型号为 BX120-5AA8023RX 型电阻应变计，灵敏系数 2.05。对于简支试件，我们在试件简支端的顶部和底部两个位置分别粘贴了纵向及环向应变计，在跨中顶部和底部受拉处粘贴了纵向及环向应变计。为了消除温度效应的影响，采用单点温度补偿方法加以消除。

构件长度 1200mm，两边简支后，净跨为 1000mm，构件应变片粘贴位置如图 2-11 所示。构件的应变时程曲线如图 2-12 所示。

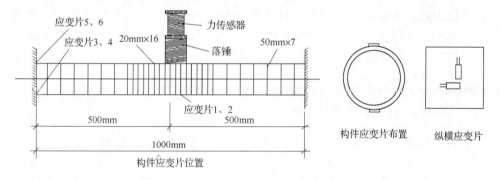

图 2-11　构件应变片布置图

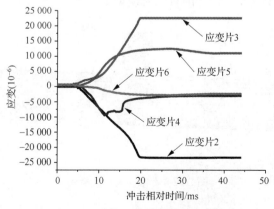

图 2-12　试件 A-2 的应变时程曲线

从应变时程曲线还可以得到:应变片 1、3、5 是拉应变,应变片 2、4、6 是压应变,说明沿着构件纵向是拉伸,沿着构件环向压缩;跨中底部的应变值最大,其次是端部上侧,端部下侧的应变值相对最小。最大拉压塑性应变超过了 20 000με,说明构件的塑性变形较大,空心钢管混凝土的塑性和韧性较好。

## 2.2　空心钢管混凝土构件在侧向冲击下的有限元计算

### 2.2.1　有限元模型建立

#### 2.2.1.1　材料模型及参数的选取

采用有限元软件 ANSYS/LS-DYNA 对构件进行受力分析。由于构件中钢管和混凝土相对厚度差别不是很大,这里都采用三维实体单元 Solid164 进行模拟。为了描述混凝土的非线性变形和断裂特性,以及综合考虑了大应变、高应变率和高压效应,本书在计算中采用经典的 Johnson_Holmquist_Concrete 模型[2~5]。钢材采用双线型强化模型(bilinear isotropic model),该模型是将材料的弹性阶段和强化阶段用两条直线表示,同时与钢材拉伸试验结果也相符。材料模型中的参数由试验所得,钢材的主要材料参数如表 2-1 所示,混凝土的轴心抗压强度为 25.3MPa。由于落锤采用刚度较大的 45 号锻钢制成,相对构件刚度大很多,故采用刚体模型(rigid body model)。

#### 2.2.1.2　落锤及构件的网格划分

由于落锤比空心钢管混凝土构件的刚度大很多,这里设定落锤为刚体材料,划分网格时尽量细化以提高计算精度,落锤被划分为 4000 个单元。为了能反映出空心钢管混凝土构件冲击位置的复杂受力和变形,这里进行细化,例如 B-1 构件总共被划分为 23 220 个单元。构件的有限元模型如图 2-13 所示。

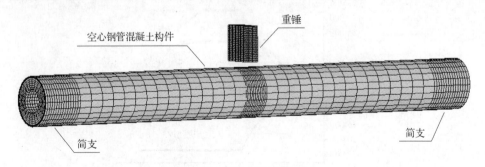

图 2-13　有限元模型示意图

### 2.2.1.3　接触属性的设定

接触-碰撞问题属于最困难的非线性问题之一,方法和算法的适当选择对于数值分析的成功是至关重要的。本书用到自动单面接触,单面接触是 LS-DYNA 中应用最为广泛的接触类型,自动单面接触允许模型中所有的外部表面发生接触行为。当接触的表面不能预先判断时,这一选项对于自动接触和大变形问题是非常有用的。由于自动接触功能强大,因此当接触情况不容易被预测时,对于自动接触和大变形问题,自动接触就成为首选。

### 2.2.1.4　有限元模型结果与试验结果对比

将有限元模型结果与试验结果进行对比发现:构件冲击力和挠度的均值分别为 1.07 和 1.045、方差分别为 0.00075 和 0.00014,而且在冲击作用时间和冲击力波形等几个方面,有限元模型结果与试验结果也都大致相同,故有限元模型结果与试验结果吻合良好,利用有限元模型代替部分复杂的试验进行深入分析是可行的。如图 2-14、图 2-15、表 2-3 所示。

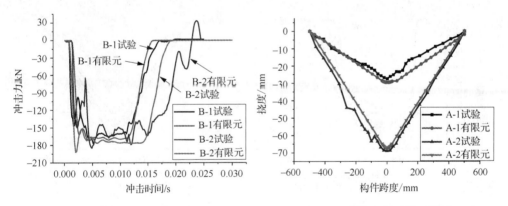

图 2-14　冲击力有限元模型结果　　　　图 2-15　挠度有限元模型结果
与试验结果对比　　　　　　　　　　与试验结果对比

表 2-3　有限元模型结果与试验结果对比

| 构件编号 | 冲击力平台值/kN | | | 构件最大挠度/mm | | |
|---|---|---|---|---|---|---|
| | 试验 | 有限元模型 | 有限元模型/试验 | 试验 | 有限元模型 | 有限元模型/试验 |
| A-1 | 108.49 | 117.48 | 1.08 | 27.5 | 29.56 | 1.07 |
| A-2 | 106.68 | 118.42 | 1.11 | 68.95 | 67.19 | 0.97 |
| B-1 | 160.21 | 166.20 | 1.04 | 25.56 | 27.35 | 1.07 |
| B-2 | 164.77 | 173.72 | 1.05 | 52.3 | 56.01 | 1.07 |

## 2.2.2　空心钢管混凝土构件抗侧向冲击性能的参数影响研究

空心钢管混凝土构件的抗侧向冲击性能受到材料强度等级、空心率和边界条件等因素的影响。因此,在落锤质量(203kg)和冲击速度(7.67m/s)保持不变情况的下,本书考虑了混凝土强度、钢材强度、空心率及边界条件四种参数变化对构件抗侧向冲击性能的影响规律。其中,混凝土采用C30、C50和C80三种情况,钢材采用Q235、Q345和Q390三种情况,空心率取值从0到1变化的五种情况,边界条件采用两端简支、两端固支以及一端简支一端固支三种情况。

### 2.2.2.1　混凝土强度对构件抗侧向冲击性能的影响

混凝土强度的高低直接影响空心钢管混凝土构件的整体强度,从而也影响着构件的抗冲击性能。本书考虑空心率为0.3、钢材型号为Q345的构件,两端边界条件为简支的情况时,混凝土采用C30、C50和C80三种情况对构件抗冲击性能影响。冲击力时程曲线及构件挠度曲线如图2-16所示,对应数据结果如表2-4所示。

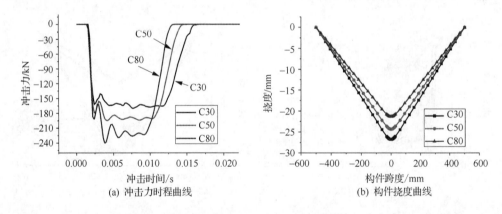

(a) 冲击力时程曲线　　　　　(b) 构件挠度曲线

图 2-16　混凝土强度的影响

**表 2-4　混凝土强度对构件抗侧向冲击性能的影响**

| 混凝土型号 | C30 | C50 | C80 |
| --- | --- | --- | --- |
| 冲击力平台值/kN | 163.79 | 189.96 | 219.38 |
| 最大挠度/mm | 26.75 | 24.33 | 21.34 |

从分析中得到:随着混凝土强度等级的提高,构件受到的冲击力变大,冲击作用时间减少。同时,构件产生的变形减少,构件抗侧向冲击性能得到提高。

#### 2.2.2.2  钢材强度对构件抗侧向冲击性能的影响

钢材与混凝土一样,其强度的高低也直接影响构件的整体强度,从而也影响着构件的抗冲击性能。本书考虑空心率为 0.3、混凝土为 C50 的构件,两端边界条件为简支的情况时,钢材采用 Q235、Q345 和 Q390 三种情况对构件抗冲击性能影响。冲击力时程曲线及构件挠度曲线如图 2-17 所示,对应数据结果如表 2-5 所示。

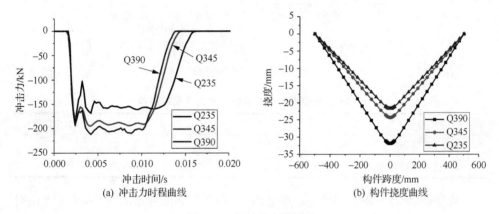

(a) 冲击力时程曲线          (b) 构件挠度曲线

图 2-17  钢材强度的影响

**表 2-5  钢材强度对构件抗侧向冲击性能的影响**

| 钢材型号 | Q235 | Q345 | Q390 |
|---|---|---|---|
| 冲击力平台值/kN | 156.46 | 189.96 | 206.03 |
| 最大挠度/mm | 31.88 | 24.33 | 21.71 |

从分析中得到:随着钢材强度等级的提高,构件受到的冲击力变大,冲击作用时间减少。同时,构件产生的变形减少,构件抗侧向冲击性能得到提高。

#### 2.2.2.3  空心率对构件抗侧向冲击性能的影响

空心钢管混凝土钢管内混凝土含量(空心率)是影响构件的强度的重要因素,从而也影响着构件的抗冲击性能。本书考虑空心率为 0.3、钢材型号为 Q345、混凝土为 C50 的构件,两端边界条件为简支、冲击速度为 10.844m/s 的情况时,空心率为 0、0.3、0.5、0.65 和 1 五种情况对构件抗冲击性能影响。冲击力时程曲线及构件挠度曲线如图 2-18 所示,对应数据结果如表 2-6 所示。

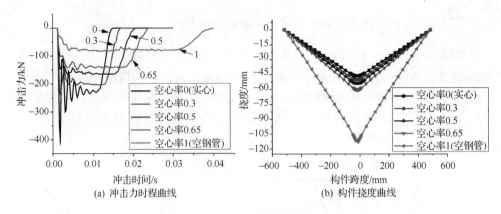

图 2-18　空心率的影响

**表 2-6　空心率对构件抗侧向冲击性能的影响**

| 空心率 | 0(实心) | 0.3 | 0.5 | 0.65 | 1(空钢管) |
|---|---|---|---|---|---|
| 冲击力平台值/kN | 234.39 | 199.13 | 164.031 | 139.65 | 79.25 |
| 最大挠度/mm | 46.28 | 50.02 | 54.14 | 60.23 | 112.44 |

从分析中得到:随着构件空心率的增大,构件受到的冲击力变小,冲击作用时间变长。同时,构件产生的变形增大,构件抗侧向冲击性能降低。

#### 2.2.2.4　边界条件对构件抗侧向冲击性能的影响

钢管混凝土构件的边界条件通常采用两端简支、两端固支以及一端简支一端固支三种情况,本书考虑构件混凝土采用 C50、钢材采用 Q345、空心率为 0.3 时,边界条件变化对构件抗冲击性能影响。冲击力时程曲线及构件挠度曲线如图 2-19 所示,对应数据结果如表 2-7 所示。

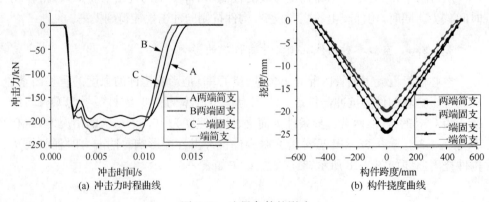

图 2-19　边界条件的影响

表 2-7　边界条件对构件抗冲击性能影响

| 边界条件 | 一端简支 | 一端简支一端固支 | 一端固支 |
|---|---|---|---|
| 冲击力平台值/kN | 189.96 | 204.71 | 219.7 |
| 最大挠度/mm | 24.33 | 21.85 | 19.68 |

从分析中得到：随着构件边界约束的加强，构件受到的冲击力变大，冲击作用时间减少。同时，产生的变形减少，构件抗侧向冲击性能得到提高。

## 2.3　钢管混凝土构件在汽车撞击下的性能研究

### 2.3.1　汽车撞柱有限元模型及相关参数取值

#### 2.3.1.1　汽车及柱子的有限元模型

1. 汽车模型

由于本书重点研究汽车撞击柱子，汽车模型的有效性就显得尤为重要。为了较为真实地模拟汽车，本书采用三个已经发布的汽车有限元模型。这些汽车模型是建立在大量汽车试验和工程经验的基础上的，而且目前很多关于汽车撞击方面的有限元研究都是采用这些汽车模型，所以采用这些模型来模拟汽车具有较高的可信性。这三个汽车模型分别是：

① Geo Metro，Reduced model(16 100 elements)。

② Chevrolet C2500 Pickup，Reduced model (10 500 elements)。

③ Ford Single Unit Truck，Reduced model (21 400 elements)。

这些汽车模型是从 NCAC(National Crash Analysis Center)的网站上下载的，在美国高速公路交通安全局(NHTSA)的网站上也有相同的汽车模型供下载。本书中采用汽车模型都是"Reduced model"，在相同的网页上可以找到 Geo Metro 和 Chevrolet Truck 的 Detailed model：Geo Metro，Detailed model (193 200 elements) 和 Chevrolet C2500 Pickup，Detailed model (54 800 elements)。相比之下 Detailed model 的单元数大大增加，计算成本也会成倍地增加，考虑到计算成本和本书研究的重点并非汽车，所以采用 Reduced model。有限元模型如图 2-20 所示。

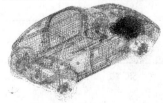

(a) 8kN-Geo Metro　　　(b) 18kN-Chevrolet Truck　　　(c) 77kN-Ford Truck

图 2-20　汽车有限元模型

　　由于汽车的种类太多,本书选择三种汽车分别代表:微型汽车、轻型货车和中型货车。虽然美国高速公路交通安全局正在研发 360kN 的牵引车挂车模型,但是目前还没有发布重型货车模型。

　　为了进一步说明这些汽车模型有效性,下面将较为详细地介绍这些模型。这些汽车模型及其他的类似模型是由联邦政府建立并验证,并将其用在汽车防撞性的运用及研究上。模型的建立通过一个非常复杂的过程,需要把车辆各个构件的几何尺寸参数化,并输入到有限元模型软件中,同时测试车辆中试件,从而得到各个构件的材料参数。有下列几种材料模型被用来代表卡车:

　　① 弹性材料模型用在引擎、传动和散热器。

　　② 橡胶材料模型用在驾驶室和钢轨、引擎和钢轨之间的安装装置及其他安装装置。

　　③ 刚性材料模型用在一些连接其他不同构件的构件。

　　④ 应变相关的各向同性弹塑性材料模型用在非弹性响应的结构构件,如底盘和车的外壳。

　　根据模型部分的不同分别用了壳单元、实体单元或者梁单元来表示,而且用不同的约束来连接,并允许车辆部件像实际情况一样交互作用在一起[6]。

　　2. 柱子模型

　　本书主要研究了三种类型的柱子:钢管柱、钢筋混凝土柱、钢管混凝土柱。它们的建模方式和前面验证试验时采用的方式基本相同。

　　① 钢管采用壳单元,混凝土采用实体单元,钢筋采用梁单元。

　　② 材料模型的选择同前面试验验证时选用的模型。钢筋和钢管的材料模型采用 Mat_Plastic_Kinematic 定义,混凝土材料模型采用 Mat_Johnson_Holmquist_Concrete 定义。

　　③ 钢筋混凝土柱采用分离式建模,钢筋和混凝土之间采用共节点的方式连接;钢管混凝土柱的钢管和混凝土之间也采用共节点的方式来处理它们之间的连接。

　　④ 柱底端固结,上端为固结、铰接和自由。

　　在本书中材料模型的相应参数取值如表 2-8 和表 2-9 所示。

表 2-8　钢材的材料参数取值表

| RO | $E$ | PR | SIGY | .ETAN |
|---|---|---|---|---|
| $7.85 \times 10^{-9}$ | 210 000.0 | 0.30 | 300.0 | 1000.0 |

　　注:RO——密度,$t/mm^3$;$E$——弹性模量,$N/mm^2$;PR——泊松比;SIGY——屈服强度,$N/mm^2$;ETAN——杨氏弹性模量,$N/mm^2$。

**表 2-9　混凝土的材料参数取值表**

| RO | G | A | B | C |
|---|---|---|---|---|
| $2.44 \times 10^{-9}$ | 14 860.0 | 0.79 | 1.6 | 0.0070 |
| N | FC | T | EPSO | $EF_{min}$ |
| 0.61 | 48.0 | 4.0 | 1.0 | 0.010 |
| $SF_{max}$ | PC | UC | PL | UL |
| 7.0 | 16.0 | 0.0010 | 800.0 | 0.10 |
| $D_1$ | $D_2$ | $K_1$ | $K_2$ | $K_3$ |
| 0.0400 | 1.0 | 85 000.0 | $-171\,000.0$ | 208 000.0 |

注：RO——密度，$t/mm^3$；$G$——剪切模量，$N/mm^2$；$T$——混凝土的最大抗拉流体静压，$N/mm^2$；EPSO——参考应变率，$s^{-1}$；$EF_{min}$——最小破碎塑性应变；$SF_{max}$——混凝土标准压强最大值，$N/mm^2$；$PC(P_{crush})$——压碎压强，$N/mm^2$；$UC(u_{crush})$——压碎体积应变；$PL(P_{lock})$——锁压强，$N/mm^2$；$UL(u_{lock})$——锁体积应变。

在 LS-DYNA 中 H-J-C 模型由 111 号材料模型来定义,对应的关键字为 Mat_Johnson_Holmquist_Concrete。这种模型综合考虑了大应变、高应变率、高压效应,非常适合 Lagrange 和 Euler 网格下的计算模拟,其等效屈服强度是压力、应变率及损伤的函数,而压力是体积应变(包括永久压垮在内)的函数,损伤积累则是塑性体积应变、等效塑性应变及压力的函数。该模型的本构方程为

$$\sigma^* = [A(1-D) + BP^{*N}](1 - C\ln\dot{\varepsilon}^*)$$

式中：$A$——无量纲的粘结强度；

$B$——无量纲的压力硬化系数；

$C$——应变率系数；

$N$——压力硬化指数。

$\sigma^* = \sigma/f_c$——无量纲等效应力,$\sigma$ 为真实等效应力,$f_c$ 为准静态单轴抗压强度；

$P^* = P/f_c$——无量纲压力,$P^* \leqslant S_{max}$,$P$ 为真实压力；

$\dot{\varepsilon}^* = \dot{\varepsilon}/\dot{\varepsilon}_0$——无量纲应变率；

$D$——损伤因子,且 $0 \leqslant D \leqslant 1.0$,由等效塑性应变引起的损伤和塑性体积应变累加得到,$D$ 的表达式为

$$D = \sum \frac{\Delta\varepsilon_p + \Delta\mu_p}{\varepsilon_p^f + \mu_p^f}$$

式中：$\Delta\varepsilon_p$、$\Delta\mu_p$——分别是等效塑性应变增量和等效体积应变增量；

$\varepsilon_p^f + \mu_p^f$——常压 $P$ 下材料断裂时的塑性应变,其表达式为

$$\varepsilon_p^f + \mu_p^f = D_1(P^* + T^*)^{D_2}$$

式中：$D_1$、$D_2$——损伤常数。

当混凝土在压缩状态时,压力-体积应变关系分为三个阶段:第一阶段为线弹性阶段($0 \leqslant u \leqslant u_{crush}$),该阶段内材料处于弹性状态,加卸载状态方程为

$$P = Ku$$

式中:$K$——混凝土的弹性体积模量,$K = P_{crush}/u_{crush}$;

   $u$——混凝土单元的体积应变,$u = \rho/\rho_0 - 1$,$\rho$ 和 $\rho_0$ 分别表示单元的当前密度和初始密度。

第二阶段为过渡阶段($u_{crush} \leqslant u \leqslant u_{plock}$),该阶段内混凝土内部的气泡开始破裂,混凝土结构受到损伤,并开始产生破碎性裂纹,但混凝土结构还没有完全破碎。

$$P = P_{crush} + K_{lock}(u - u_{crush})$$

式中:$K_{lock} = (P_{lock} - P_{crush})/(u_{lock} - u_{crush})$,$u_{lock}$ 为相对于 $P_{lock}$ 时的单元体积应变。

卸载时

$$P = P_{max} + [(1 - F)K + FK_1](u - u_{max})$$

式中:$K_1$——塑性体积模量;

   $F = (u_{max} - u_{crush})/(u_{plock} - u_{crush})$;

   $u_{max}$、$P_{max}$——混凝土单元卸载前达到的最大体积应变和最大压力。

第三阶段为压实阶段($u \geqslant u_{plock}$),这一阶段混凝土已经完全破碎,混凝土满足凝聚材料的 Hugoniot 关系,即

$$P = K_1\bar{u} + K_2\bar{u}^2 + K_3\bar{u}^3$$

式中:$\bar{u} = (u - u_{lock})/(1 + u_{lock})$;

   $K_1$、$K_2$、$K_3$——混凝土的材料常数。

卸载时

$$P = K_1\bar{u}$$

当混凝土为拉伸阶段时,由于混凝土的抗拉强度比较低,相对于抗压强度来说,比例极限又比较高,所以在近似计算中,通常假定混凝土受拉时应力-应变关系直到拉断均为直线,应力达到抗拉强度时,混凝土即开裂,并假定受拉时的弹性模量等于受压时的初始弹性模量,忽略混凝土的塑性变形过程,可以采用下面的模型:

当 $0 \leqslant -P \leqslant T(1-D)$,$0 \leqslant \varepsilon \leqslant \varepsilon_0$ 时

$$P = Ku$$

当 $\varepsilon \geqslant \varepsilon_0$ 时

$$P = 0$$

其中抗拉极限压力为 $P = -T(1-D)$,$T$ 为混凝土的最大抗拉流体静压。

需要注意的是钢管的建模可以采用壳单元和体单元,但是在本书中最好采用壳单元,因为在汽车和柱子接触的瞬间,在节点处会有较大的集中力,采用体单元容易导致负体积而不收敛,采用壳单元可以避免这一问题。汽车和柱子之间的接

触采用单面自动接触。汽车撞柱的有限元模型如图 2-21 所示。

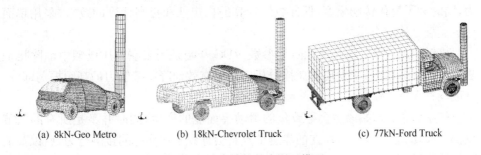

(a) 8kN-Geo Metro      (b) 18kN-Chevrolet Truck      (c) 77kN-Ford Truck

图 2-21 汽车撞柱的有限元模型

由于要分析的参数较多,本书暂时不考虑钢筋位置和大小及钢管厚度对冲击力的影响。在钢筋混凝土模型中都设置八根 40mm 的钢筋,钢管的厚度都为 10mm,柱子高度为 3600mm,同时忽略混凝土的脱落。

本书中设计的参数较多,目的是为了研究各种参数对接触力的影响。分析了三种汽车在 30km/h、50km/h 和 100km/h 速度下对外径为 400mm 的钢管、钢筋混凝土和钢管混凝土在柱下边界条件为固定和柱上边界条件分别自由、铰接和固定情况下的冲击力。共研究了四个参数,如表 2-10 所示。

表 2-10 汽车撞柱研究算例编号说明

| 参数 | 汽车类型(参数 1) | | | 撞击速度(参数 2) | | |
|---|---|---|---|---|---|---|
| 编号 | 1 | 2 | 3 | 1 | 2 | 3 |
| 具体内容 | Geo Metro | Chevrolet Truck | Ford Truck | 30km/h | 50km/h | 100km/h |
| 参数 | 连接方式(参数 3) | | | 柱子类型(参数 4) | | |
| 编号 | 1 | 2 | 3 | 1 | 2 | 3 |
| 具体内容 | 固定+自由 | 固定+铰接 | 固定+固定 | 钢管 | 钢筋混凝土 | 钢管混凝土 |

算例编号有四个数字表示,编号为 XXXX,第一个 X 表示汽车类型、第二个 X 表示撞击速度、第三个 X 表示连接方式、第四个 X 表示柱子类型。如编号 2232,表示 Chevrolet Truck(编号 2)在 50km/h 速度下(编号 2)对两端固定(编号 3)的钢筋混凝土(编号 2)撞击作用。有上面 4 个参数,每种参数 3 种情况,进行组合总共 81 个算例。

### 2.3.1.2 汽车撞柱模型中相关重要控制参数的选取

汽车碰撞仿真分析是一个系统复杂的工程,工程人员在大量的实践过程中也积累了不少经验,下面就几个关键的控制参数作一下说明。

接触定义:LS-DYNA 中有很多类型的接触方式,一般建议采用单面自动接触,主要是因为在汽车碰撞过程中,很难人工判断壳单元发生接触的方向。采用自动接触方式可以自动从壳单元的两边进行接触检查,比较适合各种复杂的接触行为,同时为了简化接触模型、保证数值计算的稳定性和提高计算的效率,采用单面接触类型是比较合适的。

接触阻尼设置:粘性接触阻尼参数 VDC 开始是用来在冲压成型中消除接触法向的高频振荡,后来发现在碰撞分析中能够有效地降低接触力的高频振荡部分,一般设置 VDC=20。

初始渗透:初始渗透会导致负的滑动界面能的产生,同时并不是所有的从节点都会移动到主界面上,存在的渗透节点将会导致不切实际的接触行为,所以要消除初始渗透,即将 Control_Contact 中参数 Ignore 设置为 1。

翘曲刚度:对于缺省的 2 号 B-T 壳单元,设置 Control_Shell 关键字中的参数 BWC=1 来施加翘曲刚度公式,同时参数 PROJ=1。在研究中发现,考虑薄壳的翘曲刚度,可以很好地控制沙漏能。

其他参数就不一一说明,可以查阅相关文献[3]。

## 2.3.2　计算结果及评价

### 2.3.2.1　沙漏能的控制结果及分析

LS-DYNA 中应用单点高斯积分单元进行非线性动力分析可以极大地节省计算时间,也有利于大变形分析。但是单点积分可能引起零能模式,也就是沙漏模式。在分析中沙漏变形的出现使结果无效,应该尽量减小和避免。如果总的沙漏能超过模型总体内能的 10%,那么分析可能就是无效的,有时候甚至 5% 的沙漏也是不允许的,所以非常有必要对它进行控制。同时有上面的试验验证也说明了沙漏能控制得越小,冲击力曲线和试验越吻合。下面从 81 个算例中选取 3 个能量图作为代表,如图 2-22~图 2-24 所示。

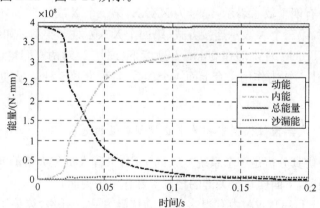

图 2-22　Geo Metro 在 100km/h 速度下对两端固定的钢管
混凝土柱撞击时的能量图(编号 1333)

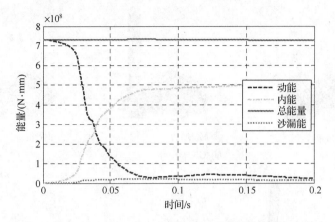

图 2-23　Chevrolet Truck 在 100km/h 速度下对两端固定的钢管
混凝土柱撞击时的能量图（编号 2333）

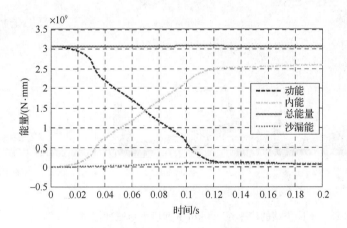

图 2-24　Ford Truck 在 100km/h 速度下对两端固定的钢管
混凝土柱撞击时的能量图（编号 3333）

　　所有算例的沙漏能都控制得非常好，基本上都在总能量的 5% 以下。这给模拟结果的有效性提供了必要性的保证。

### 2.3.2.2　冲击力时程曲线及汽车和柱的最终变形

　　计算的算例较多，限于篇幅，只给出三种车型在 100km/h 速度下，分别对一端固定和一端铰接的钢管、钢筋混凝土和钢管混凝土柱的撞击变形图，如图 2-25 所示。对应的冲击力曲线如图 2-26 所示。

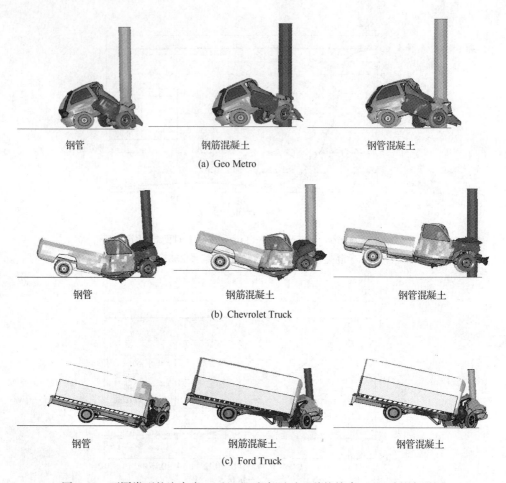

钢管      钢筋混凝土      钢管混凝土

(a) Geo Metro

钢管      钢筋混凝土      钢管混凝土

(b) Chevrolet Truck

钢管      钢筋混凝土      钢管混凝土

(c) Ford Truck

图 2-25   不同类型的汽车在 100km/h 速度下对三种柱撞击 0.2s 时的变形图

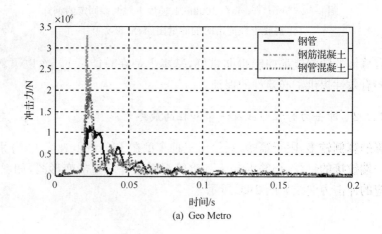

(a) Geo Metro

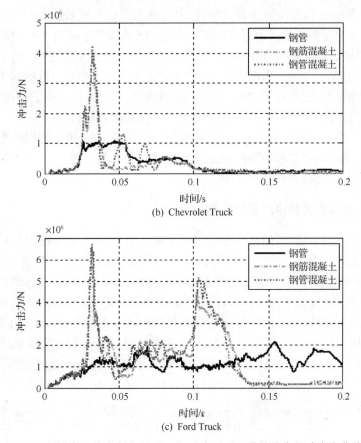

图 2-26　不同类型的汽车在 100km/h 速度下对三种柱撞击的冲击力曲线

### 2.3.2.3　模拟结果的评价

通过对太原理工大学的钢管混凝土构件在侧向冲击作用下的研究试验的模拟,可以看出模拟结果还是有很高的可信性,同时也说明了材料模型、边界条件、接触定义及相关控制参数的设置方法是可行的,其中比较关键的问题就是要控制好整个模型的沙漏能,同时设置好接触阻尼系数 VDC 的值。关于汽车撞柱的模拟和试验验证部分的模拟方法完全一样,同时沙漏能控制得也非常好,基本都在 5% 以内,而 VDC 的取值是按照汽车碰撞仿真通常的建议值取 20,计算结果的准确性有一定的保证。

从上面的冲击力时程曲线可以看出,曲线的形状和汽车类型有关,同时和柱子的类型也有一定的关系。Geo Metro 和 Chevrolet Truck 的冲击力曲线是先出现一个最大峰值,之后峰值越来越小。Ford Truck 的对钢筋混凝土和钢管混凝土的冲击力曲线有两个较为明显的波峰。出现上述情况的主要原因是 Geo Metro 和

Chevrolet Truck 汽车质量分布较均匀,可以认为是一个质量块,而 Ford Truck 的质量分布集中在车头和后面的车厢两个部分,则可以想象成两个质量块中间用弹簧连接,当用它们来撞击柱子时,对于前两种汽车:在刚刚接触时,汽车的动量最大,所以先出现一个冲击力峰值,随着它们的相互作用,冲击力也就越来越小。而对于第三种汽车,它对柱子的作用分两步,首先是车头部分对柱子作用,之后车尾的作用才传递过来,所以出现上面的冲击力曲线的形状是合理的。

但是从冲击力曲线可以看:部分曲线的冲击力在短时间内变化剧烈,明显存在高频部分。而本书需要得到冲击力的峰值,对结果的要求较高,需要对数据进行滤波处理,从而得出较为真实的结果。

### 2.3.3 汽车撞击试验中对滤波的要求

本书涉及汽车撞击,而在汽车碰撞试验及仿真研究上对数据的处理都有相应的规范和要求。为了得到更加精确和有效的结果,就必须对数据进行滤波处理。下面对汽车碰撞试验中对滤波的要求作一介绍。

汽车碰撞试验是用以考核评价汽车安全性的主要手段,每辆新车在上市前都必须进行汽车碰撞试验,而电测量系统则是碰撞试验中所必需的,它用来测量汽车碰撞过程相关部位的运动参数,并对这些参数加以处理分析。为了减小不同实验室之间试验条件不同造成试验数据的差异,《道路车辆——碰撞试验测量技术》(ISO6487)[7]和《碰撞试验测试仪表》(SAE J211)[8]对不同测量对象的滤波特性做出了明确的规定,并以通道频率等级(channel frequency class,CFC)加以描述。也就是说,对于每个数据测量通道的数据都要符合 CFC 的要求。CFC 指出数据通道的频率响应在它规定的极限频率范围内,不同的对象对应的数据通道的动态频率响应是不同的,并规定了四个数据通道频率等级 CFC=1000、CFC=600、CFC=180 和 CFC=60,CFC 的数值表示了它在幅频域中的最大平坦频率,它的基本内容如图 2-27 所示。即汽车碰撞的试验数据都是要经过滤波处理的,同时必须符合标准的要求。

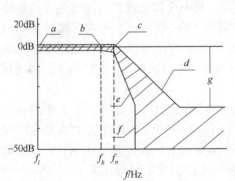

| CFC | $f_l$ /Hz | $a$ /dB | $f_h$ /Hz | $b$ /dB | $g$ /dB |
|---|---|---|---|---|---|
| 1000 | 0.1 | +0.5 −0.5 | 1000 | +0.5 −0.1 | −30 |
| 600 | 0.1 | +0.5 −0.5 | 600 | +0.5 −0.1 | −30 |
| 180 | 0.1 | +0.5 −0.5 | 180 | +0.5 −0.1 | −30 |
| 60 | 0.1 | +0.5 −0.5 | 60 | +0.5 −0.1 | −30 |

| CFC | $f_n$ /Hz | $c$ /dB | $d$ /(dB/oct) | $e$ /(dB/oct) | $f$ /(dB/oct) |
|---|---|---|---|---|---|
| 1000 | 1650 | +0.5 −4.0 | −9.0 | −24.0 | ∞ |
| 600 | 1000 | +0.5 −4.0 | −9.0 | −24.0 | ∞ |
| 180 | 300 | +0.5 −4.0 | −9.0 | −24.0 | ∞ |
| 60 | 100 | +0.5 −4.0 | −9.0 | −24.0 | ∞ |

图 2-27　通道频率等级[9]

### 2.3.4 冲击力时程曲线的滤波处理及分析

为了和试验要求保持一致,消除模拟结果中存在的不真实的高频部分[10],对数据也需要进行滤波处理,从而得到较为真实的冲击力曲线。在本书中采用CFC60 对冲击力时程曲线进行滤波处理[11]。在本书中采用 CFC60 对模拟结果进行滤波处理,滤波后的冲击力曲线如图 2-28 所示。

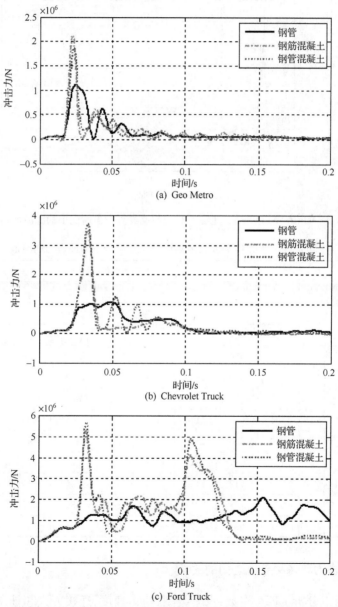

图 2-28　不同类型的汽车在 100km/h 速度下对三种柱撞击滤波后的冲击力曲线

　　根据汽车碰撞试验的滤波要求,对冲击力时程曲线采用 CFC60 进行滤波处理,从滤波后的曲线可以看出,曲线更加平滑,高频部分明显被消除,如图 2-29 所示为 Geo Metro 在 100km/h 速度下撞击钢筋混凝土柱时的冲击力曲线,滤波前在第一个峰值段,冲击力在短时间内变化剧烈,滤波后曲线明显平滑,峰值更加真实可信。表 2-11 为滤波后各种情况下的冲击力时程曲线对应的峰值。

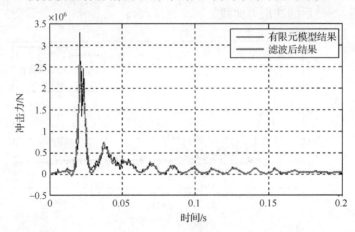

图 2-29　Geo Metro 在 100km/h 速度下对钢筋混凝土撞击情况下的滤波前后冲击力曲线

**表 2-11　采用 CFC60 滤波后四种参数组合下的撞击力的峰值**

| 参数及编号 | | | 汽车类型(参数1) | | | | | | | | |
|---|---|---|---|---|---|---|---|---|---|---|---|
| | | | 1 | | | 2 | | | 3 | | |
| | | | 撞击速度(参数2) | | | | | | | | |
| | | | 1 | 2 | 3 | 1 | 2 | 3 | 1 | 2 | 3 |
| 连接方式(参数3) | 1 | 1 | 304 | 684 | 1077 | 398 | 724 | 1040 | 578 | 971 | 1923 |
| | | 2 | 362 | 840 | 1989 | 398 | 1277 | 3700 | 579 | 1990 | 5306 |
| | | 3 | 327 | 979 | 1655 | 397 | 1296 | 3702 | 582 | 1974 | 5354 |
| | 2 | 1 | 354 | 655 | 1116 | 401 | 736 | 1054 | 639 | 1056 | 2110 |
| | | 2 | 349 | 800 | 2135 | 403 | 1266 | 3500 | 594 | 2023 | 5271 |
| | | 3 | 402 | 881 | 1877 | 403 | 1289 | 3726 | 614 | 2060 | 5687 |
| | 3 | 1 | 383 | 717 | 1140 | 401 | 758 | 1242 | 615 | 1130 | 2823 |
| | | 2 | 351 | 778 | 2210 | 405 | 1281 | 3848 | 598 | 2065 | 5357 |
| | | 3 | 327 | 989 | 2099 | 397 | 1305 | 3882 | 659 | 2058 | 5441 |

注:柱子类型(参数4)列标于"连接方式"与数据之间。

### 2.3.5　冲击力和各种参数之间的关系

　　本书重点分析了四个参数:汽车类型、撞击速度、连接方式和柱子类型。本节将就这四个参数对冲击力曲线的形状及峰值的影响进行比较分析,并将冲击力模拟结果和规范进行对比。

### 2.3.5.1　汽车类型对冲击力的影响

汽车类型是影响冲击力曲线形状和峰值大小的主要原因之一,不同类型汽车对冲击力的影响主要区别在于:汽车的总质量、汽车的质量分布、汽车的内部构件的布置及刚度。为了方便比较,将图 2-25 中汽车撞击钢管混凝土柱的冲击力时程曲线放在同一张图中,如图 2-30 所示。

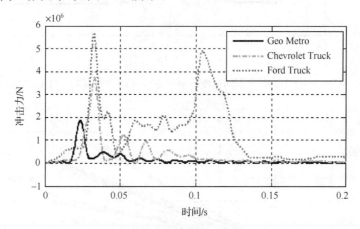

图 2-30　三种汽车在 100km/h 速度下对顶端铰接的钢管混凝土柱的冲击力曲线

在相同的速度下,汽车质量越大,动量也越大,理论上冲击力峰值也就越大,从图 2-30 和表 2-11 可以看出,滤波后的峰值数据除个别数据外基本上吻合这一点。而汽车的质量分布则对冲击力时程曲线的形状有较大影响,Geo Metro 和 Chevrolet Truck 的质量分布较为相似,冲击力曲线的形状也基本一样,而 Ford Truck 的质量分布主要集中在车厢和车头两个部分,冲击力曲线有比较明显分峰值,第一个峰值是车头和柱子开始接触时,此时车头和车厢之间的连接起到一个缓冲的作用,车厢的作用力并没有完全传递到柱子上,当车头变形发展到一定的程度,车厢撞击车头再作用到柱子上,从而形成另一个峰值。

### 2.3.5.2　撞击速度对冲击力的影响

图 2-31 是 Chevrolet Truck 在不同速度下对顶端铰接的钢管混凝土柱的冲击力曲线的比较图。可以看出,碰撞速度的大小对冲击力的形状和峰值都有很大的影响,撞击速度越大,冲击力峰值出现时间越短,峰值也越大。为了进一步分析冲击力峰值和撞击速度的关系,将 27 种情况下(除碰撞速度外,其他三个参数的任意组合)的冲击力峰值和碰撞速度的关系作图,如图 2-32 所示,由图知,冲击力峰值

和速度基本呈线性关系,但是各种情况下的比值不一定相同。

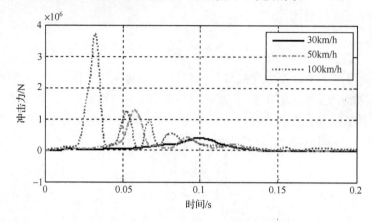

图 2-31　Chevrolet Truck 在不同速度下对顶端铰接的钢管混凝土柱的冲击力曲线

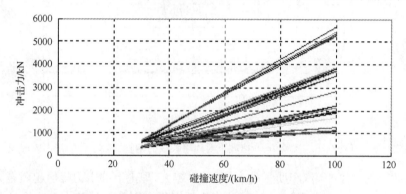

图 2-32　27 种情况下的冲击力峰值和速度的关系图

### 2.3.5.3　边界条件对冲击力的影响

　　边界条件和冲击力峰值的关系有较大离散性,没有太大的规律,但是其他条件相同的情况下,三种边界条件对应的冲击力峰值比较接近。主要是因为撞击过程的时间非常短,碰撞作用主要发生在局部位置,所以边界条件对冲击力影响不大。图 2-33 所示为 Chevrolet Truck 在 100km/h 速度下撞击不同边界条件的钢管混凝土柱的冲击力比较。

### 2.3.5.4　柱子类型对冲击力的影响

　　为了直观地显示柱子类型和冲击力之间的关系,图 2-34 列出了 Chevrolet Truck 以不同的速度撞击顶端为铰接的三种柱子的冲击力曲线图。由图可以看出,柱子类型对冲击力的影响随着撞击速度的不同而表现出不同的规律,在其他条件相同的情况下,冲击速度为 30km/h 时,冲击力峰值比较接近,随着速度的增大,钢管和另两种柱子的冲击力峰值变化越来越明显。在不考虑钢筋混凝土脱落的情况下，RC 和 CFST 的冲击力峰值非常接近。但是撞击速度对峰值出现的时间影响较小。

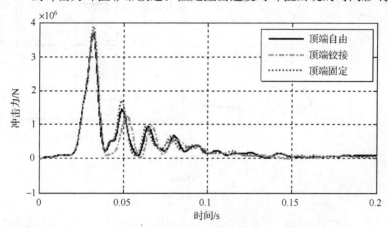

图 2-33　Chevrolet Truck 在 100km/h 速度下撞击不同边界条件的钢管混凝土柱的冲击力曲线

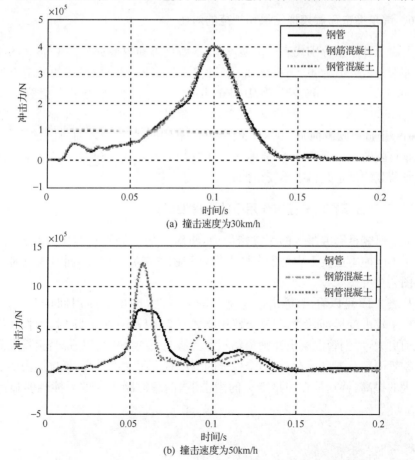

(a) 撞击速度为30km/h

(b) 撞击速度为50km/h

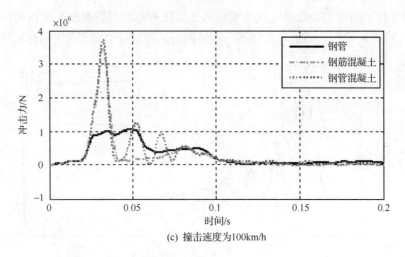

(c) 撞击速度为100km/h

图 2-34　Chevrolet Truck 以不同的速度撞击顶端为铰接的三种柱子的冲击力曲线

### 2.3.6　汽车撞击荷载模拟结果和规范的对比

上面三种车型分别代表了微型汽车、小型货车和中型货车。在 30km/h 时,对应的冲击力最大值为 402kN、405kN、659kN;在 50km/h 时,对应的冲击力最大值为 989kN、1305kN、2065kN;在 100km/h 时,对应的冲击力最大值为 2210kN、3882kN、5687kN。而目前国内关于汽车荷载的取值为:在车辆行驶方向是 1000kN,垂直行驶方向是 500kN,两个方向不同时考虑[12]。而英国的规范规定:在汽车行驶的方向取 500kN,垂直于汽车行驶的方向取 100kN[13]。可见目前规范对汽车荷载的规定是偏于不安全的。

### 2.3.7　三种柱子在汽车撞击作用下的耐撞性研究

为了研究钢管混凝土的耐撞击能力,将对应的空钢管作为比较对象,表 2-12 给出了不同撞击速度下中型卡车撞击钢管和钢管混凝土时,不同时间点时的构件变形图。

从表 2-12 可以看出,撞击速度为 100km/h 时,在 0.063s 时间点上,钢管柱已经发生了较大变形,而钢管混凝土柱相比之下变形较小;在 0.2s 时,钢管柱的变形较先前更大,而钢管混凝土柱则变化不大。从上面的分析可以看出:钢管混凝土柱由于钢管内部有混凝土存在,整个柱子的刚度有了很大的提高,抵抗撞击的能力有了很大的提高,特别是在中型卡车的撞击下,钢管混凝土柱的耐撞性明显高于钢管柱。

表 2-12　中型卡车撞击钢管和钢管混凝土的变形破坏比较表

| 撞击速度 /(km/h) | 柱子 类型 | 时间点 | | |
|---|---|---|---|---|
| | | 0 | 0.063s | 0.2s |
| 30 | 钢管 | | | |
| | 钢管 混凝土 | | | |
| 50 | 钢管 | | | |
| | 钢管 混凝土 | | | |
| 100 | 钢管 | | | |
| | 钢管 混凝土 | | | |

## 2.4　总结和展望

通过对相关曲线和峰值的分析,最终得出以下规律:

①　汽车的质量大小和质量分布,对冲击力的峰值和冲击力时程曲线的形状有较大影响。

②　冲击力峰值和汽车撞击速度基本成正比,但是各种情况下的比值不一定相同。

③　边界条件对冲击力曲线形状和峰值的影响较小。

④　柱子类型对冲击力曲线的影响随着冲击速度加大而加大。

⑤　目前规范对汽车荷载的规定偏于不安全。

⑥　实心和空心钢管混凝土具有很好的抗汽车撞击的能力。对空心钢管混凝土构件,当锤重和冲击速度不变的情况下,随着构件空心率的增大,构件所受的冲击力减小,其变形增大,构件抗冲击性能降低;当空心率相同时,随着冲击速度的增加,构件的变形增大。

在今后的研究中,需要重点关注以下几个方面:

①　需要通过更多的试验和分析,得到构件耐撞击承载力的计算公式。

②　提出防护和提高耐撞击性能的措施。

③　分析空心钢管混凝土构件在撞击下内部混凝土脱落的问题和影响。

④　多种荷载共同作用下的反应,如冲击后火灾。

## 参 考 文 献

[1]　中华人民共和国国家质量监督检验检疫总局. GB/T228-2002:金属材料室温拉伸试验方法. 北京:中国标准出版社,2002

[2]　时党勇,等. 基于 ANSYS/LS-DYNA8.1 进行显示动力分析. 北京:清华大学出版社,2003

[3]　赵海鸥. LS-DYNA 动力分析指南. 北京:兵器工业出版社, 2003

[4]　Holmquist T J, Johnson G R, Cook W H. A Computational constitutive model for concrete subjected to large strains, high strain rates, and high pressures//Proceedings of the 14th International Symposium on Ballistics, 1993:591~600

[5]　LS-DYNA. Keyword User's Manual for Version 970. Livermore Software Technology Corporation,2003

[6]　Sherif El-Tawil, M ASCE P E, Edward Severino, et al. Vehicle Collision with Bridge Piers. Journal of Bridge Engineering,2005,10(3):345~353

[7]　ISO6487:道路车辆-碰撞试验测试技术. 长春汽车研究所编译,1980

[8]　SAE J211 Instrumentation for Impact Test, SAE Handbook, Warrendale, PA, SAE,1995

[9]　陈弘. 汽车碰撞试验中模拟和数字滤波器的试验. 汽车工程,1998,(2):3

[10]　Edwin L Fasanella, Karen E Jackson. Best practices for crash modeling and simulation. NASA/TM-2002-211944,U. S. Army Research Laboratory, Vehicle Technology Directorate Langley Research Center, Hampton, Virginia

[11]　李红建. 轿车车体侧面抗撞性研究. 吉林大学硕士学位论文,2003

[12]　JTGD60-2004:公路桥涵设计通用规范. 北京:人民交通出版社,2008

[13]　BSI, BS5400: Steel, Concrete and Composite Bridges, Part 2: Specification for Loads, British Standards Institution, London,1988

# 第三章　实心和空心钢管混凝土结构抗连续性倒塌性能研究

## 3.1　引　　言

结构连续性倒塌,是当前国内外十分关注的问题,很多规范给出了分析判断结构抗连续性倒塌性能的方法,但是这些方法更多的是定性的要求,或基本的分析计算思想。对于设计人员来说,这些规范方法显然无法完全满足实际工程应用的需求。尤其对于大型复杂的结构形式来说,进行细致深入的有限元分析在工程当中并不现实,因此这需要提出更完备方法的供工程人员参考使用,从而做到合理地判断结构是否会发生连续性倒塌。因此,本章给出了判断一般框架结构形式能否发生连续性倒塌的分析流程,并验证说明了简化方法的可行性和有效性。此外,当前对规范中规定的动力放大系数仍旧存在较多争论,统一的按规范所规定的取值无法完全保证结构的安全,同时,对于另一些结构还有可能造成巨大的浪费。因此,本章对判断结构动力放大系数的拟静力分析方法也进行了深入的研究,验证了方法适用于多种工况及结构形式,并针对楼板可能造成的拱效应与膜效应,提出了楼板影响系数,供研究与工程人员参考。

## 3.2　结构连续性倒塌简化分析流程

引起结构发生连续性倒塌的原因是众多的,包括爆炸、火灾、地震等。当结构遭受这些极限荷载的影响时,发生局部性的破坏是必然的,但是结构连续性倒塌设计就是要防止发生结构的次生的倒塌事件,防止产生与直接损伤不成比例的结构倒塌。因此,在判定结构是否倾向于发生连续性倒塌时,往往避开极限荷载的产生原因,以及破坏状态,而采用众多规范当中提出的多荷载路径(alternate load path)的方法加以分析,此种方法也广为研究人员所采纳。此种方法通过删除结构单个关键构件,分析结构在失去单个构件后的响应结果,来作为判断结构是否易于发生连续性倒塌。这种方法的优点在于,避免考虑极限荷载产生的位置与原因,也因而避免了基于灾害荷载的工况分析,使结构抗连续性倒塌性能的判定变得更为清晰明了,判定方法变得更为简单。

在通过多荷载路径判定结构是否存在发生连续性倒塌倾向时,所限定的工况为突然删除关键构件,研究结构后续的响应。因此,分析结构的真实动力响应是十分关键的。但是,限于研究手段的不完备,以及工程对于简化计算的需求,往往惯常采用的是四种有限元分析手段,包括线性静力分析、非线性静力分析、线性动力分析以及非线性动力分析。基于此前研究者分析所述,显然非线性方法相比线性方法更为精确,动力分析相比静力分析更为精确。但是,即使非线性动力分析相比其他方法有着无法比拟的精确性,在工程当中对于整个结构进行非线性动力分析却并不是完全适用的。因此,当采用多荷载路径方法分析结构抗倒塌性能时,对于计算方法的简化是一项重要的研究内容。

除了以上提出的需要对计算方法进行简化外,对于结构的分析模型进行简化也是尤其必要的。结构在突然失去局部构件时,众多因素影响着结构发生连续性倒塌的可能性。而要想准确地模拟分析出结构发生连续性倒塌的可能性,几个重要因素需要加以考虑,并在模型当中得以体现的:

① 梁柱连接节点在弯矩与轴力共同作用下的响应及破坏特征。

② 楼板的拱效应与薄膜效应。

③ 受灾跨的梁的拱效应与悬链效应。

④ 结构可能发生的整体失稳等。

以上这些因素,共同决定了结构在突然失去关键的柱构件后,能否仍旧承受自身荷载。因此,完备的连续性倒塌研究是需要在模型分析中,考虑以上各因素,以及相应的失效模式的。

但是,通过对以上四个因素进行分析不难发现,以上因素对于分析所需的精度以及宏观尺度是不一样的。对于结构发生整体失稳的判断,往往不需要过分考虑梁柱节点的破坏问题,而对于节点破坏的问题,则关系到相对微观的层面。但显然在一个整体的框架结构模型中,实现对于以上各因素的模拟是不现实的,尤其分析节点破坏时,往往需要建立更为细致的有限元模型。因此,结构连续性倒塌简化分析方法,另一个关注层面,即是模型的抽象与简化问题。如何在不损失相对判定准确性的同时,简化结构计算模型与前面所述的简化计算分析方法相比,甚至更为重要。

基于以上分析,结构连续性倒塌简化分析流程包含两个部分:基于计算方法的简化,即尽量避免采用非线性动力分析,采用其他相对简单的计算手段加以代替;基于计算模型的简化,即建立不同尺度下的模型,满足结构对不同失效模型判别的需求。为了考虑以上两种简化需求,本章提出了连续性倒塌的简化分析流程,如图 3-1 所示。

### 3.2.1　基于计算模型的简化

首先,基于计算模型的简化,可以分解为三个步骤,即多层框架至单层框架模型的简化,单层框架模型至局部框架模型的简化,局部框架中各构件模型的简化。如图 3-1 所示。

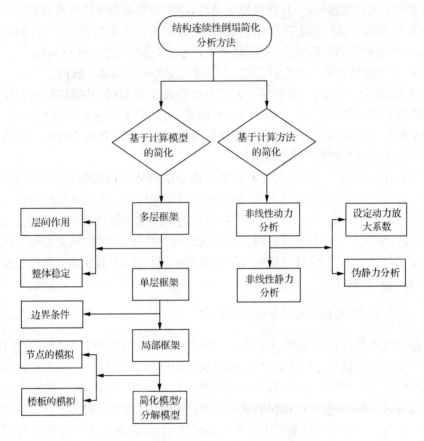

图 3-1　结构连续性倒塌简化分析方法流程图

### 3.2.1.1　多层至单层框架的简化

对于多层框架结构,当其中某柱出现破坏,在多路径方法(ALP)中被删除后,其以上所承担的框架梁、板将产生竖向的位移,用以承受相应的设计荷载。此时,相邻的柱子承受了分配而来的竖向荷载。对于未受灾的其他跨框架,由于荷载形式基本未发生改变,可认为层间的相互作用对于改变其受力情况影响不大。但是,对于直接遭受灾害的几跨,各层间的柱子内力发生了极大的变化,影响着各层承受荷载的能力。为了进一步判断整体结构是否会发生连续性倒塌,故基于以下假设与判断,推荐采用单层代替多层的计算分析方法:

① 对于整体结构进行细致的有限元分析往往需要大量的计算资源与强大的建模能力,在工程应用中并不实际。

② 在对真实连续性倒塌过程进行研究中发现,结构开始发生连续性倒塌的位

置多集中于梁柱连接处,一旦连接发生破坏,结构较容易发生连续性倒塌。

③ 当结构中某层发生连续性倒塌后,倒塌层将会产生构件碎片,并撞向下面楼层,往往这种撞击荷载较大,下层结构难以承受,将会发生连续性倒塌。

④ 当关键柱子突然删除后,其上各层可认定为变形基本一致的。

因此,基于以上分析,既然对于大部分结构发生倒塌时,其破坏行为可归结于各层内部的局部问题(如梁柱连接的拉断),因此,可以针对单独各层进行分析,判断各层本身是否能够承担突然删除支撑柱构件的工况,并以此作为判断结构将是否倾向于发生连续性倒塌的重要依据。

为了让对结构单层的分析能够真实反应多层整体结构的研究,需要重点考虑以下两方面因素:结构的整体失稳,结构各层的层间作用。由于单层结构分析无法考虑结构的整体稳定问题,因此,可建立简化的整体框架模型,不考虑楼板、节点的失效问题,采用非线性静力分析的方法判断结构的整体稳定性,从而避免了细节模型的建立与计算。此外,针对结构各层的层间作用问题,则需要重点考虑受损跨之间、柱的内力影响。

### 3.2.1.2　单层框架至局部框架的简化

经过以上分析,验证结构不会发生整体稳定,同时可以简化为单层框架后,为了进一步缩短建模与分析计算时间,同时获得明确的破坏机制,可以考虑将其简化至局部框架。所谓局部框架,即直接受灾害荷载影响的几榀框架。在结构发生连续性倒塌时,周围的框架往往仍旧处于线弹性阶段,因而无需对其进行过分细致的建模。但为了考虑周围框架对于受灾框架的影响,可以通过人工计算或有限元分析的方法获得周围框架的刚度,作为弹簧模型与受灾框架梁柱进行连接,此外对于楼板的影响,同样也可以通过对受灾框架的楼板施加一定的边界约束条件,从而获得相对理想的计算结果,并极大地简化模型同时减少计算时间。

### 3.2.1.3　局部框架中各构件模型的简化

在结构突然失去单个柱子后,受灾跨框架往往产生较大的变形,以承受结构的设计荷载。在这个过程中,影响结构抗倒塌性能的影响因素包括几点:梁柱的强度与刚度、节点强度刚度与延性以及楼板产生薄膜效应的能力。对于一般的结构设计与计算分析,由于节点往往只考虑承受弯矩的作用,因此常常可以采用具有一定 $M$-$\varphi$ 曲线关系的转动弹簧进行模拟。但是,在结构发生连续性倒塌的过程中,梁柱节点往往经历了由弯矩主导至轴力主导的过程,因此,考虑梁柱弯矩与轴力共同作用下的响应能力是十分重要的,这也是普通单节点转动弹簧无法实现的。但是,有时在局部框架模型中对梁柱节点位置进行详细的建模分析,会大大增加计算时间与建模的难度,因此为了解决这一问题,可参考欧洲规范(EC3)中采用的构件法,将节点中各细部构件用多个拉压弹簧代替,从而实现对于整体节点模型的模拟,并可以充分考虑轴力与弯矩的共同作用。除了节点模型可以采用以上方法进行简化外,由于楼板对于结构抗倒塌性能有着重要影响,因此同样有必要在模型中尽可能地反映真实楼板的受力特点。楼板的模拟可以采用几种方式,最为直接与准确的便是采用实体单元模拟楼板,但往往计算时间较长。第二种方法即是采用壳单元模拟楼板,尤其对于可考虑钢筋分布的壳单元,同样可以较好地模拟楼板的影响。第三种方法即是重点考虑梁上的楼板模型,取一定宽度的板带,与梁形成组合梁形式,并采用弹簧单元模拟梁与其上楼板之间的滑移与相互作用。第四种方法即是考虑相对更为极限的状态,即忽略楼板的拱效应,直接考虑楼板开裂后完全由钢筋形成薄膜,采用梁单元建立钢筋网模型,以简化对楼板的模拟。以上四种方法,可依具体分析目标以及分析软件的功能进行选择。

对真实结构依据其受力特性和破坏规律,抽象出简化模型在连续性倒塌分析过程中是十分重要的。而以上的方法也并不局限于局部模型当中,同样可以依工程需要,在单层模型或整体模型当中采用,以获得相对较高的计算精度与计算效率。

### 3.2.2　基于计算方法的简化

虽然国外众多结构规范中,建议采用多荷载路径方法对结构抗倒塌性能进行判定分析,但并没有强调必须采用何种分析计算方法进行验证。一般来说,常采用分析方法包括线性静力分析、非线性静力分析、线性动力分析以及非线性动力分析。这些方法随着精确度的提升,其计算耗时以及对计算软件的要求也相应提高。因此,如何在计算方法上获得平衡,从而达到一定程度的简化,是众多研究学者关注的问题。

当今众多的商业软件,基本已然可以考虑问题的非线性,因此对于计算方法的简化主要集中于静力分析与动力分析的采用与对比上。显然与动力分析方法相比,静力分析主要局限在于无法考虑突然删除柱构件后,结构所产生的动力效应。因此,GSA2003[1]与DoD[2]等规范规定,当采用静力分析时,设计荷载需乘以动力放大系数,对于不同规范以及不同结构形式,取 1.5～2.0 范围。通常来说,采用此放大系数可以解决静力分析无法考虑动力效应的问题,但是对于动力放大系数的选取,仍旧存在一定的问题。显然,这一参数的选择是基于一定结构形式的分析比较,但是对于一些"非典型"结构来说,此系数很可能仍旧无法满足动力放大效应,而导致判断失误。而对更多的结构来说,统一取 2.0 则可能过于保守,浪费资源。因此,有必要对于动力放大系数的选择进行修正,或寻找其他途径获得结构真实的动力响应。

Izzuddin 等[3,4]基于能量守恒的原理,提出了基于静力分析获得结构最大动力响应的拟静力方法,并对一纯钢框架进行了验证,说明此方法可以代替采用固定的动力放大系数,对不同结构判定其动力效应的影响。本章基于此方法,将其拓展至考虑楼板薄膜效应的影响,并进行了验证分析。同时,本章也对突然删除多个构件的工况进行了分析研究,建立了多柱失效的连续性倒塌仿静力计算方法。

基于非线性静力分析的拟静力分析方法采用的依据与假设如下:

① 结构突然删除构件后,系统的能量守恒,即 $W = U + K$,其中 $W$ 为结构设计荷载做功,$U$ 为结构耗能,$K$ 为结构动能。

② 结构突然删除构件瞬间,以结构变形达到最幅大值开始反弹前 $K = 0$,此时有 $W = U$。

③ 当结构产生相同的变形模式与幅值时,其结构整体耗能值是固定的。

④ 无论采用动力分析还是静力分析,对于同一结构当失效柱位置变形达到相同幅值时,认为结构变形模式接近,耗能近似认为一致。

因此,基于以上分析与假设,采用静力分析方法计算可获得结构的耗能与变形的关系曲线。由于结构在突然删除柱构件后至结构达到最大变形过程中,设计荷载是保持不变的,因此可以通过能量守恒的方法,判定结构产生不同最大位移值时,所对应的自重荷载,从而给出 $P$-$\delta$ 曲线,其中 $P$ 为施加在结构的竖向荷载,$\delta$ 为结构的最大动力变形。当曲线对应的 $P$ 值曲线最高点低于结构的设计荷载时,说明结构在承受设计荷载时,不足以承受相应的荷载与动力效应,将发生连续性倒塌。

以上的拟静力分析方法利用了能量的守恒原理,通过对结构进行非线性静力分析,获得了结构的最大动力响应,避免了非线性动力分析,因而也无需使用给定的动力放大系数,更为准确地判断出结构的真实响应。这种方法准确可靠,可作为基于计算方法的简化的重要方法。

### 3.2.3　评估标准

基于以上讨论的结构连续性倒塌简化分析流程,需要给出合理有效的评断结构能否发生连续性倒塌的评估标准。对于已有结构与设计完成的结构,当采用各国规范所提出的多荷载路径法分析时,结构在此种工况下能否通过验算,承受相应的设计荷载,是判断结构抗倒塌性能最重要的标准与依据。因此,当结构模型充分考虑了各构件的延性及所能承受的最大变形时,直接采用拟静力方法可以获得结构的 $\delta$-$\lambda$ 关系曲线,其中 $\delta$ 为失效柱位置竖向位移,$\lambda$ 为设计荷载系数,相应的设计荷载系数最大值为 $\lambda_{max}$:

① $\lambda_{max} > 1.0$ 时,结构在删除相应柱构件时,能够抵抗住连续性倒塌的发生,此时结构的安全系数为 $\lambda_{max}$。

② $\lambda_{max} < 1.0$ 时,结构在删除相应柱构件时,将会发生连续性倒塌。结构所能承受的不会产生连续性倒塌的极限荷载为 $\lambda_{max}P_0$。

## 3.3　多层框架与单层框架的简化对比分析

在对多层框架进行简化至单层的过程中,需要考虑的因素包括两点:结构的整体稳定性判定,各层之间的相互作用。当结构整体稳定性可以满足结构安全需求的时候,可以认为结构在受灾害荷载跨度的拉力作用下,其他跨整体侧移是极为有限的,层与层之间相互影响仅局限于相临楼层受损跨位置的柱轴力。基于这样的假设,进行以下对比分析。

### 3.3.1　层间相互作用力的计算

对于"典型"的普通多层框架结构来说,当结构突然删除结构底层某柱构件后,结构在重力荷载的作用下,结构受灾跨产生较大竖向变形,同时各层的梁、楼板等构件也同时产生竖向的反力,以支撑未平衡的重力荷载。多层框架连续性倒塌分析计算模型如图 3-2 所示。

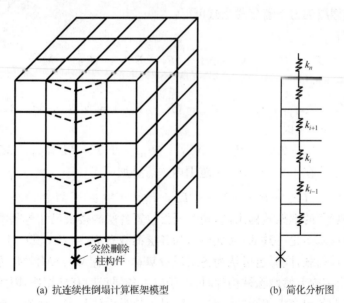

(a) 抗连续性倒塌计算框架模型　　　　　　(b) 简化分析图

图 3-2　多层框架连续性倒塌分析计算模型

提取第 $i$ 层受灾跨,等效为集中质量点,可建立力平衡关系式如下:

当 $1 < i < n$ 时

$$P_i + N_{i-1} - N_i - F_i = M_i \ddot{\delta}_i$$

当 $i = 1$ 时

$$P_1 - N_1 - F_1 = M_1 \ddot{\delta}_1$$

当 $i = n$ 时

$$P_n + N_{n-1} - F_n = M_n \ddot{\delta}_n \qquad (3\text{-}1)$$

式中：$P_i$——第 $i$ 层结构设计荷载；

$\quad N_i$——第 $i$ 层与 $i+1$ 层间柱内力，取拉力为正值；

$\quad F_i$——第 $i$ 层结构由梁、楼板提供的竖向反力，$F_i = k_i \delta_i$；

$\quad M_i$——第 $i$ 层结构质量；

$\quad \ddot{\delta}_i$——第 $i$ 层结构等效质量点位置竖向位移；

$\quad k_i$——第 $i$ 层结构由梁、楼板提供的竖向抗拉刚度，与变形 $\delta_i$ 有关，可设为

$\qquad$ 关于 $\delta_i$ 的函数 $k_i(\delta_i)$。

将各楼层力平衡公式相加可得

$$\sum_{i=1}^n P_i - \sum_{i=1}^n F_i = \sum_{i=1}^n M_i \ddot{\delta}_i \qquad (3\text{-}2)$$

将相临楼层的力平衡公式相减可得：

$i = 1$ 时

$$P_2 - P_1 + 2N_1 - N_2 - (F_2 - F_1) = M_2 \ddot{\delta}_2 - M_1 \ddot{\delta}_1 \qquad (3\text{-}3)$$

$i = n-1$ 时

$$P_n - P_{n-1} + 2N_{n-1} - N_{n-2} - (F_n - F_{n-1}) = M_n \ddot{\delta}_n - M_{n-1} \ddot{\delta}_{n-1} \qquad (3\text{-}4)$$

$1 < i < n-1$ 时

$$P_{i+1} - P_i + 2N_i - N_{i-1} - N_{i+1} - (F_{i+1} - F_i) = M_{i+1} \delta_{i+1} - M_i \delta_i \qquad (3\text{-}5)$$

对以上公式在 $1 \leqslant i \leqslant n-1$ 范围内进行叠加可得

$$(P_n - P_1) + N_1 - (F_n - F_1) = M_n \ddot{\delta}_n - M_1 \ddot{\delta}_1 \qquad (3\text{-}6)$$

对于"典型"的框架结构来说，同跨同榀位置各层的楼板尺寸等基本相同，其相应的设计荷载基本是一致的，因此可认为各层荷载有 $P_i = P_0$，其中 $1 \leqslant i \leqslant n$，$P_0$ 为各层的设计荷载，同时也可认为各层质量基本一致有 $M_i = M_0$，$M_0$ 为各层的"标准质量"。当结构突然删除柱构件时，由于以上各层仍旧有柱相连，因此，可认为失效柱位置以上各层产生相同的竖向位移，对于楼板设计基本一致的结构，其变形模式也基本一致，可认为 $\delta_i = \delta_0$，$\ddot{\delta}_1 = \ddot{\delta}_0$。将各层的竖向反力 $F_i = k_i \delta_i$ 以及层荷载以及质量代入式(3-7)，可得

$$N_1 = (k_n - k_1) \delta_0 \qquad (3\text{-}7)$$

将式(3-7)代入式(3-3)可得

$$N_2 = (2k_n - k_2 - k_1)\delta_0 \tag{3-8}$$

同理将上两式代入式(3-4)可得

$$N_i = \left(ik_n - \sum_{j=1}^{i} k_j\right)\delta_0 \tag{3-9}$$

对于上式 $k_i$ 值为变量，与结构竖向位移 $\delta_0$ 有关。针对本章研究结构形式，"典型"的多层框架结构由于各楼层设计荷载基本一致，相应梁截面与楼板截面设计也可认为采用相同截面形式。因此，当各层产生相同变形 $\delta_0$ 时，有 $k_i = k_0, 1 \leqslant i \leqslant n, k_0$ 为"标准层"竖向抗拉刚度，与变形 $\delta_0$ 有关。将其代入式(3-9)可得 $N_i = 0, 1 \leqslant i \leqslant n$。即对于多层框架来说，当各楼层设计荷载及结构形式相同时，可认为在结构突然删除柱构件后，层间相互作用力为 0，即可近似认为各层为相对独立个体，且抗连续性倒塌的能力一致。因此，结构整体的抗连续性倒塌性能可由各单层结构的抗倒塌性能的判断获得，即在简化分析方法当中，由多层结构简化至单层结构，直接对单层结构进行有限元分析模拟。当单层不会出现连续性倒塌问题时，多层同样不会出现这样的问题，而如果单层结构验算无法满足要求时，结构整体将发生连续性倒塌。

此外，当部分楼层不一致，如顶层刚度 $k_n$ 大于其他"标准层"刚度 $k_i$ 时，$N_i > 0$，即其他层间柱内力将为拉力，单独验算其他楼层，而忽略柱拉力，结构偏于安全，而对于顶层验算，则需考虑向下的柱拉力，应对顶层进行保守设计，如保证梁柱可靠连接，及较好延性等，使其不致先于其他层发生连续性倒塌。

通过对式(3-9)的分析可以发现，当结构各层设计荷载不一致，刚度存在差异时，刚度较大层将承受更多的由其他层传来的竖向内力，因此，在结构多层至单层的简化过程中，当存在此种状况时，宜尽量保证薄弱楼层可承受本身的荷载，同时对于刚度较大楼层，则需保证其具有更好的延性，如梁柱连接不致先于其他层发生破坏。对于重要的建筑结构，在对刚度较大层进行连续性倒塌验算时，宜在失效柱轴线位置，施加额外竖向荷载。此原理有待作为结构抗连续性倒塌的优化设计方法进行深入研究。

### 3.3.2 单层简化方法有限元验证

为了进一步验证以上的简化设计方法，笔者分别设计了 5 层纯钢框架以及 15 层带混凝土楼板的组合钢框架结构，考虑各楼层间设计荷载与结构构件设计一致的情况。

#### 3.3.2.1 5 层钢框架结构简化分析方法验证

对于 5 层钢框架结构，在模型中忽略楼板的存在，仅考虑纯钢框架的影响，楼面设计均布荷载为 6.25kN/m²,层高 4m,结构平面设计如图 3-3 所示,结构构件截面设计尺寸如表 3-1 所示。钢材屈服强度设为 275MPa,弹性模量取 2.1×10⁵ MPa,强化段模量取 2.1×10³ MPa。材料模型采用弹塑性双线性模型(plastic kinematic model),钢梁与钢柱均采用 Hughes-Liu 梁单元模型,忽略梁柱连接细节,采用节点直接耦合的方式,模拟梁柱刚接节点。设计荷载通过等效梁上线荷载施加。

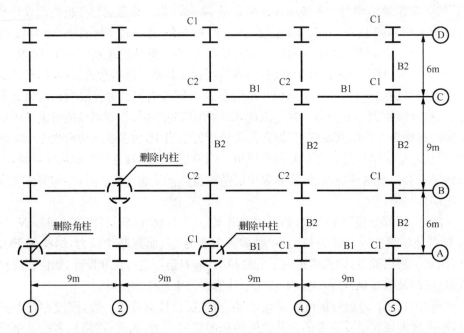

图 3-3　5 层钢框架平面设计图

表 3-1　5 层钢框架构件截面设计尺寸

| 楼层 | 柱截面尺寸 | | 梁截面尺寸 | |
| --- | --- | --- | --- | --- |
| | C1 | C2 | B1 | B2 |
| 1~5 层 | UC356×368×153 | UC356×368×202 | UB305×165×54 | UB305×127×48 |

为了模拟结构突然删除柱构件的过程,整个分析过程分为两个步骤:第一步,采用隐式分析的方法,在 1s 内对完整框架施加重力荷载,获得结构的非线性静力响应;第二步,采用重启动文件,将计算转化为显式分析,在重启动文件中删除柱构件获得结构的非线性动力响应。计算流程如图 3-4 所示。有限元分析采用有限元软件 LS-DYNA。

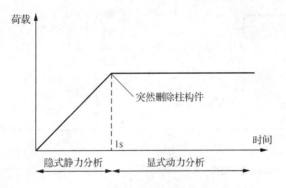

图 3-4　连续性倒塌分析加载过程

　　为了对比验证简化方法的准确性,分别考虑了结构发生连续倒塌可能性的三种工况:删除角柱(工况Ⅰ),删除外围中柱(工况Ⅱ),删除内柱(工况Ⅲ)。对多层结构进行分析,并与提出的标准层模型进行对比。由于5层框架的结构设计中,选用5层结构构件相同的设计,因此单层模型也采用相同的标准层设计。此外,为了回避结构发生整体失稳的情况,以及因忽略楼板而可能产生的整体侧移问题,本框架结构模拟拟定为无侧移框架,约束各层边柱的水平移动。在多层框架中,虽然忽略层间柱的轴力影响,但是柱的存在对于梁柱节点本身会提供抗弯刚度,因此,在单层框架模型中,在失效柱位置节点约束相应的转动自由度。针对以上有限元模型,通过有限元分析计算,获得了结构失去柱位置的竖向变形以及直接受影响跨的梁柱节点内力。结构删除外围中柱的有限元模型如图 3-5 所示。为了验证多层框架简化至单层框架的有效性,分析了删除柱位置跨,梁两端的内力,以及失效柱位置的时间-位移曲线,结果如图 3-6 所示。通过对比位移以及梁两端的轴力、弯矩以及剪力,可以发现,多层分析的结果与单层分析的结果十分相近。

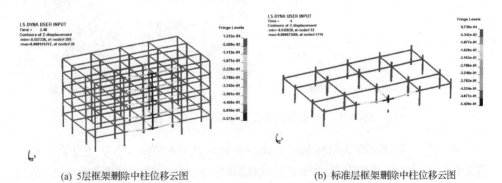

(a) 5层框架删除中柱位移云图　　　　　(b) 标准层框架删除中柱位移云图

图 3-5　简化对比5层钢框架模型位移云图(工况Ⅰ)

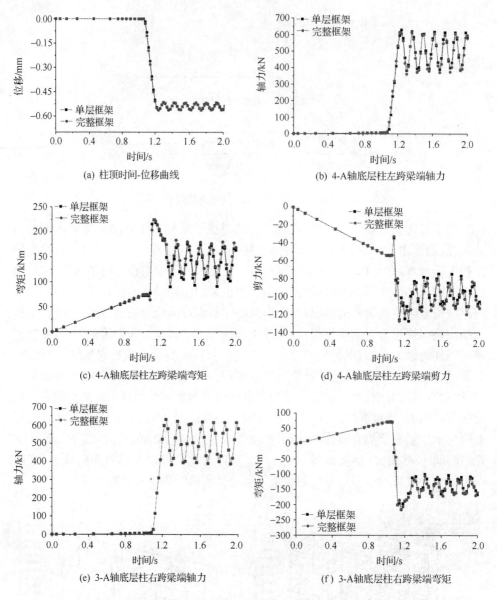

(a) 柱顶时间-位移曲线

(b) 4-A轴底层柱左跨梁端轴力

(c) 4-A轴底层柱左跨梁端弯矩

(d) 4-A轴底层柱左跨梁端剪力

(e) 3-A轴底层柱右跨梁端轴力

(f) 3-A轴底层柱右跨梁端弯矩

图 3-6　5 层框架简化计算结果对比图(工况Ⅰ)

　　为了进一步对比验证结构删除其他位置柱时的结构响应,本章还分别分析了删除角柱与结构内柱的其他两种工况,删除角柱的有限元模型如图 3-7 所示,删除后结构的响应结果如图 3-8 所示。通过对比可以发现,除了梁端轴力存在一定的差异以外,其他内力以及结构变形几乎完全一致。而轴力静载阶段出现差异的主要原因在于,在多层结构中,层间柱构件会对下层产生一定的约束作用,使梁在受竖向荷载时,受两侧节点的压力,而在单层结构中,侧边的约束相对较弱,当静载施加上去时,可能产生拉力。此外,在删除角柱的工况Ⅱ中,由于梁设计的强度较大,而受荷的面积较小,因此结构的变形较小,节点仅仅进入塑性铰阶段,同时,由于角柱位置没有临跨提供拉力,因此梁更多表现出悬臂梁的特性,而不会产生悬链效应。

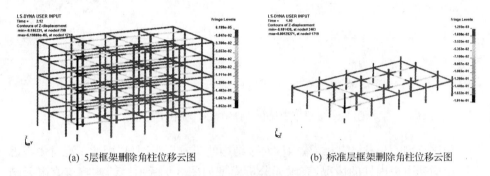

(a) 5层框架删除角柱位移云图　　　　(b) 标准层框架删除角柱位移云图

图 3-7　简化对比 5 层钢框架模型位移云图(工况Ⅱ)

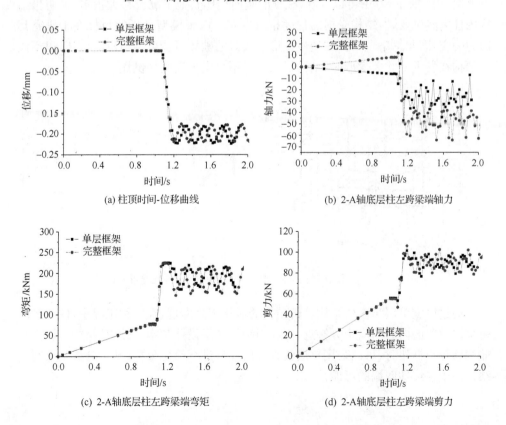

(a) 柱顶时间-位移曲线

(b) 2-A轴底层柱左跨梁端轴力

(c) 2-A轴底层柱左跨梁端弯矩

(d) 2-A轴底层柱左跨梁端剪力

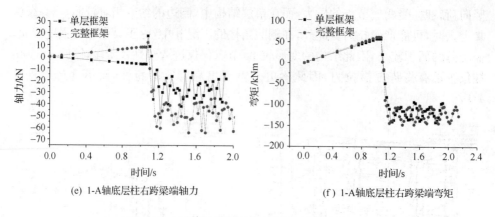

(e) 1-A轴底层柱右跨梁端轴力　　　　　　(f) 1-A轴底层柱右跨梁端弯矩

图 3-8　5 层框架简化计算结果对比图(工况Ⅱ)

相比于删除角柱,删除结构内柱对于结构的影响更为明显,因此工况Ⅲ中考虑删除结构其中一内柱的情况,有限元分析模型如图 3-9 所示。结构响应有限元结果如图 3-10 所示,其中可以发现,柱顶的竖向相比其他工况位移大很多,说明当结构内柱突然失效时,结构受损的程度相对更大。由于模型分析的目标在于研究其内力响应,因此忽略了构件在塑性变形较大时的破坏可能以及节点的破坏,但不代表结构在发生如此大变形时,结构仍旧可以不会发生连续性倒塌。

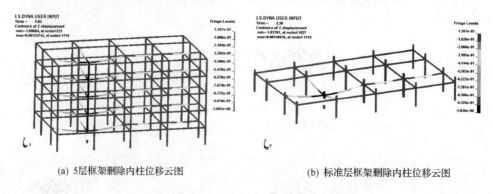

(a) 5层框架删除内柱位移云图　　　　　　(b) 标准层框架删除内柱位移云图

图 3-9　简化对比 5 层钢框架模型位移云图(工况Ⅲ)

通过以上单层与多层结构分析结果的对比不难发现,在三种工况中,柱顶竖向位移以及梁的内力响应十分接近,因此当结构各层设计基本一致,且结构可认为是非侧移较小框架时,可以采用单层代替多层模型进行简化分析,基于分析结果判定结构发生连续性倒塌的可能性。

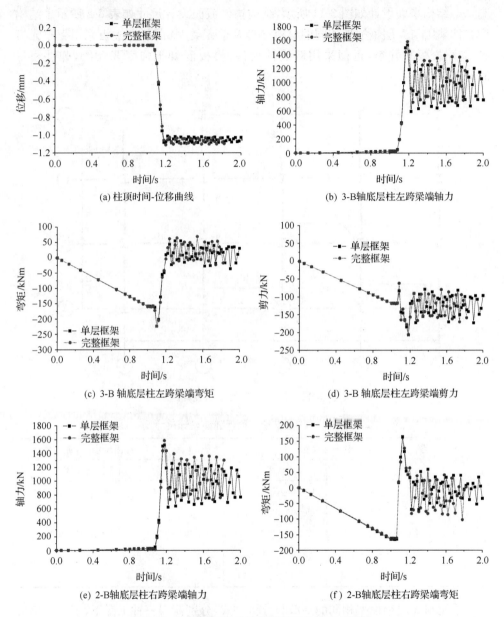

图 3-10　5 层框架简化计算结果对比图(工况Ⅲ)

### 3.3.2.2　15 层钢框架结构简化分析方法验证

为了验证结构考虑楼板时,多层框架模型简化至单层框架模型的可行性,本节简要设计了一 15 层钢框架混凝土楼板结构,楼面设计均布荷载取 $10.3\text{kN/m}^2$,层高 3m,结构平面设计如图 3-11 所示,结构构件截面设计尺寸如表 3-2 所示。结构中梁柱采用与 5 层钢框架相同的材料模型及单元类型,混凝土楼板采用壳单元模拟,忽略楼板的开裂,近似采用双线性模型,楼板混凝土强度 30MPa,弹性模量 $3.3 \times 10^4$ MPa。

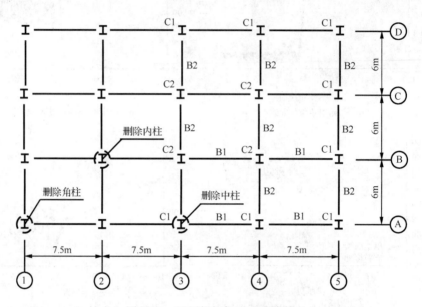

图 3-11　15 层钢框架平面设计图

**表 3-2　15 层钢框架构件截面设计尺寸**

| 楼层 | 柱截面尺寸 | | 梁截面尺寸 | |
| --- | --- | --- | --- | --- |
|  | C1 | C2 | B1 | B2 |
| 1~3 | UC305×305×198 | UC305×305×283 |  |  |
| 4~6 | UC305×305×158 | UC305×305×198 |  |  |
| 7~9 | UC305×305×118 | UC305×305×158 | UB203×102×23 | UB203×102×23 |
| 10~12 | UC254×254×73 | UC305×305×97 |  |  |
| 13~15 | UC203×203×71 | UC203×203×71 |  |  |

采用与 5 层钢框架相同的加载与分析方式,分别获得三种工况下,多层框架与单层框架的响应,相应的结构模型、结构失效柱位置的竖向位移与结构构件的内力如图 3-12～图 3-17 所示。与 5 层钢框架一致,多层结构与单纯结构的分析结果十分接近,认为可近似采用单层结构的抗连续性倒塌特性作为判定多层结构的抗倒塌性的依据。

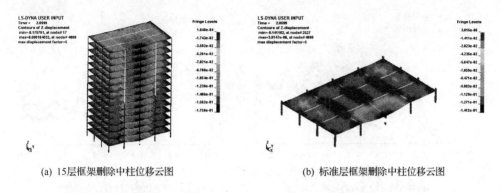

(a) 15层框架删除中柱位移云图　　　　　　(b) 标准层框架删除中柱位移云图

图 3-12　简化对比 15 层钢框架模型位移云图（放大系数＝5.0，工况Ⅰ）

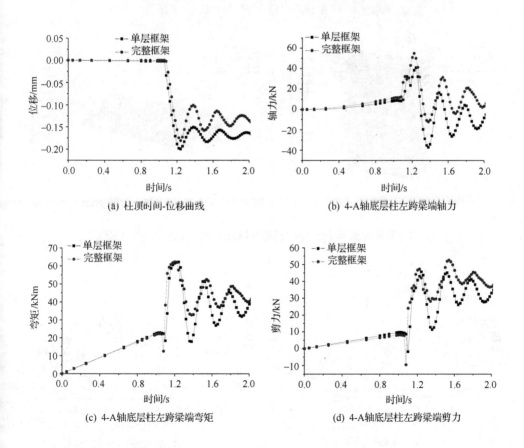

(a) 柱顶时间-位移曲线　　　　　　　　(b) 4-A轴底层柱左跨梁端轴力

(c) 4-A轴底层柱左跨梁端弯矩　　　　　　(d) 4-A轴底层柱左跨梁端剪力

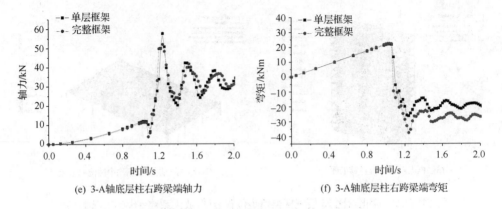

(e) 3-A轴底层柱右跨梁端轴力　　　　(f) 3-A轴底层柱右跨梁端弯矩

图 3-13　15 层框架简化计算结果对比图(工况 I )

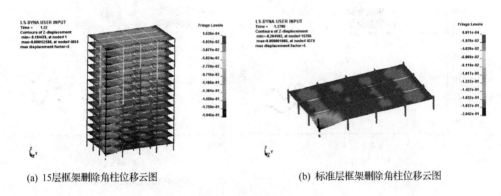

(a) 15层框架删除角柱位移云图　　　　(b) 标准层框架删除角柱位移云图

图 3-14　简化对比 15 层钢框架模型位移云图(放大系数＝5.0,工况 II )

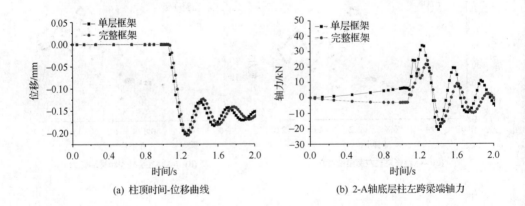

(a) 柱顶时间-位移曲线　　　　(b) 2-A轴底层柱左跨梁端轴力

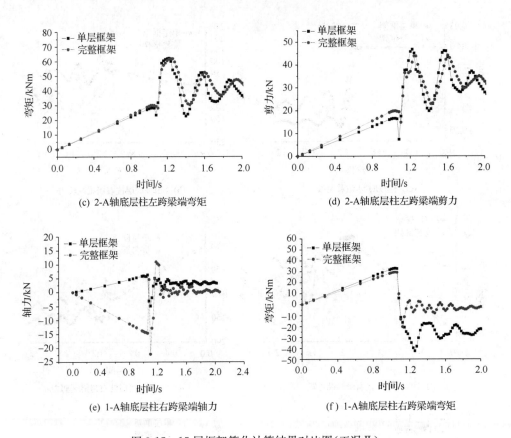

(c) 2-A轴底层柱左跨梁端弯矩                    (d) 2-A轴底层柱左跨梁端剪力

(e) 1-A轴底层柱右跨梁端轴力                    (f) 1-A轴底层柱右跨梁端弯矩

图 3-15   15 层框架简化计算结果对比图（工况Ⅱ）

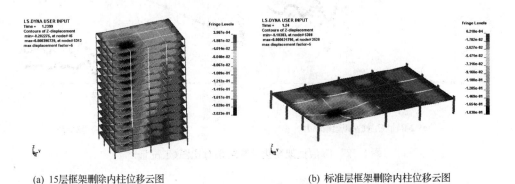

(a) 15层框架删除内柱位移云图                    (b) 标准层框架删除内柱位移云图

图 3-16   简化对比 15 层钢框架模型位移云图（放大系数＝5.0，工况Ⅲ）

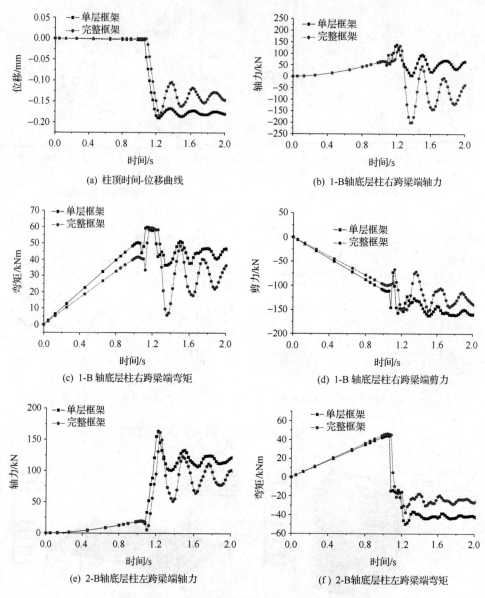

图 3-17　15层框架简化计算结果对比图（工况Ⅲ）

# 3.4　非线性拟静力分析方法研究

## 3.4.1　基于能量守恒原理的简化计算方法研究

由于在工程中，对各种结构进行非线性动力分析，以获得其抗连续性倒塌的性能并不现实,因此需要针对这种计算分析方法进行简化,以满足工程的需要,降低对计算的要求。在结构连续性倒塌的分析与判定中,整体系统的能量是守恒的,当结构突然失去柱构件后,其竖向变形达到最大,且未发生破坏时,此时系统的动能与初始状态一致,均为 0。此时重力荷载做功已完全转化为结构的内能。但是,如果结构无法承受重力荷载,将会发生连续性倒塌时,结构将无法达到动能为 0 的状态,重力做功 $P\delta$ 大于结构耗能 $U(\delta)$,即永远无法为结构变形转化成的内能所吸收。因此,对于任何结构都存在一个荷载 $P_{max}$ 值,使结构最终能够达到动能为 0 的安全状态。当作用在结构上的任意荷载 $P_i$ 有 $P_i < P_{max}$ 时,必然对应一个 $\delta_i$ 值,使结构在变形至 $\delta_i$ 时,动力为 0。即对于任意结构,存在一 $P_i$-$\delta_i$ 曲线,在曲线上的点对应为结构在各级荷载作用下,结构最终达到动能为 0 时,结构的相应位移值。如果曲线所对应的 $P_{max} > P_0$,结构将可以不会在设计荷载的作用下发生连续性倒塌,相反,结构将无法最终达到动能为 0 的能量平衡状态,结构将发生连续性倒塌。其中,$P_0$ 为结构的设计荷载。基于此原理,为了获得结构的动力荷载-位移曲线,Izzuddin 等[3,4]提出了基本的假设作为基础,并给出了获得响应曲线的方法。基本假设认为,结构对应相同变形模式时,当变形值一定时,结构达到变形值所对应的能量是一定值,与达到变形值的加载过程无关。因此,当变形值一致时,可认为结构在动力荷载作用下的结构耗能与在静力荷载作用下结构耗能一致,因而可采用静力分析的方法获得结构对应不同位移值的耗能值。计算简图如图 3-18 所示。其中结构在静力荷载作用耗能可以通过对荷载-位移曲线与位移轴之间构成的面积计算获得,进一步获得结构在不同级别荷载作用下的结构动力响应峰值曲线,相应拟静力方法计算示意图如图 3-19 所示。

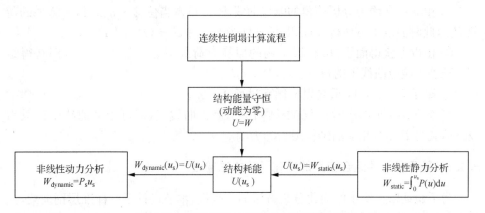

图 3-18　结构耗能与动力响应计算流程图

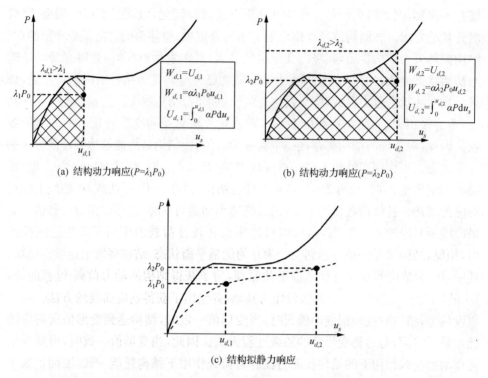

(a) 结构动力响应($P=\lambda_1 P_0$)　　　　　(b) 结构动力响应($P=\lambda_2 P_0$)

(c) 结构拟静力响应

图 3-19　结构简化动力与拟静力响应计算图

计算流程说明如下：

① 设置初始值：$P_{d,i}=P_i=0, u_{d,i}=0, U_i=0$。

② 设位移增量值为 $\Delta u_d$，可得荷载点对应位移 $u_{d,i+1}=u_{d,i}+\Delta u_d$。

③ 由非线性静力分析获得的响应曲线 $P$-$u_s$ 可得当位移为 $u_{d,i}$ 时，所施加的荷载 $P_{d,i}$，此时曲线下方所构成面积，即耗能为 $U_{i+1}=U_i+(P_{i+1}+P_i)\Delta u_d/2$。

④ 由以上获得面积，可获得结构的拟静力荷载 $P_{i+1}=U_{i+1}/u_{d,i+1}$，即获得结构的拟静力响应曲线上的点 $(u_{d,i+1}, P_{i+1})$。

⑤ 赋予 $i=i+1$，重复以上循环过程②～④。

当步长 $\Delta u_d$ 足够小时，即获得结构的拟静力曲线，从而可以从曲线中读取当设计荷载为 $P_0$ 时，相应的结构最大动力响应 $u_{d,0}$。

### 3.4.2　基于梁构件组合模型的简化计算方法验证

为了验证以上给出的简化分析方法的正确性，本节设计了一标准层钢框架，并基于此框架，分不同简化级别验证结构的抗连续性倒塌简化计算方法准确性。钢框架平面图如图 3-20 所示。为了在突然删除柱后获得较明显的结构响应，梁构件设计相对较小，并经保证验算满足承载要求。所有梁柱钢构件均采用 S275 钢，楼板采用 C30 混凝土,厚度 120mm,长跨方向配筋率 $\rho=2.09\%$,短跨方向配筋率 $\rho=1.038\%$。钢梁柱构件截面尺寸如表 3-3 所示。结构灾害发生后相应设计荷载取 7.25kN/m²。为了重点研究验证分析方法对结果的影响,本模型将梁柱连接简化为刚性连接,但是此种方法仍旧可以通过采用欧洲规范 EC3 中所建议提出的构件法拓展至采用半刚接连接的结构中,将梁柱连接节点采用一系列弹簧单元加以代替。

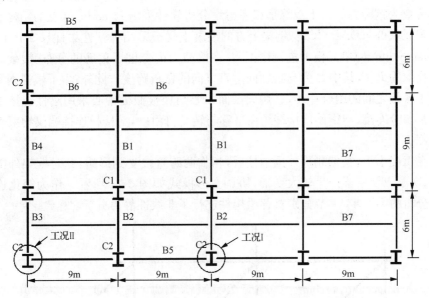

图 3-20  钢框架平面图

**表 3-3  结构构件截面尺寸**

| 梁构件 | 截面设计 | 柱构件 | 截面设计 |
|:---:|:---:|:---:|:---:|
| B1 | UB 305×127×48 | | |
| B2 | UB 178×102×19 | C1 | UC 356×406×287 |
| B3 | UB 127× 78×13 | | |
| B4 | UB 178×102×19 | | |
| B5 | UB 127× 78×13 | C2 | UC 356×358×153 |
| B6 | UB 178×102×19 | | |
| B7 | UB 203×102×23 | | |

本节分别考虑了如图 3-20 所示两种工况,即突然删除外围中柱(工况Ⅰ)与角柱(工况Ⅱ)的情况。根据 3.3 节验证说明多层结构可简化至单层结构进行分析,本算例针对标准层模型进行了分析,其中对层柱底端全部固接,对本层以上柱的端

部约束转动自由度,以模拟上层结构对本层结构的约束作用。

　　为了分析判断结构发生连续性倒塌的可能性,以及获得各构件在结构突然删除柱构件后,荷载在各梁构件间的分配情况,首先建立了基于梁构件组合模型(assembled model)。在此模型中,结构中受损跨的各梁构件将"拆开"进行分析。由于在钢框架-混凝土楼板结构中,钢梁与混凝土楼板之间的组合效应对结构的承载能力以及抗倒塌特性影响很大,因此为了在模型中考虑组合梁的影响,混凝土楼板通过等效为钢梁的另一上翼缘加以考虑。分析软件采用 Izzuddin 开发的结构非线性有限元软件 ADAPTIC[5],钢梁上方的混凝土楼板采用弹塑性梁柱(elasto-plastic beam-column)单元模型进行模拟,并在梁截面内考虑了钢筋的分布,梁截面宽度简化取为 $L/4$,其中 $L$ 为与梁轴向垂直方向的楼板跨度。此外,为了模拟钢梁与混凝土楼板之间的组合作用,在钢梁截面中心与楼板截面中心采用刚性连接单元(rigid link)连接,与钢筋连接端约束平移与转动自由度,与楼板连接端仅约束平移自由度。

　　在工况 Ⅰ 中,突然删除外围中柱后,相临两跨直接受到影响,此时框架外围框架梁、次梁以及横梁产生较大变形,协调变形模式如图 3-21 所示。作为简化连续倒塌分析的第一步,本节分别对各梁构件进行了非线性静力分析。

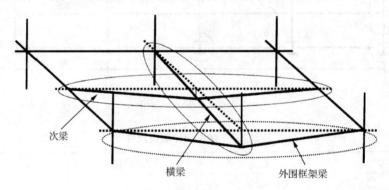

次梁　　　横梁　　　外围框架梁

图 3-21　构件变形图(工况 Ⅰ)

　　首先,利用有 ADAPTIC 针对如图 3-22 所示直接受损的外围框架梁进行非线性静力分析。钢梁构件与钢筋采用双线性钢材模型,考虑塑性强化段。混凝土采用三性混凝土模型,考虑受拉特性。在跨中失去柱节点位置,施加竖向比例荷载,约束双跨梁外侧的平动与转动自由度,同时为了考虑上下层的层间柱影响,约束失去柱节点位置的转动自由度。分析获得了外围框架梁的非线性静力响应,给出了外围双跨梁中点位置一系列小步长下的竖向位移与荷载数据点 $(u_{d,i}, P_{d,i})$,其中 $1 \leqslant i \leqslant n$。在此基础上,依照 3.4.1 节所述计算流程,获得外围框架梁的拟静力响应曲线,与非线性静力曲线对比如图 3-23 所示。

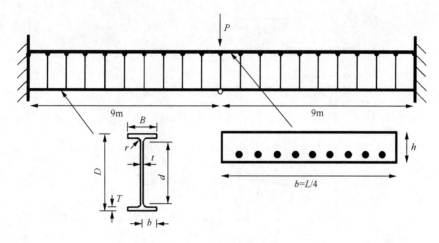

图 3-22 外围框架梁模型

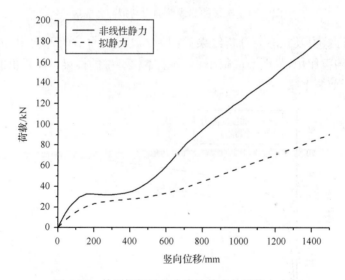

图 3-23 外围框架梁的非线性静力与拟静力响应

不难发现,次梁与外围框架梁相似,表现出相同的变形模式,因此采用与外围框架梁相同方法对其进行模拟,获得非线性静力与拟静力曲线如图 3-24 所示。由图可以发现,当外围框架梁以及次梁产生较大变形时,只要周围结构能够提供足够的延性与轴向约束,梁中的悬链效应将会起到十分显著的作用。

与前两种梁变形模式不同,横梁可简化为在悬臂梁构件的基础上,在自由端约束转动自由度,并在相应位置,施加竖向点荷载进行非线性静力分析。值得注意的是,给定的加载分布方式对于本方法来说并不是十分重要,这是由于分析的目标是获得结构的耗能,这与结构的变形模式有关,而与结构的荷载形式相对关系较小。

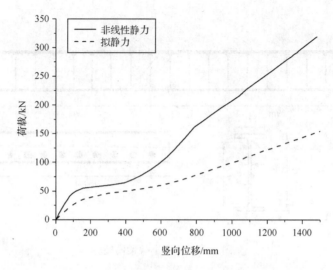

图 3-24　次梁的非线性静力与拟静力响应

横梁的非线性静力及拟静力分析结果如图 3-25 所示,与前两者相比,由于没有梁两端轴向的约束作用,悬链效应很小。因此,本模型中的横梁所能提供的整体抗力很小,远小于前两个梁。

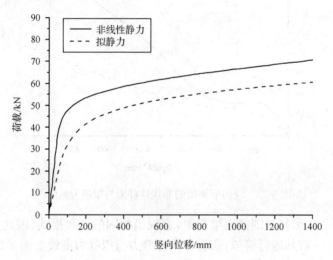

图 3-25　横梁的非线性静力与拟静力响应

　　考虑梁构件的变形协调,外围双跨边梁中点的竖向位移与横梁端部竖向位移相等,是双跨次梁中点位移的两倍。为了估算获得整个系统荷载与结构变形的关系,按一定步长选取了一系列失效柱位置的竖向位移值,取值范围在 200～1400mm 之间。根据前面分析获得各梁的非线性静力与拟静力响应曲线,找出各位移点值所对应的抗力值,如表 3-4 所示。

表 3-4 受损跨各梁的非线性静力与拟静力响应

| $u_s$ /mm | 外围框架梁 | | | 次梁 | | | 横梁 | | |
|---|---|---|---|---|---|---|---|---|---|
| | $u_1$ /mm | 静力荷载 /kN | 拟静力荷载 $P_1$ /kN | $u_2$ /mm | 静力荷载 /kN | 拟静力荷载 $P_2$ /kN | $u_3$ /mm | 静力荷载 /kN | 拟静力荷载 $P_3$ /kN |
| 200 | 200 | 32.9 | 22.8 | 100 | 46.4 | 26.3 | 200 | 53.5 | 41.7 |
| 400 | 400 | 34.3 | 28.2 | 200 | 57.5 | 38.3 | 400 | 58.6 | 49.0 |
| 600 | 600 | 59.2 | 33.6 | 300 | 45.6 | 59.7 | 600 | 61.8 | 52.7 |
| 800 | 800 | 95.5 | 44.6 | 400 | 50.3 | 65.6 | 800 | 64.6 | 55.6 |
| 1000 | 1000 | 121.6 | 57.7 | 500 | 78.8 | 54.0 | 1000 | 67.0 | 57.4 |
| 1200 | 1200 | 149.1 | 70.7 | 600 | 101.2 | 58.8 | 1200 | 68.9 | 59.0 |
| 1400 | 1400 | 176.2 | 83.8 | 700 | 129.7 | 68.4 | 1400 | 70.9 | 60.6 |

注:$u_s$ 代表失效柱位置参考竖向位移;$u_1$ 代表外围双跨梁中点竖向位移;$u_2$ 代表双跨次梁中点竖向位移;$u_3$ 代表横梁外端竖向位移。

设外围框架梁、次梁及横梁相应参考点的变形值依次为 $u_1=\beta_1 u_s$,$u_2=\beta_2 u_s$,$u_3=\beta_3 u_s$,根据楼层简化模型的平面图,各梁变形协调参数为 $\beta_1=1$,$\beta_2=0.5$,$\beta_3=1$,其中 $u_s$ 为柱失效位置竖向位移值。由能量法可知各梁上荷载做功等效为梁所吸收内能,其微分形式为[6]

$$\delta U_i = \alpha_i P_i \delta u_{s,i} = \alpha_i \beta_i P_i \delta u_s \quad (3-10)$$

式中:$\alpha_i$——无量纲等效荷载系数,与荷载形式有关,当为点荷载时取 1.0;

$P_i$——各构件所分配荷载;

$u_{s,i}$——各构件参考点位移。

由能量守恒可知,外力做功的微分等于结构吸收转化成为的内能的微分,即

$$\delta W = \sum_i \delta U_i \quad (3-11)$$

将式(3-10)以及外力做功 $\delta W = \alpha P \delta u_s$ 代入式(3-11),可得

$$P = \frac{1}{\alpha} \sum_i \alpha_i \beta_i P_i = \frac{1}{1}(1 \times 1 \times P_1 + 1 \times 0.5 \times P_2 + 1 \times 1 \times P_3) \quad (3-12)$$

式中:$P$——等效柱顶点荷载;

$\alpha$——无量纲等效荷载系数,与荷载形式有关,点荷载时取 1.0。

将表 3-4 中给出的各级拟静力位移值所对应的荷载代入式(3-12),可得整体结构对应不同级别最大动力位移响应值的等效柱顶点荷载值,如表 3-5 所示。

表 3-5 楼层系统等效拟静力抗力响应

| $u_s$ /mm | 200 | 400 | 600 | 800 | 1000 | 1200 | 1400 |
|---|---|---|---|---|---|---|---|
| $P$ /kN | 77.65 | 96.35 | 116.15 | 133 | 142.1 | 159.1 | 178.6 |

如前所述,结构设计重力荷载为 $7.25 \mathrm{kN/m^2}$,因此依平面布置计算可得外围框架梁上线荷载为 $10.875 \mathrm{kN/m}$,次梁线荷载为 $21.75 \mathrm{kN/m}$。由做功等效原理,柱顶等效点荷载可由下式获得:

$$P_0 = \frac{1}{2}q_1 \times 2l + \frac{1}{4}q_2 \times 2l = \frac{1}{2} \times 10.875 \times 18 + \frac{1}{4} \times 21.75 \times 18 = 195.75 \mathrm{kN}$$

$$(3\text{-}13)$$

为了将表 3-5 中各级动力响应所对应的等效荷载与设计荷载进行对比,将各级荷载值与等效设计荷载进行了正则化处理,如表 3-6 所示。这些数据可用来判定结构在不同重力荷载级别所对应的结构最大动力响应。

**表 3-6　楼层系统抗力/荷载正则系数**

| $u_s$ | 200 | 400 | 600 | 800 | 1000 | 1200 | 1400 |
|---|---|---|---|---|---|---|---|
| 正则系数 | 0.397 | 0.492 | 0.593 | 0.679 | 0.726 | 0.813 | 0.912 |

### 3.4.3　基于组合梁框架模型的简化计算方法验证

为了验证以上基于梁构件框架模型简化计算获得的结构响应的准确性,本节进一步对基于组合梁框架模型(grillage model)进行了分析。直接采用以上框架整体模型,同样考虑组合梁效应,模型如图 3-26 所示。对于工况Ⅰ,首先对此框架模型进行了非线性动力分析,采用 ADAPTIC 软件进行计算,获得了结构在突然删除外围中柱后的结构响应,由图可得失效柱位置最大竖向位移为 1380mm,如图 3-27 所示。此后采用相同的方法,又进一步获得结构在不同荷载级别下的动力响应,包括荷载系数取 $0.1,0.2,0.3,\cdots,1.1$ 等,由此获得结构在不同级别荷载下的最大动力响应,如表 3-7 所示。

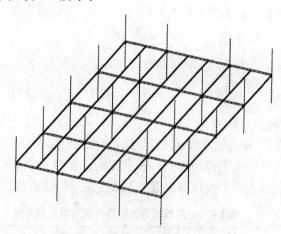

图 3-26　楼层整体框架梁柱模型

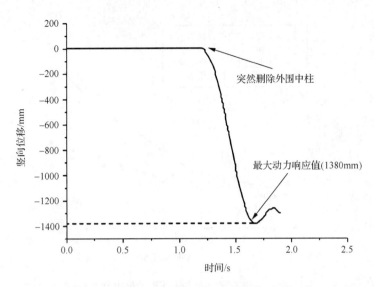

图 3-27　设计荷载作用下结构非线性动力响应(荷载系数＝1.0)

**表 3-7　采用非线性动力分析获得结构最大动力响应值**

| 荷载系数 | 0.1 | 0.2 | 0.3 | 0.4 | 0.5 | 0.6 | 0.7 | 0.8 | 0.9 | 1.0 | 1.1 |
|---|---|---|---|---|---|---|---|---|---|---|---|
| 竖向位移/mm | 32.1 | 69.8 | 138 | 267 | 538 | 788 | 968 | 1100 | 1230 | 1380 | 1510 |

　　为了进一步验证简化动力分析方法的有效性,本节还对结构进行了静力分析,并获得了相应的拟静力响应。此时,针对此框架模型在工况Ⅰ下已通过不同途径获得三组响应分析结果,即采用基于梁构件组合模型获得的拟静力结果,基于整体框架模型获得的非线性动力分析结果以及同样基于整体框架模型获得的拟静力响应。针对以上三组结果进行了对比,如图 3-28 所示。由图可以发现,在不同级别简化的模型中采用拟静力分析方法获得的结构最大位移响应曲线与采用非线性动力分析所获得的结果十分接近,说明简化的拟静力分析方法可以用来判定结构的非线性动力响应,保证良好的精度,同时也可以应用在不同级别的简化模型当中。

### 3.4.4　基于带楼板的框架模型的简化计算方法验证

　　由于在结构抵抗连续性倒塌的过程中,楼板将会起到十分重要的作用,因此,本节还分析了带楼板的框架模型(slab model)。其中,楼板采用壳单元模拟,模型如图 3-29 所示。针对工况Ⅰ,采用与前所述相同的分析方法,模拟获得了结构在不同荷载级别下的非线性动力响应,以及结构的非线性静力响应,并依此给出了结构的拟静力响应。三种分析获得结果如图 3-30 所示。由图可以发现,采用拟静力简化分析方法所获得结构最大动力响应曲线与采用非线性动力分析获得的结果吻

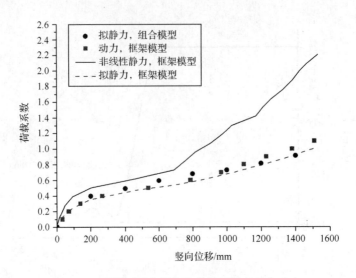

图 3-28　采用不同分析方法获得的最大动力响应

合良好,说明该方法也适用于带楼板的简化模型中。此外,将此带楼板的模型与前面的组合梁整体框架进行对比,可以发现,在模型中加入楼板模型,将大大降低结构的最大动力响应,说明在结构抵抗连续性倒塌时,楼板可以提供很好的荷载分配方式以及产生有效的薄膜效应。当然,尽管采用带整体楼板的模型可以获得较纯组合框架与梁构件的模型更为准确的结果,但是前面所述的两种方法仍旧很有价值,因为它们以一种相对更为节省计算资源的方式,提供了相对保守的结构响应估算方法。

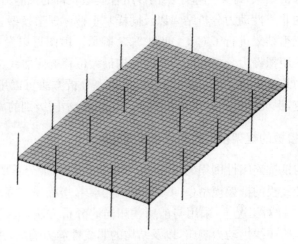

图 3-29　带混凝土楼板的钢框架模型

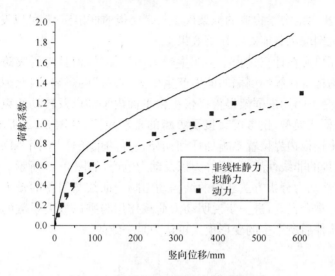

图 3-30　带楼板框架拟静力及动力响应

　　除了对工况Ⅰ进行了简化动力分析,本文还对工况Ⅱ——删除角柱的情况以相同的方法进行了分析。分析的模型包括采用组合梁构成的框架模型以及包含完整楼板的框架模型。为了对比验证,同样对以上两种简化级别的模型进行了非线性静力分析,获得了结构的拟静力响应,同时施加不同级别的荷载,计算了结构的非线性动力响应,对比结果如图 3-31 所示。由图中对比可以发现,采用拟静力分析方法获得的结构响应曲线与直接采用非线性动力分析获得的结果十分吻合,即可认为拟静力分析方法可以作为判断结构非线性动力响应的替代方法加以应用。

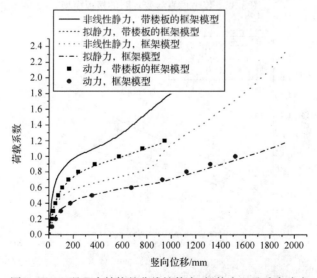

图 3-31　工况Ⅱ中结构的非线性静力、拟静力以及动力响应

此外,通过对比由组合梁构成的框架模型与带楼板的框架模型,可以发现楼板同样对提高结构抗倒塌承载能力有显著效果。

考虑到壳单元在计算过程中会产生较大的计算量,而且与受灾跨相邻的几跨并不会对结构抵抗连续性倒塌的能力产生更为"直接"的影响,因此为了进一步简化,暂且假设受灾跨周围框架楼板仅仅提供平面内平动以及转动约束。基于此假设,建立了一框架模型,仅考虑直接受灾跨的楼板模型,如图 3-32 所示。首先,对模型中混凝土楼板边界位置不施加任何初始边界约束条件,采用 ADAPTIC 进行分析,获得结构的非线性静力、拟静力以及动力响应,如图 3-33 所示。同样可以发现,采用非线性动力分析方法获得的结构动力响应曲线与简化的动力分析方法获得的结构响应吻合良好,进一步说明动力荷载作用与乘以放大系数的静力荷载分析在删除柱构件后所产生的变形模式可认为是一致的。

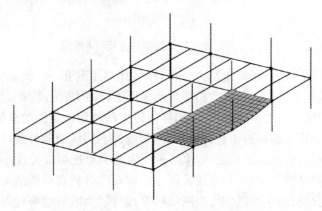

图 3-32　仅考虑直接受灾跨的楼板模型

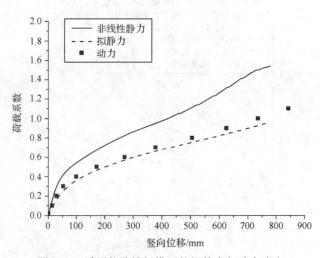

图 3-33　采用部分楼板模型的拟静力与动力响应

　　尽管以上的简化模型可以通过忽略周围楼板的影响,极大地降低计算时间,但是显然周围楼板所提供的约束作用对于结构有着重要的影响,不可忽略。因此,不同边界条件即转动约束、平面约束以及两种约束共同组合等被赋予给楼板的边界上,以代表周围框架对受灾跨楼板结构的约束。图 3-34 给出了不同边界条件下,结构的拟静力响应。此外,为了对比带整层楼板的框架模型,整个结构的拟静力响应曲线也与其他各工况曲线进行了对比。由图 3-34 可以看出,平面内平动约束对于受损跨承载能力的影响并不大,而仅约束楼板边界位置的转动自由度所获得的结构响应与完整楼板结构计算获得的响应十分接近。这是由于相临跨的混凝土楼板在受损跨边界位置一般能够提供负弯矩,而这极大地提高了结构的抗倒塌性能,因此这基本等同于在简化的模型当中直接在楼板边界位置施加转动约束,以此作为进一步简化模型的方法。

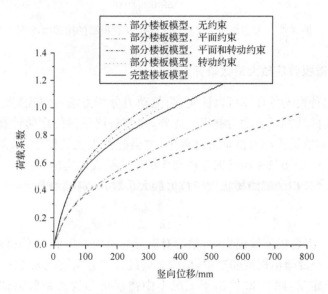

图 3-34　不同边界约束条件下结构的拟静力响应

　　由于在评估结构抗连续性倒塌性能的过程中,混凝土楼板受拉开裂是一个较为关键的因素,因此为了模拟这种工况特性,整体楼板混凝土受拉软化模量取 $500kN/mm^2$ 进行了非线性拟静力分析,与前面未考虑楼板开裂的模型进行了对比。通过分析,分别获得了考虑与不考虑楼板开裂情况的结构拟静力响应,如图 3-35所示。由图可以发现在本算例中,混凝土开裂的影响并不大,这是由于钢筋在钢筋混凝土楼板中承担弯矩与二维楼板效应较明显。但是,混凝土的开裂将会影响到钢筋的拉裂,这需要在未来采用更为详细的模型加以考虑。

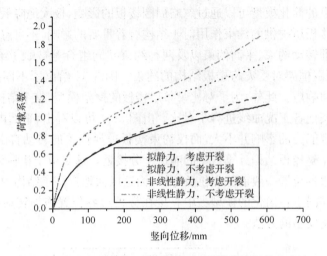

图 3-35    考虑与不考虑混凝土楼板开裂模型的拟静力响应

### 3.4.5    二维楼板效应放大系数研究

由以上三种模型的计算可以证实,简化动力分析方法可以很好地判断结构在突然删除柱构件后的最大动力响应。此外,通过对比三种模型的计算结果可以发现,楼板在结构抵抗连续性倒塌的过程中,将会起到很大的作用,而采用考虑混凝土板带的组合梁框架只能相对保守地获得结构的最大动力响应。

为此,作者提出了二维楼板效应抗力放大系数 $\delta$,定义如下

$$\delta = \frac{\lambda_{s,\text{co}}}{\lambda_{s,\text{slab}}} \tag{3-14}$$

式中:$\lambda_{s,\text{co}}$——组合梁框架模型中,结构对应最大动力响应值 $u_s$ 的荷载系数;

$\lambda_{s,\text{slab}}$——带楼板框架模型中,结构对应最大动力响应值 $u_s$ 的荷载系数。

基于以上定义,图 3-36 给出了工况 I 中楼板抗力放大系数随位移变化的曲线。由图可以发现,此抗力系数基本保持恒定,取值在 2.3 左右。由此显然,在本工况中钢筋混凝土楼板相比单纯的组合梁框架,借助楼板的二维效应,可以提供甚至大于两倍的拟静力抗力。此外,由于角柱的受力情况与外围中柱存在差异,因此同样分析获得了工况 II 中的楼板抗力放大系数曲线,如图 3-37 所示。其中,抗力系数同样基本保持恒定,取值在 1.7 左右,相比外围中柱的工况影响相对要小,这是由于在删除角柱的工况中,由于楼板只有一边受到周围结构的约束,因而薄膜效应的完全发展受到了影响,故放大系数仅能达到 1.7 左右。

本节中所提出的楼板效应放大系数可以作为判断楼板在结构中所起作用的依据,此外更为重要的是,当计算分析考虑到计算量与建模复杂而无法模拟整体框架中的楼板时,可以在分析组合框架模型的基础上,参考楼板效应放大系数来获得结

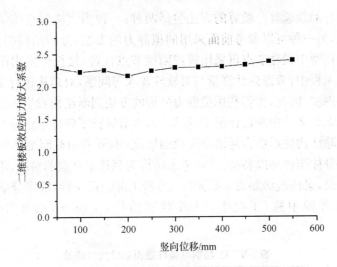

图 3-36 工况 Ⅰ 二维楼板效应抗力放大系数

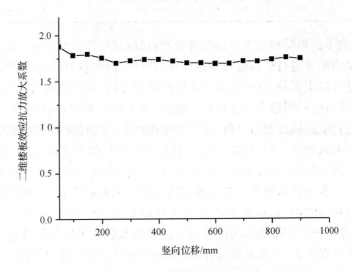

图 3-37 工况 Ⅱ 二维楼板效应抗力放大系数

构可能产生的最大响应。当然,对于不同结构形式及结构布置来说,这一系数会存在差异,因此仍需要进行深入的分析以获得相应的规律。

## 3.5 结构整体稳定验算

结构连续性倒塌简化计算,如 3.2 节所述包括计算模型的简化与计算方法的简化。其中,在计算模型由多层简化至单层模型过程中,需要对结构的局部稳定与整体稳定问题加以验算。验算的方法包括两种：一种为直接对整体结构进行非线性动力分析，另一种可以参考前面采用的拟静力的方法，分析结构的稳定性，其中结构的整体模型中梁柱节点可采用铰或刚接节点代替，楼板可采用简化的模型代替。由于在工程中，考虑到计算量与对软件要求等问题，对结构进行非线性动力分析有时并不现实，因此，推荐利用拟静力分析的方法判断结构发生失稳的可能。

基于 3.3.2.2 节中所设计的 15 层框架，本节进行了整体稳定分析。为了使结构在突然删除柱构件后更容易出现失稳的情况，本节采用截面更小的构件对原设计采用的部分柱构件加以替换，并且考虑结构为侧移钢框架的情况，不考虑结构侧向的支撑约束，梁柱截面如表 3-8 所示。分析工况包括三种，依序分别为删除底层轴 3-A 位置外围中柱（工况Ⅰ）、1-A 位置角柱（工况Ⅱ）以及 2-B 位置内柱（工况Ⅲ）。

**表 3-8　15 层钢框架柱截面设计尺寸修改**

| 楼层 | 原柱截面尺寸 C1 | 修改后柱截面 C1 |
| --- | --- | --- |
| 7～9 | UC305×305×118 | UC203×203×71 |

首先，为了获得结构发生失稳时对应的荷载系数，分别对三种工况中删除不同底柱后的结构整体进行单调静力加载计算，获得结构的静力响应，同时采用前面所述的方法计算给出拟静力曲线，通过非线性静力分析，获得结构出现失稳的荷载系数，以及所对应的拟静力荷载系数。此外，为了进行对比，对结构在不同荷载系数作用下进行了非线性动力分析，获得了结构产生失稳时所对应的动力荷载系数，结构的失稳模式如图 3-38 所示。对比可以看出，通过静力分析与动力分析获得的失稳位置一致，说明静力分析方法可以反映出结构在突然删除柱构件后的失稳模式。为了进一步对比两种方法获得的结构失稳时的荷载系数，分别列出了结构产生失稳时所对应的静力、拟静力以及动力荷载系数，如表 3-9 所示。通过对比发现，采用拟静力分析获得的结构临界屈曲荷载系数值与采用非线性动力分析方法获得的结果差别不大，且相对保守，故认为同样可以采用拟静力分析方法验算结构的临界失稳荷载级别。当由此获得的荷载系数高于结构在简化模型分析过程中获得的极限荷载系数时，说明结构柱不会先于其他位置破坏发生失稳，而当由此获得的临界荷载系数低于在简化模型分析中获得的极限荷载系数时，说明结构的整体失稳是结构发生连续性倒塌的主因，需要通过加强部分柱构件提高结构抗倒塌性能。结构采用三种分析方法获得的响应曲线如图 3-39 所示，与前面分析相类似，采用拟静力分析获得的结构响应曲线与结构采用非线性动力分析方法获得的不同荷载级别下的结构最大位移响应较为接近，可用来代替非线性动力分析，判定结构抵抗连续性倒塌的性能。

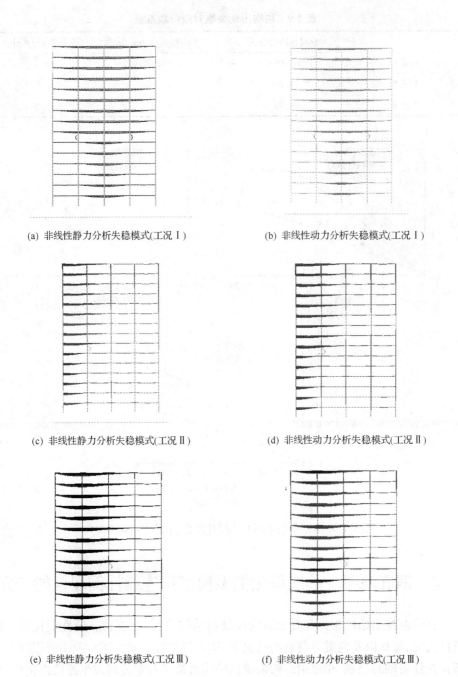

(a) 非线性静力分析失稳模式(工况Ⅰ)　　　　(b) 非线性动力分析失稳模式(工况Ⅰ)

(c) 非线性静力分析失稳模式(工况Ⅱ)　　　　(d) 非线性动力分析失稳模式(工况Ⅱ)

(e) 非线性静力分析失稳模式(工况Ⅲ)　　　　(f) 非线性动力分析失稳模式(工况Ⅲ)

图 3-38　15 层框架失稳模式

**表 3-9　结构出现失稳对应荷载系数**

|  | 非线性静力分析 | 非线性拟静力分析 | 非线性动力分析 |
|---|---|---|---|
| 工况 Ⅰ | 1.08 | 0.755 | 0.8 |
| 工况 Ⅱ | 1.10 | 0.720 | 0.9 |
| 工况 Ⅲ | 1.07 | 0.640 | 0.8 |

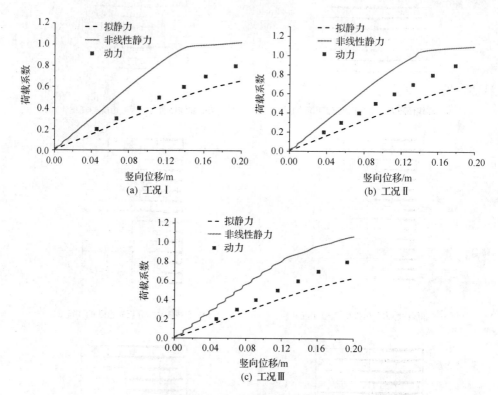

图 3-39　15 层钢框架结构非线性静力、拟静力与动力响应

# 3.6　钢管混凝土单层简化框架模型抗连续性倒塌性能研究

钢管混凝土结构相比混凝土结构以及钢结构来说,有着特殊的性能优势。在抵抗火灾、爆炸以及地震等荷载的情况下,均表现优异。且由于一般钢管混凝土柱不存在强弱轴的差别,相比钢结构来说在结构沿某一特定方向发生连续性倒塌时,更容易保持结构的整体稳定。但对于一般结构来说,当结构发生连续性倒塌时,影响倒塌的因素很大程度与节点的连接以及楼板的设计有关。为了进一步分析获得本节点对结构抗倒塌特性的影响,本节对不同钢管混凝土节点及梁参数进行了分

析,包括混凝土强度、梁配筋率以及牛腿长度。

### 3.6.1 混凝土强度对框架抗连续性倒塌性能的影响分析

显然在结构设计中,梁截面的抗弯承载力与混凝土的强度有着直接的关系。但由于结构抵抗连续性倒塌受力过程变化的特殊性,其影响可能不如一般抗弯性能研究那样影响巨大,因此本节对不同混凝土强度框架进行了模拟研究。为了简化模型缩短计算时间,同时基于前面所述的简化理念,本节选取两跨标准层的钢管混凝土框架进行分析,忽略周围结构的影响以及上下层间的荷载,将梁上均布荷载简化为中间跨柱顶竖向力。同时,考虑到两跨完全对称,对其继续进行简化,取对称轴一侧进行模拟,相应位置施加约束,限制其延梁方向的位移以及绕垂直于梁出平面轴的转动,保证对称性简化的正确性。

为了获得真实结构模型分析结果,选取钢管混凝土试验所基于的原结构中一种截面设计。截面相关参数如表 3-10 所示。依据以上参数采用 Abaqus 进行建模,获得简化模型如图 3-40(a)所示。其中,为了模拟层间影响,柱顶限制其各方向转动,以及平面 $y$ 方向的平移;柱底限制各方向平移以及转动;对称界面位置约束绕 $y$ 和 $z$ 轴转动,以及延 $x$ 轴平移。

**表 3-10　钢管混凝土框架模型参数**

| 构件位置 | 柱构件 | 梁构件 | 牛腿 | 环板 |
|---|---|---|---|---|
| 相关参数 | 柱高(2层高):10m<br>柱截面:1200 mm×25 mm<br>混凝土等级:C60<br>钢管等级:Q345 | 梁长(柱距):10m<br>梁截面:850mm×500mm<br>混凝土等级:C30<br>钢筋等级:S400<br>上部配筋:4×Φ22<br>底部配筋:4×Φ22 | 翼缘厚:32mm<br>腹板厚:20mm<br>牛腿高:762mm<br>牛腿长:550mm | 环板厚:32mm<br>环板宽:250mm |

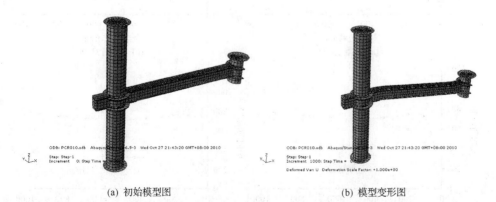

(a) 初始模型图　　　　　　　　(b) 模型变形图

图 3-40　连续性倒塌简化分析模型图

　　为了对结构进行参数分析,本节中改变了混凝土强度等级,分别选取 C25、C30、C35 等各级混凝土进行模拟,对中柱采用位移控制的方法输出其随位移变化的反力,通过分析获得各模型在该位置的竖向位移-竖向荷载静力曲线,如图 3-41 所示。为了获得结构在突然失去柱构件后结构的最大响应曲线,采用 3.4.1 节所给出的拟静力分析方法,给出了各结构模型的拟静力曲线。由静力曲线可以发现,该当荷载达到其承载能力顶点时,结构进入塑性阶段,且承载能力下降,但随着变形的增加,梁内钢筋所产生的悬链效应开始显现,结构的承载能力开始提升。但由于提升有限,由图可以发现拟静力曲线其本保持水平,即结构所能承受的最大设计荷载保持不变,各模型拟静力曲线对应的 $P_{max}$ 值如表 3-11 所示。考虑到对称性的影响,将其中各值乘以两倍获得两跨结构所能承受的最大竖向荷载值,当荷载超过该值时,结构将发生连续性倒塌。此外,由于形成悬链效应的主要基础是钢筋混凝土梁内钢筋,因此其发生破坏的机理与钢筋有直接关系。由图 3-42 可以发现,钢筋的屈服主要集中于靠近牛腿交界面位置,此处钢筋的应变最大,而如果其中某钢筋因塑性应变变大而发生颈缩拉断后,结构将无法继续承受此状态下的设计荷载值。因此,为了判断结构是否会发生破坏,需比较钢筋应变与拟静力曲线峰值出现的位置。当峰值出现较早,而钢筋尚未达到较大拉应变时,可认为此时获得的峰值荷载即为失去柱子后能承受的最大设计荷载。而当钢筋应变很大而峰值尚未达到时,则认为结构会因钢筋拉断而破坏,获得与此应变对应的位移值,由拟静力曲线获得相应的竖向设计荷载值。当然对于钢筋的受拉极限应变需进行进一步的试验获得。

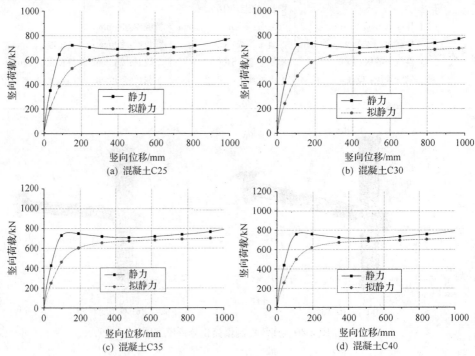

(a) 混凝土C25　　　　　　　　　　　(b) 混凝土C30

(c) 混凝土C35　　　　　　　　　　　(d) 混凝土C40

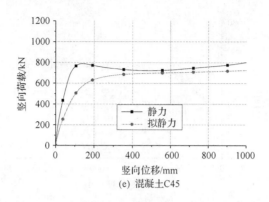

(e) 混凝土C45

图 3-41　不同梁混凝土强度框架静力与拟静力响应

**表 3-11　不同混凝土强度框架模型柱顶最大竖向承载力**

| 混凝土强度 | C25 | C30 | C35 | C40 | C45 |
|---|---|---|---|---|---|
| $P_{max}$/kN | 683 | 697 | 707 | 716 | 724 |

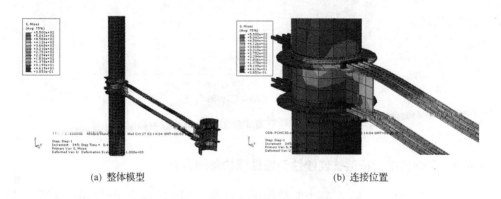

(a) 整体模型　　　　　　　　　　　　　　(b) 连接位置

图 3-42　钢筋及节点牛腿部分应力云图

为了进一步对比不同混凝土强度等级对于结构拟静力曲线的影响,图 3-43 给出了各模型相应的拟静力曲线。由图可以发现,混凝土强度的提升对于结构承受最大设计荷载的能力的提升影响较小,说明混凝土强度等级对改善结构抗倒塌的承载能力影响很小。图 3-44 给出了承载能力与混凝土等级的关系曲线,由图可知,其承载力与强度等级近似呈线性关系,但变化很小。这是因为随着中跨柱位置的不断向下变形,梁由原来的受弯逐步发展成受拉,形成某种程度的悬链效应,此时在梁柱节点位置,混凝土受拉开裂,其承载能力十分有限,主要由钢筋承受拉力,因此混凝土强度的提升对整体承载能力的提升影响有限。

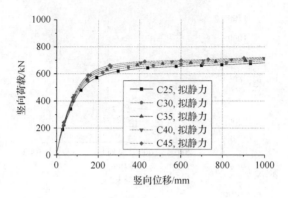

图 3-43　不同梁混凝土强度框架拟静力响应对比

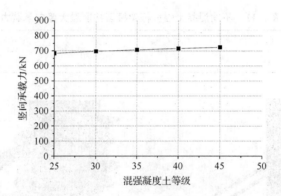

图 3-44　不同混凝土强度对框架竖向承载力影响

### 3.6.2　梁配筋率对框架抗连续性倒塌性能的影响分析

　　根据以上分析说明,混凝土对结构承受连续性倒塌的能力影响有限,钢筋是悬链效应的主要提供者,因此本节对不同梁配筋率的钢管混凝土结构抗倒塌模型进行了有限元分析。基于以上模型,分别选取以下配筋率:1.0%、1.5%、2.0%、2.5%、3.0%。通过有限元分析获得结构的静力曲线,并对结果进行处理获得相应的拟静力曲线,如图 3-45 所示。由图中可以发现,不同配筋率模型在静力加载过程中均出现悬链效应现象,当变形较大时,承载能力提升。为了进一步对比各结果,将各拟静力曲线进行对比,如图 3-46 所示,并通过图中获得结构所能承受的极限竖向荷载,列于表 3-12。依此得出配筋率与抵抗连续性倒塌的极限力关系曲线,如图 3-47 所示。由图可见,配筋率对承载能力的影响较大,可近似认为线性关系。

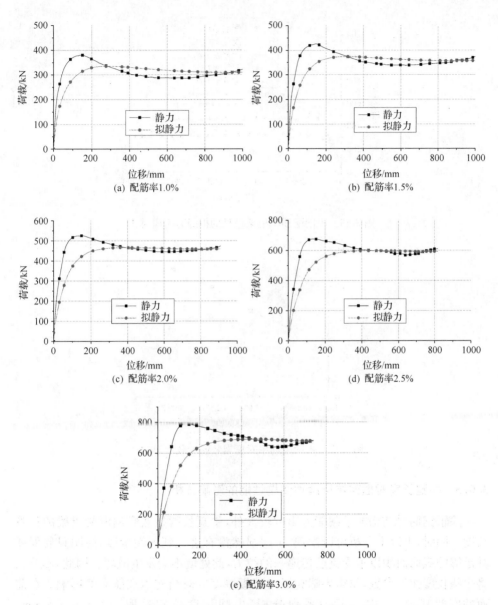

图 3-45 不同配筋率框架模型的静力与拟静力响应

**表 3-12 不同配筋率框架模型柱顶最大竖向承载力**

| 配筋率 | 1.0% | 1.5% | 2.0% | 2.5% | 3.0% |
|---|---|---|---|---|---|
| $P_{max}$/kN | 335 | 374 | 466 | 597 | 690 |

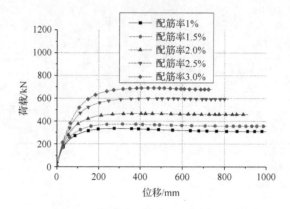

图 3-46　不同配筋率框架模型的拟静力响应对比

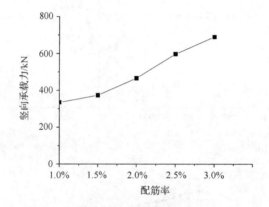

图 3-47　不同配筋率对框架竖向承载力影响

### 3.6.3　牛腿长度对框架抗连续性倒塌性能的影响分析

除了钢筋对结构的承载能力影响较大外,牛腿长度显然影响混凝土梁的计算长度。同时,由以上分析可以发现,牛腿显然没有进入到塑性阶段,说明只要保证其足够的截面面积以承受钢筋传递来的拉力,此处就不会发生破坏。因此,本节只将牛腿长度作为参数,忽略牛腿翼缘与腹板厚度等对结构承载能力的影响。在前面的模型基础上,进行了一系列分析,牛腿长度分别选取:400mm、600mm、800mm、1000mm、1200mm、1400mm。获得静力曲线以及对其处理获得拟静力曲线如图 3-48 所示。

将拟静力分析结果进行对比,发现随着牛腿长度的增加,结构的承载能力得到提升,且牛腿越长,初始刚度越大,如图 3-49 所示。将结构所能承受的最大竖向荷载进行整理,列于表 3-13,并依此给出抗倒塌承载能力随牛腿长度的变化曲线,如图 3-50 所示,由图可知,承载能力与牛腿长度近似呈线性变化。

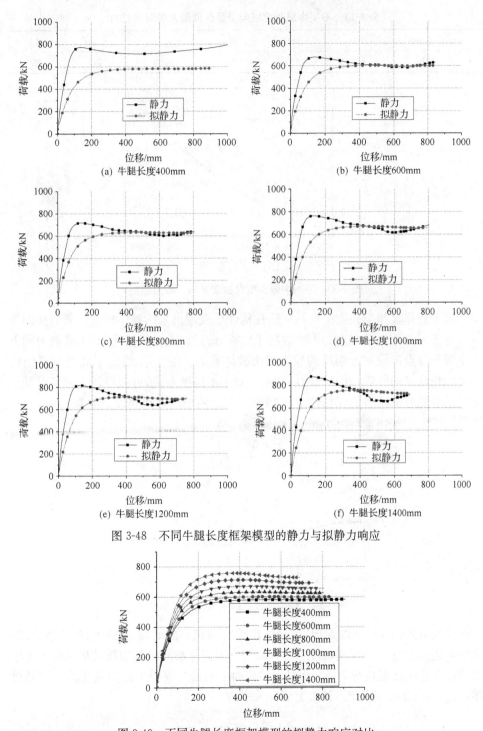

图 3-48　不同牛腿长度框架模型的静力与拟静力响应

图 3-49　不同牛腿长度框架模型的拟静力响应对比

**表 3-13　不同牛腿长度框架模型柱顶最大竖向承载力**

| 牛腿长度/mm | 400 | 600 | 800 | 1000 | 1200 | 1400 |
|---|---|---|---|---|---|---|
| $P_{max}$/kN | 585 | 601 | 633 | 669 | 712 | 757 |

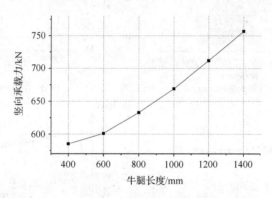

图 3-50　不同牛腿长度对框架竖向承载力影响

以上规律显然与在发生突然删除柱构件后表现出来的破坏机理有着直接的关系。对于采用此类型节点的钢管混凝土结构,通过以上分析发现,其承载能力的下降主要与节点区域附近钢筋的受力屈服破坏有关。图 3-51 给出了此类节点结构当突然删除柱构件后,其变形的示意图。对于本模型来说,近似可认为钢筋混凝土梁能承受的悬链拉力值保持恒定,定义为 $F_s$,由图所示可得到以下关系

$$P = 2F_s \frac{\Delta}{\sqrt{\Delta^2 + (L-2a)^2}} \tag{3-15}$$

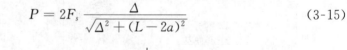

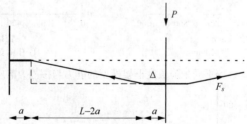

图 3-51　结构连续性倒塌简化计算模型

显然由式(3-15)可以发现,当竖向位移 $\Delta$ 取值一致时,$a$ 值越大,$P$ 值越大,即说明牛腿长度越长,竖向承载能力越大,与有限元分析获得的规律结果相符。考虑当梁尚未达到极限抗拉力 $F_s$,此时将梁截面中钢筋与混凝土近似简化为一等效整体,当竖向变形达到 $\Delta$ 时,其梁上应变关系为

$$\varepsilon = \sqrt{1 + \left(\frac{\Delta}{L-2a}\right)^2} - 1 \tag{3-16}$$

由此可获得此时梁内轴力 $T$ 值为

$$T = E_x A_x \left( \sqrt{1 + \left( \frac{\Delta}{L - 2a} \right)^2 - 1} \right) \tag{3-17}$$

式中：$E_x$——梁截面的等效刚度值；

$A_x$——梁截面的等效面积值。

此时，由力的平衡关系，可获得竖向荷载 $P$ 的关系式

$$P = 2T \frac{\Delta}{\sqrt{\Delta^2 + (L - 2a)^2}} = 2E_x A_x \frac{\sqrt{1 + \left( \frac{\Delta}{L - 2a} \right)^2 - 1}}{\sqrt{1 + \left( \frac{L - 2a}{\Delta} \right)^2}} \tag{3-18}$$

显然由以上关系不难发现，当 $\Delta$ 竖向位移一定时，$a$ 值越大，$P$ 值越大，说明牛腿越长，初始的刚度越大，与有限元分析结果规律相一致，即为初始刚度随牛腿长度变化的原因。因此，在结构设计中，为了提高结构抗倒塌承载能力，除了提高梁与筋以外，还可通过增加牛腿的长度来达成。

通过以上各节参数分析可以发现，采用此类节点形式的钢管混凝土结构，其发生连续性倒塌时的破坏主要源于牛腿与梁交界位置处的钢筋屈服。因此，为了提高结构的抗倒塌性能，可以通过加强局部位置受拉钢筋的强度，以及改变牛腿尺寸，使该位置向梁中延伸，以增加悬链效应发生时的梁拉力角度，使梁的内力尽可能多地用来转换承受结构的竖向荷载，以获得较大的刚度以及更高的结构抗连续性倒塌承载能力。此外，由前述的分析不难发现，对于判断结构的连续性倒塌可以通过十分简化的分析方法获得，而无需采用等效动力放大系数或采用非线性动力分析等方法。在分析获得了单层局部框架位置的抗倒塌承载能力后，可转换成为整体框架的承载能力。当然，在本算例当中，为了更加清晰地表现新型钢管混凝土节点等参数对结构抗连续性倒塌的影响，因此忽略了梁上楼板共同作用产生的影响，有待进一步深入分析研究。

## 3.7 总结和展望

在工程中采用复杂的手段对结构进行抗连续性倒塌的性能分析往往是不现实的，尤其是影响结构倒塌特性的因素很多，需要在整体分析模型中将这些因素考虑进去，这是十分困难的。基于以上原因，本章针对结构连续性倒塌的判定分析给出了简化的分析流程。包括基于计算模型的简化，以及基于计算方法的简化。

①基于计算模型的简化包括以下几个层次：多层框架至单层框架的简化；单层框架至局部框架的简化；局部框架至构件的简化模拟。针对多层至单层的简化分析，本章分析了层间相互作用的影响，并采用有限元软件针对5层纯钢框架以及

15 层带楼板的框架进行了简化分析,验证了多层简化至单层的可行性。同时验证说明在验算结构失稳时,可采用对整体模型进行非线性静力分析的方法进行验证。

② 除了基于计算模型的简化,本章还讨论了基于计算方法的简化,拓展了拟静力分析方法,对不同级别的简化模型进行了验证,验证说明通过非线性静力分析方法获得结构的拟静力响应曲线可以很好地判定结构的非线性动力响应,并依此判定结构发生连续性倒塌的可能性。此外,本章通过对比组合梁框架模型与带楼板的框架模型,提出了二维楼板效应放大系数,有助于工程人员在工程中进一步参考应用。

此外,本章还针对采用新型钢管混凝土结点的结构抗倒塌承载能力进行了有限元分析。分析了多个参数对其承载力的影响,包括混凝土强度、梁配筋率以及牛腿长度。通过分析得出以下规律:

① 提升混凝土强度等级时,结构的竖向抗倒塌承载能力也得到提升,但是幅度十分有限,可近似忽略,说明梁混凝土对其影响很小,并不决定结构承载能力与破坏模式。因此在工程设计中,无需采用此方法提高结构的承载能力。

② 提升梁配筋率可以有效提升结构的抗倒塌承载能力,因为梁内钢筋是悬链效应的直接提供者。

③ 增加牛腿长度有助于提高结构的抗倒塌承载能力,这是由于牛腿长度的增加间接增加了悬链效应发生时的梁角度,使梁内拉力更多地转换成为抵抗竖向荷载的承载能力。

本文研究了钢管混凝土结构的抗连续性倒塌能力等,但仍有以下工作有待进一步深入研究:

① 对于侧移框架,提出一套完整的简化分析方法,获得层间柱内力的计算方法,从而应用于单层的简化模型中,用以判断整体结构的倒塌倾向。

② 分析不同框架结构、不同楼板设计对二维楼板效应放大系数的影响。为工程设计的应用提供依据。

③ 对影响结构抗震性能以及抗连续性倒塌性能的节点特性进行深入分析与优化设计。

## 参 考 文 献

[1] General Services Administration. Progressive Collapse Analysis and Design Guidelines for New Federal Office Buildings and Major Modernization Projects,2003

[2] U Unified Facilities Criteria. Draft DoD Minimum Antiterrorism Standards for Buildings,2002

[3] Izzuddin B A, Vlassis A G, Elghazouli A Y, et al. Progressive collapse of multi-storey buildings due to sudden column loss,part I: simplified assessment framework. Engineering Structures,2008,30(5): 1308~1318

[4] Izzuddin B A, Vlassis A G, Elghazouli A Y, et al. Progressive collapse of multi-storey buildings due to

sudden column loss—part II: application. engineering structures. Engineering Structures,2008，30(5)：1424～1438

[5]　Izzuddin B A. Nonlinear Dynamic Analysis of Framed Structures. Imperial College，University of London,1991

[6]　Yu H，Izzuddin B A，Zha X X. Progressive collapse of steel-framed buildings: influence of modelling approach. Advanced Steel Construction,2010，6(4):932～948

# 第四章  椭圆形钢管混凝土结构

## 4.1  前  言

本章对椭圆形钢管混凝土的基本性能主要从如下几个方面进行研究：

① 椭圆形钢管混凝土轴心受压构件的承载力性能研究，分析与普通钢管混凝土的区别并得出相应的优缺点，分析含刚率、钢材屈服强度、混凝土强度等级对承载力的影响。

② 椭圆形钢管混凝土轴心受压长柱稳定承载力性能研究，分析强、弱轴方向不同长细比下椭圆形钢管混凝土截面形状、含钢率对稳定承载力的影响。

③ 椭圆形钢管混凝土构件抗弯承载力性能的研究。

④ 椭圆形钢管混凝土压弯构件性能的研究。

⑤ 椭圆形截面构件在流体作用下的受力性能研究，主要研究椭圆形截面在流体作用下的阻力系数，定量描述椭圆形截面的优越性。

## 4.2  椭圆形钢管混凝土轴压短柱性能研究

### 4.2.1  引言

本章首先通过理论方法推导出椭圆形钢管混凝土外钢管环向应力及应变分布、核心混凝土侧压力分布规律，并采用有限元模拟，得到核心混凝土侧压力分布云纹图，然后根据两种结果提出了核心混凝土有效受压区的分布假设，基于统一理论的思想，在已有圆钢管混凝土轴压短柱承载力统一公式的基础上，分析出椭圆形截面不同长短轴之比对套箍效应的影响，最终得出适合于椭圆形钢管混凝土轴压短柱的实用强度统一计算公式，并将公式计算结果与有限元进行比较，结果吻合良好。

同时，本章还进行了椭圆形钢管混凝土短柱轴压试验，并将得到的极限承载力与研究得到的公式计算结果进行比较，吻合良好，更加有效地验证了公式的正确性及理论推导、有限元模拟的正确性。

### 4.2.2  椭圆形钢管混凝土核心混凝土与外钢管环向受力分析

本章将钢管混凝土短柱轴心受压分成两部分：一部分是钢管与核心混凝土各自受到竖向作用力；另一部分是钢管与核心混凝土在水平面内的相互作用。此处主要分析后者,将钢管与混凝土之间的相互作用按平面应力来考虑,取单位高度的钢管混凝土进行分析。

如图 4-1 所示,椭圆形钢管混凝土对称面取半隔离体。根据静力平衡原理有

$$\sum F_x = 0 \Rightarrow 2N_2 - f_{lx}(0) \cdot 2b = 0 \tag{4-1}$$

$$\sum F_y = 0 \Rightarrow 2N_1 - f_{ly}(0) \cdot 2a = 0 \tag{4-2}$$

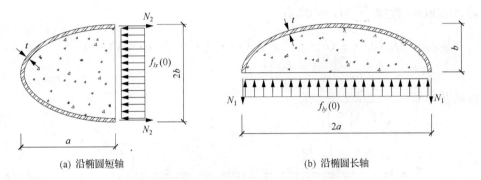

(a) 沿椭圆短轴      (b) 沿椭圆长轴

图 4-1　椭圆形钢管混凝土对称面取半隔离体

解式(4-1)、式(4-2),有

$$f_{lx}(0) = \frac{N_2}{b}, f_{ly}(0) = \frac{N_1}{a} \tag{4-3}$$

椭圆形钢管混凝土隔离体如图 4-2 所示,$f_{lx}(x)$ 为混凝土在纵坐标为 $x$ 时受到的沿 $x$ 方向的侧压力,$f_{ly}(y)$ 为混凝土在纵坐标为 $y$ 时受到的沿 $y$ 方向的侧压力,$f_{ly}(0)$ 为混凝土在纵坐标为 0 时受到的沿 $y$ 方向的侧压力,$f_{lx}(0)$ 为混凝土在纵坐标为 0 时受到的沿 $x$ 方向的侧压力,$N(x)$ 为钢管在横坐标为 $x$ 处的环向拉力,$N_1$ 为钢管在 $x=a$ 处的环向拉力,$N_2$ 为钢管在 $x=0$ 处的环向拉力,$\alpha$ 是椭圆形曲线在 $x$ 处的切线与 $x$ 轴的夹角。

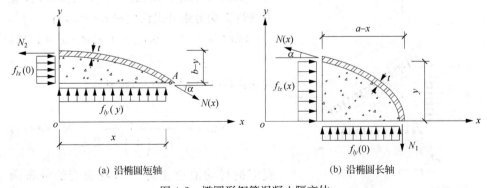

(a) 沿椭圆短轴      (b) 沿椭圆长轴

图 4-2　椭圆形钢管混凝土隔离体

$N(x) = \sigma(x)t, N_1 = \sigma_1 t, N_2 = \sigma_2 t, \sigma(x)、\sigma_1、\sigma_2$ 分别是钢管在 $x$、$x = a$、$x = 0$ 处的环向拉应力。

根据静力平衡原理，有

$$\sum F_x = 0 \Rightarrow f_{lx}(0)(b-y) + N(x)\cos\alpha - N_2 = 0 \tag{4-4}$$

$$\sum F_y = 0 \Rightarrow f_{ly}(y)x - N(x)\sin\alpha = 0 \tag{4-5}$$

对 $A$ 点取矩，根据 $\sum M_A = 0$，有

$$f_{lx}(0) \cdot \frac{1}{2}(b-y)^2 + f_{ly}(y) \cdot \frac{1}{2}x^2 - N_2(b-y) = 0 \tag{4-6}$$

再根据 $\tan\alpha = \dfrac{\dfrac{bx}{a^2}}{\sqrt{1 - \left(\dfrac{x}{a}\right)^2}}$ 有

$$\sin\alpha = \frac{\dfrac{bx}{a^2}}{\sqrt{1 - \left(\dfrac{x}{a}\right)^2 + \dfrac{b^2 x^2}{a^4}}}, \cos\alpha = \frac{\sqrt{1 - \left(\dfrac{x}{a}\right)^2}}{\sqrt{1 - \left(\dfrac{x}{a}\right)^2 + \dfrac{b^2 x^2}{a^4}}} \tag{4-7}$$

联立式(4-3)～式(4-7)求解得到

$$N_1 = \frac{b}{a}N_2 \tag{4-8}$$

$$f_{lx} = \frac{N_2}{b} \tag{4-9}$$

$$f_{ly} = \frac{b}{a^2}N_2 \tag{4-10}$$

$$N(x) = \sqrt{1 - \left(\frac{x}{a}\right)^2 + \frac{b^2 x^2}{a^4}} \cdot N_2 \tag{4-11}$$

如图 4-3 所示，取混凝土微元体，将各应力进行正交分解并沿法向量 $n$ 合成，有

$$p(x)\mathrm{d}s = f_{lx}\mathrm{d}y\sin\alpha + f_{ly}\mathrm{d}x\cos\alpha \tag{4-12}$$

$$\mathrm{d}s = \sqrt{(\mathrm{d}x)^2 + (\mathrm{d}y)^2} \tag{4-13}$$

联立式(4-12)、式(4-13)，得到

$$p(x) = \frac{\dfrac{b}{a^2}}{1 - \left(\dfrac{x}{a}\right)^2 + \dfrac{b^2 x^2}{a^4}}N_2 \tag{4-14}$$

假定钢材的泊松比为 0.3，则应变的分布函数为

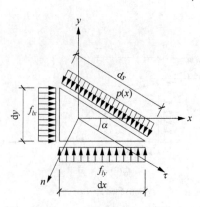

图 4-3　核心混凝土微元体

$$\varepsilon(x) = \frac{\left[\dfrac{N(x)}{t} + 0.3p(x)\right]}{E_s}$$

$$= \left[\frac{\sqrt{1 - \left(\dfrac{x}{a}\right)^2 + \dfrac{b^2 x^2}{a^4}}}{t} + \frac{0.3\dfrac{b}{a^2}}{\left[1 - \left(\dfrac{x}{a}\right)^2 + \dfrac{b^2 x^2}{a^4}\right]}\right]\frac{N_2}{E_s} \qquad (4\text{-}15)$$

假设 $a = 142, b = 71, t = 6$ 则得到的外钢管环向拉应力、核心混凝土受侧压力分布如图 4-4、图 4-5 所示。

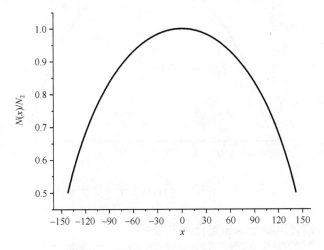

图 4-4 外钢管环向拉应力沿 $x$ 轴分布

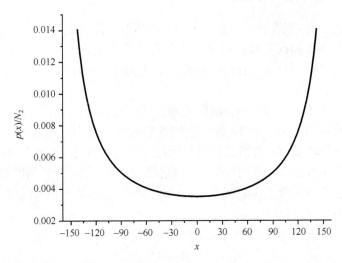

图 4-5 核心混凝土受侧压力沿 $x$ 轴分布

　　根据以上理论分析可知,椭圆形钢管混凝土中核心混凝土受侧压力沿 $x$ 轴分布为抛物线分布,椭圆截面短轴两端的侧压力最小,长轴两端的侧压力最大;外钢管环向拉应力沿 $x$ 轴分布为抛物线分布,椭圆截面短轴两端的环向拉应力最大,长轴两端的环向拉应力最小;外钢管环向拉应变沿 $x$ 轴分布为抛物线分布,椭圆截面短轴两端的环向拉应变最大,长轴两端的环向拉应变最小。如图 4-6 所示。

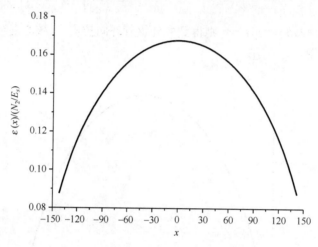

图 4-6　外钢管环向拉应变沿 $x$ 轴分布

### 4.2.3　椭圆形钢管混凝土轴压组合强度公式

#### 4.2.3.1　基本理论与假设

　　统一理论认为:钢管混凝土在各种荷载作用下工作性能随着材料的物理参数、统一体的几何参数和截面形式以及应力状态的改变而改变;变化是连续的,相关的,计算方法是统一的。概括而言,钢管混凝土构件的工作性能具有统一性、连续性和相关性[1]。

　　钢管混凝土统一理论把钢管混凝土视为统一整体,它把钢管和混凝土组合成一种新型组合材料。Yu 和 Zha 等[2]运用厚壁圆筒的弹塑性理论,通过分析空心圆钢管混凝土轴心受压弹性阶段钢管与混凝土的受力状态,推导出圆截面钢管混凝土轴心受压短柱强度承载力计算公式基本形式,再经过试验数据回归相关系数,最终经过简化得到适合于实心圆截面、正十六边形、正八边形钢管混凝土的轴压强度标准值计算公式,即

$$f_{sc}^{y} = \frac{1 + 1.5k\xi}{1 + \dfrac{A_s}{A_c}} f_{ck} \qquad (4\text{-}16)$$

式中: $A_s$、$A_c$ ——分别为钢管和混凝土截面面积;

$\xi$——套箍系数标准值，$\xi = \dfrac{f_y A_s}{f_{ck} A_c}$；

$f_y$、$f_{ck}$——分别为钢材屈服强度和混凝土轴心抗压强度标准值；

$k$——截面套箍调整系数。

相同情况下椭圆形截面的套箍效应明显小于圆截面，因而研究 $k$ 与椭圆形截面形状 $a/b$ 之间的关系，并得出相应的数学关系式，即可得出椭圆形钢管混凝土轴压强度标准值计算公式。

### 4.2.3.2　椭圆形钢管混凝土轴压组合强度公式推导

图 4-7 为有限元软件所建的不同截面形状的椭圆形钢管混凝土在轴心受压时的应力云纹图。由应力云纹图可以看出，圆截面是一种特殊的椭圆形截面，侧压力分布很均匀；除圆截面外的椭圆形钢管混凝土轴心受压时核心混凝土受到的侧压力是不均匀的，且随椭圆形截面的改变而改变。侧压力在核心混凝土中的分布情况大致为：长轴两端侧压力最大，短轴两端侧压力最小，混凝土核心受侧压力区处于长轴两端。

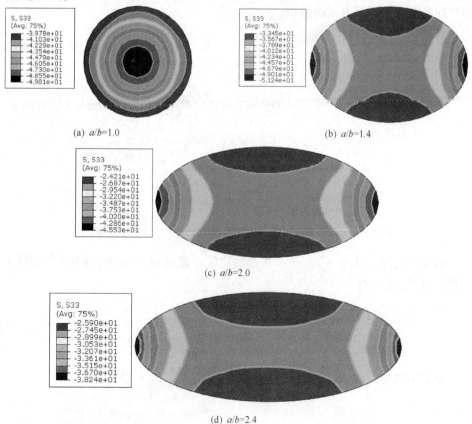

(a) $a/b$=1.0　　　　　　　　　(b) $a/b$=1.4

(c) $a/b$=2.0

(d) $a/b$=2.4

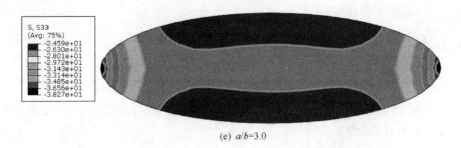

(e) $a/b=3.0$

图 4-7　不同截面形状椭圆形钢管混凝土在轴心受压时的应力云纹图

　　根据前面对椭圆形钢管混凝土核心混凝土侧压力分布、外钢管环向拉应力及拉应变分布规律、椭圆形钢管混凝土轴心受压时核心混凝土应力分布云纹图,本书将核心混凝土应力分布简化为如图 4-8 所示的数学图形[3~12],图中阴影部分为混凝土有效受侧压力分布区,它由两条抛物线 $c_1$、$c_2$ 和椭圆形包围而成,抛物线 $c_1$、$c_2$ 分别与椭圆形相交于点 $A$、$B$ 点和 $C$、$D$ 点,且与直线 $y_1$、$y_2$ 相切于 $A$、$B$ 点和 $C$、$D$ 点。由于抛物线 $c_1$ 与 $c_2$、直线 $y_1$ 与 $y_2$ 均关于 $x$、$y$ 轴对称,所以只需确定 $A$ 的位置即可确定核心受侧压力区的面积。

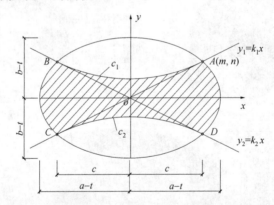

图 4-8　椭圆形钢管混凝土核心混凝土中有效约束面积简化图

　　假设抛物线 $c_1$ 为 $y=px^2+q$,根据抛物线 $c_1$ 经过点 $A(m,n)$ 以及它与直线 $y_1$ 相切于 $A$ 点,那么有

$$\begin{cases} pm^2+q=n \\ \dfrac{\mathrm{d}y}{\mathrm{d}x}\bigg|_{x=m}=2pm=\dfrac{n}{m} \end{cases} \Rightarrow \begin{cases} p=\dfrac{n}{2m^2} \\ q=\dfrac{n}{2} \end{cases} \Rightarrow y=\dfrac{n}{2m^2}x^2+\dfrac{n}{2} \qquad (4\text{-}17)$$

　　根据椭圆与直线 $y_1$ 相交于点 $A(m,n)$,联立相关的方程即可求解

$$\begin{cases} \dfrac{x^2}{(a-t)^2} + \dfrac{y^2}{(b-t)^2} = 1 \\ y = y_1 = k_1 x \end{cases} \Rightarrow \begin{cases} m = x = \dfrac{1}{\sqrt{\dfrac{1}{(a-t)^2} + \dfrac{k_1^2}{(b-t)^2}}} \\ n = k_1 m = \dfrac{k_1}{\sqrt{\dfrac{1}{(a-t)^2} + \dfrac{k_1^2}{(b-t)^2}}} \end{cases} \tag{4-18}$$

核心混凝土有效受侧压区的面积经过积分即可求得

$$\begin{aligned} A_{\text{unconfined}} &= 4\int_0^m \mathrm{d}x \int_{\frac{n}{2m^2}x^2+\frac{n}{2}}^{(b-t)\sqrt{1-\left(\frac{x}{a-t}\right)^2}} \mathrm{d}y \\ &= 4(a-t)(b-t)\left[\frac{m}{2(a-t)}\sqrt{1-\left(\frac{m}{a-t}\right)^2} \right. \\ &\quad \left. + \frac{1}{2}\arcsin\left(\frac{m}{a-t}\right)\right] - \frac{8mn}{3} \end{aligned} \tag{4-19}$$

$$\begin{aligned} A_{\text{confined}} &= \pi(a-t)(b-t) - A_{\text{unconfined}} \\ &= \pi(a-t)(b-t) - 4(a-t)(b-t)\left[\frac{m}{2(a-t)}\sqrt{1-\left(\frac{m}{a-t}\right)^2} \right. \\ &\quad \left. + \frac{1}{2}\arcsin\left(\frac{m}{a-t}\right)\right] + \frac{8mn}{3} \end{aligned} \tag{4-20}$$

$$\begin{aligned} k &= \frac{A_{\text{confined}}}{\pi(a-t)(b-t)} \\ &= 1 - \frac{4\left[\dfrac{m}{2(a-t)}\sqrt{1-\left(\dfrac{m}{a-t}\right)^2} + \dfrac{1}{2}\arcsin\left(\dfrac{m}{a-t}\right)\right]}{\pi} \\ &\quad + \frac{8mn}{3\pi(a-t)(b-t)} \end{aligned} \tag{4-21}$$

根据圆钢管混凝土中核心混凝土所受侧压力分布均匀及有限元模拟回归得到直线 $y_1$ 的斜率 $k_1$ 与椭圆截面形状 $a/b$ 之间的关系式为

$$k_1 = \frac{1}{\dfrac{a}{b} - 1} \tag{4-22}$$

将式(4-22)代入式(4-18),得到

$$m = \frac{1}{\sqrt{\dfrac{1}{(a-t)^2} + \dfrac{b^2}{(a-b)^2(b-t)^2}}}, n = \frac{b}{(a-b)\sqrt{\dfrac{1}{(a-t)^2} + \dfrac{b^2}{(a-b)^2(b-t)^2}}} \tag{4-23}$$

考虑到 $t \ll a, t \ll b$,则 $a-t \approx a, b-t \approx b$,那么有

$$k = 1 - \frac{4\left[\frac{m}{2a}\sqrt{1-\left(\frac{m}{a}\right)^2} + \frac{1}{2}\arcsin\left(\frac{m}{a}\right)\right]}{\pi} + \frac{8mn}{3\pi ab} \qquad (4\text{-}24)$$

$$m = \frac{1}{\sqrt{\frac{1}{a^2} + \frac{1}{(a-b)^2}}}, n = \frac{b}{(a-b)\sqrt{\frac{1}{a^2} + \frac{1}{(a-b)^2}}} \qquad (4\text{-}25)$$

本书研究的椭圆形钢管混凝土的截面主要是 $a/b$ 值从 1.0 变化到 3.0，将式(4-25)代入式(4-24)得到 $k$ 随 $a/b$ 的变化规律，如图 4-9 所示，其变化规律是 $k$ 为 $a/b$ 的幂函数，经过回归得到 $k = (a/b)^{-0.3}$。

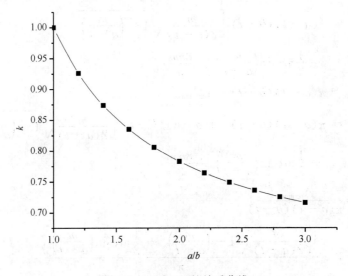

图 4-9　$k$ 随 $a/b$ 的关系曲线

因此，椭圆形钢管混凝土轴心受压短柱的组合抗压强度计算公式为

$$f_{sc}^y = \frac{1 + 1.5\left(\frac{b}{a}\right)^{0.3}\xi}{1 + \frac{A_s}{A_c}} f_{ck} \qquad (4\text{-}26)$$

### 4.2.3.3　公式计算结果与有限元模型结果比较

为验证公式的正确性及可行性，本章建立了一批椭圆形钢管混凝土轴压短柱有限元模型(FEM)，椭圆形截面形状主要集中在 $a/b$ 值为 1.0～3.0 的范围内，有限元模型的材料参数及构件尺寸如表 4-1 所示。

本书将公式计算结果与有限元模型结果进行比较。经比较，公式计算结果与有限元模型结果吻合良好，平均值为 1.003，方差为 0.0013。部分有限元模型的相关尺寸、材料参数及比较结果如表 4-2 所示。

表 4-1 椭圆形钢管混凝土轴压模型参数

| 组号 | $A_c$/mm² | $A_s$/mm² | $f_{ck}$/(N/mm²) | $f_y$/(N/mm²) | $\xi$ |
|---|---|---|---|---|---|
| 1 | 10 207.03 | 1102.70 | 20.1 | 235 | 1.26 |
| 2 | 10 207.03 | 1102.70 | 26.8 | 235 | 0.95 |
| 3 | 10 207.03 | 1102.70 | 32.4 | 235 | 0.78 |
| 4 | 10 207.03 | 1102.70 | 20.1 | 345 | 1.85 |
| 5 | 10 207.03 | 1102.70 | 20.1 | 390 | 2.10 |
| 6 | 9852.03 | 1457.70 | 20.1 | 345 | 2.54 |
| 7 | 9503.32 | 1806.42 | 20.1 | 345 | 3.26 |

表 4-2 公式计算结果与有限元模型结果比较

| $2a$/mm | $2b$/mm | $t$/mm | $f_{ck}$/(N/mm²) | $f_y$/(N/mm²) | $N_c$/kN | $N_{FEM}$/kN | $\dfrac{N_c}{N_{FEM}}$ |
|---|---|---|---|---|---|---|---|
| 120.00 | 120.00 | 3.00 | 20.1 | 235 | 584.09 | 593.86 | 1.017 |
| 131.45 | 109.54 | 2.99 | 20.1 | 235 | 570.59 | 573.17 | 1.005 |
| 141.99 | 101.42 | 2.96 | 20.1 | 235 | 555.09 | 556.54 | 1.003 |
| 151.79 | 94.87 | 2.91 | 20.1 | 235 | 542.76 | 542.74 | 1.000 |
| 161.00 | 89.44 | 2.87 | 20.1 | 235 | 534.24 | 531.02 | 0.994 |
| 169.71 | 84.85 | 2.82 | 20.1 | 235 | 526.70 | 520.89 | 0.989 |
| 177.99 | 80.00 | 2.77 | 20.1 | 235 | 522.97 | 511.99 | 0.979 |
| 185.90 | 77.46 | 2.72 | 20.1 | 235 | 519.65 | 504.08 | 0.970 |
| 193.49 | 74.42 | 2.67 | 20.1 | 235 | 516.33 | 496.99 | 0.963 |
| 200.80 | 71.71 | 2.63 | 20.1 | 235 | 515.71 | 490.57 | 0.951 |
| 207.85 | 69.28 | 2.58 | 20.1 | 235 | 514.36 | 484.72 | 0.942 |
| 120.00 | 120.00 | 3.00 | 26.8 | 235 | 649.81 | 662.25 | 1.019 |
| 131.45 | 109.54 | 2.99 | 26.8 | 235 | 637.33 | 641.56 | 1.007 |
| 141.99 | 101.42 | 2.96 | 26.8 | 235 | 623.38 | 624.93 | 1.002 |
| 151.79 | 94.87 | 2.91 | 26.8 | 235 | 612.83 | 611.13 | 0.997 |
| 161.00 | 89.44 | 2.87 | 26.8 | 235 | 604.04 | 599.41 | 0.992 |
| 169.71 | 84.85 | 2.82 | 26.8 | 235 | 596.07 | 589.27 | 0.989 |
| 177.99 | 80.90 | 2.77 | 26.8 | 235 | 592.88 | 580.37 | 0.979 |
| 185.90 | 77.46 | 2.72 | 26.8 | 235 | 589.99 | 572.47 | 0.970 |
| 193.49 | 74.42 | 2.67 | 26.8 | 235 | 586.99 | 565.37 | 0.963 |
| 200.80 | 71.71 | 2.63 | 26.8 | 235 | 586.69 | 558.96 | 0.953 |

| $2a$ /mm | $2b$ /mm | $t$ /mm | $f_{ck}$ /(N/mm²) | $f_y$ /(N/mm²) | $N_c$ /kN | $N_{FEM}$ /kN | $\dfrac{N_c}{N_{FEM}}$ |
|---|---|---|---|---|---|---|---|
| 207.85 | 69.28 | 2.58 | 26.8 | 235 | 585.50 | 553.11 | 0.945 |
| 120.00 | 120.00 | 3.00 | 32.4 | 235 | 706.25 | 719.41 | 1.019 |
| 131.45 | 109.54 | 2.99 | 32.4 | 235 | 693.61 | 698.72 | 1.007 |
| 141.99 | 101.42 | 2.96 | 32.4 | 235 | 680.15 | 682.09 | 1.003 |
| 151.79 | 94.87 | 2.91 | 32.4 | 235 | 670.55 | 668.29 | 0.997 |
| 161.00 | 89.44 | 2.87 | 32.4 | 235 | 662.93 | 656.57 | 0.990 |
| 169.71 | 84.85 | 2.82 | 32.4 | 235 | 655.34 | 646.43 | 0.986 |
| 177.99 | 80.90 | 2.77 | 32.4 | 235 | 649.14 | 637.53 | 0.982 |
| 185.90 | 77.46 | 2.72 | 32.4 | 235 | 645.13 | 629.63 | 0.976 |
| 193.49 | 74.42 | 2.67 | 32.4 | 235 | 642.57 | 622.53 | 0.969 |
| 200.80 | 71.71 | 2.63 | 32.4 | 235 | 642.93 | 616.12 | 0.958 |
| 207.85 | 69.28 | 2.58 | 32.4 | 235 | 642.18 | 610.27 | 0.950 |
| 120.00 | 120.00 | 3.00 | 20.1 | 345 | 740.72 | 775.81 | 1.047 |
| 131.45 | 109.54 | 2.99 | 20.1 | 345 | 725.31 | 745.43 | 1.028 |
| 141.99 | 101.42 | 2.96 | 20.1 | 345 | 705.27 | 721.02 | 1.022 |
| 169.71 | 84.85 | 2.82 | 20.1 | 345 | 666.38 | 668.67 | 1.003 |
| 177.99 | 80.90 | 2.77 | 20.1 | 345 | 659.68 | 655.61 | 0.994 |
| 185.90 | 77.46 | 2.72 | 20.1 | 345 | 653.88 | 644.00 | 0.985 |
| 193.49 | 74.42 | 2.67 | 20.1 | 345 | 648.38 | 633.59 | 0.977 |
| 200.80 | 71.71 | 2.63 | 20.1 | 345 | 647.61 | 624.17 | 0.964 |
| 207.85 | 69.28 | 2.58 | 20.1 | 345 | 646.48 | 615.58 | 0.952 |
| 120.00 | 120.00 | 3.00 | 20.1 | 390 | 803.09 | 850.24 | 1.059 |
| 131.45 | 109.54 | 2.99 | 20.1 | 390 | 787.00 | 815.90 | 1.037 |
| 141.99 | 101.42 | 2.96 | 20.1 | 390 | 766.20 | 788.30 | 1.029 |
| 151.79 | 94.87 | 2.91 | 20.1 | 390 | 745.98 | 765.40 | 1.026 |
| 161.00 | 89.44 | 2.87 | 20.1 | 390 | 732.42 | 745.95 | 1.018 |
| 169.71 | 84.85 | 2.82 | 20.1 | 390 | 720.07 | 729.13 | 1.013 |
| 177.99 | 80.90 | 2.77 | 20.1 | 390 | 712.73 | 714.36 | 1.002 |
| 185.90 | 77.46 | 2.72 | 20.1 | 390 | 706.75 | 701.24 | 0.992 |
| 193.49 | 74.42 | 2.67 | 20.1 | 390 | 701.03 | 689.47 | 0.984 |
| 200.80 | 71.71 | 2.63 | 20.1 | 390 | 699.58 | 678.82 | 0.970 |

续表

| 2a /mm | 2b /mm | t /mm | $f_{ck}$ /(N/mm²) | $f_y$ /(N/mm²) | $N_c$ /kN | $N_{FEM}$ /kN | $\dfrac{N_c}{N_{FEM}}$ |
|---|---|---|---|---|---|---|---|
| 207.85 | 69.28 | 2.58 | 20.1 | 390 | 697.25 | 669.12 | 0.960 |
| 141.99 | 101.42 | 3.94 | 20.1 | 345 | 835.43 | 879.96 | 1.053 |
| 151.79 | 94.87 | 3.88 | 20.1 | 345 | 819.44 | 853.18 | 1.041 |
| 161.00 | 89.44 | 3.82 | 20.1 | 345 | 804.53 | 830.43 | 1.032 |
| 169.71 | 84.85 | 3.76 | 20.1 | 345 | 792.45 | 810.76 | 1.023 |
| 177.99 | 80.90 | 3.69 | 20.1 | 345 | 786.13 | 793.48 | 1.009 |
| 185.90 | 77.46 | 3.62 | 20.1 | 345 | 778.80 | 778.14 | 0.999 |
| 193.49 | 74.42 | 3.56 | 20.1 | 345 | 775.49 | 764.38 | 0.986 |
| 200.80 | 71.71 | 3.50 | 20.1 | 345 | 774.08 | 751.93 | 0.971 |
| 207.85 | 69.28 | 3.43 | 20.1 | 345 | 770.85 | 740.58 | 0.961 |
| 141.99 | 101.42 | 4.92 | 20.1 | 345 | 963.86 | 1036.08 | 1.075 |
| 151.79 | 94.87 | 4.85 | 20.1 | 345 | 946.11 | 1002.90 | 1.060 |
| 161.00 | 89.44 | 4.77 | 20.1 | 345 | 927.12 | 974.71 | 1.051 |
| 169.71 | 84.85 | 4.69 | 20.1 | 345 | 914.18 | 950.33 | 1.040 |
| 177.99 | 80.90 | 4.61 | 20.1 | 345 | 906.01 | 928.92 | 1.025 |
| 185.90 | 77.46 | 4.52 | 20.1 | 345 | 900.29 | 909.91 | 1.011 |
| 193.49 | 74.42 | 4.44 | 20.1 | 345 | 895.28 | 892.85 | 0.997 |
| 200.80 | 71.71 | 4.36 | 20.1 | 345 | 893.89 | 877.42 | 0.982 |
| 207.85 | 69.28 | 4.28 | 20.1 | 345 | 890.46 | 863.36 | 0.970 |

## 4.2.4　椭圆形钢管混凝土短柱轴压试验

### 4.2.4.1　钢材与混凝土材料性能试验

1. 混凝土配合比设计

试验之初初步确定设计等级为 C40 的混凝土,根据有关资料查询,混凝土配合比为:水泥 639kg/m³,水 246kg/m³,砂子 472kg/m³,石子 934kg/m³,水灰比 0.38,砂率 33%,砂的含水率 1%,水泥富余系数 1.0。采用 42.5 的水泥,净用水量为 230kg/m³,粗骨料的附加用水量 20.3kg/m³(附加用水量为石子质量的 10%)。粗骨料为再生骨料,细骨料为标准砂。混凝土的浇注是在哈尔滨工业大学深圳研究生院深圳市防灾减灾重点实验室完成的。

2. 钢材、混凝土试块加载设备及加载条件

混凝土试块强度试验是在哈尔滨工业大学深圳研究生院深圳市防灾减灾重点

实验室完成的。加载设备为 YAS-5000 电液伺服万能试验机,试件上下端相当于平板铰约束。通过 GTC350 全数字电液伺服控制器控制加载,采用位移控制加载,加载速度为 2.5kN/s,试验机自行读取压力值和端部位移,YAS-5000 电液伺服万能试验机和 GTC350 全数字电液伺服控制器如图 4-10 所示。

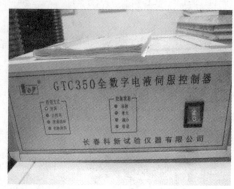

图 4-10　液压加载试验机及控制器

钢材材性试验是在哈尔滨工业大学深圳研究生院材料学科部材料实验室完成的。加载装置为微机控制电子万能试验机,试件上下端采用夹头固定。采用匀速拉伸,拉伸速率为 2mm/min,温度为室温,拉力值、变形值由试验机自行读取。微机控制电子万能试验机如图 4-11 所示。

图 4-11　微机控制电子万能试验机

由于试验条件所限,本试验缺乏混凝土标准试模,混凝土试块由小试模装模,具体尺寸为 70mm×70mm×70mm,混凝土试块的数量为三个。

钢材材料性能试验试件尺寸是根据中华人民共和国国家标准《金属材料室温

拉伸试验方法》(GB/T228-2002)有关的规定及钢材厚度设计的,试件厚度为6mm,试件的具体尺寸如图 4-12 所示,共有三根试件。

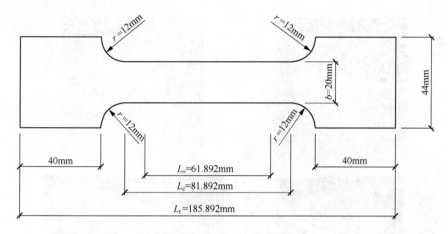

图 4-12 钢材材料性能试验试件

3. 混凝土试块试验结果

混凝土试块是在常温下养护 34d 后进行强度试验的,试验数据结果如表 4-3 所示。

表 4-3 混凝土试块数据

| 试件编号 | 试块尺寸 | 极限抗压承载力 /kN | 抗压强度 /(N/mm²) | 平均抗压强度 /(N/mm²) |
|---|---|---|---|---|
| 椭圆 1 | 70mm×70mm×70mm | 175.20 | 38.35 | |
| 椭圆 2 | 70mm×70mm×70mm | 187.90 | 35.76 | 37.17 |
| 椭圆 3 | 70mm×70mm×70mm | 183.20 | 37.39 | |

由于试验中试件尺寸为非标准尺寸,因而非标准试件的立方体抗压强度需乘以尺寸修正系数,根据对 100mm×100mm×100mm 非标准试件取修正系数 0.95,200mm×200mm×200mm 非标准试件取修正系数 1.05,本试验通过外插值对 70mm×70mm×70mm 非标准试件取修正系数 0.92,即可得到本次试验混凝土标准试件的立方体抗压强度 $f_{cu}$,根据东南大学、天津大学、同济大学合编,清华大学主审,中国建筑工业出版社出版的《混凝土结构设计原理》第 9 页关于轴心抗压强度 $f_{ck}$ 与立方体抗压强度 $f_{cu,k}$ 之间的关系式 $f_{ck} = 0.88\alpha_{c1}\alpha_{c2}f_{cu}$,本试验的混凝土轴心抗压强度为

$$f_{ck} = 0.88 \times 0.76 \times 0.92 \times 37.17 = 22.87 \text{N/mm}^2$$

如图 4-13 所示,混凝土试块大多呈锥形破坏形态。原因主要是:混凝土在单向受压时,竖向缩短,横向扩张,由于混凝土与压力机顶板之间接触面上的摩擦力

约束了混凝土试块的横向变形,就像在试块上下端各加了一个套箍,致使混凝土破坏时形成了两个对顶的角锥破坏面。

图 4-13　混凝土试块破坏后的形态

　　三个混凝土试块加载时的位移-荷载曲线如图 4-14 所示,荷载随位移的增加而增大,当达到峰值时,曲线开始下降。加载刚开始由于加载端与混凝土接触控制不当,因而曲线开始一段不平缓,但是这个并不影响测得的混凝土试块的极限抗压承载力。

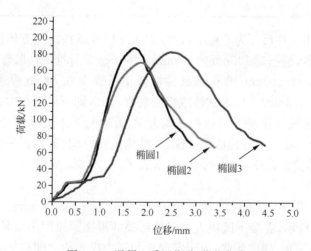

图 4-14　混凝土受压位移-荷载曲线

4. 钢材材料性能试验试验结果

（1）钢材屈服强度确定

图 4-15 为三个试件拉伸所获得的荷载-变形曲线。当钢材拉伸处于屈服阶段时，应力超过弹性极限 $\sigma_b$ 后，在 $\sigma\varepsilon$ 曲线上出现接近水平段的小锯齿形段，这个阶段应力基本保持不变，而应变显著增加，这种现象被称为屈服。在屈服阶段内的最高应力和最低应力分别称为上屈服极限和下屈服极限。上屈服极限的数值与试件的形状、加载速度等因素有关，一般是不稳定的。下屈服点则有比较稳定的数值，能够反应材料的性能。通常把下屈服极限称为屈服极限，用 $\sigma_s$ 表示。本试验取屈服极限为钢材的屈服极限，具体取值方法是取屈服阶段的最低荷载值，除以试件原始横截面面积 $S_0$，即得到试验所采用的钢材的屈服强度 $\sigma_s$，具体计算结果如表 4-4 所示。

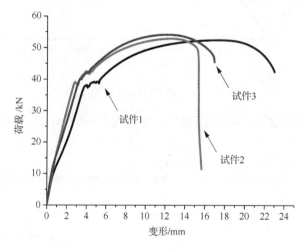

图 4-15　钢材拉伸时荷载-变形曲线

**表 4-4　屈服强度 $\sigma_s$**

| 试件编号 | $S_0/\mathrm{mm}^2$ | 下屈服荷载 /kN | 屈服极限 $\sigma_s/(\mathrm{N/mm}^2)$ |
|:---:|:---:|:---:|:---:|
| 1 | 120 | 37.335 | 311.125 |
| 2 | 120 | 38.245 | 318.708 |
| 3 | 120 | 40.025 | 333.542 |
| 平均值 | | 38.535 | 321.125 |

（2）钢材弹性模量及泊松比确定

如图 4-16 所示，由于试验时应变片的粘贴技术不当以及加载不当，钢材拉伸时应力-应变曲线不是那么平滑，选取开始加载的最初一段的斜率为钢材的弹性模

量 $E_s$，根据计算，试件 1 的弹性模量为 $193.69 \times 10^3$ MPa，试件 2 的弹性模量为 $197.53 \times 10^3$ MPa，试件 3 的弹性模量为 $219.30 \times 10^3$ MPa，取平均值，则本次试验采用的钢材的弹性模量为 $203.51 \times 10^3$ MPa。

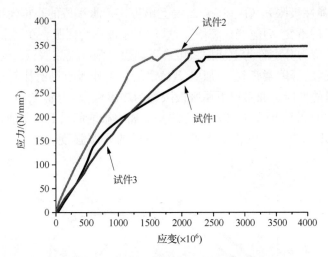

图 4-16　钢材拉伸时应力-应变曲线

图 4-17 为钢材拉伸纵向应变-横向应变曲线，取曲线中近直线段的斜率为泊松比。试件 1 的泊松比为 0.245，试件 2 的泊松比为 0.340，试件 3 的泊松比为 0.277，取平均值，则本次试验采用的钢材的泊松比为 0.287。

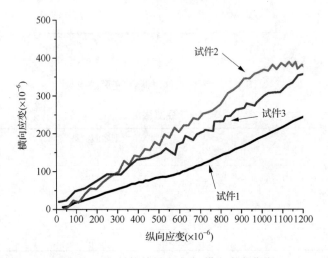

图 4-17　钢材拉伸纵向应变-横向应变曲线

（3）试验现象及解释

如图 4-18 所示，钢材在拉伸过程中有明显的缩颈现象，并且在断裂时伴有

"嘣"的一声断裂声；由于试件设计不够理想，三根试件均在端部拉断，但这并不影响钢材屈服强度及极限强度的测定。

图 4-18　钢材拉伸后的破坏形态

#### 4.2.4.2　椭圆形钢管混凝土短柱轴压承载力试验

1. 椭圆形钢管混凝土试件尺寸及试验条件

本次椭圆形钢管混凝土短柱轴压承载力试验有两组共六根试件。两组试件所采用的混凝土和钢材完全相同，均采用与混凝土试块及钢材试件相同的材料，区别在于椭圆的截面形状有所不同，截面长短轴之比分别为 2.0 和 2.5。椭圆形钢管混凝土试件的编号、几何尺寸及数量如表 4-5 所示，钢管的厚度均为 6mm。第一组椭圆形钢管混凝土如图 4-19 所示，钢管的上下端采用平整的钢板焊接，以保证在进行钢管混凝土短柱轴压承载力试验时钢管与核心混凝土同时并均匀受压。

表 4-5　椭圆形钢管混凝土试件几何尺寸及数量

| 组号 | 试件编号 | 几何尺寸/(mm×mm×mm) | | 数量 |
|---|---|---|---|---|
| | TY2.0-1 | | 284×142×700 | 1 |
| 1 | TY2.0-2 | $2a \times 2b \times L$ | 284×142×700 | 1 |
| | TY2.0-3 | | 284×142×700 | 1 |
| | TY2.5-1 | | 300×120×700 | 1 |
| 2 | TY2.5-2 | $2a \times 2b \times L$ | 300×120×700 | 1 |
| | TY2.5-3 | | 300×120×700 | 1 |

椭圆形钢管混凝土短柱的轴压承载力试验是在哈尔滨工业大学深圳研究生院深圳市防灾减灾重点实验室完成的。加载装置与混凝土试块的加载装置相同，如

图 4-10所示,也是 YAS-5000 电液伺服万能试验机,试件上下端为平板铰约束,通过 GTC350 全数字电液伺服控制器控制加载,采用位移控制匀速加载,加载速度为 4kN/s,压力和端部位移由试验机自行读取。在试件的纵向和环向粘贴应变片,分别用来测量纵向和环向应变。应变值采用隐蔽采集箱采集,如图 4-20 所示。

图 4-19　第一组椭圆形钢管混凝土试件

图 4-20　应变采集箱

## 2. 椭圆形钢管混凝土试验结果处理

图 4-21 和图 4-22 为椭圆形钢管混凝土短柱轴压试验所得的位移-荷载曲线。图 4-23 和图 4-24 为椭圆形钢管混凝土短柱轴压应力-应变曲线。对于椭圆形钢管混凝土,由于存在强轴和弱轴,在加载过程中也很难避免发生偏心受压。椭圆形钢管混凝土短柱 TY2.0-2、TY2.5-1、TY2.5-2 受压时都发生偏心受压,因而曲线猝

然下降。而椭圆形钢管混凝土短柱 TY2.0-1、TY2.0-3、TY2.5-3 受压时当由弹性阶段进入塑性阶段时,曲线先很微小的下降,之后继续回升,直至达到极限承载力。出现明显下降段后又回升的原因是:钢材达到屈服强度时,钢管对混凝土的套箍作用还不是很大,但随着位移的增大,钢管对混凝土的侧向约束力增加,组合作用增强因曲线开始回升。两组椭圆形钢管混凝土短柱极限抗压承载力如表 4-6 所示。

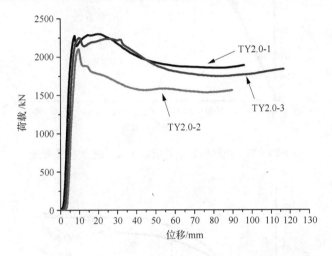

图 4-21　第一组椭圆形钢管混凝土轴压位移-荷载曲线

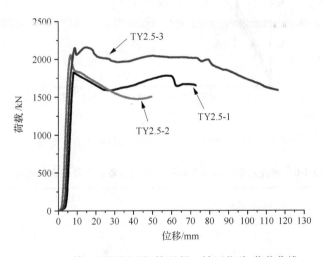

图 4-22　第二组椭圆形钢管混凝土轴压位移-荷载曲线

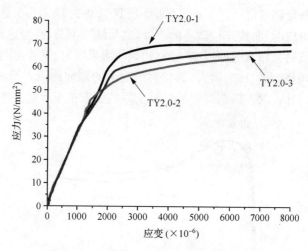

图 4-23　第一组椭圆形钢管混凝土轴压应力-应变曲线

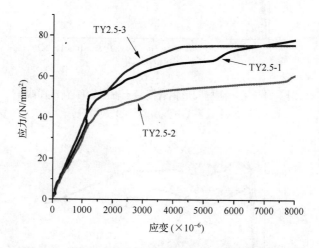

图 4-24　第二组椭圆形钢管混凝土轴压应力-应变曲线

**表 4-6　椭圆形钢管混凝土短柱极限抗压承载力及组合抗压强度**

| 编号 | 组合截面面积 $A_{sc}$ /mm² | 极限抗压承载力 $N_u$ /kN | 组合抗压强度 $f_{sc}$ /(N/mm²) |
|---|---|---|---|
| TY2.0-1 | 31673.54 | 2299.00 | 72.62 |
| TY2.0-2 | 31673.54 | 2102.00 | 66.40 |
| TY2.0-3 | 31673.54 | 2249.00 | 71.04 |
| TY2.5-1 | 28274.33 | 1827.00 | 64.65 |
| TY2.5-2 | 28274.33 | 2059.00 | 72.86 |
| TY2.5-3 | 28274.33 | 2157.00 | 76.33 |

3. 椭圆形钢管混凝土公式计算结果和试验结果比较

如表 4-7 所示,经过比较,公式计算结果与试验结果吻合良好。这说明前面推导的核心混凝土侧向压力分布及有限元模型的结果是正确的。

**表 4-7 公式计算结果和试验结果比较**

| 组号 | 组合截面面积 $A_{sc}/\text{mm}^2$ | 公式计算值 $f_{sc}/(\text{N/mm}^2)$ | 公式计算值 $N_u/\text{kN}$ | 试验平均值 $N_u/\text{kN}$ | $\dfrac{\text{公式计算值}}{\text{试验平均值}}$ |
|---|---|---|---|---|---|
| 1 | 31673.54 | 68.25 | 2161.75 | 2216.67 | 0.975 |
| 2 | 28274.33 | 69.52 | 1965.76 | 2014.33 | 0.976 |

4. 外钢管环向应变分布分析

图 4-25 为椭圆形钢管混凝土外钢管环向应变片布置图。

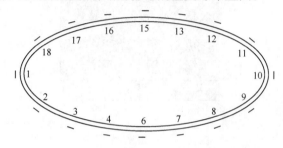

图 4-25 外钢管环向应变片布置

图 4-26 和图 4-27 为经过试验后得到的六根椭圆形钢管混凝土外钢管环向应

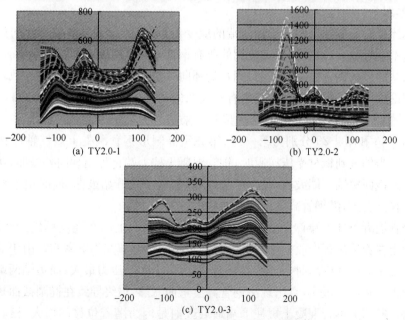

(a) TY2.0-1

(b) TY2.0-2

(c) TY2.0-3

图 4-26 第一组外钢管环向应变沿 $x$ 轴分布

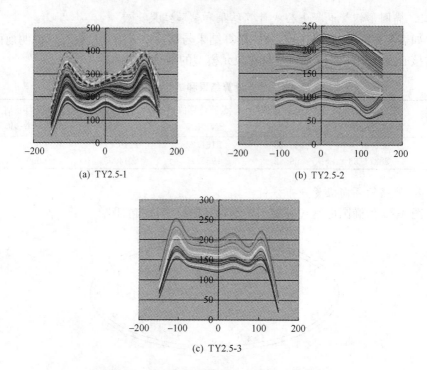

(a) TY2.5-1　　　　　　　　　　(b) TY2.5-2

(c) TY2.5-3

图 4-27　第二组外钢管环向应变沿 $x$ 轴分布

变沿 $x$ 轴分布曲线（$x$ 轴与椭圆形截面长轴重合，坐标中心在椭圆形形心），横坐标为 $x$ 轴，纵坐标为应变值。

总体来看是椭圆形钢管长轴两端的应变值最小，但是试验结果中环向最大应变值却不在短轴，原因主要是试验用的所有钢管不是浇注成型的椭圆形钢管，而是采用圆截面形状钢管加工成型的，钢管沿环向可能存在残余应力，最终导致环向应变与理论推导和有限元模型的结果有较大的偏差。

5. 椭圆形钢管混凝土短柱轴压试验现象

图 4-28 和图 4-29 分别为第一组、第二组椭圆形钢管混凝土短柱轴压试验后的形态。当加载到钢材受压屈服时，钢管混凝土柱上端首先出现向外鼓曲，接着中部在椭圆截面短轴一端鼓曲，且为单侧鼓曲，最后下端开始鼓曲，同时由于椭圆形截面存在强弱轴，沿钢管高度出现弯曲状。

钢管混凝土柱上端首先出现向外鼓曲主要是因为上端在浇注后用砂浆抹平，且混凝土在养护过程中收缩导致上端混凝土与钢管的填充不够密实。由于椭圆形钢管混凝土短柱在受压时，长轴两端钢管对混凝土的侧压力最大，而短轴两端钢管对混凝土的侧压力最小，且出现沿钢管高度弯曲变形，最终导致在椭圆截面短轴一端鼓曲。椭圆形钢管混凝土短柱下端最后鼓曲是因为随着位移的增大，核心混凝

图 4-28　第一组椭圆形钢管混凝土短柱轴压试验后的形态

图 4-29　第二组椭圆形钢管混凝土短柱轴压试验后的形态

土被压碎,导致下端核心混凝土与钢管之间出现空隙,最终导致钢管向外鼓曲。

从图 4-28 和图 4-29 可以看出,六根椭圆形钢管混凝土短柱在整个加载的过程中都没有出现钢管被撕裂的现象,主要原因是因为钢管的延性较好,且钢管的厚度较厚,均为 6mm。

## 4.3　椭圆形钢管混凝土轴压长柱性能研究

### 4.3.1　引言

根据统一理论的定义,把钢管混凝土视为是一种组合材料的统一体,因而可按单一材料用组合性能来确定其稳定承载力。椭圆形钢管混凝土构件的截面属双轴对称截面,在轴心压力的作用下,只可能产生弯曲失稳而破坏。在实际工程中,构件常带有微小的初始弯曲,荷载的偶然偏心作用以及截面上存在着焊接应力,都影响着构件的稳定承载力。本书仿照钢结构的处理方法,按照具有初始偏心 $e_0 = L/1000$ 的微小偏心受压构件来确定构件的稳定承载力系数。

### 4.3.2　基本理论

由柏利公式得到单一材料的稳定系数为[13]

$$\varphi = \frac{1}{2\bar{\lambda}^2}\left\{\bar{\lambda}^2 + (1+\varepsilon_0) - \sqrt{[\bar{\lambda}^2 + (1+\varepsilon_0)]^2 - 4\bar{\lambda}^2}\right\} \tag{4-27}$$

在钢结构设计规范中,将各种缺陷的综合影响用等效初始偏心率来考虑,并假设等效初始偏心率 $\varepsilon_0 = \alpha_2 + \alpha_3\bar{\lambda} - 1$。对于钢管混凝土,基于统一理论的思想将其考虑成一种材料,则可以得到钢管混凝土的稳定系数计算公式为[2]

$$\varphi = \frac{1}{2\bar{\lambda}_{sc}^2}\left\{\bar{\lambda}_{sc}^2 + (1+\varepsilon_{sc}) - \sqrt{[\bar{\lambda}_{sc}^2 + (1+\varepsilon_{sc})]^2 - 4\bar{\lambda}_{sc}^2}\right\} \tag{4-28}$$

式中的正则长细比定义为

$$\bar{\lambda}_{sc} = \frac{\lambda}{\pi}\sqrt{\frac{f_{sc}}{E_{sc}}}$$

假设钢管混凝土的等效初始偏心率为

$$\varepsilon_{sc} = K\bar{\lambda}_{sc} \tag{4-29}$$

由于钢管混凝土构件中的钢管属 b 类截面,需要考虑各种缺陷影响的主要是钢管部分,因而等效初始偏心率会随着钢材所占比重的减小而减小,同时截面形状的不同将影响到混凝土对初始偏心率的减小作用。经过分析计算,最后给出钢管混凝土构件的初始偏心率系数为

$$K = 0.25\alpha^N \tag{4-30}$$

式中：$\alpha$ ——含钢率,等于钢材面积与组合截面面积的比值 $A_s/(A_s + A_c)$；

　　　$N$ ——截面形状系数。

在计算稳定系数时,公式中采用的是抗弯刚度,组合弹性模量的计算式为

$$E_{sc} = \frac{E_c I_c + E_s I_s}{I_{sc}} \tag{4-31}$$

### 4.3.3　椭圆形钢管混凝土轴压长柱绕长、短轴稳定系数

本书在式(4-28)的基础上,通过大量的有限元模型分析及参数回归,得到椭圆形钢管混凝土轴压长柱绕长、短轴稳定系数为

$$\varphi = \frac{1}{2\bar{\lambda}_{sc}^2}\left\{\bar{\lambda}_{sc}^2 + (1+\varepsilon_{sc}) - \sqrt{[\bar{\lambda}_{sc}^2 + (1+\varepsilon_{sc})]^2 - 4\bar{\lambda}_{sc}^2}\right\} \tag{4-32}$$

$$\varepsilon_x = K \bar{\lambda}_x \tag{4-33}$$

$$K = 0.25\alpha^N \tag{4-34}$$

$$N = \left(\frac{a}{b}\right)^m \tag{4-35}$$

式中：$\bar{\lambda}_x$——正则长细比，按绕长、短轴分别计算；

$a$——椭圆截面长半轴长度；

$b$——椭圆截面短半轴长度；

$m$——对于绕长轴，$m = -6$；对于绕短轴，$m = -2$。

目前没有椭圆形钢管混凝土轴压长柱相关的试验研究，只能通过有限元模型来验证公式的正确性。通过式(4-28)可知，稳定系数与钢材强度、混凝土强度、含刚率、长细比、截面形状有关，本书共建立有限元模型 198 个，分析了不同参数情况下的稳定参数，建模参数如表 4-8 所示。取有限元模拟得到的极值点作为构建的极限承载力，并将公式结果与有限元模型结果进行比较。表 4-9 为部分椭圆形钢管混凝土轴压长柱绕长轴稳定承载力公式结果与有限元模型结果比较，均值为1.015，方差为 0.003；表 4-10 为椭圆形钢管混凝土轴压长柱绕短轴稳定承载力公式结果与有限元模型结果比较，均值为 1.021，方差为 0.002。由此可见，公式能较好反映椭圆形钢管混凝土轴压长柱的稳定承载力。

表 4-8 轴心受压长柱参数

| 参数 | 取值 |
|------|------|
| 钢材屈服强度 $f_y$/MPa | 20.1, 26.8, 32.4 |
| 混凝土轴心抗压强度标准值 $f_{ck}$/MPa | 235, 345, 390 |
| 含钢率 $\alpha$ | 0.098～0.160 |
| 截面形状 $a/b$ | 1.0, 1.2, 1.4, 1.6, 1.8, 2.0, 2.2, 2.4, 2.6, 3.0 |
| 长度 $L$/mm | 1200, 2100, 3000 |

表 4-9 椭圆形钢管混凝土轴压长柱绕长轴稳定承载力公式结果与有限元模型结果比较

| $2a$ /mm | $2b$ /mm | $t$ /mm | $L$ /mm | $\lambda$ | $f_{ck}$ /(N/mm²) | $f_y$ /(N/mm²) | $N_c$ /kN | $N_{FEM}$ /kN | $\dfrac{N_c}{N_{FEM}}$ |
|------|------|------|------|------|------|------|------|------|------|
| 161.00 | 89.44 | 2.87 | 1200 | 53.7 | 20.1 | 235 | 481.68 | 452.93 | 1.063 |
| 169.71 | 84.85 | 2.82 | 1200 | 56.6 | 20.1 | 235 | 471.48 | 445.28 | 1.059 |
| 200.80 | 71.71 | 2.63 | 1200 | 66.9 | 20.1 | 235 | 441.87 | 419.58 | 1.053 |
| 207.85 | 69.28 | 2.58 | 1200 | 69.3 | 20.1 | 235 | 435.86 | 415.25 | 1.050 |
| 151.79 | 94.87 | 2.91 | 2100 | 88.5 | 20.1 | 235 | 423.25 | 404.15 | 1.047 |
| 161.00 | 89.44 | 2.87 | 2100 | 93.9 | 20.1 | 235 | 401.75 | 391.53 | 1.026 |
| 169.71 | 84.85 | 2.82 | 2100 | 99.0 | 20.1 | 235 | 384.44 | 376.02 | 1.022 |
| 177.99 | 80.90 | 2.77 | 2100 | 103.8 | 20.1 | 235 | 369.41 | 374.55 | 0.986 |

| $2a$ /mm | $2b$ /mm | $t$ /mm | $L$ /mm | $\lambda$ | $f_{ck}$ /(N/mm²) | $f_y$ /(N/mm²) | $N_c$ /kN | $N_{FEM}$ /kN | $\dfrac{N_c}{N_{FEM}}$ |
|---|---|---|---|---|---|---|---|---|---|
| 185.90 | 77.46 | 2.72 | 2100 | 108.4 | 20.1 | 235 | 355.83 | 365.95 | 0.972 |
| 200.80 | 71.71 | 2.63 | 2100 | 117.1 | 20.1 | 235 | 331.55 | 350.21 | 0.947 |
| 207.85 | 69.28 | 2.58 | 2100 | 121.2 | 20.1 | 235 | 320.50 | 341.25 | 0.939 |
| 207.85 | 69.28 | 2.58 | 1200 | 69.3 | 20.1 | 390 | 578.50 | 581.02 | 0.996 |
| 177.99 | 80.90 | 2.77 | 1200 | 59.3 | 26.8 | 235 | 530.00 | 485.73 | 1.091 |
| 207.85 | 69.28 | 2.58 | 1200 | 69.3 | 26.8 | 235 | 496.98 | 456.76 | 1.088 |
| 151.79 | 94.87 | 2.91 | 1200 | 50.6 | 32.4 | 235 | 629.67 | 560.79 | 1.123 |
| 177.99 | 80.90 | 2.77 | 1200 | 59.3 | 32.4 | 235 | 586.90 | 522.37 | 1.124 |
| 185.90 | 77.46 | 2.72 | 1200 | 62.0 | 32.4 | 235 | 576.34 | 513.52 | 1.122 |
| 141.99 | 101.42 | 2.96 | 1200 | 47.3 | 20.1 | 345 | 642.47 | 626.68 | 1.025 |
| 151.79 | 94.87 | 2.91 | 1200 | 50.6 | 20.1 | 345 | 617.36 | 602.67 | 1.024 |
| 161.00 | 89.44 | 2.87 | 1200 | 53.7 | 20.1 | 345 | 599.57 | 585.76 | 1.024 |
| 169.71 | 84.85 | 2.82 | 1200 | 56.6 | 20.1 | 345 | 585.60 | 578.70 | 1.012 |
| 177.99 | 80.90 | 2.77 | 1200 | 59.3 | 20.1 | 345 | 573.81 | 569.19 | 1.008 |
| 185.90 | 77.46 | 2.72 | 1200 | 62.0 | 20.1 | 345 | 563.40 | 558.13 | 1.009 |
| 193.49 | 74.42 | 2.67 | 1200 | 64.5 | 20.1 | 345 | 553.92 | 545.47 | 1.016 |
| 207.85 | 69.28 | 2.58 | 1200 | 69.3 | 20.1 | 345 | 536.91 | 529.93 | 1.013 |
| 131.45 | 109.54 | 2.99 | 2100 | 76.7 | 20.1 | 345 | 613.40 | 565.60 | 1.085 |
| 141.99 | 101.42 | 2.96 | 2100 | 82.8 | 20.1 | 345 | 543.55 | 542.48 | 1.002 |
| 151.79 | 94.87 | 2.91 | 2100 | 88.5 | 20.1 | 345 | 500.65 | 515.84 | 0.971 |
| 131.45 | 109.54 | 2.99 | 3000 | 109.5 | 20.1 | 345 | 462.14 | 449.67 | 1.028 |
| 141.99 | 101.42 | 2.96 | 3000 | 118.3 | 20.1 | 345 | 386.57 | 402.61 | 0.960 |
| 151.79 | 94.87 | 2.91 | 3000 | 126.5 | 20.1 | 345 | 342.81 | 367.41 | 0.933 |
| 161.00 | 89.44 | 2.87 | 3000 | 134.2 | 20.1 | 345 | 312.26 | 333.57 | 0.936 |
| 169.71 | 84.85 | 2.82 | 3000 | 141.4 | 20.1 | 345 | 288.38 | 309.26 | 0.932 |
| 200.80 | 71.71 | 2.63 | 3000 | 167.3 | 20.1 | 345 | 223.52 | 237.62 | 0.941 |
| 207.85 | 69.28 | 2.58 | 3000 | 173.2 | 20.1 | 345 | 211.79 | 224.16 | 0.945 |
| 131.45 | 109.54 | 4.98 | 1200 | 43.8 | 20.1 | 345 | 925.09 | 884.71 | 1.046 |
| 185.90 | 77.46 | 4.52 | 1200 | 62.0 | 20.1 | 345 | 782.46 | 771.45 | 1.014 |
| 193.49 | 74.42 | 4.44 | 1200 | 64.5 | 20.1 | 345 | 770.95 | 758.46 | 1.016 |
| 200.80 | 71.71 | 4.36 | 1200 | 66.9 | 20.1 | 345 | 760.26 | 744.42 | 1.021 |
| 207.85 | 69.28 | 4.28 | 1200 | 69.3 | 20.1 | 345 | 750.20 | 729.02 | 1.029 |

**表 4-10 椭圆形钢管混凝土轴压长柱绕短轴稳定承载力公式结果与有限元模型结果比较**

| 2a /mm | 2b /mm | t /mm | L /mm | λ | $f_{ck}$ /(N/mm²) | $f_y$ /(N/mm²) | $N_c$ /kN | $N_{FEM}$ /kN | $\dfrac{N_c}{N_{FEM}}$ |
|---|---|---|---|---|---|---|---|---|---|
| 120.00 | 120.00 | 3.00 | 1200 | 40.0 | 20.1 | 235 | 573.21 | 553.50 | 1.036 |
| 131.45 | 109.54 | 2.99 | 1200 | 36.5 | 20.1 | 235 | 557.61 | 534.87 | 1.043 |
| 141.99 | 101.42 | 2.96 | 1200 | 33.8 | 20.1 | 235 | 544.80 | 530.81 | 1.026 |
| 120.00 | 120.00 | 3.00 | 2100 | 70.0 | 20.1 | 235 | 564.56 | 513.39 | 1.100 |
| 131.45 | 109.54 | 2.99 | 2100 | 63.9 | 20.1 | 235 | 544.61 | 485.12 | 1.123 |
| 141.99 | 101.42 | 2.96 | 2100 | 59.2 | 20.1 | 235 | 528.87 | 488.52 | 1.083 |
| 151.79 | 94.87 | 2.91 | 2100 | 55.3 | 20.1 | 235 | 516.78 | 492.02 | 1.050 |
| 161.00 | 89.44 | 2.87 | 2100 | 52.2 | 20.1 | 235 | 507.50 | 493.70 | 1.028 |
| 169.71 | 84.85 | 2.82 | 2100 | 49.5 | 20.1 | 235 | 500.28 | 494.53 | 1.012 |
| 177.99 | 80.90 | 2.77 | 2100 | 47.2 | 20.1 | 235 | 494.54 | 493.79 | 1.002 |
| 185.90 | 77.46 | 2.72 | 2100 | 45.2 | 20.1 | 235 | 489.91 | 492.14 | 0.995 |
| 193.49 | 74.42 | 2.67 | 2100 | 43.4 | 20.1 | 235 | 486.10 | 493.61 | 0.985 |
| 200.80 | 71.71 | 2.63 | 2100 | 41.8 | 20.1 | 235 | 482.90 | 492.30 | 0.981 |
| 207.85 | 69.28 | 2.58 | 2100 | 40.4 | 20.1 | 235 | 480.19 | 493.87 | 0.972 |
| 120.00 | 120.00 | 3.00 | 1200 | 40.0 | 26.8 | 235 | 660.84 | 628.74 | 1.051 |
| 131.45 | 109.54 | 2.99 | 1200 | 36.5 | 26.8 | 235 | 643.57 | 596.81 | 1.078 |
| 141.99 | 101.42 | 2.96 | 1200 | 33.8 | 26.8 | 235 | 629.28 | 592.81 | 1.062 |
| 151.79 | 94.87 | 2.91 | 1200 | 31.6 | 26.8 | 235 | 617.71 | 587.50 | 1.051 |
| 161.00 | 89.44 | 2.87 | 1200 | 29.8 | 26.8 | 235 | 608.34 | 582.59 | 1.044 |
| 169.71 | 84.85 | 2.82 | 1200 | 28.3 | 26.8 | 235 | 600.66 | 580.60 | 1.035 |
| 207.85 | 69.28 | 2.58 | 1200 | 23.1 | 26.8 | 235 | 576.55 | 571.51 | 1.009 |
| 141.99 | 101.42 | 2.96 | 1200 | 33.8 | 32.4 | 235 | 700.91 | 644.75 | 1.087 |
| 151.79 | 94.87 | 2.91 | 1200 | 31.6 | 32.4 | 235 | 688.39 | 643.11 | 1.070 |
| 161.00 | 89.44 | 2.87 | 1200 | 29.8 | 32.4 | 235 | 678.25 | 639.01 | 1.061 |
| 169.71 | 84.85 | 2.82 | 1200 | 28.3 | 32.4 | 235 | 669.95 | 640.94 | 1.045 |
| 177.99 | 80.90 | 2.77 | 1200 | 27.0 | 32.4 | 235 | 663.04 | 626.44 | 1.058 |
| 120.00 | 120.00 | 3.00 | 1200 | 40.0 | 20.1 | 345 | 728.80 | 718.62 | 1.014 |
| 131.45 | 109.54 | 2.99 | 1200 | 36.5 | 20.1 | 345 | 707.64 | 693.62 | 1.020 |
| 141.99 | 101.42 | 2.96 | 1200 | 33.8 | 20.1 | 345 | 690.52 | 685.10 | 1.008 |
| 151.79 | 94.87 | 2.91 | 1200 | 31.6 | 20.1 | 345 | 676.97 | 675.24 | 1.003 |
| 161.00 | 89.44 | 2.87 | 1200 | 29.8 | 20.1 | 345 | 666.26 | 665.97 | 1.000 |

| $2a$ /mm | $2b$ /mm | $t$ /mm | $L$ /mm | $\lambda$ | $f_{ck}$ /(N/mm²) | $f_y$ /(N/mm²) | $N_c$ /kN | $N_{FEM}$ /kN | $\dfrac{N_c}{N_{FEM}}$ |
|---|---|---|---|---|---|---|---|---|---|
| 120.00 | 120.00 | 3.00 | 2100 | 70.0 | 20.1 | 345 | 712.61 | 663.11 | 1.075 |
| 131.45 | 109.54 | 2.99 | 2100 | 63.9 | 20.1 | 345 | 685.13 | 629.98 | 1.088 |
| 141.99 | 101.42 | 2.96 | 2100 | 59.2 | 20.1 | 345 | 664.11 | 644.49 | 1.030 |
| 151.79 | 94.87 | 2.91 | 2100 | 55.3 | 20.1 | 345 | 648.44 | 649.99 | 0.998 |
| 161.00 | 89.44 | 2.87 | 2100 | 52.2 | 20.1 | 345 | 636.77 | 646.82 | 0.984 |
| 169.71 | 84.85 | 2.82 | 2100 | 49.5 | 20.1 | 345 | 627.95 | 644.54 | 0.974 |
| 177.99 | 80.90 | 2.77 | 2100 | 47.2 | 20.1 | 345 | 621.21 | 640.93 | 0.969 |
| 185.90 | 77.46 | 2.72 | 2100 | 45.2 | 20.1 | 345 | 615.97 | 640.17 | 0.962 |
| 193.49 | 74.42 | 2.67 | 2100 | 43.4 | 20.1 | 345 | 611.84 | 669.18 | 0.914 |
| 200.80 | 71.71 | 2.63 | 2100 | 41.8 | 20.1 | 345 | 608.55 | 663.52 | 0.917 |
| 120.00 | 120.00 | 3.00 | 3000 | 100.0 | 20.1 | 345 | 613.07 | 566.54 | 1.082 |
| 151.79 | 94.87 | 2.91 | 3000 | 79.1 | 20.1 | 345 | 591.40 | 546.05 | 1.083 |
| 161.00 | 89.44 | 2.87 | 3000 | 74.5 | 20.1 | 345 | 584.35 | 557.25 | 1.049 |
| 169.71 | 84.85 | 2.82 | 3000 | 70.7 | 20.1 | 345 | 579.24 | 569.64 | 1.017 |
| 177.99 | 80.90 | 2.77 | 3000 | 67.4 | 20.1 | 345 | 575.58 | 575.21 | 1.001 |
| 185.90 | 77.46 | 2.72 | 3000 | 64.5 | 20.1 | 345 | 572.98 | 603.63 | 0.949 |
| 193.49 | 74.42 | 2.67 | 3000 | 62.0 | 20.1 | 345 | 571.15 | 610.20 | 0.936 |
| 200.80 | 71.71 | 2.63 | 3000 | 59.8 | 20.1 | 345 | 569.88 | 597.42 | 0.954 |
| 120.00 | 120.00 | 5.00 | 1200 | 40.0 | 20.1 | 345 | 991.59 | 968.60 | 1.024 |
| 131.45 | 109.54 | 4.98 | 1200 | 36.5 | 20.1 | 345 | 964.44 | 940.17 | 1.026 |
| 141.99 | 101.42 | 4.92 | 1200 | 33.8 | 20.1 | 345 | 943.93 | 932.87 | 1.012 |
| 151.79 | 94.87 | 4.85 | 1200 | 31.6 | 20.1 | 345 | 928.71 | 923.51 | 1.006 |
| 120.00 | 120.00 | 3.00 | 1200 | 40.0 | 20.1 | 390 | 795.24 | 781.03 | 1.018 |
| 131.45 | 109.54 | 2.99 | 1200 | 36.5 | 20.1 | 390 | 771.81 | 758.41 | 1.018 |
| 151.79 | 94.87 | 2.91 | 1200 | 31.6 | 20.1 | 390 | 738.15 | 737.00 | 1.002 |

# 4.4　椭圆形钢管混凝土纯弯构件性能研究

## 4.4.1　引言

在实际建筑结构中,钢管混凝土构件主要被用作轴压构件和偏压构件,很少作为纯弯构件来使用,但是研究钢管混凝土的抗弯性能有利于更好的研究偏压、拉弯构件的性能和工作机理。

本节基于统一理论的思想,首先根据极限平衡理论,推导了椭圆形钢管混凝土绕长轴、短轴的极限抗弯承载力公式;然后通过有限元模拟,验证了理论推导公式的适用性;最后,在圆钢管混凝土抗弯承载力计算公式的基础上加以修正,得出适合于椭圆形钢管混凝土抗弯承载力实用简化计算公式。

### 4.4.2　理论假设

钢管混凝土受弯过程主要包括三个阶段:弹性阶段、弹塑性阶段、强化阶段。各阶段的工作特征如下[14,15]:

① 弹性阶段。构件截面的中和轴与截面形心轴基本重合,钢材一般处于弹性受力阶段。

② 弹塑性阶段。随着荷载的增加,截面中和轴将逐渐向受压区方向移动,受压区和受拉区钢管的应力开始超过比例极限,混凝土受拉区逐渐扩大。

③ 强化阶段。随着外荷载的继续增加,受拉区最外边缘钢管将首先进入塑性状态,截面发生内力重分布,截面塑性区域不断向内发展。当内部钢材也发展到屈服极限时,最外纤维的钢材开始进入强化阶段。

本节采用极限平衡法计算椭圆形钢管混凝土的极限抗弯承载力。极限平衡理论不考虑结构的加载历程和变形过程,直接根据结构处于极限状态时的平衡条件算出极限状态的荷载数值。当钢管混凝土达到极限抗弯承载力时,构件的截面分为受压区和受拉区,极限弯矩等于受压区和受拉区应力对中和轴的弯矩之和。同时,提出以下假定:

① 忽略钢管与核心混凝土之间的相对滑移。

② 基于平截面假定,认为在构件受弯的过程中横截面始终保持为平面,且无相对转动。

③ 不考虑横截面的拉压变形,截面在受弯过程中一直为椭圆形。

④ 忽略受拉区核心混凝土的抗拉作用,受拉区的抗拉作用全部由钢管承担,当抗弯能力达到极限时,钢材达到屈服强度 $f_y$。

⑤ 基于统一理论,将受压区作为同一种材料来考虑,当抗弯能力达到极限时,抗压极限强度为钢管混凝土的组合抗压强度 $f_{sc}'$。

### 4.4.3　椭圆形钢管混凝土绕长轴抗弯性能研究

#### 4.4.3.1　绕长轴抗弯承载力公式理论推导

椭圆形钢管混凝土达到抗弯极限状态时应力分布及截面几何尺寸如图 4-30

所示，$y_0$ 为截面形心轴至中和轴的距离。

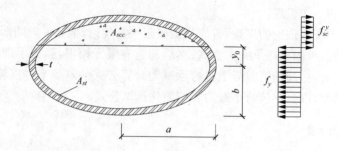

图 4-30　椭圆形钢管混凝土构件绕长轴受弯极限状态时应力分布及几何尺寸

在构件达到弯曲极限状态时，截面应力分布如图 4-30 所示，根据静力平衡条件可确定中和轴的位置，即 $y_0$ 值。由静力平衡条件 $\sum N = 0$ 有

$$A_{st}f_y - A_{scc}f_{sc}^y = 0 \qquad (4\text{-}36)$$

$$A_{st} = \pi ab - \pi(a-t)(b-t) - 2ab\left[\frac{\pi}{4} - \frac{1}{2}\arcsin\left(\frac{y_0}{b}\right) - \frac{y_0}{2b}\sqrt{1-\left(\frac{y_0}{b}\right)^2}\right]$$

$$+ 2(a-t)(b-t)\left[\frac{\pi}{4} - \frac{1}{2}\arcsin\left(\frac{y_0}{b-t}\right) - \frac{y_0}{2(b-t)}\sqrt{1-\left(\frac{y_0}{b-t}\right)^2}\right]$$

$$(4\text{-}37)$$

$$A_{scc} = 2ab\left[\frac{\pi}{4} - \frac{1}{2}\arcsin\left(\frac{y_0}{b}\right) - \frac{y_0}{2b}\sqrt{1-\left(\frac{y_0}{b}\right)^2}\right] \qquad (4\text{-}38)$$

式中：$A_{st}$ ——受拉区钢管截面面积；

　　　$A_{scc}$ ——受压区组合截面面积；

　　　$a$ ——椭圆形截面长半轴长度；

　　　$b$ ——椭圆形截面短半轴长度；

　　　$t$ ——钢管厚度；

　　　$y_0$ ——截面形心轴至中和轴的距离；

　　　$f_y$ ——钢材屈服强度；

　　　$f_{sc}^y$ ——钢管混凝土组合抗压强度标准值。

根据式(4-36)计算得到的中和轴的位置，分别将拉应力和压应力对中和轴取矩初步得到抗弯极限承载力

$$M_0 = M_s + M_{sc} \qquad (4\text{-}39)$$

$$M_s = 2f_y\left\{\left[\frac{\pi}{4}aby_0 + \frac{1}{2}aby_0\arcsin\left(\frac{y_0}{b}\right) + \frac{1}{3}ab^2\sqrt{1-\left(\frac{y_0}{b}\right)^2} + \frac{1}{6}ay_0^2\sqrt{1-\left(\frac{y_0}{b}\right)^2}\right]\right.$$

$$-\left[\frac{\pi}{4}(a-t)(b-t)y_0 + \frac{1}{2}(a-t)(b-t)y_0\arcsin\left(\frac{y_0}{b-t}\right)\right.$$

$$\left.\left. + \frac{1}{3}(a-t)(b-t)^2\sqrt{1-\left(\frac{y_0}{b-t}\right)^2} + \frac{1}{6}(a-t)y_0^2\sqrt{1-\left(\frac{y_0}{b-t}\right)^2}\right]\right\} \quad (4\text{-}40)$$

$$M_x = 2f_x^y \left\{ \frac{1}{3}ab^2 \left[ 1 - \left( \frac{y_0}{b} \right)^2 \right]^{\frac{3}{2}} - aby_0 \left[ \frac{\pi}{4} - \frac{1}{2} \left( \frac{y_0}{b} \right) \sqrt{1 - \left( \frac{y_0}{b} \right)^2} \right. \right.$$

$$\left. \left. - \frac{1}{2} \arcsin \left( \frac{y_0}{b} \right) \right] \right\} \tag{4-41}$$

由于以上的理论假设中忽略了受拉区混凝土的抗拉强度,因而实际的钢管混凝土抗弯极限承载力比式(4-39)计算的结果要大,经过有限元分析,可得椭圆形钢管混凝土受弯承载力为

$$M = 1.2M_0 \tag{4-42}$$

由式(4-39)~式(4-41)可知,影响椭圆形钢管混凝土抗弯极限承载力的因素主要有钢材强度、混凝土抗压强度、构件截面形状。目前没有椭圆形钢管抗弯性能相关方面的试验研究,为验证理论推导式(4-42)的适用性,只能通过有限元模拟结果。共建有 77 个模型,经理论公式结果与有限元结果比较,平均值为 1.004,方差为 0.0008。表 4-11 列出了部分有限元模型的材料、几何参数及与公式的比较结果。

**表 4-11 椭圆形钢管混凝土绕长轴纯弯构件公式结果与有限元模型结果比较**

| $2a$ /mm | $2b$ /mm | $t$ /mm | $f_{ck}$ /(N/mm²) | $f_y$ /(N/mm²) | $y_0$ /mm | $M_c$ /(kN·m) | $M_{FEM}$ /(kN·m) | $\frac{M_c}{M_{FEM}}$ |
|---|---|---|---|---|---|---|---|---|
| 120.00 | 120.00 | 3.00 | 20.1 | 235 | 21.46 | 12.59 | 12.19 | 1.033 |
| 131.45 | 109.54 | 2.99 | 20.1 | 235 | 19.50 | 11.57 | 11.25 | 1.029 |
| 141.99 | 101.42 | 2.96 | 20.1 | 235 | 18.00 | 10.77 | 10.51 | 1.025 |
| 151.79 | 94.87 | 2.91 | 20.1 | 235 | 16.86 | 10.09 | 9.96 | 1.013 |
| 161.00 | 89.44 | 2.87 | 20.1 | 235 | 15.83 | 9.56 | 9.49 | 1.007 |
| 169.71 | 84.85 | 2.82 | 20.1 | 235 | 15.00 | 9.09 | 9.11 | 0.998 |
| 177.99 | 80.90 | 2.77 | 20.1 | 235 | 14.29 | 8.69 | 8.77 | 0.991 |
| 185.90 | 77.46 | 2.72 | 20.1 | 235 | 13.67 | 8.34 | 8.50 | 0.981 |
| 193.49 | 74.42 | 2.67 | 20.1 | 235 | 13.12 | 8.02 | 8.25 | 0.972 |
| 200.80 | 71.71 | 2.63 | 20.1 | 235 | 12.59 | 7.76 | 8.02 | 0.968 |
| 207.85 | 69.28 | 2.58 | 20.1 | 235 | 12.17 | 7.50 | 7.83 | 0.957 |
| 120.00 | 120.00 | 3.00 | 26.8 | 235 | 24.51 | 13.02 | 12.66 | 1.028 |
| 131.45 | 109.54 | 2.99 | 26.8 | 235 | 22.35 | 11.96 | 11.67 | 1.025 |
| 141.99 | 101.42 | 2.96 | 26.8 | 235 | 20.69 | 11.13 | 10.90 | 1.020 |
| 151.79 | 94.87 | 2.91 | 26.8 | 235 | 19.40 | 10.42 | 10.32 | 1.009 |
| 161.00 | 89.44 | 2.87 | 26.8 | 235 | 18.26 | 9.87 | 9.84 | 1.003 |
| 169.71 | 84.85 | 2.82 | 26.8 | 235 | 17.33 | 9.39 | 9.44 | 0.995 |
| 177.99 | 80.90 | 2.77 | 26.8 | 235 | 16.52 | 8.97 | 9.08 | 0.988 |

| $2a$ /mm | $2b$ /mm | $t$ /mm | $f_{ck}$ /(N/mm²) | $f_y$ /(N/mm²) | $y_0$ /mm | $M_c$ /(kN·m) | $M_{FEM}$ /(kN·m) | $\dfrac{M_c}{M_{FEM}}$ |
|---|---|---|---|---|---|---|---|---|
| 141.99 | 101.42 | 2.96 | 32.4 | 235 | 22.56 | 11.38 | 11.21 | 1.015 |
| 151.79 | 94.87 | 2.91 | 32.4 | 235 | 21.17 | 10.65 | 10.61 | 1.004 |
| 161.00 | 89.44 | 2.87 | 32.4 | 235 | 19.94 | 10.09 | 10.11 | 0.998 |
| 169.71 | 84.85 | 2.82 | 32.4 | 235 | 18.94 | 9.60 | 9.69 | 0.990 |
| 177.99 | 80.90 | 2.77 | 32.4 | 235 | 18.06 | 9.17 | 9.32 | 0.983 |
| 185.90 | 77.46 | 2.72 | 32.4 | 235 | 17.30 | 8.79 | 9.02 | 0.974 |
| 193.49 | 74.42 | 2.67 | 32.4 | 235 | 16.63 | 8.45 | 8.76 | 0.965 |
| 151.79 | 94.87 | 2.91 | 20.1 | 345 | 14.17 | 14.31 | 14.00 | 1.022 |
| 161.00 | 89.44 | 2.87 | 20.1 | 345 | 13.28 | 13.56 | 13.34 | 1.017 |
| 169.71 | 84.85 | 2.82 | 20.1 | 345 | 12.57 | 12.91 | 12.83 | 1.006 |
| 177.99 | 80.90 | 2.77 | 20.1 | 345 | 11.96 | 12.34 | 12.36 | 0.998 |
| 185.90 | 77.46 | 2.72 | 20.1 | 345 | 11.43 | 11.84 | 11.99 | 0.988 |
| 193.49 | 74.42 | 2.67 | 20.1 | 345 | 10.98 | 11.40 | 11.66 | 0.978 |
| 200.80 | 71.71 | 2.63 | 20.1 | 345 | 10.52 | 11.03 | 11.32 | 0.974 |
| 207.85 | 69.28 | 2.58 | 20.1 | 345 | 10.18 | 10.66 | 11.07 | 0.963 |
| 177.99 | 80.90 | 2.77 | 20.1 | 390 | 11.38 | 13.83 | 13.81 | 1.001 |
| 185.90 | 77.46 | 2.72 | 20.1 | 390 | 10.89 | 13.28 | 13.40 | 0.991 |
| 193.49 | 74.42 | 2.67 | 20.1 | 390 | 10.46 | 12.79 | 13.03 | 0.981 |
| 200.80 | 71.71 | 2.63 | 20.1 | 390 | 9.98 | 12.36 | 12.66 | 0.976 |
| 207.85 | 69.28 | 2.58 | 20.1 | 390 | 9.71 | 11.96 | 12.38 | 0.966 |
| 120.00 | 120.00 | 4.00 | 20.1 | 345 | 15.66 | 22.82 | 21.65 | 1.054 |
| 131.45 | 109.54 | 3.98 | 20.1 | 345 | 14.17 | 20.96 | 20.01 | 1.048 |
| 141.99 | 101.42 | 3.94 | 20.1 | 345 | 13.02 | 19.53 | 18.78 | 1.040 |
| 161.00 | 89.44 | 4.77 | 20.1 | 345 | 10.04 | 21.02 | 20.43 | 1.029 |
| 169.71 | 84.85 | 4.69 | 20.1 | 345 | 9.50 | 20.04 | 19.70 | 1.017 |

#### 4.4.3.2　绕长轴抗弯承载力实用公式

通过理论公式结果与有限元模型结果比较表明,采用极限平衡法推导得到的椭圆形钢管混凝土受弯极限承载力公式能够比较精确地计算构件的受弯极限承载力,但是求解过程比较复杂,不适合应用于实际工程。经有限元分析,并总结得到椭圆形钢管混凝土绕长轴抗弯承载力实用公式为

$$M = \gamma_m W_{sc} f_{sc}^y \tag{4-43}$$

$$\gamma_m = -0.4832k\xi + 1.9264(k\xi)^{0.5} \tag{4-44}$$

式中：$\gamma_m$ ——截面塑性发展系数；

$\quad W_{sc}$ ——组合截面模量；

$\quad k$ ——套箍调整系数，当绕长轴抗弯时，$k = (a/b)^{0.12}$。

通过有限元模拟结果与式(4-43)比较，平均值为 1.017，方差为 0.004。相比式 (4-42)，结果虽然稍微偏大，但是公式简洁，适合用于实际工程。表 4-12 列出了部分有限元模型的材料、几何参数及与公式的比较结果。

**表 4-12　椭圆形钢管混凝土绕长轴纯弯构件公式结果与有限元模型结果比较**

| $2a$/mm | $2b$/mm | $t$/mm | $f_{ck}$/(N/mm²) | $f_y$/(N/mm²) | $M_c$/(kN·m) | $M_{FEM}$/(kN·m) | $\dfrac{M_c}{M_{FEM}}$ |
|---|---|---|---|---|---|---|---|
| 151.79 | 94.87 | 2.91 | 20.1 | 235 | 10.34 | 9.96 | 1.038 |
| 161.00 | 89.44 | 2.87 | 20.1 | 235 | 9.68 | 9.49 | 1.019 |
| 169.71 | 84.85 | 2.82 | 20.1 | 235 | 9.12 | 9.11 | 1.001 |
| 177.99 | 80.90 | 2.77 | 20.1 | 235 | 8.64 | 8.77 | 0.986 |
| 185.90 | 77.46 | 2.72 | 20.1 | 235 | 8.23 | 8.50 | 0.969 |
| 193.49 | 74.42 | 2.67 | 20.1 | 235 | 7.88 | 8.25 | 0.954 |
| 200.80 | 71.71 | 2.63 | 20.1 | 235 | 7.56 | 8.02 | 0.943 |
| 207.85 | 69.28 | 2.58 | 20.1 | 235 | 7.27 | 7.83 | 0.929 |
| 151.79 | 94.87 | 2.91 | 26.8 | 235 | 10.94 | 10.32 | 1.059 |
| 161.00 | 89.44 | 2.87 | 26.8 | 235 | 10.25 | 9.84 | 1.041 |
| 169.71 | 84.85 | 2.82 | 26.8 | 235 | 9.67 | 9.44 | 1.024 |
| 177.99 | 80.90 | 2.77 | 26.8 | 235 | 9.17 | 9.08 | 1.010 |
| 185.90 | 77.46 | 2.72 | 26.8 | 235 | 8.74 | 8.79 | 0.994 |
| 193.49 | 74.42 | 2.67 | 26.8 | 235 | 8.36 | 8.54 | 0.980 |
| 200.80 | 71.71 | 2.63 | 26.8 | 235 | 8.03 | 8.28 | 0.969 |
| 207.85 | 69.28 | 2.58 | 26.8 | 235 | 7.73 | 8.09 | 0.955 |
| 185.90 | 77.46 | 2.72 | 32.4 | 235 | 9.17 | 9.02 | 1.016 |
| 193.49 | 74.42 | 2.67 | 32.4 | 235 | 8.77 | 8.76 | 1.001 |
| 200.80 | 71.71 | 2.63 | 32.4 | 235 | 8.42 | 8.50 | 0.992 |
| 161.00 | 89.44 | 2.87 | 20.1 | 345 | 13.62 | 13.34 | 1.021 |
| 169.71 | 84.85 | 2.82 | 20.1 | 345 | 12.83 | 12.83 | 1.000 |
| 177.99 | 80.90 | 2.77 | 20.1 | 345 | 12.16 | 12.36 | 0.984 |
| 185.90 | 77.46 | 2.72 | 20.1 | 345 | 11.58 | 11.99 | 0.966 |

| $2a$ /mm | $2b$ /mm | $t$ /mm | $f_{ck}$ /(N/mm²) | $f_y$ /(N/mm²) | $M_c$ /(kN·m) | $M_{FEM}$ /(kN·m) | $\dfrac{M_c}{M_{FEM}}$ |
|---|---|---|---|---|---|---|---|
| 151.79 | 94.87 | 2.91 | 20.1 | 390 | 16.34 | 15.62 | 1.046 |
| 161.00 | 89.44 | 2.87 | 20.1 | 390 | 15.28 | 14.90 | 1.026 |
| 169.71 | 84.85 | 2.82 | 20.1 | 390 | 14.39 | 14.33 | 1.005 |
| 177.99 | 80.90 | 2.77 | 20.1 | 390 | 13.64 | 13.81 | 0.988 |
| 185.90 | 77.46 | 2.72 | 20.1 | 390 | 13.00 | 13.40 | 0.970 |
| 193.49 | 74.42 | 2.67 | 20.1 | 390 | 12.43 | 13.03 | 0.954 |
| 169.71 | 84.85 | 3.76 | 20.1 | 345 | 16.33 | 16.33 | 1.000 |
| 177.99 | 80.90 | 3.69 | 20.1 | 345 | 15.49 | 15.74 | 0.984 |
| 151.79 | 94.87 | 4.85 | 20.1 | 345 | 22.02 | 21.40 | 1.029 |
| 161.00 | 89.44 | 4.77 | 20.1 | 345 | 20.61 | 20.43 | 1.008 |
| 169.71 | 84.85 | 4.69 | 20.1 | 345 | 19.43 | 19.70 | 0.987 |
| 177.99 | 80.90 | 4.61 | 20.1 | 345 | 18.44 | 18.99 | 0.971 |
| 185.90 | 77.46 | 4.52 | 20.1 | 345 | 17.58 | 18.39 | 0.956 |
| 193.49 | 74.42 | 4.44 | 20.1 | 345 | 16.84 | 17.90 | 0.941 |
| 200.80 | 71.71 | 4.36 | 20.1 | 345 | 16.19 | 17.43 | 0.929 |
| 207.85 | 69.28 | 4.28 | 20.1 | 345 | 15.62 | 17.00 | 0.919 |

### 4.4.4　椭圆形钢管混凝土绕短轴抗弯性能研究

#### 4.4.4.1　绕短轴抗弯承载力公式理论推导

椭圆形钢管混凝土达到抗弯极限状态时应力分布及截面几何尺寸如图 4-31 所示，$x_0$ 为截面形心轴至中和轴的距离。

在构件达到弯曲极限状态时，截面应力分布如图 4-31 所示，根据静力平衡条件可确定中和轴的位置，即 $x_0$ 值。由静力平衡条件 $\sum N = 0$ 有

$$A_{st} f_y - A_{sc} f_x^y = 0 \tag{4-45}$$

$$A_{st} = \pi ab - \pi(a-t)(b-t) - 2ab\left[\frac{\pi}{4} - \frac{1}{2}\arcsin\left(\frac{x_0}{a}\right) - \frac{x_0}{2a}\sqrt{1 - \left(\frac{x_0}{a}\right)^2}\right]$$

$$+ 2(a-t)(b-t)\left[\frac{\pi}{4} - \frac{1}{2}\arcsin\left(\frac{x_0}{(a-t)}\right) - \frac{x_0}{2(a-t)}\sqrt{1 - \left(\frac{x_0}{(a-t)}\right)^2}\right] \tag{4-46}$$

$$A_{sc} = 2ab\left[\frac{\pi}{4} - \frac{1}{2}\arcsin\left(\frac{x_0}{a}\right) - \frac{x_0}{2a}\sqrt{1 - \left(\frac{x_0}{a}\right)^2}\right] \tag{4-47}$$

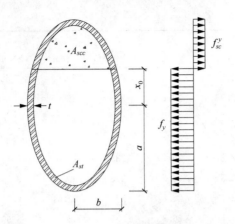

图 4-31 椭圆形钢管混凝土构件绕短轴受弯极限状态时应力分布及几何尺寸

根据式(4-45)计算得到的中和轴的位置,分别将拉应力和压应力对中和轴取矩初步得到抗弯极限承载力

$$M_0 = M_s + M_{sc} \tag{4-48}$$

$$
\begin{aligned}
M_s = 2f_y &\left\{ \left[ \frac{\pi}{4}abx_0 + \frac{1}{2}ab\,x_0\arcsin\left(\frac{x_0}{a}\right) + \frac{1}{3}ba^2\sqrt{1-\left(\frac{x_0}{a}\right)^2} \right.\right. \\
&\left. + \frac{1}{6}bx_0^2\sqrt{1-\left(\frac{x_0}{a}\right)^2}\right] - \left[ \frac{\pi}{4}(a-t)(b-t)x_0 + \frac{1}{2}(a-t)(b-t)x_0\arcsin\left(\frac{x_0}{a-t}\right) \right. \\
&\left.\left. + \frac{1}{3}(b-t)(a-t)^2\sqrt{1-\left(\frac{x_0}{a-t}\right)^2} + \frac{1}{6}(b-t)x_0^2\sqrt{1-\left(\frac{x_0}{a-t}\right)^2} \right] \right\}
\end{aligned}
\tag{4-49}
$$

$$
M_{sc} = 2f_{sc}^y \left\{ \frac{1}{3}ba^2\left[1-\left(\frac{x_0}{a}\right)^2\right]^{\frac{3}{2}} - abx_0\left[ \frac{\pi}{4} - \frac{1}{2}\left(\frac{x_0}{a}\right)\sqrt{1-\left(\frac{x_0}{a}\right)^2} \right.\right. \\
\left.\left. - \frac{1}{2}\arcsin\left(\frac{x_0}{a}\right) \right] \right\}
\tag{4-50}
$$

经过有限元分析,总结得椭圆形钢管混凝土受弯承载力为

$$M = 1.17M_0 \tag{4-51}$$

经理论公式结果与有限元模型结果比较,平均值为 1.003,方差为 0.0003。表 4-13 列出了部分有限元模型的材料、几何参数及与公式的比较结果。

表 4-13 椭圆形钢管混凝土绕短轴纯弯构件公式结果与有限元模型结果比较

| $2a$ /mm | $2b$ /mm | $t$ /mm | $f_{ck}$ /(N/mm²) | $f_y$ /(N/mm²) | $x_0$ /mm | $M_c$ /(kN・m) | $M_{FEM}$ /(kN・m) | $\dfrac{M_c}{M_{FEM}}$ |
|---|---|---|---|---|---|---|---|---|
| 131.45 | 109.54 | 2.99 | 20.1 | 235 | 22.64 | 11.57 | 13.19 | 1.004 |
| 169.71 | 84.85 | 2.82 | 20.1 | 235 | 26.42 | 9.09 | 16.46 | 0.993 |
| 200.80 | 71.71 | 2.63 | 20.1 | 235 | 29.28 | 7.76 | 19.08 | 0.987 |

| $2a$ /mm | $2b$ /mm | $t$ /mm | $f_{ck}$ /(N/mm²) | $f_y$ /(N/mm²) | $x_0$ /mm | $M_c$ /(kN·m) | $M_{FEM}$ /(kN·m) | $\dfrac{M_c}{M_{FEM}}$ |
|---|---|---|---|---|---|---|---|---|
| 207.85 | 69.28 | 2.58 | 20.1 | 235 | 29.99 | 7.50 | 19.81 | 0.977 |
| 131.45 | 109.54 | 2.99 | 26.8 | 235 | 26.05 | 11.96 | 13.71 | 1.001 |
| 141.99 | 101.42 | 2.96 | 26.8 | 235 | 27.42 | 11.13 | 14.69 | 0.998 |
| 151.79 | 94.87 | 2.91 | 26.8 | 235 | 28.77 | 10.42 | 15.70 | 0.986 |
| 161.00 | 89.44 | 2.87 | 26.8 | 235 | 29.88 | 9.87 | 16.50 | 0.987 |
| 169.71 | 84.85 | 2.82 | 26.8 | 235 | 30.98 | 9.39 | 17.22 | 0.989 |
| 177.99 | 80.90 | 2.77 | 26.8 | 235 | 32.01 | 8.97 | 18.07 | 0.981 |
| 185.90 | 77.46 | 2.72 | 26.8 | 235 | 32.99 | 8.60 | 18.84 | 0.976 |
| 193.49 | 74.42 | 2.67 | 26.8 | 235 | 33.94 | 8.27 | 19.50 | 0.975 |
| 200.80 | 71.71 | 2.63 | 26.8 | 235 | 34.74 | 8.00 | 20.05 | 0.980 |
| 207.85 | 69.28 | 2.58 | 26.8 | 235 | 35.64 | 7.73 | 20.84 | 0.970 |
| 207.85 | 69.28 | 2.58 | 32.4 | 235 | 39.70 | 7.89 | 21.64 | 0.963 |
| 131.45 | 109.54 | 2.99 | 20.1 | 345 | 19.03 | 16.39 | 18.42 | 1.017 |
| 141.99 | 101.42 | 2.96 | 20.1 | 345 | 19.78 | 15.26 | 19.65 | 1.014 |
| 185.90 | 77.46 | 2.72 | 20.1 | 345 | 22.92 | 11.84 | 24.78 | 1.000 |
| 193.49 | 74.42 | 2.67 | 20.1 | 345 | 23.48 | 11.40 | 25.61 | 1.000 |
| 185.90 | 77.46 | 2.72 | 20.1 | 390 | 21.72 | 13.28 | 27.49 | 1.008 |
| 193.49 | 74.42 | 2.67 | 20.1 | 390 | 22.25 | 12.79 | 28.41 | 1.008 |
| 200.80 | 71.71 | 2.63 | 20.1 | 390 | 22.52 | 12.36 | 29.16 | 1.014 |
| 207.85 | 69.28 | 2.58 | 20.1 | 390 | 23.20 | 11.96 | 30.27 | 1.005 |
| 131.45 | 109.54 | 3.98 | 20.1 | 345 | 16.32 | 20.96 | 23.37 | 1.024 |
| 141.99 | 101.42 | 3.94 | 20.1 | 345 | 16.89 | 19.53 | 25.02 | 1.018 |
| 185.90 | 77.46 | 3.62 | 20.1 | 345 | 19.41 | 15.20 | 31.20 | 1.015 |
| 193.49 | 74.42 | 3.56 | 20.1 | 345 | 19.82 | 14.66 | 32.12 | 1.020 |
| 200.80 | 71.71 | 3.50 | 20.1 | 345 | 20.24 | 14.17 | 33.19 | 1.019 |
| 151.79 | 94.87 | 4.85 | 20.1 | 345 | 15.23 | 22.19 | 31.66 | 1.024 |
| 161.00 | 89.44 | 4.77 | 20.1 | 345 | 15.69 | 21.02 | 33.16 | 1.026 |
| 169.71 | 84.85 | 4.69 | 20.1 | 345 | 16.10 | 20.04 | 34.73 | 1.023 |
| 177.99 | 80.90 | 4.61 | 20.1 | 345 | 16.49 | 19.19 | 36.05 | 1.026 |
| 185.90 | 77.46 | 4.52 | 20.1 | 345 | 16.97 | 18.42 | 37.35 | 1.026 |
| 193.49 | 74.42 | 4.44 | 20.1 | 345 | 17.39 | 17.76 | 38.65 | 1.026 |
| 200.80 | 71.71 | 4.36 | 20.1 | 345 | 17.82 | 17.16 | 39.90 | 1.026 |
| 207.85 | 69.28 | 4.28 | 20.1 | 345 | 18.28 | 16.62 | 41.11 | 1.025 |

4.4.4.2 绕短轴抗弯承载力实用公式

通过理论公式结果与有限元模型结果比较表明,采用极限平衡法推导得到的椭圆形钢管混凝土受弯极限承载力公式能够比较精确地计算构件的受弯极限承载力,但是求解过程比较复杂,不适合应用于实际工程。经有限元分析,并总结得到椭圆形钢管混凝土绕短轴抗弯承载力实用公式为

$$M = \gamma_m W_{sc} f_{sc}^y \qquad (4\text{-}52)$$

$$\gamma_m = -0.4832k\xi + 1.9264(k\xi)^{0.5} \qquad (4\text{-}53)$$

式中:$\gamma_m$ —— 截面塑性发展系数;

$W_{sc}$ —— 组合截面模量;

$k$ —— 套箍调整系数,当绕短轴抗弯时,$k = (b/a)^{0.6}$。

通过有限元模拟结果与式(4-52)比较,平均值为 0.993,方差为 0.006。相比式(4-51),结果虽然稍微偏小,但是公式简洁,适合用于实际工程。表 4-14 列出了部分有限元模型的材料、几何参数及与公式的比较结果。

表 4-14 椭圆形钢管混凝土绕短轴纯弯构件公式结果与有限元模型结果比较

| $2a$ /mm | $2b$ /mm | $t$ /mm | $f_{ck}$ /(N/mm²) | $f_y$ /(N/mm²) | $M_c$ /(kN·m) | $M_{FEM}$ /(kN·m) | $\dfrac{M_c}{M_{FEM}}$ |
|---|---|---|---|---|---|---|---|
| 151.79 | 94.87 | 2.91 | 20.1 | 235 | 14.86 | 15.06 | 0.987 |
| 161.00 | 89.44 | 2.87 | 20.1 | 235 | 15.20 | 15.80 | 0.962 |
| 169.71 | 84.85 | 2.82 | 20.1 | 235 | 15.52 | 16.46 | 0.943 |
| 151.79 | 94.87 | 2.91 | 26.8 | 235 | 15.55 | 15.70 | 0.990 |
| 161.00 | 89.44 | 2.87 | 26.8 | 235 | 15.89 | 16.50 | 0.963 |
| 169.71 | 84.85 | 2.82 | 26.8 | 235 | 16.20 | 17.22 | 0.941 |
| 151.79 | 94.87 | 2.91 | 20.1 | 345 | 21.34 | 20.92 | 1.020 |
| 161.00 | 89.44 | 2.87 | 20.1 | 345 | 21.91 | 21.90 | 1.000 |
| 151.79 | 94.87 | 2.91 | 32.4 | 235 | 16.16 | 16.19 | 0.998 |
| 161.00 | 89.44 | 2.87 | 32.4 | 235 | 16.51 | 17.04 | 0.969 |
| 169.71 | 84.85 | 2.82 | 20.1 | 345 | 22.44 | 22.78 | 0.985 |
| 177.99 | 80.90 | 2.77 | 20.1 | 345 | 22.92 | 23.82 | 0.962 |
| 185.90 | 77.46 | 2.72 | 20.1 | 345 | 23.37 | 24.78 | 0.943 |
| 151.79 | 94.87 | 2.91 | 20.1 | 390 | 24.12 | 23.25 | 1.037 |
| 161.00 | 89.44 | 2.87 | 20.1 | 390 | 24.81 | 24.33 | 1.020 |
| 169.71 | 84.85 | 2.82 | 20.1 | 390 | 25.45 | 25.28 | 1.006 |
| 177.99 | 80.90 | 2.77 | 20.1 | 390 | 26.03 | 26.43 | 0.985 |

| $2a$ /mm | $2b$ /mm | $t$ /mm | $f_{ck}$ /(N/mm²) | $f_y$ /(N/mm²) | $M_c$ /(kN·m) | $M_{FEM}$ /(kN·m) | $\dfrac{M_c}{M_{FEM}}$ |
|---|---|---|---|---|---|---|---|
| 185.90 | 77.46 | 2.72 | 20.1 | 390 | 26.58 | 27.49 | 0.967 |
| 193.49 | 74.42 | 2.67 | 20.1 | 390 | 27.09 | 28.41 | 0.954 |
| 200.80 | 71.71 | 2.63 | 20.1 | 390 | 27.58 | 29.16 | 0.946 |
| 207.85 | 69.28 | 2.58 | 20.1 | 390 | 28.04 | 30.27 | 0.926 |
| 141.99 | 101.42 | 3.94 | 20.1 | 345 | 26.74 | 25.02 | 1.069 |
| 151.79 | 94.87 | 3.88 | 20.1 | 345 | 27.74 | 26.41 | 1.050 |
| 161.00 | 89.44 | 3.82 | 20.1 | 345 | 28.64 | 27.70 | 1.034 |
| 169.71 | 84.85 | 3.76 | 20.1 | 345 | 29.46 | 28.92 | 1.019 |
| 177.99 | 80.90 | 3.69 | 20.1 | 345 | 30.22 | 30.02 | 1.007 |
| 185.90 | 77.46 | 3.62 | 20.1 | 345 | 30.94 | 31.20 | 0.992 |
| 193.49 | 74.42 | 3.56 | 20.1 | 345 | 31.61 | 32.12 | 0.984 |
| 200.80 | 71.71 | 3.50 | 20.1 | 345 | 32.25 | 33.19 | 0.972 |
| 207.85 | 69.28 | 3.43 | 20.1 | 345 | 32.86 | 34.30 | 0.958 |
| 151.79 | 94.87 | 4.85 | 20.1 | 345 | 33.79 | 31.66 | 1.067 |
| 161.00 | 89.44 | 4.77 | 20.1 | 345 | 35.08 | 33.16 | 1.058 |
| 169.71 | 84.85 | 4.69 | 20.1 | 345 | 36.26 | 34.73 | 1.044 |
| 177.99 | 80.90 | 4.61 | 20.1 | 345 | 37.37 | 36.05 | 1.037 |
| 185.90 | 77.46 | 4.52 | 20.1 | 345 | 38.40 | 37.35 | 1.028 |
| 193.49 | 74.42 | 4.44 | 20.1 | 345 | 39.38 | 38.65 | 1.019 |
| 200.80 | 71.71 | 4.36 | 20.1 | 345 | 40.32 | 39.90 | 1.011 |
| 207.85 | 69.28 | 4.28 | 20.1 | 345 | 41.22 | 41.11 | 1.003 |

## 4.5　椭圆形钢管混凝土压弯构件性能研究

### 4.5.1　引言

　　前面已经介绍了椭圆形钢管混凝土构件在轴压和纯弯作用下的力学性能,并得到了轴压长柱、短柱的承载力以及绕椭圆截面长轴、短轴的抗弯承载力计算公式。在实际工程中,真正的轴压和纯弯构件是很少的,钢管混凝土构件多数处于偏心受压状态和有水平荷载作用下的轴心受压状态。因此,深入研究椭圆形钢管混凝土压弯构件的力学性能和设计方法十分重要。

本节采用有限元软件对椭圆形钢管混凝土压弯构件的工作机理进行了模拟和深入的研究,并在参数分析的基础上提出了椭圆形钢管混凝土压弯构件承载力的实用简化计算公式。

### 4.5.2　基本理论

构件在偏心荷载作用下时,一开始就发生侧向挠曲,且截面上的应力分布不均匀。如果构件长细比较小,当荷载偏心距也较小时,试件破坏时往往呈现出强度破坏的特征,构件在达到极限承载力前全截面发展塑性。对于长细比较大的偏心受压试件,其承载力常决定于稳定。

在不考虑构件失稳破坏的情况下,钢管混凝土偏压构件主要有两种破坏形式:当偏心距较大导致弯矩过大时,在受压区轴向压力产生的压应力与弯矩产生的拉应力方向相反,弯曲拉应力中的一部反被压应力所抵消,而在受拉区钢管到达极限抗拉强度之前,受压区的轴向压应力与弯矩压应力之和是不会达到构件的受压破坏强度的,因此在一定的压弯比范围内,轴压和弯矩联合作用下的极限弯矩值要比纯弯作用下的大,构件最终在受拉区的危险截面处发生破坏;当轴压荷载较大时,构件受弯最大截面处的受压区,由于弯矩产生的压应力与轴力产生的压应力相互叠加,而且轴压力较大导致整个构件截面没有出现受拉区,构件最终的破坏模式类似于小偏心受压的情况,在弯矩最大的截面处,混凝土首先被压碎,钢管屈曲,构件破坏[14,15]。

当钢管混凝土构件发生失稳破坏时,随着构件长细比和荷载相对偏心率的不同,危险截面上的应力分布也不同。当长细比和偏心率较小时,全截面受压,当长细比或者偏心率较大时,受拉区和受压区都发展成塑性,中间状态为受压区一侧发展塑性。

钢管混凝土偏心受压构件的工作机理比轴心受压时要复杂得多,其工作特点归纳为如下四点[14,15]:

① 构件强度破坏时,截面全部发展塑性,受拉区混凝土不参加工作。

② 构件稳定破坏时,危险截面上的应力分布既有塑性区,也有弹性区。受拉区混凝土有参加工作的,也有不参加工作的,后者拉应变超过混凝土的极限拉应变。

③ 由于危险截面上的压应力的分布不均匀,且只分布在部分截面上,因而钢管与混凝土间的紧箍力分布也不均匀。

④ 不但危险截面上两种材料的变形模量随截面上的位置而异,而且沿长度方向也是变化的。

作用在压弯构件上的压力和弯矩可以由不同的荷载引起,即压力和弯矩可以是两个独立的变量。对于单向压弯构件,主要有三种不同的加载路径,如图 4-32

所示[14,15]。

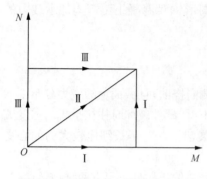

图 4-32　压弯构件加载路径示意图

路径 I：先作用弯矩 $M$，然后保持 $M$ 的大小和方向不变，再作用轴压力 $N$。这类加载过程在实际工程中不多见。

路径 II：轴压力 $N$ 和弯矩 $M$ 按比例增加。实际工程结构中偏心受压柱的受力情况属此类，这种加载路径在实际工程中最为常见。

路径 III：先施加轴压力 $N$，然后保持 $N$ 的大小和方向不变，再作用弯矩 $M$。轴心受压柱在水平荷载作用下的工作情况属此类。

本节采用加载路径 II 对椭圆形钢管混凝土进行有限元模型分析，主要分析不同截面形状椭圆形钢管混凝土构件在不同偏心率作用荷载下的工作机理。

### 4.5.3　椭圆形钢管混凝土压弯构件

#### 4.5.3.1　钢管混凝土偏心受压构件相关方程

钢结构设计规范中，在计算拉弯、压弯构件的强度时，根据截面上应力发展的不同程度，可取以下三种不同的强度计算准则[13]：

① 边缘屈服准则，以构件截面边缘纤维屈服的弹性受力阶段极限状态作为强度计算的承载能力极限状态。

② 全截面屈服准则，以构件截面塑性受力阶段极限状态作为强度计算的承载能力极限状态。

③ 部分发展塑性准则，以构件截面部分塑性发展作为强度计算的承载能力极限状态，塑性区发展的深度根据具体情况给予规定。

本节将钢管混凝土作为一种组合材料，将其等效为钢结构构件，以截面部分发展塑性准则作为强度计算标准。针对椭圆形钢管混凝土，在已有的圆截面钢管混凝土压弯构件 $N/N_0$-$M/M_0$ 相关方程上加以修正。圆截面钢管混凝土压弯构件 $N/N_0$-$M/M_0$ 相关方程如式（4-54）、式（4-55）所示，式中 $(1-0.4N/N_E)$ 为考虑弯曲变形时的挠度放大系数。

当 $\dfrac{N}{\varphi A_{\mathscr{x}}} \geqslant 0.2 f_{\mathscr{x}}^{y}$ 时

$$\frac{N}{N_0} + \frac{\beta_m M}{1.071(1-0.4N/N_E)M_0} \leqslant 1 \qquad (4\text{-}54)$$

当 $\dfrac{N}{\varphi A_{\mathscr{x}}} < 0.2 f_{\mathscr{x}}^{y}$ 时

$$-\frac{N}{7N_0} + \frac{\beta_m M}{(1 - 0.4N/N_E)M_0} \leqslant 1 \qquad (4\text{-}55)$$

式中：$N$ ——钢管混凝土偏压构件极限轴向压力；

$M$ ——钢管混凝土偏压构件极限弯矩，$M = Ne_0$，$e_0$ 为偏心距；

$M_0$ ——钢管混凝土纯弯构件极限抗弯承载力，$M_0 = \gamma_m W_{sc} f_{sc}^y$；

$N_0$ ——钢管混凝土轴心受压构件极限抗压承载力，$N_0 = \varphi_{sc} f_{sc}^y A_{sc}$；

$N_E$ ——欧拉临界力，$N_E = (\pi^2 E_{sc} A_{sc})/\lambda_{sc}^2$；

$\beta_m$ ——等效弯矩系数，本节中 $\beta_m = 1.0$。

通常情况下，构件都比较长（$\lambda > 20$），偏心受压构件常决定于稳定。如图 4-33 所示的压力与杆中挠度的关系曲线，曲线由上升段和下降段组成。在上升段，随着荷载的增加，挠度增加，构件处于稳定平衡状态。下降段则相反，挠度不断增加，荷载反而不断下降，构件失去了平衡。随着挠度的继续发展，最后构件彻底崩溃。本节重点研究偏心受压构件的失稳破坏，即分析 $\lambda > 20$ 的构件。

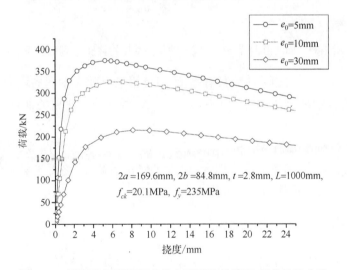

图 4-33 椭圆形钢管混凝土偏心受压构件挠度-荷载关系曲线

#### 4.5.3.2 椭圆形钢管混凝土绕长轴偏心受压力学性能分析

本节通过有限元模型分析，得到了不同截面形状椭圆形钢管混凝土构件在不同偏心距的偏压荷载作用下的极限轴向压力 $N$ 和极限弯矩 $M$，然后通过前文得到的轴压和抗弯承载力公式分别计算出轴向承载力 $N_0$ 和抗弯承载力 $M_0$，最终得出椭圆形钢管混凝土构件绕长轴偏心受压 $N/N_0$-$M/M_0$ 相关关系曲线如图 4-34 所示。随着偏心距的增加，构件的极限轴向压力 $N$ 减小，而弯矩不断增大。同时，从图上可以看出，不同截面形状的关系曲线比较接近，因而截面形状对偏心受压性能影响不是很大。压力和弯矩共同增大只占整个偏压过程的一小部分,而且这个阶段的大小和临界点随材料、截面等因素的变化而变化,过程较为复杂,在设计过程中,一般不考虑压力和弯矩共同增大的效果。

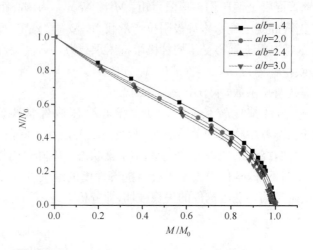

图 4-34　椭圆形钢管混凝土绕长轴偏心受压构件挠度-荷载关系曲线

$N/N_0$-$M/M_0$ 的相关曲线具有平衡点,此平衡点随含钢率的增大而下移。考虑到常用的含钢率范围,统一取平衡点 $N/N_0 = 0.2$,把相关曲线分成两段来计算。

本节通过有限元模型分析,得到了 $N/N_0$-$M/M_0$ 的关系曲线,并对关系曲线用公式进行了拟合,考虑到安全因素,引入了修正系数,最终得出椭圆形钢管混凝土绕长轴偏心受压构件的相关方程为:

当 $\dfrac{N}{\varphi A_{sc}} \geqslant 0.2 f_{sc}^{y}$ 时

$$\frac{N}{N_0} + \frac{\beta_m M}{1.32(1-0.4N/N_E)M_0} \leqslant 1 \qquad (4\text{-}56)$$

当 $\dfrac{N}{\varphi A_{sc}} < 0.2 f_{sc}^{y}$ 时

$$-\frac{N}{7N_0} + \frac{\beta_m M}{(1-0.4N/N_E)M_0} \leqslant 1 \qquad (4\text{-}57)$$

为验证式(4-56)和式(4-57)的有效性,采用与有限元模型结果进行比较,经过比较,均值为 0.988,方差为 0.001,相关方程比较能反映椭圆形钢管混凝土绕长轴偏心受压构件的力学性能。构件的材料参数均为 $f_{ck} = 20.1\text{MPa}$,$f_y = 235\text{MPa}$,部分构件的几何参数、受力情况及计算结果如表 4-15 所示。

**表 4-15 椭圆形钢管混凝土绕长轴偏压构件公式结果与有限元模型结果比较**

| 2a /mm | 2b /mm | t /mm | L /mm | λ | e₀ /mm | N /kN | M /(kN·m) | 相关方程 |
|---|---|---|---|---|---|---|---|---|
| 141.99 | 101.42 | 2.96 | 1000 | 39.44 | 5 | 411.66 | 2.06 | 1.001 |
| 141.99 | 101.42 | 2.96 | 1000 | 39.44 | 10 | 365.14 | 3.65 | 1.023 |
| 141.99 | 101.42 | 2.96 | 1000 | 39.44 | 50 | 180.26 | 9.01 | 1.031 |
| 141.99 | 101.42 | 2.96 | 1000 | 39.44 | 60 | 156.85 | 9.41 | 1.010 |
| 141.99 | 101.42 | 2.96 | 1000 | 39.44 | 70 | 138.14 | 9.67 | 0.990 |
| 141.99 | 101.42 | 2.96 | 1000 | 39.44 | 80 | 122.98 | 9.84 | 0.970 |
| 141.99 | 101.42 | 2.96 | 1000 | 39.44 | 90 | 110.90 | 9.98 | 0.955 |
| 141.99 | 101.42 | 2.96 | 1000 | 39.44 | 200 | 51.62 | 10.32 | 0.972 |
| 141.99 | 101.42 | 2.96 | 1000 | 39.44 | 300 | 34.57 | 10.37 | 0.980 |
| 141.99 | 101.42 | 2.96 | 1000 | 39.44 | 400 | 25.97 | 10.39 | 0.983 |
| 141.99 | 101.42 | 2.96 | 1000 | 39.44 | 500 | 20.81 | 10.40 | 0.986 |
| 141.99 | 101.42 | 2.96 | 1000 | 39.44 | 600 | 17.37 | 10.42 | 0.988 |
| 141.99 | 101.42 | 2.96 | 1000 | 39.44 | 700 | 14.91 | 10.43 | 0.990 |
| 141.99 | 101.42 | 2.96 | 1000 | 39.44 | 800 | 13.06 | 10.45 | 0.992 |
| 141.99 | 101.42 | 2.96 | 1000 | 39.44 | 900 | 11.62 | 10.46 | 0.993 |
| 141.99 | 101.42 | 2.96 | 1000 | 39.44 | 1000 | 10.47 | 10.47 | 0.994 |
| 169.71 | 84.85 | 2.82 | 1000 | 47.14 | 5 | 375.22 | 1.88 | 0.988 |
| 169.71 | 84.85 | 2.82 | 1000 | 47.14 | 10 | 325.95 | 3.26 | 0.999 |
| 169.71 | 84.85 | 2.82 | 1000 | 47.14 | 15 | 288.90 | 4.33 | 1.009 |
| 169.71 | 84.85 | 2.82 | 1000 | 47.14 | 20 | 260.83 | 5.22 | 1.022 |
| 169.71 | 84.85 | 2.82 | 1000 | 47.14 | 25 | 236.73 | 5.92 | 1.028 |
| 207.85 | 69.28 | 2.58 | 1000 | 57.74 | 900 | 8.63 | 7.77 | 0.991 |
| 207.85 | 69.28 | 2.58 | 1000 | 57.74 | 1000 | 7.79 | 7.79 | 0.993 |
| 169.71 | 84.85 | 2.82 | 1000 | 47.14 | 30 | 215.50 | 6.47 | 1.026 |
| 169.71 | 84.85 | 2.82 | 1000 | 47.14 | 35 | 197.42 | 6.91 | 1.023 |
| 169.71 | 84.85 | 2.82 | 1000 | 47.14 | 40 | 182.42 | 7.30 | 1.022 |
| 169.71 | 84.85 | 2.82 | 1000 | 47.14 | 50 | 155.60 | 7.78 | 1.002 |
| 169.71 | 84.85 | 2.82 | 1000 | 47.14 | 500 | 17.91 | 8.95 | 0.981 |
| 169.71 | 84.85 | 2.82 | 1000 | 47.14 | 600 | 14.94 | 8.97 | 0.983 |
| 169.71 | 84.85 | 2.82 | 1000 | 47.14 | 700 | 12.82 | 8.97 | 0.984 |
| 169.71 | 84.85 | 2.82 | 1000 | 47.14 | 800 | 11.22 | 8.98 | 0.985 |

| $2a$ /mm | $2b$ /mm | $t$ /mm | $L$ /mm | $\lambda$ | $e_0$ /mm | $N$ /kN | $M$ /(kN·m) | 相关方程 |
|---|---|---|---|---|---|---|---|---|
| 169.71 | 84.85 | 2.82 | 1000 | 47.14 | 900 | 9.98 | 8.99 | 0.986 |
| 169.71 | 84.85 | 2.82 | 1000 | 47.14 | 1000 | 9.02 | 9.10 | 1.000 |
| 185.90 | 77.46 | 2.72 | 1000 | 51.64 | 5 | 394.42 | 1.80 | 0.981 |
| 185.90 | 77.46 | 2.72 | 1000 | 51.64 | 10 | 340.65 | 3.11 | 0.992 |
| 185.90 | 77.46 | 2.72 | 1000 | 51.64 | 20 | 268.37 | 4.90 | 1.006 |
| 185.90 | 77.46 | 2.72 | 1000 | 51.64 | 30 | 220.76 | 6.04 | 1.010 |
| 185.90 | 77.46 | 2.72 | 1000 | 51.64 | 40 | 185.50 | 6.77 | 1.002 |
| 185.90 | 77.46 | 2.72 | 1000 | 51.64 | 50 | 158.89 | 7.25 | 0.988 |
| 185.90 | 77.46 | 2.72 | 1000 | 51.64 | 60 | 137.81 | 7.54 | 0.970 |
| 185.90 | 77.46 | 2.72 | 1000 | 51.64 | 70 | 121.21 | 7.74 | 0.952 |
| 185.90 | 77.46 | 2.72 | 1000 | 51.64 | 200 | 45.17 | 8.24 | 0.963 |
| 185.90 | 77.46 | 2.72 | 1000 | 51.64 | 300 | 30.30 | 8.30 | 0.972 |
| 185.90 | 77.46 | 2.72 | 1000 | 51.64 | 400 | 22.79 | 8.32 | 0.976 |
| 185.90 | 77.46 | 2.72 | 1000 | 51.64 | 500 | 18.27 | 8.33 | 0.978 |
| 185.90 | 77.46 | 2.72 | 1000 | 51.64 | 600 | 15.25 | 8.35 | 0.980 |
| 185.90 | 77.46 | 2.72 | 1000 | 51.64 | 700 | 13.10 | 8.37 | 0.983 |
| 185.90 | 77.46 | 2.72 | 1000 | 51.64 | 800 | 11.46 | 8.36 | 0.983 |
| 185.90 | 77.46 | 2.72 | 1000 | 51.64 | 900 | 10.19 | 8.37 | 0.984 |
| 185.90 | 77.46 | 2.72 | 1000 | 51.64 | 1000 | 9.18 | 8.38 | 0.984 |
| 207.85 | 69.28 | 2.58 | 1000 | 57.74 | 5 | 342.73 | 1.71 | 0.977 |
| 207.85 | 69.28 | 2.58 | 1000 | 57.74 | 10 | 292.18 | 2.92 | 0.980 |
| 207.85 | 69.28 | 2.58 | 1000 | 57.74 | 20 | 228.25 | 4.57 | 0.993 |
| 207.85 | 69.28 | 2.58 | 1000 | 57.74 | 30 | 185.83 | 5.57 | 0.991 |
| 207.85 | 69.28 | 2.58 | 1000 | 57.74 | 40 | 155.62 | 6.22 | 0.982 |
| 207.85 | 69.28 | 2.58 | 1000 | 57.74 | 50 | 132.42 | 6.62 | 0.965 |
| 207.85 | 69.28 | 2.58 | 1000 | 57.74 | 200 | 37.77 | 7.55 | 0.958 |
| 207.85 | 69.28 | 2.58 | 1000 | 57.74 | 300 | 25.41 | 7.62 | 0.969 |
| 207.85 | 69.28 | 2.58 | 1000 | 57.74 | 400 | 19.14 | 7.66 | 0.974 |
| 207.85 | 69.28 | 2.58 | 1000 | 57.74 | 500 | 15.37 | 7.69 | 0.979 |
| 207.85 | 69.28 | 2.58 | 1000 | 57.74 | 600 | 12.85 | 7.71 | 0.982 |
| 207.85 | 69.28 | 2.58 | 1000 | 57.74 | 700 | 11.05 | 7.73 | 0.985 |
| 207.85 | 69.28 | 2.58 | 1000 | 57.74 | 800 | 9.69 | 7.75 | 0.988 |

### 4.5.3.3 椭圆形钢管混凝土绕短轴偏心受压力学性能分析

通过有限元模型分析了椭圆形钢管混凝土绕短轴偏心受压构件,得到了 $N/N_0$-$M/M_0$ 的关系曲线,如图 4-35 所示,并对关系曲线用公式进行了拟合,考虑到安全因素,引入了修正系数,最终得出椭圆形钢管混凝土绕短轴偏心受压构件的相关方程为:

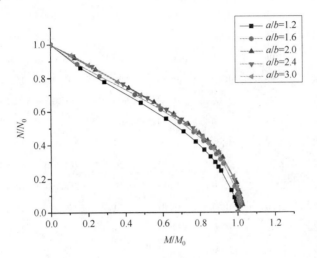

图 4-35　椭圆形钢管混凝土绕短轴偏心受压构件挠度-荷载关系曲线

当 $\dfrac{N}{\varphi A_{sc}} \geqslant 0.2 f_{sc}^{y}$ 时

$$\frac{N}{N_0} + \frac{\beta_m M}{1.45(1 - 0.4N/N_E)M_0} \leqslant 1 \tag{4-58}$$

当 $\dfrac{N}{\varphi A_{sc}} < 0.2 f_{sc}^{y}$ 时

$$-\frac{N}{7N_0} + \frac{\beta_m M}{(1 - 0.4N/N_E)M_0} \leqslant 1 \tag{4-59}$$

为验证式(4-58)和式(4-59)的有效性,采用与有限元模型结果进行比较,经过比较,均值为 0.994,方差为 0.001,相关方程比较能反映椭圆形钢管混凝土绕短轴偏心受压构件的力学性能。构件的材料参数均为 $f_{ck} = 20.1\mathrm{MPa}$,$f_y = 345\mathrm{MPa}$,部分构件的几何参数、受力情况及计算结果如表 4-16 所示。

**表 4-16　椭圆形钢管混凝土绕短轴偏压构件公式结果与有限元模型结果比较**

| 2a /mm | 2b /mm | t /mm | L /mm | λ | $e_0$ /mm | N /kN | M /(kN·m) | 相关方程 |
|---|---|---|---|---|---|---|---|---|
| 131.45 | 109.54 | 2.99 | 1200 | 36.51 | 5 | 585.14 | 2.93 | 0.975 |
| 131.45 | 109.54 | 2.99 | 1200 | 36.51 | 20 | 443.82 | 8.88 | 0.997 |
| 131.45 | 109.54 | 2.99 | 1200 | 36.51 | 40 | 327.63 | 13.11 | 0.985 |
| 131.45 | 109.54 | 2.99 | 1200 | 36.51 | 60 | 252.69 | 15.16 | 0.951 |
| 131.45 | 109.54 | 2.99 | 1200 | 36.51 | 80 | 202.93 | 16.23 | 0.916 |
| 131.45 | 109.54 | 2.99 | 1200 | 36.51 | 100 | 168.09 | 16.81 | 0.885 |
| 131.45 | 109.54 | 2.99 | 1200 | 36.51 | 300 | 60.32 | 18.10 | 0.974 |
| 131.45 | 109.54 | 2.99 | 1200 | 36.51 | 500 | 36.67 | 18.33 | 0.991 |
| 131.45 | 109.54 | 2.99 | 1200 | 36.51 | 800 | 23.17 | 18.53 | 1.003 |
| 141.99 | 101.42 | 2.96 | 1200 | 33.81 | 5 | 592.22 | 3.86 | 1.021 |
| 141.99 | 101.42 | 2.96 | 1200 | 33.81 | 20 | 461.12 | 12.02 | 1.044 |
| 141.99 | 101.42 | 2.96 | 1200 | 33.81 | 40 | 348.06 | 18.14 | 1.037 |
| 141.99 | 101.42 | 2.96 | 1200 | 33.81 | 60 | 270.80 | 21.17 | 0.998 |
| 141.99 | 101.42 | 2.96 | 1200 | 33.81 | 80 | 217.95 | 22.72 | 0.957 |
| 141.99 | 101.42 | 2.96 | 1200 | 33.81 | 500 | 39.41 | 25.68 | 0.997 |
| 141.99 | 101.42 | 2.96 | 1200 | 33.81 | 800 | 24.86 | 25.91 | 1.008 |
| 151.79 | 94.87 | 2.91 | 1200 | 31.62 | 5 | 593.99 | 2.42 | 0.987 |
| 151.79 | 94.87 | 2.91 | 1200 | 31.62 | 20 | 470.49 | 7.67 | 1.021 |
| 151.79 | 94.87 | 2.91 | 1200 | 31.62 | 40 | 361.87 | 11.79 | 1.027 |
| 151.79 | 94.87 | 2.91 | 1200 | 31.62 | 60 | 285.87 | 13.98 | 1.001 |
| 151.79 | 94.87 | 2.91 | 1200 | 31.62 | 80 | 231.97 | 15.12 | 0.966 |
| 151.79 | 94.87 | 2.91 | 1200 | 31.62 | 300 | 69.53 | 17.00 | 0.987 |
| 151.79 | 94.87 | 2.91 | 1200 | 31.62 | 500 | 42.13 | 17.16 | 1.001 |
| 151.79 | 94.87 | 2.91 | 1200 | 31.62 | 800 | 26.56 | 17.31 | 1.012 |
| 161.00 | 89.44 | 2.87 | 1200 | 29.81 | 5 | 590.54 | 2.95 | 0.984 |
| 161.00 | 89.44 | 2.87 | 1200 | 29.81 | 20 | 472.05 | 9.44 | 1.015 |
| 161.00 | 89.44 | 2.87 | 1200 | 29.81 | 40 | 368.56 | 14.74 | 1.028 |
| 161.00 | 89.44 | 2.87 | 1200 | 29.81 | 100 | 202.05 | 20.20 | 0.947 |
| 161.00 | 89.44 | 2.87 | 1200 | 29.81 | 300 | 73.06 | 21.92 | 0.989 |
| 161.00 | 89.44 | 2.87 | 1200 | 29.81 | 500 | 44.24 | 22.12 | 1.003 |
| 161.00 | 89.44 | 2.87 | 1200 | 29.81 | 800 | 27.85 | 22.28 | 1.013 |

续表

| 2a /mm | 2b /mm | t /mm | L /mm | λ | e₀ /mm | N /kN | M /(kN·m) | 相关方程 |
|---|---|---|---|---|---|---|---|---|
| 169.71 | 84.85 | 2.82 | 1200 | 28.28 | 5 | 589.02 | 2.95 | 1.011 |
| 169.71 | 84.85 | 2.82 | 1200 | 28.28 | 20 | 474.82 | 9.50 | 1.036 |
| 169.71 | 84.85 | 2.82 | 1200 | 28.28 | 40 | 375.13 | 15.01 | 1.049 |
| 169.71 | 84.85 | 2.82 | 1200 | 28.28 | 60 | 302.11 | 18.13 | 1.029 |
| 169.71 | 84.85 | 2.82 | 1200 | 28.28 | 80 | 249.31 | 19.94 | 1.001 |
| 169.71 | 84.85 | 2.82 | 1200 | 28.28 | 100 | 209.88 | 20.99 | 0.970 |
| 169.71 | 84.85 | 2.82 | 1200 | 28.28 | 300 | 76.57 | 22.97 | 0.995 |
| 169.71 | 84.85 | 2.82 | 1200 | 28.28 | 800 | 29.17 | 23.34 | 1.020 |
| 177.99 | 80.90 | 2.77 | 1200 | 26.97 | 40 | 379.04 | 13.94 | 1.026 |
| 177.99 | 80.90 | 2.77 | 1200 | 26.97 | 60 | 307.78 | 16.98 | 1.012 |
| 177.99 | 80.90 | 2.77 | 1200 | 26.97 | 80 | 255.06 | 18.77 | 0.987 |
| 177.99 | 80.90 | 2.77 | 1200 | 26.97 | 100 | 215.63 | 19.83 | 0.960 |
| 177.99 | 80.90 | 2.77 | 1200 | 26.97 | 300 | 79.41 | 21.91 | 0.987 |
| 177.99 | 80.90 | 2.77 | 1200 | 26.97 | 500 | 48.10 | 22.12 | 1.002 |
| 177.99 | 80.90 | 2.77 | 1200 | 26.97 | 700 | 34.51 | 22.21 | 1.008 |
| 177.99 | 80.90 | 2.77 | 1200 | 26.97 | 800 | 30.24 | 22.25 | 1.011 |
| 185.90 | 77.46 | 2.72 | 1200 | 25.82 | 5 | 586.42 | 3.03 | 1.010 |
| 185.90 | 77.46 | 2.72 | 1200 | 25.82 | 60 | 314.95 | 18.90 | 1.035 |
| 185.90 | 77.46 | 2.72 | 1200 | 25.82 | 80 | 262.34 | 20.99 | 1.009 |
| 185.90 | 77.46 | 2.72 | 1200 | 25.82 | 100 | 222.74 | 22.27 | 0.981 |
| 185.90 | 77.46 | 2.72 | 1200 | 25.82 | 500 | 50.06 | 25.03 | 1.001 |
| 193.49 | 74.42 | 2.67 | 1200 | 24.81 | 40 | 388.17 | 15.53 | 1.033 |
| 193.49 | 74.42 | 2.67 | 1200 | 24.81 | 60 | 320.32 | 19.22 | 1.026 |
| 193.49 | 74.42 | 2.67 | 1200 | 24.81 | 80 | 267.92 | 21.43 | 1.003 |
| 193.49 | 74.42 | 2.67 | 1200 | 24.81 | 100 | 228.16 | 22.82 | 0.978 |
| 193.49 | 74.42 | 2.67 | 1200 | 24.81 | 300 | 85.37 | 25.61 | 0.984 |
| 193.49 | 74.42 | 2.67 | 1200 | 24.81 | 500 | 51.74 | 25.87 | 1.001 |
| 193.49 | 74.42 | 2.67 | 1200 | 24.81 | 800 | 32.53 | 26.02 | 1.010 |
| 200.80 | 71.71 | 2.63 | 1200 | 23.90 | 5 | 585.58 | 2.84 | 0.997 |
| 200.80 | 71.71 | 2.63 | 1200 | 23.90 | 20 | 483.37 | 9.39 | 1.016 |
| 200.80 | 71.71 | 2.63 | 1200 | 23.90 | 80 | 272.66 | 21.19 | 1.004 |

| $2a$ /mm | $2b$ /mm | $t$ /mm | $L$ /mm | $\lambda$ | $e_0$ /mm | $N$ /kN | $M$ /(kN·m) | 相关方程 |
|---|---|---|---|---|---|---|---|---|
| 200.80 | 71.71 | 2.63 | 1200 | 23.90 | 100 | 232.85 | 22.62 | 0.980 |
| 200.80 | 71.71 | 2.63 | 1200 | 23.90 | 300 | 87.74 | 25.57 | 0.982 |
| 200.80 | 71.71 | 2.63 | 1200 | 23.90 | 800 | 33.43 | 25.99 | 1.009 |
| 207.85 | 69.28 | 2.58 | 1200 | 23.09 | 5 | 586.52 | 2.93 | 1.013 |
| 207.85 | 69.28 | 2.58 | 1200 | 23.09 | 20 | 486.68 | 9.73 | 1.028 |
| 207.85 | 69.28 | 2.58 | 1200 | 23.09 | 80 | 278.69 | 22.30 | 1.014 |
| 207.85 | 69.28 | 2.58 | 1200 | 23.09 | 100 | 238.93 | 23.89 | 0.991 |
| 207.85 | 69.28 | 2.58 | 1200 | 23.09 | 300 | 90.78 | 27.23 | 0.980 |
| 207.85 | 69.28 | 2.58 | 1200 | 23.09 | 800 | 34.60 | 27.68 | 1.008 |

# 4.6　椭圆形截面绕流数值模拟

## 4.6.1　引言

流体绕物体的流动(绕流)是实际工程中常见的问题,如风对各种建筑物的绕流,河流流过桥墩,各种飞行器的设计,海洋石油工程中的开采平台、钻杆、水下输油管道等,在工业设备中绕流现象更是经常发生,如各类管壳式换热器。圆形截面和椭圆形截面是土木工程中常见的截面,椭圆形截面常见于桥墩,而圆形截面广泛应用于主缆、拉索、吊杆、桥墩、桥塔等,椭圆形截面具有偏流线型[16~20],研究椭圆形截面阻力系数具有重要的工程意义。

流体绕椭圆柱体流动(简称椭圆柱绕流)属于流体力学研究的问题,因而本节首先介绍流体力学以及计算流体动力学的相关基本知识,通过建立椭圆形截面和圆形截面的绕流数值模型,研究它们在空气和水中不同雷诺数下的截面静阻力系数,并得出在空气流、水流中阻力系数 $C_D$ 与雷诺数 Re、$a/b$ 之间的关系式,用于椭圆形截面构件流体作用下荷载的计算。

## 4.6.2　流体力学基本知识[21~32]

流体力学(fluid mechanics)主要研究在各种力的作用下,流体本身的状态,以及流体和固体壁面、流体和流体、流体与其他运动形态之间的相互作用的力学分支。

#### 4.6.2.1　流体力学基本概念

(1) 雷诺数

雷诺数 Re 是流体流动中惯性力与粘性力比值的量度。惯性力是指流体作加速运动时由于惯性而使流体质点受到的力；粘性力是指流体在流动过程中输送能量的能力。雷诺数 Re 按下式计算

$$\mathrm{Re} = \frac{\rho v D}{\mu} \tag{4-60}$$

式中：$\rho$——流体的密度，本节中空气的密度为 1.225kg/m³，水的密度为 998.2kg/m³；

$\quad\quad v$——流体的流动速度；

$\quad\quad \mu$——流体的粘性系数，它施加于流体的应力和由此产生的变形速率以一定的关系联系起来的流体的一种宏观属性，表现为流体的内摩擦，本节中空气的粘性系数为 $1.7894 \times 10^{-5}$ kg/(ms)，水的粘性系数为 $1.003 \times 10^{-3}$ kg/(ms)；

$\quad\quad D$——流场的特征长度，本节中取椭圆形截面的短轴长度。

(2) 层流与湍流

层流是指流体的流动是分层或分片的，流体微团的轨迹没有明显的不规则脉动。湍流又称为紊流，是指流体从一种稳定状态向另一种稳定状态变化过程中的一种无序状态。具体指流体流动时各质点间的惯性力占主要地位，流体各质点不规则地流动。大雷诺数下或实际工程中，绝大多数流动为湍流。

(3) 湍流强度

是湍流强度涨落标准差和平均速度的比值，是衡量湍流强弱的相对指标。湍流强度等于湍流脉动速度与平均速度的比值，也等于 0.16 与按水力直径计算得到的雷诺数的 $-1/8$ 次方的乘积，即

$$I = 0.16 (\mathrm{Re}_{D_H})^{-1/8} \tag{4-61}$$

式中：$I$——为湍流强度；

$\quad\quad \mathrm{Re}_{D_H}$——按水力直径计算得到的雷诺数，$\mathrm{Re}_{D_H} = \frac{\rho v D_H}{\mu}$，$D_H$ 为等效水力直径，等于流场流通截面积与润湿周边长之比。

(4) 阻力系数与升力系数

物体在流体中的作用主要有两类：阻力和升力，阻力方向与来流方向平行，升力与来流方向垂直。阻力系数是指物体在流体中所受到的阻力与气流动压和参考面积之比，是一个无量纲量。升力系数是指物体在流体中所受到的升力与气流动压和参考面积之比，是一个无量纲量。升力系数与阻力系数计算如式

$$C_D = \frac{F_D}{\frac{1}{2}\rho\upsilon^2 A}, C_L = \frac{F_L}{\frac{1}{2}\rho\upsilon^2 A} \tag{4-62}$$

式中：$C_D$、$C_L$——分别为阻力系数和升力系数；

$\quad F_D$、$F_L$——分别为阻力和升力；

$\quad A$——参考面面积。

（5）摩擦阻力与压差阻力

摩擦阻力是指作用在物体上的切应力在运动方向上的合力，取决于粘性系数和物体表面的面积；压差阻力是指垂直于物面的压力在运动方向上的合力。

（6）边界层（boundary layer）

是指高雷诺数绕流中紧贴物面的粘性力不可忽略的流动薄层，又称流动边界层、附面层。在边界层内，紧贴物面的流体由于分子引力的作用，完全粘附于物面上，与物体的相对速度为零。由物面向外，流体速度迅速增大至当地自由流速度。边界层的基本特征如下：与物体的特征长度相比，边界的厚度很小；边界层内沿边界层厚度方向的速度变化非常剧烈，速度梯度很大；而在边界层外，速度梯度很小，粘性力可以忽略，流动可视为无粘或理想流动。

（7）尾迹

物体与流体发生相对运动时，物体后面的压强与流体其他部分的压强显著不同的区域。如高速行驶的车辆后面的气压远低于周围大气压的区域。

#### 4.6.2.2　流体力学基本方程

流体的运动一般遵守三个最基本的守恒定律：质量守恒、动量守恒和能量守恒。在流体力学中具体体现为连续方程、动量方程和能量方程。

质量守恒方程又称连续方程，该定律表述为：单位时间内流通微元体中质量的增加，等于同一时间间隔内流入微元体的净质量。根据这一定律，质量方程可表示为

$$\frac{\partial \rho}{\partial t} + \nabla (\rho V) = S_m \tag{4-63}$$

式中：$\rho$——流体密度；

$\quad t$——时间；

$\quad V$——速度矢量；

$\quad S_m$——加入到连续相的质量。

动量守恒方程的本质是牛顿第二定律，该定律可表述为：微元体中流体的动量对时间的变化率等于外界作用在该微元体上的各种力之和。根据这一定律，质量方程可表示为

$$\frac{\partial(\rho V)}{\partial t} + \nabla(\rho VV) = -\nabla p + \nabla \tau + \rho g + F \qquad (4\text{-}64)$$

式中：$p$——流体微元体上的静压力；

　　$g$、$F$——分别代表作用在微元体上的重力体积力和其他外部体积力；

　　$\tau$——因分子粘性作用而产生的作用在微元体表面上的粘性应力张量。

能量守恒定律是包含有热交换的流动系统必须满足的基本定律，由于本节不考虑流场温度的变化，这里就不对能量守恒定律作表述了。

### 4.6.3　计算流体动力学基本知识

计算流体动力学(computational fluid dynamic,CFD)是通过计算机数值计算和图像显示,对包含有流体流动和热传导等相关物理现象的系统所做的分析。CFD 的基本思路可以归结为：把原来在时间域和空间域上连续的物理量的场,如速度场和压力场,用一系列有限个离散点上的变量值的集合来代替,通过一定的原则和方式建立起关于这些离散点上场变量之间关系的代数方程组,然后求解代数方程组获得场变量的近似值。CFD 可以看作是在流动基本方程(质量守恒方程、动量守恒方程、能量守恒方程)控制下对流动的数值模拟。CFD 的求解过程如图 4-36 所示。

绕流数值模拟常采用的 CFD 软件包括 Fluent、CFX 等。Fluent 是目前功能最全面、适用性最广、国内使用最广泛的 CFD 软件之一。Fluent 提供了非常灵活的网格特性,让用户可以使用非结构网格,包括三角形、四边形、四面体、六面体、金字塔网格来解决具有复杂外形的流动,甚至可以混凝土非结构网格。

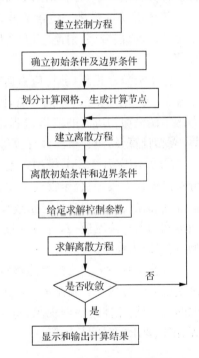

图 4-36　CFD 求解流程图

Fluent 使用 Gambit 作为前处理器,它可以读入多种 CAD 软件的三维几何模型和多种 CAE 软件的网格模型。Fluent 可用于二维平面、二维轴对称和三维流动分析,可完成多种参考系下流场模拟,定常与非定常流动分析、不可压缩和可压缩流动计算、层流与湍流模拟等。Fluent 的求解器分为分离式求解器和耦合式求解器,前者对连续方程、动量方程、能量方程分开独立迭代求解,后者则采用对上述方程同时求解,计算结果精度较高,但需要的计算机配置较高,内存为前者的 1.5 倍。

实际工程中,流体的流动多数是湍流,采用 CFD 软件模拟流体的流动,必须引入湍流模型。目前 Fluent 提供的湍流模型及各自的特性如下：

① 单方程(Spalart-Allmaras)模型。是相对简单的单方程模型,适合于翼形、壁面边界层等流动,不适合射流类等自由剪切湍流问题。

② 标准 $k$-$\varepsilon$ 模型。具有较高的稳定性、经济性和计算精度,应用广泛,适合高雷诺数湍流,但不适合旋流等各向异性较强的流动。

③ RNG $k$-$\varepsilon$ 模型。它是在标准 $k$-$\varepsilon$ 模型基础上加以改进,可以计算低雷诺数湍流,考虑到了旋转效应,对强旋流动计算精度有所提高。

④ Realizable $k$-$\varepsilon$ 模型。可以保持雷诺应力与真实湍流一致,可以更精确地模拟平面和圆形射流的扩散速度,同时在旋流计算、带方向压力梯度的边界层计算和分流计算等问题中,计算结果更符合真实情况。

⑤ 标准 $k$-$\omega$ 模型。包含了低雷诺数影响、可压缩性影响和剪切流扩散,适合于尾迹流动、混合层、射流,以及受壁面限制的流动附着边界层湍流和自由剪切流计算。

⑥ SST $k$-$\omega$ 模型(剪切应力运输模型)。综合包了 $k$-$\omega$ 模型在近壁区计算的优点和 $k$-$\varepsilon$ 模型在远场计算的优点,同时增加了横向耗散导数项,在湍流粘度定义中考虑了湍流剪切应力的输送过程,适用范围更广,可以用于带逆压梯度的流动计算、翼型计算、跨声速带激波计算等。

⑦ 雷诺应力(RSM)模型。没有采用涡粘性各向同性假设,直接求解雷诺应力分量的输运方程,适合于强旋流动,比如龙卷风、旋流燃烧室内流动等。

计算速度的快慢与计算量成反比,即计算量大则计算速度慢,需要时间长。上面提到的七种湍流模型,计算速度由快到慢依次是单方程模型、$k$-$\varepsilon$ 模型、$k$-$\omega$ 模型、雷诺应力模型。

目前没有一个湍流模型能够对所有湍流运动给出满意的结果。一种常用的湍流模型只能对某一类湍流运动给出满意的预测结果。选择合适的湍流模型需要考虑的几点是:流体的物理现象、特殊问题的简化、模拟精度的要求、可用的计算资源、模拟要求的时间长短等。

### 4.6.4　椭圆形截面在空气中绕流数值模拟

绕流物体上的总阻力由两部分组成:摩擦阻力和压差阻力。摩擦阻力主要由粘性直接作用产生,而压差阻力是由于边界层的分离,在物体尾部区域产生的尾迹涡区而形成的。压差阻力与分离区大小直接相关,即与物体形状有很大关系。当分离区很大时,压差阻力是流动阻力中的主要成分,因此控制边界层分离是减小阻力的途径之一。

在很多工程问题中,控制边界层分离十分重要。控制边界层分离的方法主要有两大类:一类是改变物体形状,控制物面上的压强梯度,从而尽量缩小分离区,例如采用细长的流线型物面;另一类是考虑流动的内部因素,增加边界层内流体微团的动量以加强抗逆压梯度的能力。

本节研究的目的在于通过改变椭圆形截面的形状,控制截面上的压强梯度,研究不同形状的椭圆形截面的阻力系数,从而用于工程实际中椭圆形截面构件在流体中所受荷载的计算。

### 4.6.4.1　计算域与计算网格

本节采用 Fluent 软件对椭圆形截面进行二维数值模拟,为了更好地模拟真实的绕流以及计算易于收敛。流场计算域如图 4-37 所示,椭圆柱面迎流面最外缘距流场入口的距离 $L_1$ 应满足 $L_1 \geqslant 5 \times 2b = 10b$;椭圆柱面背流面最外缘距流场出口的距离应使湍流充分发展,并满足 $L_2 \geqslant 15 \times 2b = 30b$,若 $L_2$ 太小,出口处有回流,则计算会发散;椭圆柱面短轴两端距相应的壁面的距离 $L_3$ 应满足 $L_3 \geqslant 5 \times 2b = 10b$。因此,流场计算域的宽度应满足 $B \geqslant 10b + 2b + 10b = 22b$,长度应满足 $L \geqslant 10b + 2a + 30b = 2a + 40b$,本节中 $2b = 0.1\text{m}$。

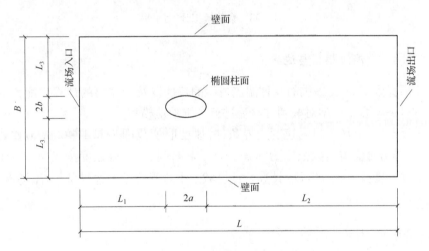

图 4-37　椭圆形截面数值计算域

Fluent 使用 Gambit 作为前处理器,Gambit 具有强大的网格划分功能,可以生成结构化网格和非结构化网格。结构化网格可以分作单块网格和多块网格,多块网格有很多优点,例如流场求解算法比较成熟,效率高,对内存要求低等,但是对于几何形状复杂的流场,需要把计算域划分成很多块,划分网格的工作量大。对于几何形状复杂的流场域,采用非结构化网格(三角形或四面体),也具有较高的计算精度,还具有很高的可调节和可控制性。本节中由于存在椭圆形,几何形状相对比较复杂,因而采用非结构化网格,由于在贴近椭圆柱面的流体速度变化梯度很大,必须在椭圆柱面表面采用边界层网格,以更好的模拟边界层的流动,如图 4-38 所示，紧贴椭圆柱面的四边形网格为边界层网格，边界层网格的第一层网格到椭圆柱面的距离 $\Delta y = \dfrac{y^+ D}{0.172 \mathrm{Re}^{0.9}}$，$D = 2b$，$y^+$ 为无量纲常数，根据选用的湍流模型而定，对于 SST $k\text{-}\omega$ 模型，$y^+ \approx 30$。

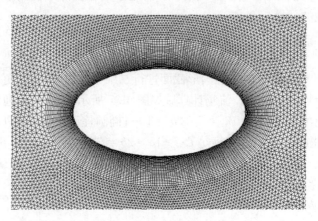

图 4-38　数值模拟计算网格

### 4.6.4.2　湍流模型与边界条件

前面提到 Fluent 提供的几种湍流模型的特性以及所需要的计算机配置，本节采用 SST $k\text{-}\omega$ 湍流模型对椭圆柱绕流进行二维数值模拟。

边界条件：流场入口为速度边界条件，速度取值范围为 $0.1 \sim 65\mathrm{m/s}$，按式(4-60)计算得出对应雷诺数范围为 $6.8 \times 10^2 \sim 4.4 \times 10^5$，湍流强度按式(4-61)计算，湍流长度尺度按 $l = 0.07 D_H$ 计算。计算域上下边界为壁面边界条件，流场出口为速度出口边界条件。

### 4.6.4.3　计算结果与分析

如表 4-17 及图 4-39 所示，从数值计算结果可以发现，在雷诺数为 $6.8 \times 10^2 \sim 4.4 \times 10^5$ 范围内，阻力系数随雷诺数的增大而减小；随着长短轴之比 $a/b$ 的增大，相同雷诺数下的阻力系数减小。图 4-40、图 4-41 分别为 $10\mathrm{m/s}$ 风速下的流场速度特征图和静压力特征图。对于圆截面 $a/b = 1.0$，圆柱体背风面处出现很多涡街，导致边界层分离区较大，压差阻力增大；而对于椭圆形截面 $a/b = 1.5$、$a/b = 2.0$、$a/b = 2.5$、$a/b = 3.0$，边界层分离区相对较小，压差阻力也较小。从这点可以说，椭圆形截面具有偏流线型截面，其形状可以有效减小分离区的大小，从而减小压差阻力，最终起到减小阻力系数的作用。图 4-42 为椭圆形截面阻力系数随时间变化的曲线，从图中我们可以看到，由于并不是以定常绕流的结果作为出场，所以在计算的开始阶段有一定的扰动，从阻力时程曲线来看尤为明显，经过一段时间后，非定常绕流进入稳定阶段，对于圆截面 $a/b = 1.0$，由于漩涡周期性脱落，阻力系数在均值 0.742 附近上下波动。而对于椭圆形截面，由于没有漩涡的脱落，阻力系数处于固定值，说明椭圆形截面可以减小漩涡的脱落以及边界层的分离。

表 4-17　数值计算结果

| 风速<br>$v/(\mathrm{m/s})$ | 迎风面宽度<br>$D/\mathrm{m}$ | 雷诺数<br>$\mathrm{Re} = \dfrac{\rho v D}{\mu}$ | 不同 $a/b$ 值下的阻力系数 $C_D$ | | | | |
|---|---|---|---|---|---|---|---|
| | | | 1.0 | 1.5 | 2.0 | 2.5 | 3.0 |
| 0.1 | 0.1 | 684.6 | 1.032 | 0.858 | 0.773 | 0.706 | 0.675 |
| 0.5 | 0.1 | 3422.9 | 0.982 | 0.672 | 0.569 | 0.482 | 0.430 |
| 1 | 0.1 | 6845.9 | 1.020 | 0.626 | 0.502 | 0.408 | 0.352 |
| 5 | 0.1 | 34229.4 | 1.253 | 0.381 | 0.377 | 0.282 | 0.252 |
| 10 | 0.1 | 68458.7 | 0.742 | 0.325 | 0.305 | 0.229 | 0.202 |
| 15 | 0.1 | 102688.1 | 1.023 | 0.290 | 0.278 | 0.210 | 0.186 |
| 20 | 0.1 | 136917.4 | 1.013 | 0.349 | 0.263 | 0.199 | 0.185 |
| 25 | 0.1 | 171146.8 | 0.959 | 0.331 | 0.252 | 0.190 | 0.177 |
| 30 | 0.1 | 205376.1 | 1.131 | 0.321 | 0.244 | 0.197 | 0.173 |
| 35 | 0.1 | 239605.5 | 1.043 | 0.313 | 0.217 | 0.192 | 0.168 |
| 40 | 0.1 | 273834.8 | 1.054 | 0.306 | 0.212 | 0.188 | 0.173 |
| 45 | 0.1 | 308064.2 | 1.082 | 0.301 | 0.208 | 0.185 | 0.168 |
| 50 | 0.1 | 342293.5 | 1.074 | 0.296 | 0.205 | 0.182 | 0.163 |
| 55 | 0.1 | 376522.9 | 0.999 | 0.292 | 0.221 | 0.180 | 0.160 |
| 60 | 0.1 | 410752.2 | 1.039 | 0.288 | 0.249 | 0.178 | 0.157 |
| 65 | 0.1 | 444981.6 | 0.995 | 0.285 | 0.237 | 0.177 | 0.157 |

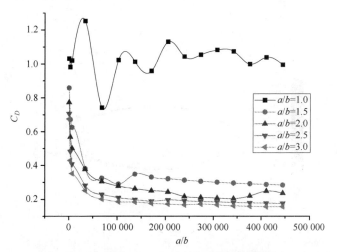

图 4-39　不同长短轴比椭圆柱阻力系数随雷诺数的变化图

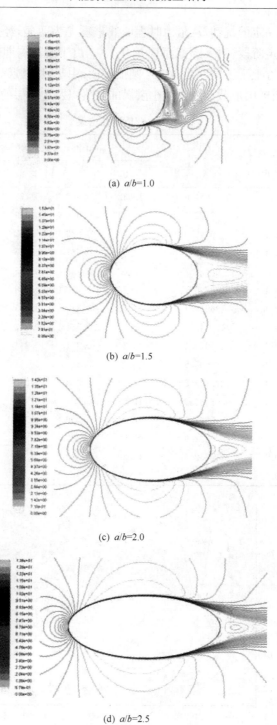

(a) $a/b$=1.0

(b) $a/b$=1.5

(c) $a/b$=2.0

(d) $a/b$=2.5

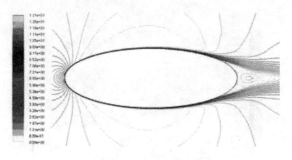

(e) $a/b$=3.0

图 4-40　10m/s 风速下的流场速度特征图

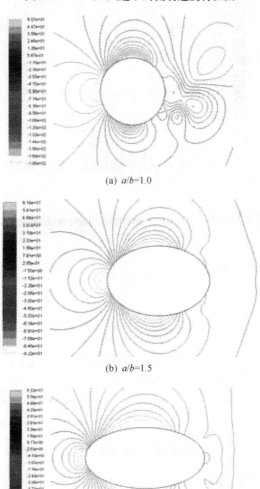

(a) $a/b$=1.0

(b) $a/b$=1.5

(c) $a/b$=2.0

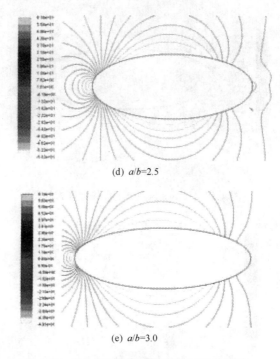

(d) $a/b=2.5$

(e) $a/b=3.0$

图 4-41　10m/s 风速下的流场静压力特征图

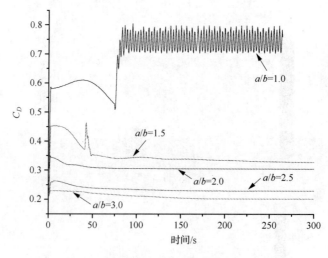

图 4-42　10m/s 风速下阻力系数随时间变化的曲线

经过数据回归得到 $C_D$ 与 Re、$a/b$ 之间的关系为：

当 Re < 100 000 时

$$C_D = \left(\frac{b}{a}\right) \cdot \text{Re}^{-0.00004} \tag{4-65a}$$

当 $\text{Re} \geqslant 100\ 000$ 时

$$C_D = \left(\frac{b}{a}\right)^2 \cdot \text{Re}^{-0.00004} \tag{4-65b}$$

根据模拟得到的椭圆柱截面静风阻力系数之后,将式(4-62)变换得到椭圆截面构件在风载作用下的静力荷载,即

$$F_D = \frac{1}{2} C_D \rho v^2 A \tag{4-66}$$

式中:$F_D$——椭圆截面构件在风载作用下的荷载;

$C_D$——椭圆截面静风阻力系数,按式(4-65)计算;

$\rho$——空气的密度;

$v$——风速;

$A$——椭圆形截面构件迎风面面积。

### 4.6.5　椭圆形截面在水中绕流数值模拟

椭圆形截面在水中绕流与在空气中相似,但由于水的密度较大,因而相同流速下椭圆形截面在水中绕流时的雷诺数要比在空气中大得多,考虑到水的流速比空气的要小,本节主要选取三种不同的流速:$v = 1\text{m/s}$、$v = 5\text{m/s}$、$v = 10\text{m/s}$,对椭圆形截面在水中绕流进行数值模拟。计算域和边界条件与在空气中的模拟一样,湍流模型选用 SST $k_\omega$ 湍流模型,边界层以外的网格选用三角形网格,边界层网格的划分根据雷诺数按 $\Delta y = \dfrac{y^+ D}{0.172\text{Re}^{0.9}}$ 进行划分。

经过数值模拟,得到椭圆形截面在水的不同流速下截面阻力系数如表 4-18 所示,总体而言,阻力系数 $C_D$ 也是随着雷诺数 Re 的增大而减小。

表 4-18　数值模拟结果

| 流速 $v/(\text{m/s})$ | 迎风面宽度 $D/\text{m}$ | 雷诺数 $\text{Re} = \dfrac{\rho v D}{\mu}$ | 不同 $a/b$ 值下的阻力系数 $C_D$ | | | | |
|---|---|---|---|---|---|---|---|
| | | | 1.0 | 1.5 | 2.0 | 2.5 | 3.0 |
| 1 | 0.1 | 99521.4 | 0.887 | 0.334 | 0.285 | 0.222 | 0.202 |
| 5 | 0.1 | 497607.2 | 1.089 | 0.342 | 0.228 | 0.179 | 0.166 |
| 10 | 0.1 | 995214.4 | 0.731 | 0.335 | 0.217 | 0.155 | 0.141 |

如表 4-18 及图 4-43 所示,从数值计算结果可以发现,在水中绕流时相同的流速下椭圆截面的 $a/b$ 值越大,$C_D$ 越小。经过数据回归,椭圆形截面在水中绕流时,$C_D$ 与 Re、$a/b$ 之间的关系为

$$C_D = \left(\frac{b}{a}\right)^{1.75} \cdot \mathrm{Re}^{-0.01} \tag{4-67}$$

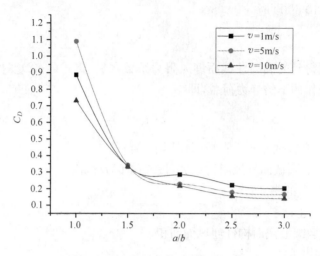

图 4-43　不同长短轴比椭圆柱阻力系数随雷诺数的变化图

椭圆截面构件在水流作用下的静力荷载,按下式计算

$$F_D = \frac{1}{2} C_D \rho v^2 A \tag{4-68}$$

式中：$F_D$ ——椭圆截面构件在水流作用下的荷载;

　　$C_D$ ——椭圆截面水流中的阻力系数,按式(4-67)计算;

　　$\rho$ ——水的密度;

　　$v$ ——流速;

　　$A$ ——椭圆形截面构件迎水面面积。

## 4.7　总结和展望

通过对椭圆形钢管混凝土构件一系列模拟结果的分析及总结可知,与圆钢管混凝土相比,椭圆形钢管混凝土的套箍力沿周长分布极不均匀导致整个截面的紧箍效应较小,随着 $a/b$ 值的增大,紧箍效应逐渐减小,相同组合截面、含钢率、套箍系数下的椭圆形钢管混凝土轴压承载力明显低于圆形钢管混凝土;对于轴压长柱,混凝土的弹性模量对模拟结果有很大的影响,因而混凝土材料的本构关系选取至关重要,椭圆形钢管混凝土轴压长柱绕短轴的稳定承载力明显高于绕短轴的稳定承载力,由于紧箍效应的影响,相同情况下椭圆形钢管混凝土轴压稳定承载力永远低于圆钢管混凝土轴压稳定承载力;对于纯弯构件,由于绕椭圆截面短轴的截面惯性矩大于同等面积下的圆截面,相同情况下椭圆形钢管混凝土绕短轴抗弯承载力

大于圆钢管混凝土抗弯承载力；对于压弯构件，偏心距、长细比对椭圆形钢管混凝土构件有较大的影响。

本章给出了适合于椭圆形钢管混凝土轴压、轴压稳定、纯弯、压弯构件的承载力计算公式；此外，本章还通过塑性极限平衡理论，推导出椭圆形钢管混凝土轴压短柱极限承载力、纯弯构件极限抗弯承载力计算公式，并将公式结果与有限元模型结果进行比较，吻合良好。

本章通过 CFD 软件对椭圆形截面沿长轴绕流进行了数值模拟，通过改变 $a/b$ 的值来改变椭圆截面形状，将模拟结果与圆形截面绕流进行比较，结果表明椭圆形截面沿长轴阻力系数小于圆截面阻力系数，说明椭圆形截面能够有效折减风荷载。

此外，诸多问题尚待进一步研究，如：

① 试验验证和研究尚待加强，包括椭圆形钢管混凝土稳定和复杂受力下试验研究、抗风性能的试验研究。

② 椭圆形钢管混凝土抗震方面的性能有待进一步研究。

③ 椭圆形钢管混凝土在实际工程中应用和推广尚需加强，如桥梁、桩基、风塔等方面，因为此时构件两个方向的刚度或风载有很大的区别，非常适合于流线型的椭圆钢管混凝土。

## 参 考 文 献

［1］　钟善桐. 钢管混凝土结构(第三版). 北京：清华大学出版社，2003

［2］　Yu M, Zha X X, Ye J Q, et al. A unified formulation for hollow and solid concrete-filled steel tube columns under axial compression, Engineering Structures, 2010, 32(4)：1046～1053

［3］　Campione Giuseppe, Fossetti Marinella. Compressive behavior of concrete elliptical columns confined by single hoops. Engineering Structures, 2007, 29(3)：408～417

［4］　Tan Teng-Hooi, Yip Woon-Kwong. Behavior of axially loaded concrete columns confined by elliptical hoops. ACI Structural, 1999, 96(6)：967～973

［5］　Khaloo A R, El-Dash K M, Ahmad S H. Model for lightweight concrete columns confined by either single hoops or interlocking double spirals. ACI Structural, 1999, 96(6)：883～890

［6］　Chung Heon-Soo, Yang Keun-Hyeok, Lee Young-Ho, et al. Stress-strain curve of laterally confined concrete. Engineering Structures, 2002, 24 (9)：1153～1163

［7］　Salim Razvi, Murat Saatcioglu. Confinement model for high-strength concrete. Structural Engineering, 1999, 125(3)：281～289

［8］　Sakino Kenji, Nakahara Hiroyuki, Morino Shosuke, et al. Behavior of centrally loaded concrete-filled steel-tube short columns. Structural Engineering, 2004, 130(2)：180～188

［9］　Inai Eiichi, Mukai Akiyoshi, Kai Makoto, et al. Behavior of concrete-filled steel tube beam columns. Structural Engineering, 2004, 130(2)：189～202

［10］　Varma Amit H, Ricles James M, Sause Richard, et al. Experimental behavior of high strength square concrete-filled steel tube beam-columns. Structural Engineering, 2002, 128(3)：309～318

［11］　Chan T M, Gardner L. Flexural buckling of elliptical hollow section columns. Structural Engineering,

2009，135(5)：546～557

[12] Toshiaki Fujimoto, Akiyoshi Mukai, Isao Nishiyama,et al. Behavior of eccentrically loaded concrete-filled steel tubular columns. Structural Engineering,2004,130(2)：203～212

[13] 张耀春，周绪红. 钢结构设计原理. 北京：高等教育出版社，2004

[14] 钟善桐. 钢管混凝土统一理论——研究与应用. 北京：清华大学出版社，2006

[15] 韩林海. 钢管混凝土结构——理论与实践. 北京：科学出版社，2004

[16] 李文科. 工程流体力学. 合肥：中国科学技术大学出版社，2007

[17] 张相庭. 结构风工程——理论·规范·实践. 北京：中国建筑工业出版社，2006

[18] 黄本才，汪丛军. 结构抗风分析原理及应用. 上海：同济大学出版社，2008

[19] 项海帆. 结构风工程研究的现状和展望. 振动工程学报，1997，10(3)：258～263

[20] 贺德馨. 我国风工程研究现状与展望. 力学与实践，2002，24(4)：10～19

[21] 徐元利，徐元春，梁兴，等. Fluent 软件在圆柱绕流模拟中的应用. 水利电力机械，2005，27(1)：39～41

[22] 曹丰产，项海帆. 圆柱非定常绕流及涡致振动的数值计算. 水动力学研究与进展，2001，16(1)：111～118

[23] 原学明. 桥梁典型截面静风系数数值模拟研究. 大连理工大学硕士学位文，2008

[24] 陈文礼，李惠. 圆柱非定常绕流及风致涡激振动的 CFD 数值模拟//第十二届全国结构风工程学术会议论文集，2005：694～698

[25] 任志安，郝点，谢红杰. 几种湍流模型及其在 Fluent 中的应用. 化工装备技术，2009，30(2)：694～698

[26] 熊莉芳，林源，李世武. $k$-$\omega$ 湍流模型及其在 Fluent 软件中的应用. 工业加热，2007，36(4)：13～15

[27] 李会知，樊友景，吴义章，等. 不同粗糙表面的圆柱风压分布试验研究. 工程力学，2002，19(2)：129～132

[28] 詹昊，李万平，方秦汉，等. 不同雷诺数下圆柱绕流仿真计算. 武汉理工大学学报，2008，30(12)：129～132

[29] 姚熊亮，方媛媛，戴绍仕，等. 基于 LES 方法圆柱绕流三维数值模拟. 水动力学研究与进展，2007，22(5)：564～572

[30] Shao J, Zhang C. Numerical analysis of the flow around a circular cylinder using RANS and LES. International Journal of Computational Fluid Dynamics,2006，20(5)：301～307

[31] Catalano P, Wang M, Iaccarino G, et al. Numerical simulation of the flow around a circular cylinder at high Reynolds numbers. International Journal of Heat and Fluid Flow,2003，24(4)：463～469

[32] Wang M, Catalano P, Iaccarino G. Prediction of high Reynolds number flow over a circular cylinder using LES with wall modeling. Center for Turbulence Research Annual Research Briefs，2001：45～50

# 第五章 钢管海砂混凝土结构

## 5.1 前 言

基于现阶段河砂供不应求的现状,本章提出了一种能够合理利用海砂的结构。具体做法是在钢管和海砂混凝土中间加入 FRP 管、FRP 板或离心混凝土,FRP 材料轻质高强,耐腐蚀性能好。这些做法主要是希望能够安全利用海砂,因为海砂中的氯离子会腐蚀钢管,影响构件的整体力学性能及耐久性。这样既能保证结构的安全,又可以缓解普通河砂资源短缺的难题。本章主要的研究内容如下[1]:

① 钢管-GFRP 管-混凝土轴压承载力的研究。主要研究该组合构件在轴向荷载作用下的力学相应,分析各个参数对轴压承载力的影响规律,并基于钢管混凝土统一理论,得到了该构件轴压承载力计算公式。

② 钢管-GFRP 管-混凝土抗震性能的研究。主要研究加入 FRP 管对组合构件滞回曲线和骨架曲线形状的影响,分析各个参数对骨架曲线形状的影响规律。并对已有的实心和空心钢管混凝土压弯构件恢复力模型进行修正,得到了适合本章构件的骨架曲线简化模型,并推导出了位移延性系数的简化计算公式。

③ 钢管-GFRP 板-混凝土轴压承载力试验研究。主要通过试验研究了在钢管混凝土内壁铺设一层 GFRP 板对构件轴压承载力的影响。

④ 提出了双层海砂混凝土结构。

## 5.2 两种隔离海砂方法研究

### 5.2.1 引言

本节探索了两种采用结构措施隔离海砂的新方法,分别为钢管-FRP 板-海砂混凝土和双层海砂混凝土。前者的具体做法是将 FRP 板铺在钢管内壁,接口处搭接一定的长度,然后在内部浇注混凝土。FRP 板本身具有一定的抗弯刚度,弯曲之后有恢复原状的趋势,这样可以保证 FRP 板与钢管内壁紧贴。接口处用玻璃胶进行密封处理,防止海砂混凝土中的氯离子通过搭接接缝渗透到钢管内壁。后者是在钢管内壁先离心浇注一层普通混凝土,等其水化后再浇注海砂混凝土,外围的普通混凝土起到了保护层的作用。

### 5.2.2　钢管-FRP板-混凝土构件试验探究

#### 5.2.2.1　试验简介

试验采用的 FRP 板为深圳恒泰富复合材料有限公司提供的乳白色拉挤玻璃钢板，厚度为 1mm，组成材料为 E 玻璃纤维布和聚酯树脂。如图 5-1 所示。

图 5-1　玻璃纤维布和玻璃钢板

厂家提供的 FRP 板的检测报告如表 5-1 所示。

表 5-1　FRP 板检测报告

| 序号 | 测试项目名称 | 测试结果/MPa | 检测依据 |
| --- | --- | --- | --- |
| 1 | 拉伸强度 | 124 | GB/T1447-2005 |
| 2 | 弯曲强度 | 182 | GB/T1449-2005 |
| 3 | 压缩强度 | 107 | GB/T5258-95 |
| 4 | 剪切强度 | 102 | GB/T1450.2-2005 |
| 5 | 冲击韧性 | 104 | GB/T1451-2005 |

标准养护 32d 后测得混凝土标准试件的立方体抗压强度 $f_{cu}=41.59$MPa，轴心抗压强度 $f_{ck}=31.61$MPa，钢材的屈服强度 $f_y=337$MPa。轴压承载力试验是在哈尔滨工业大学深圳研究生院深圳市防灾减灾重点试验室完成的。加载装置为 YAS-5000 电液伺服万能试验机，试件上下端为平板铰约束。通过 GTC350 全数字电液伺服控制器控制加载，端部位移由试验机自带位移计读取。在试件中部粘贴纵向和环向应变片，用来测量纵向和环向应变。在构件屈服之前，采用力控制加载，加载速率为 4kN/s；构件屈服之后采用位移加载，加载速率为 0.1mm/s。

试验试件外径为 219mm，高为 600mm。试件共分为两组，第一组 FRP 板接缝处为搭接，仅采用玻璃胶对接缝进行密封，搭接长度为 150mm；第二组 FRP 板接缝处用环氧胶粘结，粘结长度为 150mm，保证不在接缝处最先破坏。两组试件分别固化24h后浇注混凝土。参照组为不含FRP板的普通钢管混凝土。加入FRP板的钢管混凝土构件如图5-2所示。

图 5-2　加入 FRP 板的空钢管

试件破坏后的形态如图 5-3 所示。

图 5-3　破坏后的试件

#### 5.2.2.2　试验结果分析

图 5-4 为从压力机上输出的反力位移曲线,参照组为不含 FRP 板的纯钢管混凝土柱,试件 NJ-1 和 NJ-2 中 FRP 板接缝处进行粘结处理,试件 DJ-1 和 DJ-2 中 FRP 板为搭接,没有进行粘结处理。试验结果如图 5-4 所示。

将压力机测量控制系统提供的力和应变采集仪提供的应变组合到一起,可得到钢管混凝土组合构件的应力应变关系曲线,如图 5-5 所示。点虚线代表不加

FRP 管的应力应变曲线,短虚线表示粘结。在试件进入塑性以后,钢管屈服,应变片脱落,所以图中仅反映钢管屈曲之前的应力应变关系。

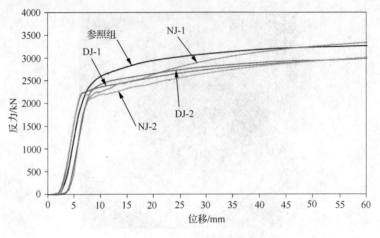

图 5-4　反力位移曲线

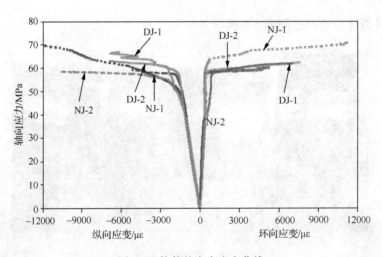

图 5-5　构件的应力应变曲线

由试验结果可以看出,加入 FRP 板后构件的整体性能和 FRP 板接缝处的粘结情况有关。当 FRP 板接缝处为搭接时,即 FRP 板在环向膨胀力的作用下可以滑动,这时 FRP 板不起套箍作用。又因为 FRP 板的弹性模量比混凝土要低,加入 FRP 板之后,混凝土的有效面积减少。并且 FRP 板表面光滑,加入之后会影响钢管和混凝土的界面粘结力。所以整个构件的抗压承载力稍有下降。当界面进行粘结处理时,前期屈服强度相对较低,原理和搭接的一致。当试件进入强化段之后,FRP 板粘结形成的结构相当于 FRP 管,可以对混凝土提供套箍力。在强化段反力位移曲线呈上升趋势,承载力最终达到或超过参照组钢管混凝土,如试件 NJ-1 所示。试件 NJ-2 在屈服之后有一小段下降段,而此时试验现象有一声脆响。可能是该试件 FRP 板接缝处粘结不牢,发生断裂,该试件最终的承载力和搭接的一致。

每组试件的屈服荷载和极限荷载等如表 5-2 所示。

**表 5-2　构件的屈服荷载和极限荷载**

| 试件 | 屈服荷载/kN | 极限荷载/kN | 屈服强度/MPa | 极限强度/MPa |
| --- | --- | --- | --- | --- |
| 参照组 | 2250 | 3300 | 59.73 | 87.61 |
| NJ-1 | 2230 | 3340 | 59.2 | 88.67 |
| NJ-2 | 2234 | 3003 | 59.31 | 79.72 |
| DJ-1 | 2224 | 2984 | 59.04 | 79.22 |
| DJ-2 | 2220 | 3009 | 58.94 | 79.88 |

### 5.2.3　双层海砂混凝土初探

在海砂钢管混凝土中,氯离子随细骨料进入混凝土中,称为内掺型氯离子[2]。氯离子会对钢管内壁造成腐蚀,使钢管有效面积减少,影响构件的耐久性。基于此,本节提出了双层海砂混凝土构件,即在浇注海砂混凝土之前,首先在钢管内壁离心浇注一层普通混凝土,起到保护层的作用,隔离海砂中的氯离子对钢管的腐蚀。该构件的典型截面如图 5-6 所示。

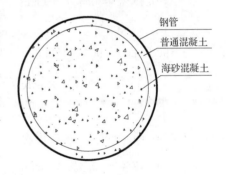

图 5-6　双层海砂混凝土的典型截面

通过海砂引入到混凝土中的氯离子有一部分在水泥水化过程中与水泥水化物结合形成氯铝酸盐(Friedel 盐)或落入闭合的 C-S-H 凝胶孔中。残留在孔溶液中的游离氯离子会对钢材锈蚀产生影响。氯离子在混凝土表层的侵入机理主要有扩散、毛细管吸附和渗透等作用,其中扩散为氯离子在混凝土中的主要的传输方式。氯离子在饱水状态下的扩散可以采用 Fick 第二定律来描述[3],即

$$c(x,t) = c_0 + (c_s - c_0)\left[\mathrm{erfc}\left(\frac{x}{2\sqrt{D_c t}}\right)\right] \tag{5-1}$$

式中: $x$ ——扩散深度,m;

　　　 $c(x,t)$ ——浸泡时间 $t$ 时,深度 $x$m 处的氯离子质量分数;

　　　 $c_0$ ——混凝土中初始的氯离子含量;

　　　 $c_s$ ——浸泡时间 $t = 0, x = 0$ 处的氯离子质量分数;

$D_c$ ——有效扩散系数,$m^2/s$;

$t$ ——扩散时间,即浸泡时间,s;

erfc($\cdot$)——余补误差函数,$\text{erfc}(x) = 1 - \text{erf}(x)$;

erf($\cdot$)——误差函数,$\text{erf}(x) = \dfrac{2}{\sqrt{\pi}} \int_0^x e^{-\eta^2} d\eta = \dfrac{2}{\sqrt{\pi}} \sum_{n=0}^{\infty} (-1)^n \dfrac{x^{2n+1}}{n!(2n+1)}$。

假设在搅拌混凝土时,海砂中的氯离子全部溶于水泥砂浆中形成饱和溶液,均匀分布在普通混凝土的内壁。通过 Fick 第二定律,估算普通混凝土保护层的厚度 $x$,使得在混凝土水化结束时间 $t$ 时,扩散到钢管内壁,也即普通混凝土外壁的氯离子浓度 $c(x,t)$ 为钢材腐蚀的临界浓度。

根据工程经验,假设 $D_c = 7.34 \times 10^{-12}$,海砂混凝土中氯离子的含量 $c_s$ 为 0.4%。暂时不考虑普通混凝土中初始的氯离子含量,即 $c_0 = 0$,$c(x,t)$ 取为钢筋锈蚀时氯离子的临界浓度 $c(x,t) = 0.18\%$,取不同时间 $t$ 时氯离子的渗透深度为:

$t=28$d,即 $t = 28 \times 24 \times 3600 = 2.4192 \times 10^6$ s 时

$$0.18\% = 0.4\% \times \text{erfc}\left( \frac{x}{2 \times \sqrt{7.34 \times 10^{-12} \times 2.4192 \times 10^6}} \right)$$
$$\Rightarrow x = 5.07\text{mm} \tag{5-2}$$

$t=90$d,即 $t = 90 \times 24 \times 3600 = 7.776 \times 10^6$ s 时

$$0.18\% = 0.4\% \times \text{erfc}\left( \frac{x}{2 \times \sqrt{7.34 \times 10^{-12} \times 7.776 \times 10^6}} \right)$$
$$\Rightarrow x = 8.071\text{mm} \tag{5-3}$$

$t=1$a,即 $t = 365 \times 24 \times 3600 = 3.1536 \times 10^7$ s 时

$$0.18\% = 0.4\% \times \text{erfc}\left( \frac{x}{2 \times \sqrt{7.34 \times 10^{-12} \times 3.1536 \times 10^7}} \right)$$
$$\Rightarrow x = 16.254\text{mm} \tag{5-4}$$

在实际工程中,混凝土在 3d 龄期时已经大部分完成水化,且钢管混凝土密闭性好,内部混凝土受外界水分的影响也比较小,所以扩散作用对氯离子渗透的影响很小。又考虑到施工时最大骨料粒径等因素的影响,参照钢筋混凝土的保护层厚度,建议外围混凝土层的厚度为 25~35mm,也可根据工程实际确定。

由于上述计算中没有考虑毛细吸收过程,建议在浇注内部海砂混凝土时先把外围的普通混凝土用水润湿,使之成为饱水混凝土,这样可以减小毛细吸收作用。外围的普通混凝土宜采用较低的水灰比,可适当掺入矿渣等矿物掺和料,以提高抗氯离子的渗透性。

# 5.3　FRP 有限元建模及试验验证

## 5.3.1　引言

本节提出的另外一种钢管-GFRP 管-混凝土构件分析中,需要用到 GFRP 性能,故需要先研究其性能和有限元模型。

复合材料是由两种或两种以上具有不同化学物理性质的材料复合而成的一种材料[4]。复合材料由基体材料和增强材料组成,基体为各种树脂或金属、非金属材料,增强材料为各种纤维状材料或其他材料。增强材料在复合材料中起主要作用,主要提供复合材料的刚度和强度。基体材料则起配合作用,如支持和固定纤维材料,传递纤维间的荷载,保护纤维等。基体材料也可以改善复合材料的某些性能。如要求比重小,则选取树脂为基体材料;要求有耐高温性能,可用陶瓷作为基体材料;为得到较高的韧性和剪切强度,可考虑用金属作为基体材料。复合材料的性能不仅取决于组分材料本身的性能,还和基体材料与增强材料的界面特性有关。两者粘结性好,能形成理想的界面,对于提高复合材料的刚度和强度是很重要的。

本节研究的 FRP 是一种应用非常广泛的复合材料。在 FRP 中,纤维具有很高的强度和刚度,是增强相。从几何分布来看,增强相是非连续相,而基体是连续相。复合材料的综合性能与组分材料的性能、分布以及相互作用等因素有关。工程复合材料中的增强纤维通常是玻璃纤维、碳纤维和芳纶纤维。这三种纤维在纤维方向的弹性模量和拉伸强度都很大,纤维横截面积均一。常见的树脂有不饱和聚酯(polyester)、环氧(epoxy)、乙烯基酯(vinylester)、酚醛(phenolic)和聚氨酯(polyurethane)等。树脂能够将纤维粘合在一起,将荷载传递给纤维并在某种程度上阻止裂纹的发生和扩展。

## 5.3.2　单层板弹性常数和极限强度的预测

在有限元分析中,大多都是先定义单层板的材料属性及破坏准则,然后输入层合板中每个单层的铺层方式,最终完成层合板的定义。下面讲述单层板的弹性常数、极限强度的预测方法及常用的破坏准则。

表 5-3～表 5-5 是几种常见纤维和树脂的材料性能参数[5]。

**表 5-3　常见类型的玻璃纤维近似材料性能参数**

| 玻璃纤维种类 | 密度/(g/cm³) | 拉伸模量/GPa | 拉伸强度/MPa | 最大延伸率/% |
|:---:|:---:|:---:|:---:|:---:|
| E | 2.57 | 72.5 | 3400 | 2.5 |
| A | 2.46 | 73.0 | 2760 | 2.5 |
| C | 2.46 | 74.0 | 2350 | 2.5 |
| S | 2.47 | 88.0 | 4600 | 3.0 |

**表 5-4　常见类型的碳纤维近似材料性能参数**

| 碳纤维种类 | 密度/(g/cm³) | 拉伸模量/GPa | 拉伸强度/MPa | 最大延伸率/% |
|:---:|:---:|:---:|:---:|:---:|
| 标准 | 1.7 | 250 | 3700 | 1.2 |
| 高强 | 1.8 | 250 | 4800 | 1.4 |
| 高弹模 | 1.9 | 500 | 3000 | 0.5 |
| 超高弹模 | 2.1 | 800 | 2400 | 0.2 |

**表 5-5　常见类型的热固性树脂近似材料性能参数**

| 树脂种类 | 密度/(g/cm³) | 拉伸模量/GPa | 拉伸强度/MPa | 最大延伸率/% |
|:---:|:---:|:---:|:---:|:---:|
| 聚酯 | 1.20 | 4.0 | 65 | 2.5 |
| 环氧 | 1.20 | 3.0 | 90 | 8.0 |
| 乙烯基酯 | 1.12 | 3.5 | 82 | 6.0 |
| 酚醛 | 1.24 | 2.5 | 40 | 1.8 |
| 聚氨酯 | | 2.9 | 71 | 5.9 |

### 5.3.2.1　单层板弹性常数的确定

对于单向纤维的单层板,沿纤维方向和垂直于纤维方向是材料的两个主方向,具有各向异性。单层板一般不单独使用,而是作为层合板结构的基本单元使用。在实际应用中,FRP 基本上是以平板或壳体形式出现的,厚度方向和其他方向尺寸相比一般是很小的。可以考虑为平面应力状态,即 $\sigma_3 = \tau_{23} = \tau_{31} = 0$,沿材料主轴方向的应力和应变关系为

$$\begin{bmatrix} \varepsilon_1 \\ \varepsilon_2 \\ \gamma_{12} \end{bmatrix} = \begin{bmatrix} \dfrac{1}{E_1} & \dfrac{-\nu_{21}}{E_2} & 0 \\ \dfrac{-\nu_{12}}{E_1} & \dfrac{1}{E_2} & 0 \\ 0 & 0 & \dfrac{1}{G_{12}} \end{bmatrix} \begin{bmatrix} \sigma_1 \\ \sigma_2 \\ \tau_{12} \end{bmatrix} \tag{5-5}$$

Abaqus 材料属性中的 Lamina 主要是对薄片状的各向异性材料进行模拟,需

要输入的弹性常数为 $E_1$、$E_2$、$\nu_{12}$、$G_{12}$、$G_{13}$、$G_{23}$，其中 1 为沿纤维方向，2 为垂直于纤维方向，3 为平面的法线方向。

单层板的弹性常数可以由试验测得，也可以由组成纤维和树脂的材料性能得到。下面列出了基于细观力学的预测公式[6]：

纤维主方向的弹性模量 $E_1$ 和主泊松比 $\nu_{12}$

$$E_1 = E_f V_f + E_m V_m \tag{5-6}$$

$$\nu_{12} = \nu_f V_f + \nu_m V_m \tag{5-7}$$

垂直纤维主方向的弹性模量 $E_2$

$$\frac{1}{E_2} = \frac{V_f}{E_f} + \frac{V_m}{E_m} \tag{5-8}$$

考虑纤维和基体之间的变形协调，可得出下面的计算公式

$$\frac{1}{E_2} = \frac{V_f}{E_f} + \frac{V_m}{E_m}(1 - \nu_m^2) \tag{5-9}$$

面内剪切弹性模量 $G_{12}$

$$\frac{1}{G_{12}} = \frac{V_f}{G_f} + \frac{V_m}{G_m} \tag{5-10}$$

式中：$E_f$、$E_m$——分别代表纤维和树脂的弹性模量；

$G_f$、$G_m$——分别代表纤维和树脂的剪切模量；

$V_f$、$V_m$——分别代表纤维和树脂体积含量；

$\nu_f$、$\nu_m$——分别代表纤维和树脂的泊松比。

当单层板较厚时，23 面内材料呈各向同性，称为横观各向同性（transversely isotropic）。描述该材料的弹性行为还需要 $\nu_{23}$（$= \nu_{32}$）和 $G_{23}$（$= G_{32}$）两个弹性常数，它们之间存在下面的关系

$$G_{23} = \frac{E_2}{2(1 + \nu_{23})} \tag{5-11}$$

建模过程中，一般单层板的厚度都较小（$<0.5\text{mm}$），$G_{23}$ 可取一相对 $G_{12}$ 较小的值。表 5-6 为几种常见单层材料的工程弹性常数。

表 5-6　几种单层材料的工程弹性常数[4]

| 材料 | 型号 | $E_1/\text{GPa}$ | $E_2/\text{GPa}$ | $\nu_{12}$ | $G_{12}/\text{GPa}$ | $V_f/\%$ |
|---|---|---|---|---|---|---|
| 碳/环氧 | T300/5280 | 185 | 10.5 | 0.28 | 7.3 | 70 |
| 硼/环氧 | B(4)/5505 | 208 | 18.9 | 0.23 | 5.7 | 50 |
| 玻璃/环氧 | S1002 | 39 | 8.4 | 0.26 | 4.2 | 45 |
| 芳纶/环氧 | K-49/EP | 76 | 5.6 | 0.34 | 2.3 | 60 |

### 5.3.2.2　单层板极限强度的确定

正交各向异性材料在不同的方向上强度特征是不一样的，正如其弹性常数随

方向的变化一样。对于各向同性材料，最多需要三个极限强度（拉伸、压缩、剪切）指标就能对复杂应力状态下的单层板进行强度分析。而对于正交各向异性材料，需要五个强度指标才能对复杂应力状态下的单层板进行面内强度的分析。这五个指标分别为纤维方向的拉伸极限强度 $X_t$、纤维方向的压缩极限强度 $X_c$、垂直纤维方向的拉伸极限强度 $Y_t$、垂直纤维方向的压缩极限强度 $Y_c$ 和面内剪切极限强度 $S$。这五个参数可以通过试验得到，也可以由以下预测公式得出[7]

$$X_t = V_f \sigma_{ftu} \tag{5-12}$$

$$X_c = V_f \sigma_{fcu} \tag{5-13}$$

$$Y_t = \sigma_{mtu} \left[ 1 - (\sqrt{V_f} - V_f)(1 - \frac{E_m}{E_f}) \right] \tag{5-14}$$

$$Y_c = \sigma_{mcu} \left[ 1 - (\sqrt{V_f} - V_f)(1 - \frac{E_m}{E_f}) \right] \tag{5-15}$$

$$S = \tau_m \left[ 1 - (\sqrt{V_f} - V_f)(1 - \frac{G_m}{G_f}) \right] \tag{5-16}$$

式中：$\sigma_{ftu}$、$\sigma_{fcu}$ ——分别表示纤维的拉伸和压缩极限强度；

　　　$\sigma_{mtu}$、$\sigma_{mcu}$ ——分别表示树脂的拉伸和压缩极限强度；

　　　$\tau_m$ ——树脂的剪切强度。

### 5.3.2.3　常见的破坏准则

强度准则对于判断材料在复杂应力状态下是否发生破坏是必需的。应用于复合材料的强度判据有很多种，下面介绍几种常见的理论[4]。

1. 最大应力失效判据

单层板最大应力失效判据认为：在复杂应力状态下，单层材料主方向的三个应力分量中，任何一个达到该方向的基本强度时，单层失效。具体表达式为

$$\begin{cases} -X_c < \sigma_1 < X_t \\ -Y_c < \sigma_2 < Y_t \\ |\tau_{12}| < S \end{cases} \tag{5-17}$$

三个等式相互独立，其中任何一个不等式不满足，就意味着单层板破坏。

2. 最大应变失效判据

单层板最大应变失效判据认为，在复杂应力状态下，单层材料主方向的三个应变分量中，任何一个达到该方向基本强度对应的极限应变时，单层失效。该失效判据的基本表达式为

$$\begin{cases} -\varepsilon_{1c} < \varepsilon_1 < \varepsilon_{1t} \\ -\varepsilon_{2c} < \varepsilon_2 < \varepsilon_{2t} \\ |\gamma_{12}| < \gamma_{12s} \end{cases} \tag{5-18}$$

由于单层的应力-应变关系一直到破坏都是线性的，所以极限应变可以用相应的基本强度来表示，即

$$\begin{cases} -X_c < \sigma_1 - \nu_{12}\sigma_2 < X_t \\ -Y_c < \sigma_2 - \nu_{21}\sigma_1 < Y_t \\ |\tau_{12}| < S \end{cases} \tag{5-19}$$

最大应变失效准则判据中考虑了另一材料主方向的影响，即泊松比耦合效应。

3. 蔡-希尔失效判据

蔡-希尔(Tsai-Hill)失效判据是各向同性材料的 Mises 屈服失效判据在正交各向异性材料中的推广。希尔假设正交各向异性材料的失效判据具有类似于各向同性材料的 Mises 准则。最后的判别准则式子为

$$\frac{\sigma_1^2}{X^2} - \frac{\sigma_1\sigma_2}{X^2} + \frac{\sigma_2^2}{Y^2} + \frac{\tau_{12}^2}{S^2} = 1 \tag{5-20}$$

蔡-希尔失效判据综合了单层材料主方向的三个应力和相应的基本强度对单层破坏的影响，计入了 $\sigma_1$ 和 $\sigma_2$ 的相互作用，但是该判据只适用于拉压基本强度相同的复合材料单层。工程中通常选取式中的基本强度 $X$ 和 $Y$ 所受的正应力 $\sigma_1$ 和 $\sigma_2$ 一致。如果正应力 $\sigma_1$ 为拉伸应力时，$X$ 取 $X_t$；若 $\sigma_1$ 是压应力时，则 $X$ 取 $X_c$。

4. 蔡-吴张量失效判据

纤维复合材料在材料主方向上的拉压强度一般都不相等，尤其是在横向拉压强度相差数倍，因此蔡-吴(Tsai-Wu)提出了张量多项式失效判据，也称应力空间失效判据。蔡-吴张量失效判据的表达式为

$$F_{11}\sigma_1^2 + F_{22}\sigma_2^2 + 2F_{12}\sigma_1\sigma_2 + F_{66}\tau_{12}^2 + F_1\sigma_1 + F_2\sigma_2 = 1 \tag{5-21}$$

式中：$F_{11} = \dfrac{1}{X_t X_c}$；

$F_{22} = \dfrac{1}{Y_t Y_c}$；

$F_1 = \dfrac{1}{X_t} - \dfrac{1}{X_c}$；

$F_2 = \dfrac{1}{Y_t} - \dfrac{1}{Y_c}$；

$F_{66} = \dfrac{1}{S^2}$；

$F_{12} = \dfrac{1}{2\sigma_\sigma^2}\Big[1 - \Big(\dfrac{1}{X_t} - \dfrac{1}{X_c} + \dfrac{1}{Y_t} - \dfrac{1}{Y_c}\Big)\sigma_\sigma - \Big(\dfrac{1}{X_t X_c} + \dfrac{1}{Y_t Y_c}\Big)\sigma_\sigma^2\Big]$。

$\sigma_\sigma$ 为单层板在材料主方向的双向等轴拉伸强度，所以强度参数 $F_{12}$ 是基本强度和双向等轴拉伸强度的函数。

5. Hashin 失效判据

复合材料破坏的物理现象十分复杂，不可能用上述任一种判据去描述它，各种

判据都有其局限性。如最大应力和最大应变失效判据考虑了不同应力导致的破坏模式的不同,但忽略了不同应力相互作用的影响,而蔡-希尔和蔡-吴张量失效判据实际上是基于金属材料塑性屈服能量理论的判据,虽然考虑了不同应力及相互作用的影响,但却忽略了对不同失效模式的描述。

Hashin 失效判据为 Abaqus 中自带的定义纤维复合材料破坏的失效判据[8]。大量的试验结果表明纤维增强聚合物基复合材料的基本失效模式主要分为两类,即基体控制失效模式和纤维控制失效模式。基体控制失效模式除表现了单层的横向拉伸和压缩破坏外,还表现为面内剪切破坏。面内剪切破坏是单层在面内剪应力作用下产生纤维之间的基体平行裂纹。

基于这一破坏模式的差异,Hashin 于 1980 年提出了一种模型,认为复合材料的失效模式包含纤维拉伸断裂、纤维压缩屈曲折断,基体拉伸或压缩开裂,由此产生了以上判据。

纤维控制失效模式

$$拉伸:\left(\frac{\sigma_1}{X_t}\right)^2 + \left(\frac{\tau_{12}}{S_{12}}\right)^2 = 1 \tag{5-22}$$

$$压缩:\left(\frac{\sigma_1}{X_c}\right)^2 = 1 \tag{5-23}$$

基体控制失效模式

$$拉伸:\left(\frac{\sigma_2}{Y_t}\right)^2 + \left(\frac{\tau_{12}}{S_{12}}\right)^2 = 1 \tag{5-24}$$

$$压缩:\left(\frac{\sigma_2}{Y_c}\right)\left[\left(\frac{Y_c}{2S_{23}}\right)^2 - 1\right] + \left(\frac{\sigma_2}{2S_{23}}\right)^2 + \left(\frac{\tau_{12}}{S_{12}}\right)^2 = 1 \tag{5-25}$$

式中:$S_{23}$——垂直于纤维方向的剪应力 $\tau_{23}$ 的极限值。

试验上难以测得,但可用面内剪切强度 $S_{12}$ 来近似。在 Hashin 较早的研究中(1973 年)考虑了面内剪切的影响,表示为与拉伸失效类似的形式,即

$$\left(\frac{\sigma_1}{X_c}\right)^2 + \left(\frac{\tau_{12}}{S_{12}}\right)^2 = 1 \tag{5-26}$$

从纤维压缩破坏模式较多的基体剪切型屈曲破坏考虑,采用 1973 年模型更为合理。在有限元软件 Abaqus 中定义 Hashin 破坏时参数 $\alpha = 0$ 时采用 1973 年模型,$\alpha = 1$ 时采用 1980 年模型。

在 Abaqus 中定义 Hashin 失效判据时,还要定义初始破坏后的损伤演化。因为失效判据只是对单层板的破坏进行判断。层合板的破坏是一个逐层破坏的过程。一旦发生初始层的破坏,层合板整体刚度将发生变化,其中的应力也将发生再分布。因此,在第一层单层板失效之后,需要计算层合板的剩余刚度,从而确定其他单层内的应力。随着外载的增加,层合板内的另一单层达到相应的极限应力,即发生第二层破坏。这个过程反复进行,可以确定最终层破坏强度。对发生破坏的

单层板,有两种刚度修正的方法。第一种方法称为完全破坏假设,第二种方法称为部分破坏假设。在第一种方法中,只要发生单层板的破坏,不论其破坏形式,假定该层所有刚度消失。在第二种方法中,考虑当发生基体拉压破坏或剪切破坏时,令 $E_2 = 0$,$G_{12} = 0$,但 $E_1$ 保持不变;当纤维发生断裂时,$E_1 = 0$,$E_2 = 0$,$G_{12} = 0$。

在 Abaqus 中,对于单层板的损伤演化,假定由材料的刚度逐渐退化导致失效。在失效前假定是线弹性的。对裂纹扩展的预测是基于能量耗散的理论。损伤开始以后,材料的响应公式为

$$\sigma = C_d \varepsilon \tag{5-27}$$

式中：$\varepsilon$——应变;

$\quad\quad$ $C_d$——损伤后材料的弹性矩阵,即

$$C_d = \frac{1}{D}\begin{bmatrix} (1-d_f)E_1 & (1-d_f)(1-d_m)\nu_{21}E_1 & 0 \\ (1-d_f)(1-d_m)\nu_{12}E_2 & (1-d_m)E_2 & 0 \\ 0 & 0 & 1-d_s \end{bmatrix}$$
$$\tag{5-28}$$

式中：$D = 1 - (1-d_f)(1-d_m)\nu_{12}\nu_{21}$;

$\quad\quad$ $d_f$、$d_m$、$d_s$——分别为表征纤维、基体、剪切损伤的内在损伤变量,它们由四种损伤模式相关的损伤变量 $d_f^t$、$d_f^c$、$d_m^t$、$d_m^c$ 推导得出,即

$$d_f = \begin{cases} d_f^t, & \hat{\sigma}_{11} > 0 \\ d_f^c, & \hat{\sigma} < 0 \end{cases} \tag{5-29}$$

$$d_m = \begin{cases} d_m^t, & \hat{\sigma}_{22} > 0 \\ d_m^c, & \hat{\sigma}_{22} < 0 \end{cases} \tag{5-30}$$

$$d_s = 1 - (1-d_f^t)(1-d_f^c)(1-d_m^t)(1-d_m^c) \tag{5-31}$$

在损伤发生前,$M$ 即单元矩阵,因此 $\hat{\sigma} = \sigma$,一旦损伤开始,并在至少一种模式下开始演化,损伤算子在其他模式下的损伤起始判据开始显著。$\hat{\sigma}$ 即代表了损伤处的真实承载能力。

### 5.3.3　试验验证

#### 5.3.3.1　试验简介

FRP 材料为非均匀的各向异性材料,对该材料的准确模拟是本书的关键所在。本书选取 Fam 的 GFRP 管短柱轴压试验(stub2、stub8、stub11)进行验证[9]。试验中采用缠绕成型的玻璃钢管,材料为 E 玻璃纤维和环氧树脂,纤维体积含量 $V_f = 51\%$。单层板的工程弹性常数和极限强度如表 5-7 所示[10]。

**表 5-7　单层板的工程弹性常数和极限强度**

| 弹性常数 /GPa | $E_1$ | $E_2$ | $G_{12}$ | $G_{13}$ | $G_{23}$ | $\nu_{12}$ |
|---|---|---|---|---|---|---|
| | 38.0 | 7.8 | 3.5 | 3.5 | 1.0 | 0.28 |
| 极限强度 /MPa | $X_t$ | $X_c$ | $Y_t$ | $Y_c$ | $S_L$ | $S_T$ |
| | 795 | 533 | 39 | 128 | 89 | 100 |

　　每组试件的尺寸、混凝土的轴心抗压强度及 FRP 管的铺层方式如表 5-8 所示，其中 D 为 FRP 管的外径，$\theta$ 为纤维主方向与 FRP 管轴向的夹角。

**表 5-8　试件的尺寸和铺层方式**

| 试件编号 | $D×L×t$ /(mm×mm×mm) | $f_c$/MPa | 铺层方式 | | | | | | | | |
|---|---|---|---|---|---|---|---|---|---|---|---|
| stub2 | 168×336×2.56 | 58 | $\theta$ | 8 | −86 | −86 | 8 | −86 | 8 | −86 | 8 | −86 |
| | | | $t$ | 0.08 | 0.36 | 0.28 | 0.25 | 0.38 | 0.25 | 0.36 | 0.25 | 0.35 |
| stub8 | 219×438×2.21 | 58 | $\theta$ | −88 | −88 | 4 | −88 | −88 | 4 | −88 | 4 | −88 |
| | | | $t$ | 0.23 | 0.23 | 0.23 | 0.25 | 0.25 | 0.28 | 0.25 | 0.24 | 0.25 |
| stub11 | 100×200×3.08 | 37 | $\theta$ | −87 | 3 | −87 | 3 | −87 | 3 | −87 | 3 | −87 |
| | | | $t$ | 0.32 | 0.35 | 0.27 | 0.48 | 0.26 | 0.51 | 0.19 | 0.51 | 0.19 |

### 5.3.3.2　有限元模型的建立

　　FRP 管采用壳单元，首先在 Part 模块中建立试件的几何尺寸模型。材料属性选用 Lamina，在其中输入单层板的工程弹性常数，在 Hashin 失效判据中输入单层板的极限破坏强度。然后在 Composite Layup 中输入 FRP 管的缠绕角度和每个单层的厚度，即完成了 FRP 材料的定义。

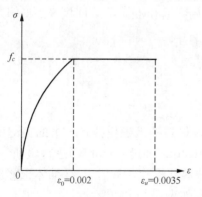

图 5-7　Rüsch 建议的应力-应变曲线

　　混凝土材料采用塑性塑性损伤模型，在轴心受压时不考虑混凝土的抗拉强度。混凝单轴受压的应力-应变关系采用德国 Rüsch 建议的模型[11]，上升段采用二次抛物线，下降段采用水平直线，应力-应变曲线如图 5-7 所示。因为 FRP 管沿环向弹性模量较低，在承载后期，套箍作用随着混凝土的膨胀而逐渐加大。所以采用无下降段的应力-应变模型更合理，和试验数据也拟合更好。

　　当 $\varepsilon \leqslant \varepsilon_0$ 时

$$\sigma = f_c \left[ 2 \frac{\varepsilon}{\varepsilon_0} - \left( \frac{\varepsilon}{\varepsilon_0} \right)^2 \right] \tag{5-32}$$

当 $\varepsilon_0 \leqslant \varepsilon \leqslant \varepsilon_u$ 时，$\sigma = f_c$，取 $\varepsilon_0 = 0.002$，$\varepsilon_u = 0.0035$。

　　试件两端加上两个刚度很大的解析刚体模拟盖板，不考虑界面的滑移，采用 tie 连接。加载方式采用位移加载。把前处理中建好的单元类型、模型、材料属性、接触、边界条件与荷载的相关信息输入后，提交任务，即可进行计算。

　　在后处理模块中，可以查看构件的变形图、应力云图、矢量图和材料方向图、剖面图等，也可查看纤维的铺层分布等。以 stub11 为例，变形后的应力云图、铺层方式如图 5-8 和图 5-9 所示。

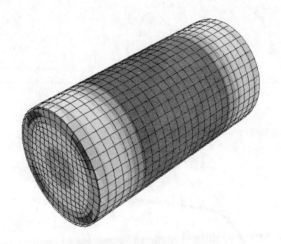

图 5-8　FRP 管混凝土的应力云图

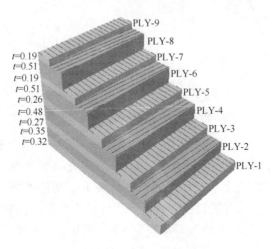

图 5-9　FRP 的铺层方式

### 5.3.3.3　有限元模拟和试验结果验证

图 5-10、图 5-11 和图 5-12 分别为有限元模型的 stub2、stub8、stub11 的应力-应变关系曲线,离散的点为试验的数据点。

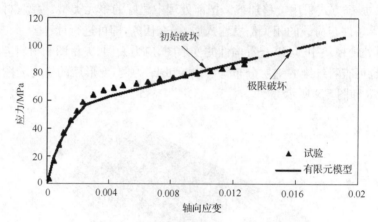

图 5-10　stub2 试验曲线和有限元模型曲线的比较

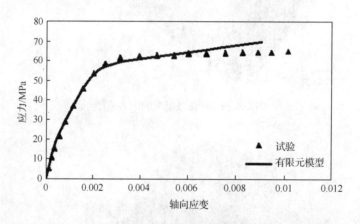

图 5-11　stub8 试验曲线和有限元模型曲线的比较

对 stub2 试件的模拟考虑了 FRP 的损伤演化,图 5-10 指出了第一单层板失效和层合板最终失效的强度。从图中可以看出,有限元模型预测的初始破坏和试验值比较符合。验证的三个例子 $D/t$ 从 32.5 到 100 变化不等,混凝土强度也从 37MPa 到 58MPa 变化,有限元模型的结果和试验值都吻合较好。可见,用有限元软件 Abaqus 中的 Layup 可以很好地模拟 FRP 管混凝土短柱的应力-应变曲线关系和极限强度。可以用于本节提出的双壁组合结构的模拟。

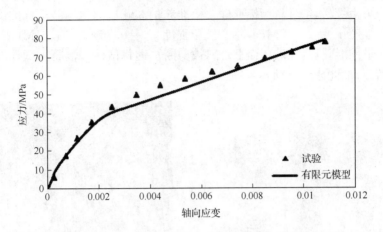

图 5-12　stub11 试验曲线和有限元模型曲线的比较

# 5.4　钢管-GFRP 管-混凝土短柱轴压性能研究

## 5.4.1　引言

　　为了安全有效地利用海砂,本节提出了钢管-GFRP 管-海砂混凝土结构。不考虑海砂混凝土和普通混凝土在力学性能上的差异,本节主要对钢管-GFRP 管-混凝土短柱的轴压性能进行研究。为了更好地了解钢管-GFRP 管-混凝土短柱在轴压下的力学性能,我们首先进行了试验研究。

## 5.4.2　试验介绍

### 5.4.2.1　试验条件及材料特性

　　钢管-GFRP 管-混凝土柱轴压试验是在哈尔滨工业大学深圳研究生院深圳市防灾减灾重点试验室完成的。加载装置为 YAS-5000 电液伺服万能试验机,试件上下端为平板铰约束。通过 GTC350 全数字电液伺服控制器控制加载,端部位移由试验机自带位移计读取。在试件中部粘贴纵向和环向应变片,用来测量纵向和环向应变。

　　试验试件分为两组,试验组为含 FRP 管的钢管混凝土柱,参照组为不含 FRP 管的普通钢管混凝土柱。钢管的尺寸为 $D \times t \times L = 219\text{mm} \times 6\text{mm} \times 600\text{mm}$。钢管的材料参数由钢材标准试件的拉伸试验得到,屈服强度 $f_y = 337\text{MPa}$。混凝土的配合比为水泥 639kg/m³、水 246kg/m³、砂子 472kg/m³、石子 934kg/m³、水灰比 0.38、砂率 33%、砂的含水率 1%、水泥富余系数 1.0,采用 42.5 水泥,净用水量 230kg/m³,粗骨料的附加用水量 20.3kg/m³(附加用水量为石子质量的 4.35%)。

粗骨料为再生骨料,细骨料为标准砂。标准养护 32d 后测得混凝土标准试件的立方体抗压强度 $f_{cu}=41.59\text{MPa}$,轴心抗压强度 $f_{ck}=0.76f_{cu}\approx31.61\text{MPa}$。混凝土试块大多呈锥形破坏,在破坏面上骨料被剪断。钢材试件和混凝土试件破坏后的形态如图 5-13 和图 5-14 所示。

图 5-13　钢材试件破坏形态

图 5-14　混凝土试件破坏形态

　　试验所用的 FRP 管为缠绕成型的玻璃钢管,由玻璃纤维和不饱和聚酯树脂组成。纤维型号为 E2400,树脂型号为 A430,纤维体积含量为 56%,纤维缠绕方向与管轴向的夹角为 $\pm88°$,共缠绕 10 层,管壁厚为 3.7mm。环向抗拉强度为 285.44MPa,由环形试件分离盘试验测得。GFRP 管及玻璃纤维丝如图 5-15 和图 5-16所示。

图 5-15　GFRP 管

图 5-16　玻璃纤维丝

### 5.4.2.2　试验现象及结果分析

**1. 钢管-GFRP 管-混凝土柱试验现象**

钢管-GFRP 管-混凝土短柱的轴压试验由 YAS-5000 电液伺服万能试验机进行加载。在构件屈服之前，采用力控制加载，加载速率为 4kN/s；构件屈服之后采用位移加载，加载速率为 0.1mm/s。对于参照组试件，在弹性阶段荷载-位移曲线直线上升，钢管屈服之后，曲线趋于平缓，由于试件含钢率较高，曲线没有出现下降段。端部首先出现鼓曲，继而向中间扩展。当加载到一定程度时，荷载-位移曲线出现拐点，进入屈服后强化阶段，认为此时构件达到极限承载力，试件破坏。对于试验组，荷载-位移曲线呈现明显的双线性。在钢管屈服之后，曲线以较大的斜率上升，进入强化阶段。至加载终点时，试件端部鼓曲，能听到纤维断裂的声音。

由压力机读取的柱端荷载-位移曲线如图 5-17 所示。

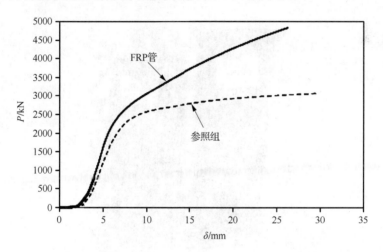

图 5-17　钢管-FRP 管-混凝土轴压柱荷载-位移曲线

将压力机测量控制系统提供的力和应变采集仪提供的应变组合到一起，可得到钢管混凝土组合构件的应力-应变关系曲线，如图 5-18 所示。虚线代表不加 FRP 管的应力-应变曲线。在试件进入塑性以后，钢管屈服，应变片脱落，所以图中仅反映钢管屈曲之前的应力-应变关系。破坏后的试件如图 5-19 所示。每组试件的屈服荷载和极限荷载等如表 5-9 所示。

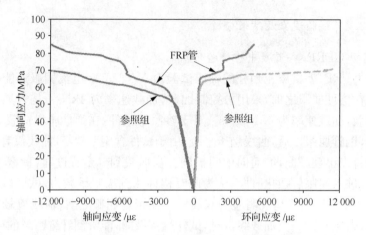

图 5-18　钢管-FRP 管-混凝土柱应力-应变关系曲线

图 5-19　破坏后的试件

**表 5-9　试件的屈服荷载和极限荷载**

| 试件 | 屈服荷载/kN | 极限荷载/kN | 屈服强度/MPa | 极限强度/MPa |
| --- | --- | --- | --- | --- |
| FRP 管 | 2300 | 4520 | 61.06 | 120 |
| 参照组 | 2250 | 3300 | 59.73 | 87.6 |

**2. 试验结果分析**

从以上试验结果可知,加入 FRP 管能够明显提高构件的承载力,FRP 管对弹性阶段的刚度及屈服强度影响不明显,但对强化阶段的刚度影响很大。这是因为

FRP 管的环向刚度较小,在相同环向应变下,FRP 管的环向应力远小于钢管。所以在弹性阶段,主要是钢管发挥套箍力。当构件进入塑性阶段以后,随着混凝土膨胀的加剧,环向应变增大,FRP 管的套箍作用逐渐发挥出来,强化阶段的反力-位移曲线呈上升趋势;而不加 FRP 管的构件在塑性阶段钢管已经屈服,只能提供恒定的环向套箍力,反力-位移曲线趋于平缓。由于 FRP 为脆性材料,当 FRP 管达到环向极限抗拉强度时,承载力下降至对应纯钢管混凝土的应力水平。

### 5.4.3　有限元分析

为了得到各个参数影响下轴压极限强度的变化规律,进行下面的参数分析。在有限元模型中,FRP 管由 Layup 方法进行建模,混凝土采用德国 Rüsch 建议的模型,应力-应变曲线如图 5-7 所示。钢材采用双线性模型,屈服强度和极限强度由试验得到,如无试验数据,取强化阶段的斜率为 $0.01E_s$,极限应变为 0.01。钢材的应力-应变曲线如图 5-20 所示。

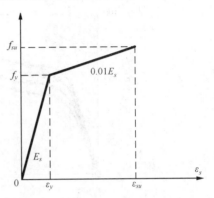

图 5-20　钢材的应力-应变曲线

#### 5.4.3.1　轴压强度与 FRP 管厚度的关系

图 5-21 所示 FRP 管的厚度分别为 1.2mm、2.4mm、3.6mm,纤维沿环向缠绕。混凝土标号为 C40,轴心抗压强度 $f_{ck}=26.8MPa$。钢管厚度 $t_s=5mm$,屈服强度 $f_y=345MPa$。应力-应变曲线的终点为基体发生压缩破坏(MC)。从图中可以看出,轴压极限强度随着 FRP 管厚度的增大而增大。弹性段的斜率变化不大,但强化阶段的斜率与 FRP 管的厚度成正比。

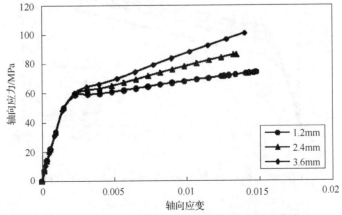

图 5-21　不同 FRP 管厚度下的应力-应变关系曲线

#### 5.4.3.2　轴压强度与钢管厚度及屈服强度的关系

图 5-22 中钢管厚度从 3mm 到 6mm 变化，$f_y = 345$MPa，FRP 管厚度为 2.4mm，纤维方向沿环向缠绕。混凝土标号为 C40，轴心抗压强度为 $f_{ck} = 26.8$MPa。从图中应力-应变关系曲线可以看出，弹性阶段组合结构的刚度及屈服强度都和钢管的厚度成正比，但钢管厚度对强化段的刚度影响不大。

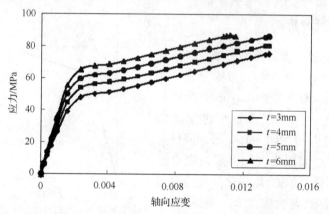

图 5-22　不同钢管厚度下的应力-应变关系曲线

图 5-23 中钢管的屈服强度 $f_y$ 从 235MPa 到 450MPa 变化，钢管厚度 $t_s = 5$mm，FRP 管的厚度为 2.4mm，纤维沿环向缠绕。混凝土标号为 C40，轴心抗压强度 $f_{ck} = 26.8$MPa。从图中应力-应变关系曲线可以看出，组合构件的屈服强度与钢管的屈服强度成正比。但钢管的屈服强度对弹性段和强化段的刚度影响不大。

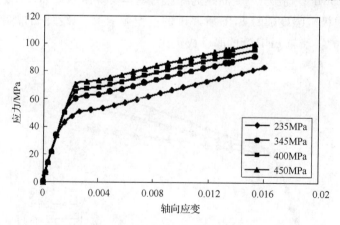

图 5-23　不同钢管屈服强度下的应力-应变关系曲线

### 5.4.3.3　轴压强度与混凝土轴心抗压强度的关系

图 5-24 中混凝土的标号从 C30 到 C80,轴心抗压强度 $f_{ck}$ 取《混凝土结构设计规范》(GB50010-2002)[12]中给出的轴心抗压强度标准值。FRP 管厚度为 2.4mm,纤维沿环向缠绕。钢管厚度 $t_s$=5mm,屈服强度 $f_y$＝345MPa。从图中可以看出,组合构件弹性段的刚度及屈服强度均随着混凝土标号的增加而增大,强化阶段的刚度大致相等。在混凝土标号低于 C60 之前,构件的延性随着混凝土标号的增加而增加,这可能是因为高标号混凝土具有相对高的弹性模量,在组合结构中承担的轴向荷载的比例增大,FRP 管承担的比例相对减小,延缓了 FRP 管沿轴向的压缩破坏,更有利于 FRP 管发挥环向套箍作用。

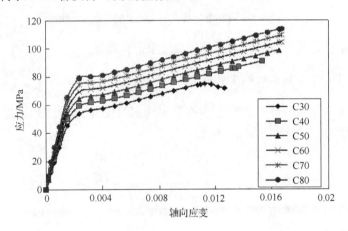

图 5-24　不同混凝土强度等级下的应力-应变关系曲线

### 5.4.3.4　轴压强度与 FRP 管纤维缠绕方向的关系

图 5-25 中纤维与 FRP 管轴向的夹角从 45°到 90°变化,厚度为 2.4mm,共缠绕 8 层。钢管厚度 $t_s$=5mm,屈服强度 $f_y$＝345MPa。混凝土标号 C40,轴心抗压强度 $f_{ck}$＝26.8MPa。从图中可以看出,纤维接近环向布置,强化段 FRP 管对混凝土的套箍作用较强,延性较好。随着纤维缠绕角的减小,强化段的套箍作用逐渐减小,延性变差。当纤维沿±45°交叉缠绕时,强化段的应力-应变曲线趋于平缓。当纤维主要沿纵向布置时,环向抗拉强度很小,容易造成脆性破坏,在实际工程中应尽量避免,因此在主要承受轴压的构件中,纤维方向应尽量沿环向布置。

## 5.4.4　组合构件轴压承载力理论推导

本节基于空心和实心钢管混凝土统一理论的相关公式,对本章提出的钢管-GFRP 管-混凝土结构进行等效修正和简化,推导得出了适合于该结构的轴压承载

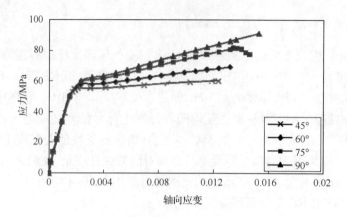

图 5-25　不同纤维缠绕角下的应力-应变关系曲线

力公式,并和已有试验结果和有限元模拟结果进行验证。

### 5.4.4.1　空心和实心钢管混凝土统一理论

Yu 等对钟善桐的空心和实心多边形钢管混凝土统一强度理论进行修正[13],得到了钢管混凝土的组合强度计算公式为

$$f_{sc} = (1+\eta)\left[(1-\beta)f_{ck} + \beta f_y\right] \tag{5-33}$$

式中：$\eta$——套箍增强系数，$\eta = \dfrac{\Omega\xi_{sc}}{\left[A\Omega + B\xi_{sc} + \left(C\dfrac{f_{ck}}{f_y} + D\right)\xi_{sc}\Omega\right](\Omega + \xi_{sc})}$；

$\beta$——含钢比,等于钢材面积 $A_s$ 与钢管混凝土面积 $A_{sc}$ 的比值，$\beta = \dfrac{A_s}{A_{sc}} = \dfrac{A_s}{A_s + A_c}$，与含钢率 $\alpha$ 的关系为 $\beta = \dfrac{\alpha}{1+\alpha}$；

$\Omega$——实心率，$\Omega = \dfrac{A_c}{A_c + A_k}$，与空心率的关系为 $\Omega = 1 - \psi$；

$\xi_{sc}$——实心套箍系数,对于实心钢管混凝土有 $\xi_{sc} = \xi_s$。

通过对已有的钢管混凝土轴压短柱的回归,最终确定取值为 $A = 2.0, B = 0.05, C = 0.2, D = -0.05$。基于上式进行简化处理。取构件的套箍系数为 $\xi = \dfrac{A_s f_y}{A_c f_{ck}}$，在一般工程中钢材取 Q235 到 Q420,混凝土从 C30 到 C80,$0.2\alpha = 0.008 \sim 0.04$,则有

$$\frac{1}{2 + 0.2\alpha(1-\psi) + 0.05\alpha\dfrac{f_y}{f_{ck}}\psi} \approx 0.5 \tag{5-34}$$

钢管混凝土统一强度的简化计算公式为

$$f_{sc} = \frac{1+1.5\xi}{1+\dfrac{A_s}{A_c}} f_{ck} \tag{5-35}$$

式中：$\xi = \dfrac{A_s f_y}{A_c f_{ck}}$。

### 5.4.4.2　钢管-GFRP 管-混凝土轴压承载力公式推导

在本节提出的结构中，混凝土的套箍作用由钢管和 FRP 管两部分组成。由于 FRP 管轴向刚度较小，在此忽略 FRP 管轴向受力对整个构件承载力的贡献。依据统一理论思想，将 FRP 管和钢管提供的套箍力进行等效，定义本节提出的组合结构的套箍系数为

$$\xi_1 = \xi_s + \xi_f = \frac{A_s f_y}{A_c f_c} + k\frac{A_f f_h}{A_c f_c} \tag{5-36}$$

由于 FRP 的套箍作用主要体现在强化阶段，而此时钢管已经达到屈服。此处引入 $k$ 为 FRP 套箍作用的折减系数。根据有限元模型的结果，取 $k = 0.5$。则基于钢管混凝土统一理论简化公式得到的钢管-FRP 管-混凝土的组合屈服强度为

$$f_{sc} = \frac{1+1.5\xi_1}{1+A_s/A_c} f_{ck} \tag{5-37}$$

构件的轴压承载力

$$N_u = f_{sc} A_{sc} \tag{5-38}$$

式中：$A_{sc} = A_s + A_c + A_f$。

$f_h$ 为 FRP 管的环向极限抗拉强度，可按照 FRP 管环拉试验方法（ASTM D 2290-04）执行[14]。对于从交叉缠绕 FRP 管截取的环向拉伸试验的环形试件，取 $f_h = 1.75 f_{h,\mathrm{FRP}}$，其余方法（层合板理论计算、平板试验或生产厂家数据等）取 $f_h = f_{h,\mathrm{FRP}}$[15]。本节试验中所用的 FRP 管的环向抗拉强度为从缠绕的 FRP 管截取的试件，取 $f_h = 1.75 \times 285 = 498.75\mathrm{MPa}$。

如没有试验参数，可以采用经典层合板理论进行推导[6]。图 5-26 为单层板偏轴拉伸受力示意图，其中 $x$、$y$ 分别代表 FRP 管的环向和轴向，1 和 2 分别为沿纤维方向和垂直于纤维方向。$\theta$ 为纤维方向与管轴向的夹角。由坐标变换求出材料主轴方向的应力分量。

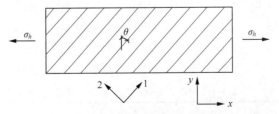

图 5-26　单层板偏轴拉伸受力示意图

$$\sigma_1 = \sigma_h \sin^2\theta \tag{5-39}$$

$$\sigma_2 = \sigma_h \cos^2\theta \tag{5-40}$$

$$\tau_{12} = -\sigma_h \sin\theta\cos\theta \tag{5-41}$$

当 $\theta$ 在 $0\sim90°$ 之间变化时，$\sigma_1$ 和 $\sigma_2$ 都为正值，此时 Tsai-Hill 准则为

$$\left(\frac{\sigma_1}{X_t}\right)^2 + \left(\frac{\sigma_2}{Y_t}\right)^2 + \left(\frac{\tau_{12}}{S_{12}}\right)^2 - \left(\frac{\sigma_1}{X_t}\right)\left(\frac{\sigma_2}{X_t}\right) = 1 \tag{5-42}$$

式中：$X_t$——单层板的纤维方向的抗拉强度；

$\quad\quad Y_t$——树脂方向的抗拉强度；

$\quad\quad S_{12}$——面内剪切强度。

预测公式分别见式(5-12)、式(5-14)和式(5-16)。

将应力分量 $\sigma_1$、$\sigma_2$、$\tau_{12}$ 和强度指标 $X_t$、$Y_t$、$S_{12}$ 代入并整理，可以得到不同缠绕角度下环向极限应力的计算公式

$$\sigma_h = \sqrt{\dfrac{1}{\dfrac{\sin^4\theta}{X_t^2} + \dfrac{\cos^4\theta}{Y_t^2} + \dfrac{\sin^2\theta\cos^2\theta}{S_{12}^2} - \dfrac{\cos^2\theta\sin^2\theta}{X_t^2}}} \tag{5-43}$$

当纤维全部沿环向缠绕时，$\theta = 90°$，$\sigma_h = X_t$。

当 FRP 管为对称层合板结构时，可采用式(5-43)预测环向 FRP 管的环向抗拉强度。

### 5.4.4.3　公式验证

为了验证本节提出的公式的正确性，分别采取本章试验结果和有限元模型结果进行验证，验证过程如表 5-10 所示。

表 5-10　公式结果与试验结果和有限元模型结果对照表

| 试件 | $D$/mm | $t_s$/mm | $t_f$/mm | $\theta$ | $f_y$/MPa | $f_{ck}$/MPa | $f_{h,FRP}$/MPa | $N_{u1}$/kN | $N_{u2}$/kN | $N_{u1}/N_{u2}$ |
|---|---|---|---|---|---|---|---|---|---|---|
| 参照组 | 219 | 6 | 0 | | 337 | 31.61 | | 3300 | 3093.3 | 1.0677 |
| FRP-1 | 219 | 6 | 3.7 | $\pm88°$ | 337 | 31.61 | 498.8 | 4520 | 4163.8 | 1.0855 |
| 1 | 196 | 3 | 1.2 | 90° | 345 | 26.8 | 795 | 2153.0 | 2157.4 | 0.9980 |
| 2 | 198 | 4 | 1.2 | 90° | 345 | 26.8 | 795 | 2386.0 | 2484.2 | 0.9605 |
| 3 | 200 | 5 | 1.2 | 90° | 345 | 26.8 | 795 | 2623.0 | 2814.1 | 0.9321 |
| 4 | 196 | 3 | 2.4 | 90° | 345 | 26.8 | 795 | 2271.9 | 2629.9 | 0.8639 |
| 5 | 198 | 4 | 2.4 | 90° | 345 | 26.8 | 795 | 2478.7 | 2963.0 | 0.8365 |
| 6 | 200 | 5 | 2.4 | 90° | 345 | 26.8 | 795 | 2854.5 | 3299.0 | 0.8653 |

续表

| 试件 | $D$/mm | $t_s$/mm | $t_f$/mm | $\theta$ | $f_y$/MPa | $f_{ck}$/MPa | $f_{h,\text{FRP}}$/MPa | $N_{u1}$/kN | $N_{u2}$/kN | $N_{u1}/N_{u2}$ |
|---|---|---|---|---|---|---|---|---|---|---|
| 7 | 200 | 5 | 3.6 | 90° | 345 | 26.8 | 795 | 3152.9 | 3800.5 | 0.8296 |
| 8 | 198 | 4 | 1.8 | 90° | 235 | 26.8 | 795 | 2394.0 | 2304.9 | 1.0387 |
| 9 | 198 | 4 | 1.8 | 90° | 345 | 26.8 | 795 | 2683.0 | 2721.6 | 0.9858 |
| 10 | 198 | 4 | 1.8 | 90° | 400 | 26.8 | 795 | 2894.0 | 2929.9 | 0.9878 |
| 11 | 200 | 5 | 2.4 | 90° | 235 | 26.8 | 795 | 2602.8 | 2769.8 | 0.9397 |
| 12 | 200 | 5 | 2.4 | 90° | 345 | 26.8 | 795 | 2854.5 | 3299.0 | 0.8653 |
| 13 | 200 | 5 | 2.4 | 90° | 400 | 26.8 | 795 | 3001.2 | 3563.6 | 0.8422 |
| 14 | 200 | 5 | 2.4 | 90° | 450 | 26.8 | 795 | 3132.5 | 3804.2 | 0.8234 |
| 15 | 198 | 4 | 1.8 | 90° | 345 | 20.1 | 795 | 2468.0 | 2532.2 | 0.9747 |
| 16 | 198 | 4 | 1.8 | 90° | 345 | 26.8 | 795 | 2683.0 | 2721.6 | 0.9858 |
| 17 | 198 | 4 | 1.8 | 90° | 345 | 32.4 | 795 | 2855.0 | 2879.8 | 0.9913 |
| 18 | 200 | 5 | 2.4 | 90° | 345 | 20.1 | 795 | 2564.0 | 3110.0 | 0.8244 |
| 19 | 200 | 5 | 2.4 | 90° | 345 | 32.4 | 795 | 3258.0 | 3457.0 | 0.9424 |
| 20 | 200 | 5 | 2.4 | 90° | 345 | 38.5 | 795 | 3854.7 | 3629.0 | 1.0622 |
| 21 | 198 | 4 | 1.8 | 90° | 345 | 26.8 | 795 | 2683.0 | 2721.6 | 0.9858 |
| 22 | 198 | 4 | 1.8 | 80° | 345 | 26.8 | 722.9 | 2546.0 | 2661.9 | 0.9564 |
| 23 | 198 | 4 | 1.8 | 70° | 345 | 26.8 | 677.5 | 2632.0 | 2624.4 | 1.0032 |
| 24 | 198 | 4 | 1.8 | 60° | 345 | 26.8 | 414.1 | 1937.5 | 2406.6 | 0.8325 |
| 25 | 198 | 4 | 1.8 | 90° | 345 | 26.8 | 795 | 2683.0 | 2721.6 | 0.9858 |
| 26 | 198 | 4 | 1.8 | 90° | 345 | 26.8 | 560 | 2669.6 | 2527.3 | 1.0563 |
| 27 | 198 | 4 | 1.8 | 90° | 345 | 26.8 | 450 | 2152.0 | 2436.3 | 0.8833 |

均值：0.945，方差：0.0067

注：表中 $D$ 为构件的外径，FRP-1 和参照组为 5.4.2 节试验结果；试件 1～27 为有限元模型结果；$N_{u1}$ 为试验结果或有限元模型结果；$N_{u2}$ 为式(5-38)的计算值。有限元模型的轴压承载力取构件发生初始破坏时的承载力。

## 5.5　钢管-GFRP 管-混凝土构件抗震性能研究

### 5.5.1　引言

根据结构试验和震害调查表明，当结构反应进入非线性阶段后，强度不再是控制设计的唯一指标,变形能力变得与强度同等重要。延性可以使结构的某些构件进入弹塑性范围内工作,通过该构件的变化吸收地震能量,产生局部损坏,而整个结构不致倒塌。因此,抗震设计规范规定,对于抗震结构,允许其在强烈地震作用下发生一定程度的结构性破坏。此外,延性可以使超静定结构产生内力重分布。采用塑性内力重分布方法进行设计时,可以节约钢材用量,因而取得较好的经济效果。

滞回曲线是指构件在反复荷载作用下荷载-位移的关系曲线[16]。滞回环的形状随往复加载次数的变化而变化,它充分反映了结构的强度、刚度、延性和能量吸收以及构件破坏的力学特性,这些特性都为结构地震反应分析提供重要依据。滞回曲线所围成的面积是结构或构件吸收或耗散的能量,因此滞回曲线代表了结构非弹性耗能能力,反映了结构或构件的延性性能。滞回环面积的缩小,标志着耗能能力的退化。因此,可根据滞回环的形状和面积用以衡量和判断试验构件的耗能能力和破坏机制。

在低周往复加载试验(也称拟静力试验)中,将荷载-位移曲线各级循环的峰值点连接起来的包络线称为骨架曲线。在一般情况下,构件在定轴力和水平往复力作用下的骨架曲线与同条件下单调水平荷载的荷载-位移曲线相似。

### 5.5.2　相关试验验证

#### 5.5.2.1　试验概况

为了验证有限元模型的正确性,本节选用钱稼茹、刘明学的 FRP 管-混凝土-钢双壁空心管柱的抗震试验进行验证[17],选取试件 C12 和 C23 进行验证。因为这两组试件的 FRP 管厚度及缠绕角、钢材的屈服强度和极限强度、混凝土轴心抗压强度、空心率、截面加载方式和轴压比等都不相同,更具有代表性。

轴压力加载方式分为核心加载和全截面加载两种。前者 FRP 管与底座上表面之间预留 20mm 的间隙,只对混凝土和钢管施加轴压力;后者 FRP 管锚入底座 400mm,同时对 FRP 管、混凝土和钢管施加轴压力。每组试件中混凝土的外径为 190mm,加载点距底座上表面均为 1000mm,试件下端固定,上端施工定轴向压力和水平往复荷载。钢管为 Q235 直缝焊接管,FRP 管为常温固化的交叉缠绕 GFRP 管,纤维缠绕角度为 6 层,缠绕角度分别为 80°和 60°。采用 S 玻璃纤维和环氧树脂,纤维的体积含量为 75%。双壁空心管短柱的轴心抗压承载力 $N_p$ 按式 $N_p = f_c A_c + f_s A_s + \sigma_{c,FRP} A_{FRP}$ 计算。轴压比 $n = N/N_p$。两组试件的材料力学参数如表 5-11 所示。

**表 5-11　两组试件的材料力学参数**

| 试件编号 | $D_{FRP}$/mm | $t_{FRP}$/mm | $t_s$/mm | $D_s$/mm | 缠绕角度 | $f_{cu}$/MPa | $(f_{sy}/f_{su})$/MPa | $n$ | 加载方式 |
|---|---|---|---|---|---|---|---|---|---|
| C12 | 190 | 2.47 | 2.50 | 114 | $\pm 80°$ | 47.9 | 363/453 | 0.2 | 核心 |
| C23 | 190 | 2.28 | 2.67 | 140 | $\pm 60°$ | 51.2 | 313/391 | 0.37 | 全截面 |

### 5.5.2.2　有限元模型的建立

在滞回性能限元分析中,混凝土采用塑性损伤模型。经过试算结果比较分析,并考虑到易于有限元计算数据输入和收敛性,在此采用 Schneider 提出的分段线性应力-应变关系模型[18],如图 5-27 所示。钢材采用简化的双斜线模型,应力-应变关系如图 5-28 所示。

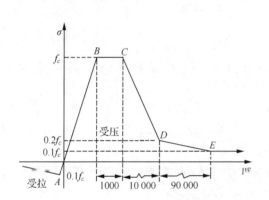

图 5-27　核心混凝土的应力-应变关系　　　　图 5-28　钢材的应力-应变关系

根据试验提供的纤维和树脂类型及纤维体积含量,有限元建模时所需 FRP 单层板的弹性常数和极限强度由式(5-6)～式(5-16)预测得到,具体值如表 5-12 所示。

**表 5-12　单层板的弹性常数及极限强度**

| 弹性常数 | $E_1$ | $E_2$ | $G_{12}$ | $G_{13}$ | $G_{23}$ | $\nu_{12}$ |
|---|---|---|---|---|---|---|
| /GPa | 67.086 | 15.135 | 5.648 | 5.648 | 2.0 | 0.255 |
| 极限强度 | $X_t$ | $X_c$ | $Y_t$ | $Y_c$ | $S_L$ | $S_T$ |
| /MPa | 3450 | 778.35 | 64.1 | 98.2 | 49 | 60 |

考虑 FRP 管的损伤演化,根据 Abaqus 帮助文件中的算例,轴向拉伸、轴向压缩、横向拉伸及横向压缩断裂能分别取为 $20 \times 10^6$ Nm、$20 \times 10^6$ Nm、$4 \times 10^4$ Nm、$10^6$ Nm[16]。计算过程中共分为两个分析步,在第一个分析步中在试件顶部施加竖

向定轴力,在第二个分析步中施加水平往复力。水平力采用位移控制加载。试件的加载曲线如图 5-29 所示。

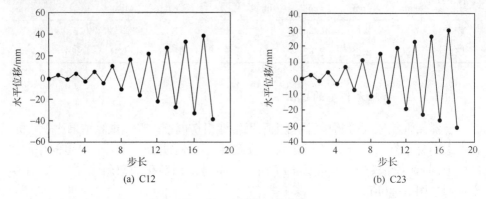

(a) C12　　　　　　　　　　(b) C23

图 5-29　试件的加载曲线

### 5.5.2.3　试验结果验证

有限元模型计算得到的 C12 和 C23 的滞回曲线分别如图 5-30 和图 5-31 所示。

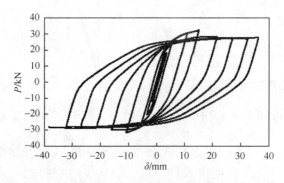

图 5-30　试件 C12 的滞回曲线

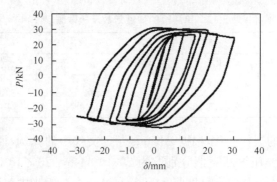

图 5-31　试件 C23 的滞回曲线

　　将滞回曲线每次往复的峰值点连起来,即为构件的骨架曲线。有限元模型拟合的曲线和试验曲线的对比情况如图 5-32 和图 5-33 所示。

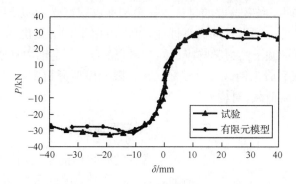

图 5-32　试件 C12 骨架曲线对比图

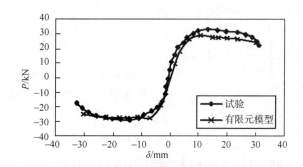

图 5-33　试件 C23 骨架曲线对比图

　　在定轴力和单调水平力作用下得到的荷载-位移曲线为单调加载曲线。对于一般的结构,构件单调加载的曲线和骨架曲线一致。图 5-34 为试件 C12 试验所得骨架曲线和有限元模型的单调加载曲线的对比。

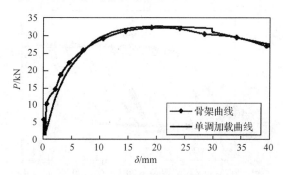

图 5-34　试件 C12 骨架曲线和单调加载曲线对比图

由于试验过程中存在误差或其他变化的因素,且本书是基于 FRP 单层板的细观力学性能来预测 FRP 管的宏观力学性能,所以个别模拟结果与试验吻合不是很好。但从整体来讲,本书选取的材料本构模型能够很好地模拟 FRP 管、钢管及混凝土在水平往复荷载作用下的力学性能,可以应用于本书提出的钢管-FRP 管-混凝土在低周往复荷载下的力学响应。同时可以看出,在定轴力和水平单调荷载作用下的 P-Δ 曲线和骨架曲线符合较好。在有限元模型分析中,可以采用水平单调荷载代替水平往复荷载,对构件进行延性分析。

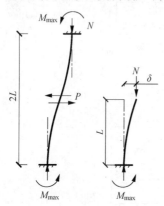

图 5-35　悬臂柱和
有侧移框架柱

### 5.5.3　典型滞回曲线分析

对于常见的有侧移框架柱,在进行有限元模拟的时候,可以把柱子从中间分成两部分,每一部分都是悬臂柱。柱顶有轴向力 $N$ 和侧向荷载 $P$ 可以看成是有侧移框架柱从反弯点到固定端的一段,与柱子的实际情况非常接近,具有代表意义[19],如图 5-35 所示。

图 5-36 和图 5-37 为钢管-GFRP 管-混凝土在定轴力和水平往复力作用下的滞回曲线,虚线所示参照组为不含 FRP 的普通钢管混凝土。构件的尺寸 $D×L=200\text{mm}×1000\text{mm}$,$D$ 为钢管的外径,$L$ 为悬臂柱的长度。钢材标号为 Q345,屈服强度 $f_y=345\text{MPa}$,钢管壁厚 $t_s=5\text{mm}$,混凝土轴向抗压强度 $f_{ck}=26.8\text{MPa}$,FRP 管材料为 E 玻璃纤维和环氧树脂,FRP 管的厚度为 2.4mm,缠绕层数为 8 层。轴压承载力按式(5-38)进行计算。图 5-36 和图 5-37 中计算轴压比分别为 $n=0.3$ 和 $n=0.5$。

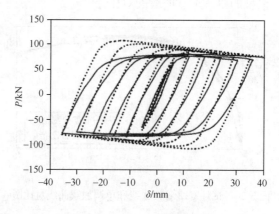

图 5-36　$n=0.3$ 时滞回曲线

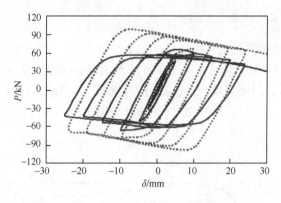

图 5-37　　$n=0.5$ 时滞回曲线

　　从图 5-36 和图 5-37 可以看出,在相同轴压比作用下,含 FRP 管的组合构件滞回环围成的面积较参照组小。说明加入 FRP 管之后会降低构件的耗能能力,使构件的延性变差,这是由于 FRP 材料本身的脆性决定的。但总体来说,加入 FRP 管之后的滞回曲线形状相对饱满,无明显的捏缩现象,这主要是有钢管的存在,钢管本身延性较好的原因。

　　将滞回曲线每次循环的峰值点用线连接起来,即为构件的骨架曲线。骨架曲线能够更直观地反映构件延性的好坏,将图 5-36 和图 5-37 中含 FRP 的构件滞回曲线的峰值点连接起来,得到骨架曲线如图 5-38 所示,从图中可以看出,随着轴压比的增大,骨架曲线中最大水平荷载减小,下降段变陡,延性变差。

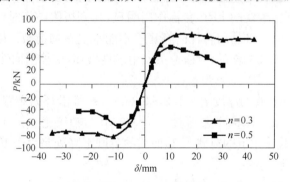

图 5-38　典型骨架曲线图

## 5.5.4　骨架曲线的简化模型

　　为了得到构件在定轴力和往复水平力作用下的恢复力简化模型,首先进行参数分析,得到各个参数影响下骨架曲线形状的变化规律,然后基于已有的实心和空心钢管混凝土的恢复力模型进行修正,得到适合本书构件的恢复力简化模型。

### 5.5.4.1　骨架曲线形状的影响因素

**1. 骨架曲线与轴压比的关系**

图 5-39 中 FRP 管的厚度为 2.4mm，纤维沿环向布置，混凝土轴心抗压强度 $f_{ck}=26.8$MPa，钢材屈服强度 $f_y=345$MPa，壁厚 $t_s=5$mm，试件的尺寸 $D\times L=200$mm$\times 1000$mm，$D$ 为钢管的外径。轴压比 $n=0.1\sim0.7$。不同轴压比下柱顶的水平荷载-位移曲线如图 5-39 所示。

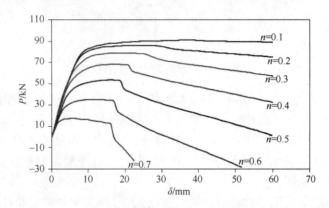

图 5-39　不同轴压比下构件的荷载-位移曲线

从图 5-39 中可以看出，随着轴压比的增大，组合柱的极限荷载和极限位移都变小，延性变差，FRP 发生脆性破坏时的骨架曲线的突变明显。这可能是因为当轴压比较大时，环向缠绕的 FRP 套箍作用明显，达到极限破坏时对构件的影响较大。当轴压比 $n=0.7$ 时，组合柱已经几乎不能承受正向荷载。因此该构件在强震区使用时，为了保证构件的延性，避免发生脆性破坏，应控制构件的轴压比。

**2. 骨架曲线与 FRP 管厚度的关系**

图 5-40 中 FRP 管的厚度 $t_f=1.2\sim3.6$mm，纤维沿环向布置，混凝土轴心抗压强度 $f_{ck}=26.8$MPa，钢材屈服强度 $f_y=345$MPa，轴压比 $n=0.3$。在定轴向荷载和水平单调荷载作用下的荷载-位移曲线的急剧下降处是由于 FRP 管脆性破坏造成的承载力下降引起的。

随着 FRP 管厚度的增加，套箍力增大，最大水平荷载和最大水平位移都增加。FRP 管厚度越大，破坏后导致的荷载-位移曲线的突变越明显，下降段的斜率越大。

**3. 骨架曲线与纤维缠绕角度的关系**

图 5-41 和图 5-42 中 FRP 管的厚度为 2.4mm，纤维与管轴向的夹角为 0（纵向）$\sim90°$（横向），混凝土轴心抗压强度 $f_{ck}=26.8$MPa，钢材屈服强度 $f_y=345$MPa，轴压比为分别为 $n=0.3$ 和 $n=0.5$。

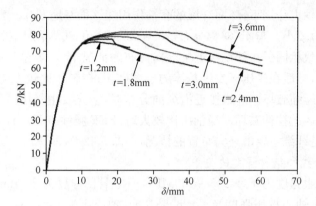

图 5-40　不同 FRP 管厚度下的骨架曲线

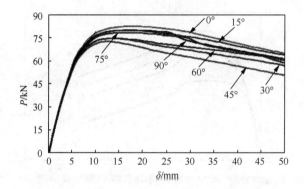

图 5-41　$n=0.3$ 时不同纤维缠绕角度下的骨架曲线

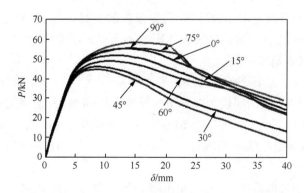

图 5-42　$n=0.5$ 时不同纤维缠绕角度下的骨架曲线

　　从图 5-41 和图 5-42 可以看出,构件处于轴向和水平双向荷载作用下,当轴向压力较小($n=0.3$)时,纤维均沿纵向布置时承载力最大,这是因为纵向抗弯刚度和强度较高;当轴压比较大($n=0.5$)时,纤维均沿环向布置时承载力最大,这是因为在较大的轴力作用下，环向纤维的套箍作用能够很好地发挥。当纤维沿±45°缠绕时，承载力较小。与45°对称分布（75°和15°，60°和30°）情况下的荷载-位移曲线分布规律大致相同。在纤维接近于环向分布的情况下，一般是受拉区先发生基体的拉伸破坏，然后在受压区发生基体的压缩破坏；在轴压比较大的情况下，一般先发生基体的压缩破坏。纤维接近沿纵向分布时，多先发生受压区纤维的压缩破坏和受拉区基体的拉伸破坏。当轴压比较大时，FRP脆性破坏导致的承载力下降更明显，尤其是纤维主要沿环向布置的情况，如图 5-42 中 90°和 75°所示。

4. 骨架曲线和钢材强度的关系

钢材的屈服强度为 $f_y=235\sim450$MPa，FRP 管的厚度为 2.4mm，纤维沿管环向分布，混凝土轴心抗压强度 $f_{ck}=26.8$MPa。轴压比为 $n=0.3$。在相同轴压力和水平单调荷载作用下的荷载-位移曲线如图 5-43 所示。

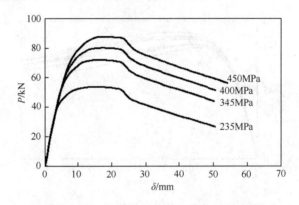

图 5-43　不同钢材强度下的骨架曲线

从图 5-43 中可以看出，随着钢管屈服强度的提高，屈服荷载和极限荷载都提高。钢管的屈服强度对 FRP 管的破坏影响不大。FRP 管发生脆性破坏时，每组构件的水平位移 δ 基本一致。

5. 骨架曲线与混凝土轴心抗压强度的关系

图 5-44 中 FRP 管的厚度为 2.4mm，纤维沿环向缠绕，钢管的屈服强度 $f_y=$345MPa，混凝土标号为 C30~C80，轴心抗压强度标准值由混凝土结构设计规范给出，分别为 20.1 MPa、26.8 MPa、32.4 MPa、38.5 MPa、44.5 MPa 和 50.2 MPa。轴压比为 $n=0.3$。

从图 5-44 中可以看出，随着混凝土轴心抗压强度的提高，组合构件的屈服荷载和极限荷载都提高，屈服位移变化不大，但极限位移减小。不同混凝土标号下，荷载-位移曲线发生突降时的水平位移相差不大，但 FRP 管发生脆性破坏之后，混凝土标号越高，承载力下降越快。这是因为随着混凝土轴心抗压强度的增加，混凝土材料的脆性也不断增加。

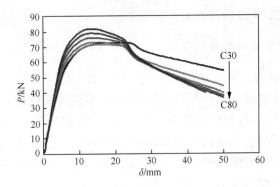

图 5-44　不同混凝土强度下的骨架曲线

6. 骨架曲线与长细比的关系

图 5-45 中 FRP 管的厚度为 2.4mm,纤维沿环向缠绕,钢管的屈服强度 $f_y=$ 345MPa,混凝土标号为 C40,轴心抗压强度 $f_{ck}=26.8$MPa。轴压比为 $n=0.3$。悬臂柱的长度为 $L=500\sim2500$mm,长细比 $\lambda=4L_0/D$, $L_0$ 为有侧移框架柱的长度,有 $L_0=2L$。稳定系数按下式估算

$$\varphi_{sc}=\frac{1}{2\,\overline{\lambda}_{sc}^2}\left[\overline{\lambda}_{sc}^2+0.25\beta\overline{\lambda}_{sc}+1-\sqrt{(\overline{\lambda}_{sc}^2+0.25\beta\overline{\lambda}_{sc}+1)^2-4\,\overline{\lambda}_{sc}^2}\right] \quad (5\text{-}44)$$

式中:$\overline{\lambda}_{sc}=\dfrac{\lambda}{\pi}\sqrt{\dfrac{f_{sc}}{E_{sc}}}$;

$f_{sc}$——构件的组合强度;

$\beta$——含钢比,满足 $\beta=\dfrac{A_s}{A_{sc}}$。

组合结构在定轴力和水平往复荷载作用下的荷载-位移曲线如图 5-45 所示。

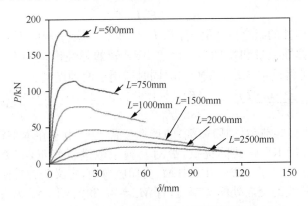

图 5-45　不同长细比下的骨架曲线

从图 5-45 中可以看出,随着长细比的增加,最大水平荷载降低,达到最大水平

荷载时的位移增加，构件的延性变差。

### 5.5.4.2　骨架曲线的简化模型

#### 1. 骨架曲线恢复力简化模型修正

钟善桐根据大量的试验和有限元分析，提出了适应于圆钢管混凝土压弯构件荷载-位移滞回曲线和骨架曲线模型，有二折线模型和三折线模型两种[20]。分别用来模拟无下降段和有下降段的骨架曲线，如图 5-46 所示。张凤亮基于已有的实心钢管混凝土的骨架曲线模型，通过理论分析及有限元回归，得到了适合空心钢管混凝土的恢复力模型[21]。

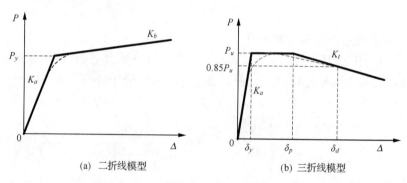

(a) 二折线模型　　　　　　　(b) 三折线模型

图 5-46　荷载-位移骨架曲线计算模型

对于二折线模型共有三个参数，即弹性阶段的刚度 $K_a$、屈服荷载 $P_y$ 和强化阶段的刚度 $K_b$；对于三折线模型共有四个参数，分别为弹性阶段的刚度 $K_a$、极限荷载 $P_u$、下降段起点处的位移 $\delta_p$ 和下降段的刚度 $K_t$。

参数的确定为

$$K_a = 3E_{sc}I_{sc}/L^3 \tag{5-45}$$

其中，$E_{sc}I_{sc}$ 为构件的组合抗弯刚度，$E_{sc}I_{sc} = E_sI_s + E_fI_f + 0.6E_cI_c$，$E_f$、$I_f$ 分别为 FRP 管的轴向弹性模量和惯性矩。由于 FRP 管的弹性模量和钢材相比小很多，计算过程中也可将该项忽略。式(5-45)同时适用于两种模型。

$$P_y = \frac{(-0.97n^2 - 0.564n + 1.671)(0.253\xi + 1.602)}{1.368\sqrt{\lambda/20} + 1.534}M_y/L \tag{5-46}$$

式(5-46)为极限荷载(屈服荷载)的计算公式[21]。由于在本书提出的构件中，套箍力由钢管和 FRP 管共同提供，故对套箍系数进行修正，有 $\xi = \xi_s + k\xi_f = (A_sf_y + 0.5A_ff_h)/A_cf_c$。式(5-46)中 $M_y$ 为屈服弯矩，定义为弹性阶段的延长线与强化阶段的延长线的交点处的弯矩值，有 $M_y = 0.89\gamma_mM_0'$，$\gamma_m$ 为考虑塑性的发展系数。式(5-46)同时适用于两种模型。

$$\delta_p = (0.5n^2 - 0.98n - 0.901)(0.071\xi - 0.953)(0.097\lambda/20 + 1.727)P_y/K_a$$

$$\tag{5-47}$$

此式为下降起点处位移的计算公式[21]。对套箍系数进行修正,有

$$\xi = \xi_s + k\xi_f = A_s f_y + 0.5 A_f f_h / A_c f_c$$

$K_a$ 和 $P_y$ 取修正后的值。

计算下降段刚度时,引入系数 $\alpha_b = K_t / K_a$,$\alpha_b$ 的计算公式为

$$K_t = \left[ 1.151(0.018 + 0.026n_1 - 0.012n_1^2) - 0.104n_1\lambda^2 \frac{f_{ck}(1-\alpha) + \alpha f_y}{E_s - (E_s - E_c)(1-\alpha)^2} \right] K_a$$

$$(5-48)$$

由于 FRP 的脆性破坏会使构件的承载力降低,使下降段斜率变大。为了考虑这个因素对恢复力模型的影响,对式中的轴压比 $n$ 进行修正。即 $n_1 = \beta n$,$n$ 为构件的轴压比,$\beta$ 为考虑 FRP 破坏的轴压比增大系数,$\beta = f_{sc}/f_{sc0}$,$f_{sc}$ 为组合构件的屈服强度,$f_{sc0}$ 为对应的不含 FRP 管构件的屈服强度。又考虑到当长细比较大时,构件的失稳破坏先于材料破坏发生,考虑为当构件的稳定系数 $\varphi \leqslant 0.8$,不进行轴压比的修正。式(5-48)同时适用于两种模型,$K_t < 0$ 时有下降段,$K_t > 0$ 时无下降段。

2. 简化模型公式验证

为了验证上述简化模型公式的正确性,选取了一些具有代表性的构件进行验证,验证结果如图 5-47 所示。图中 C1～C18 为构件编号,构件的外径 $D = 200\text{mm}$,钢管壁厚 $t_s = 5\text{mm}$。每组构件的材料特性及尺寸如表 5-13 所示,每组图中带数据标记的折线为公式计算的骨架曲线模型,曲线为有限元模型得到的骨架曲线。

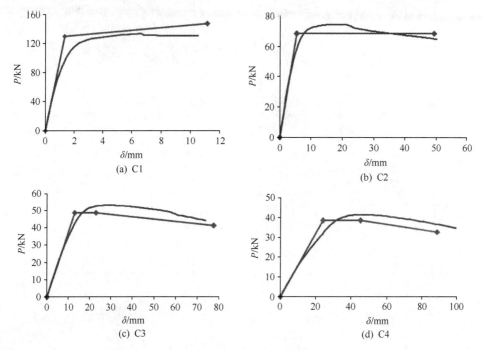

(a) C1　　　　　　　　　(b) C2

(c) C3　　　　　　　　　(d) C4

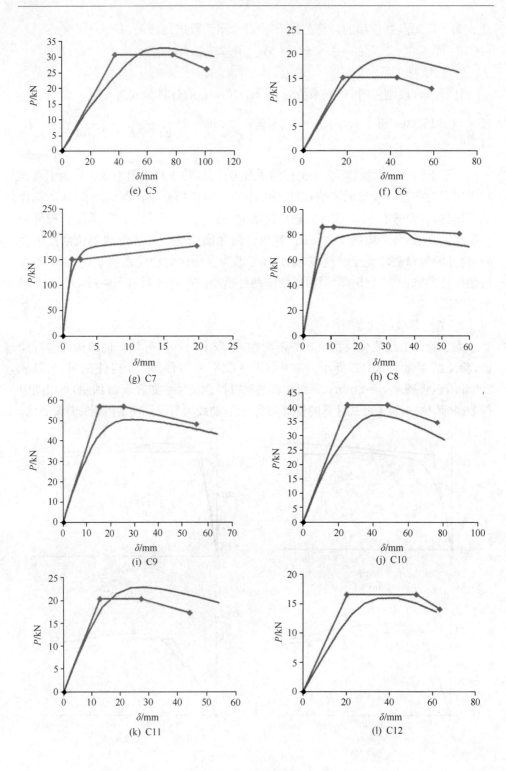

(e) C5

(f) C6

(g) C7

(h) C8

(i) C9

(j) C10

(k) C11

(l) C12

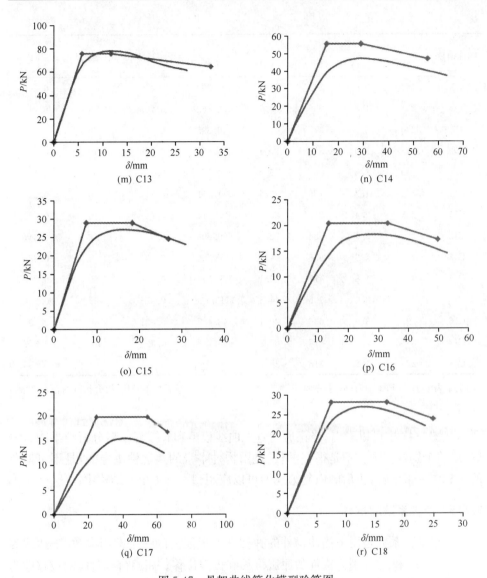

图 5-47 骨架曲线简化模型验算图

表 5-13 每组构件的材料特性及尺寸

| 构件编号 | $f_y$/MPa | $t_f$/mm | $f_h$/MPa | $f_{ck}$/MPa | $N_0$/kN | 稳定系数 $\varphi$ | 长细比 $\lambda$ | 轴压比 $n$ |
|---|---|---|---|---|---|---|---|---|
| C1 | 235 | 1.2 | 954 | 20.1 | 404.935 | 0.995 | 20 | 0.186 |
| C2 | 290 | 1.8 | 795 | 26.8 | 416.846 | 0.985 | 40 | 0.151 |
| C3 | 345 | 2.4 | 636 | 32.4 | 421.649 | 0.958 | 60 | 0.134 |
| C4 | 400 | 3.0 | 477 | 38.5 | 418.903 | 0.772 | 80 | 0.147 |

| 构件编号 | $f_y$ /MPa | $t_f$ /mm | $f_h$ /MPa | $f_{ck}$ /MPa | $N_0$ /kN | 稳定系数 $\varphi$ | 长细比 $\lambda$ | 轴压比 $n$ |
|---|---|---|---|---|---|---|---|---|
| C5 | 450 | 3.6 | 318 | 44.5 | 403.332 | 0.486 | 100 | 0.207 |
| C6 | 235 | 1.8 | 636 | 38.5 | 432.862 | 0.700 | 100 | 0.227 |
| C7 | 290 | 2.4 | 477 | 44.5 | 940.395 | 0.994 | 20 | 0.298 |
| C8 | 345 | 3.0 | 318 | 20.1 | 579.882 | 0.985 | 40 | 0.219 |
| C9 | 400 | 3.6 | 954 | 26.8 | 714.259 | 0.919 | 60 | 0.179 |
| C10 | 450 | 1.2 | 795 | 32.4 | 611.711 | 0.812 | 80 | 0.217 |
| C11 | 235 | 2.4 | 318 | 26.8 | 528.711 | 0.937 | 80 | 0.252 |
| C12 | 290 | 3.0 | 954 | 32.4 | 660.099 | 0.520 | 100 | 0.347 |
| C13 | 400 | 1.2 | 636 | 44.5 | 1155.336 | 0.983 | 40 | 0.337 |
| C14 | 450 | 1.8 | 477 | 20.1 | 779.054 | 0.959 | 60 | 0.262 |
| C15 | 235 | 3.0 | 795 | 44.5 | 1113.138 | 0.955 | 60 | 0.332 |
| C16 | 290 | 3.6 | 636 | 20.1 | 748.488 | 0.831 | 80 | 0.293 |
| C17 | 345 | 1.2 | 477 | 26.8 | 695.713 | 0.699 | 100 | 0.377 |
| C18 | 290 | 1.2 | 318 | 38.5 | 1159.752 | 0.971 | 60 | 0.455 |

注：表中 $f_h$ 为 FRP 管环向抗拉强度，长细比 $\lambda = 8L/D$，$L$ 为悬臂柱的长度，组合构件的稳定系数按式(5-44)计算。

从图 5-47 中可以看出，修正后的骨架曲线模型和有限元模型分析结果吻合较好，虽然个别构件吻合不是很好，但这是由构件本身的离散性决定的，是不可避免的。总体上来说，修正后的恢复力模型可以应用到本书提出的结构中。

### 5.5.5 延性系数的推导

位移延性系数是用来描述构件的弹塑性变形能力的一个常用参数，表达式为 $\mu = \delta_u / \delta_y$，$\delta_y$ 和 $\delta_u$ 分别为构件的屈服位移和极限位移。屈服荷载对应的位移即为屈服位移，屈服点的确定往往比较复杂，对于荷载位移骨架曲线上有明显拐点的结构或构件来说，拐点即为屈服点；当没有明显屈服点时，屈服位移 $\delta_y$ 的取法是取荷载-位移骨架曲线弹性段延线与过峰值点的切线交点处的位移[21]。极限位移 $\delta_u$ 取承载力下降至峰值承载的 85% 时对应的位移，对于骨架曲线没有下降段的构件，取构件破坏时的位移为极限位移。

#### 5.5.5.1 位移延性系数简化公式推导

对于有下降段的简化模型，根据骨架曲线简化模型的计算公式，对构件的延性

系数进行推导,即

$$\mu = \frac{\delta_u}{\delta_y} = \frac{\delta_p - 0.15\dfrac{P_y}{K_t}}{\dfrac{P_y}{K_a}} = \delta_p \frac{K_a}{P_y} - 0.15\frac{K_a}{K_t}$$

$$= (0.5n^2 - 0.98n - 0.901)(0.071\xi - 0.953)(0.097\lambda/20 + 1.727)$$

$$- \frac{0.15}{1.151(0.018 + 0.026n_1 - 0.012n_1^2) - 0.104n_1\lambda^2 \dfrac{f_{ck}(1-\alpha) + \alpha f_y}{E_s - (E_s - E_c)(1-\alpha)^2}}$$

$$(5\text{-}49)$$

式中:$\xi = \xi_s + 0.5 \times \xi_f$。

对于无下降段的模型,延性足够好,不考虑延性系数的计算。

### 5.5.5.2　简化公式验证

表 5-14 为有限元模型结果和公式结果的对比值,表中"—"表示该组构件为无下降段模型,没有进行延性系数的计算。

表 5-14　延性系数公式计算表

| 编号 | $f_y$ /MPa | $t_f$ /mm | $f_h$ /MPa | $f_{ck}$ /MPa | $\xi$ | 长细比 $\lambda$ | 轴压比 $n$ | $\beta$ | 延性系数 $\mu_{FEM}$ | $\mu_c$ | $\mu_{FEM}/\mu_c$ |
|---|---|---|---|---|---|---|---|---|---|---|---|
| 1 | 235 | 1.2 | 954 | 20.1 | 1.907 | 20 | 0.19 | 1.311 | — | — | — |
| 2 | 290 | 1.8 | 795 | 26.8 | 1.793 | 40 | 0.15 | 1.307 | 8.791 | — | — |
| 3 | 345 | 2.4 | 636 | 32.4 | 1.726 | 60 | 0.13 | 1.274 | 5.111 | 5.932 | 0.862 |
| 4 | 400 | 3.0 | 477 | 38.5 | 1.607 | 80 | 0.15 | 1.220 | 3.591 | 3.653 | 0.983 |
| 5 | 450 | 3.6 | 318 | 44.5 | 1.467 | 100 | 0.21 | 1.155 | 2.841 | 2.657 | 1.070 |
| 6 | 235 | 1.8 | 636 | 38.5 | 1.007 | 100 | 0.23 | 1.238 | 2.734 | 3.014 | 0.907 |
| 7 | 290 | 2.4 | 477 | 44.5 | 1.022 | 20 | 0.30 | 1.200 | 10.104 | — | — |
| 8 | 345 | 3.0 | 318 | 20.1 | 2.502 | 40 | 0.22 | 1.198 | 9.527 | — | — |
| 9 | 400 | 3.6 | 954 | 26.8 | 3.172 | 60 | 0.18 | 1.594 | 4.454 | 3.474 | 1.282 |
| 10 | 450 | 1.2 | 795 | 32.4 | 1.855 | 80 | 0.22 | 1.143 | 2.853 | 3.004 | 0.950 |
| 11 | 235 | 2.4 | 318 | 26.8 | 1.309 | 80 | 0.25 | 1.187 | 3.490 | 3.326 | 1.049 |
| 12 | 290 | 3.0 | 954 | 32.4 | 2.007 | 100 | 0.35 | 1.575 | 2.313 | 2.648 | 0.874 |
| 13 | 400 | 1.2 | 636 | 44.5 | 1.180 | 40 | 0.34 | 1.111 | 3.728 | 5.514 | 0.676 |
| 14 | 450 | 1.8 | 477 | 20.1 | 2.976 | 60 | 0.26 | 1.146 | 4.001 | 3.433 | 1.165 |
| 15 | 235 | 3.0 | 795 | 44.5 | 1.200 | 60 | 0.33 | 1.464 | 3.831 | 3.186 | 1.202 |
| 16 | 290 | 3.6 | 636 | 20.1 | 2.955 | 80 | 0.29 | 1.541 | 3.366 | 3.068 | 1.097 |

| 编号 | $f_y$ /MPa | $t_f$ /mm | $f_h$ /MPa | $f_{ck}$ /MPa | $\xi$ | 长细比 $\lambda$ | 轴压比 $n$ | $\beta$ | 延性系数 | | |
|---|---|---|---|---|---|---|---|---|---|---|---|
| | | | | | | | | | $\mu_{FEM}$ | $\mu_c$ | $\mu_{FEM}/\mu_c$ |
| 17 | 345 | 1.2 | 477 | 26.8 | 1.656 | 100 | 0.38 | 1.109 | 2.354 | 2.680 | 0.878 |
| 18 | 290 | 1.2 | 318 | 38.5 | 0.941 | 60 | 0.45 | 1.071 | 2.904 | 3.318 | 0.875 |
| 19 | 345 | 3.0 | 795 | 26.8 | 2.466 | 40 | 0.21 | 1.457 | 7.371 | 10.390 | 0.710 |
| 20 | 345 | 3.6 | 795 | 26.8 | 2.694 | 40 | 0.20 | 1.549 | 7.909 | 9.865 | 0.802 |
| 21 | 345 | 2.4 | 954 | 26.8 | 2.398 | 40 | 0.21 | 1.439 | 6.075 | 10.320 | 0.589 |
| 22 | 345 | 2.4 | 795 | 26.8 | 2.243 | 40 | 0.22 | 1.366 | 7.565 | 10.980 | 0.689 |
| 23 | 345 | 2.4 | 795 | 26.8 | 2.243 | 40 | 0.07 | 1.366 | 14.529 | — | — |
| 24 | 345 | 2.4 | 795 | 26.8 | 2.243 | 40 | 0.22 | 1.366 | 7.565 | 10.980 | 0.689 |
| 25 | 345 | 2.4 | 795 | 26.8 | 2.243 | 40 | 0.29 | 1.366 | 4.744 | 6.932 | 0.684 |
| 26 | 345 | 2.4 | 795 | 26.8 | 2.243 | 40 | 0.36 | 1.366 | 4.390 | 5.387 | 0.815 |
| 27 | 345 | 2.4 | 795 | 26.8 | 2.243 | 40 | 0.43 | 1.366 | 4.489 | 4.589 | 0.978 |
| 28 | 345 | 2.4 | 795 | 26.8 | 2.243 | 40 | 0.51 | 1.366 | 6.447 | 4.110 | 1.568 |
| 29 | 345 | 2.4 | 795 | 26.8 | 2.243 | 20 | 0.26 | 1.366 | 18.144 | — | — |
| 30 | 345 | 2.4 | 795 | 26.8 | 2.243 | 30 | 0.24 | 1.366 | 10.732 | — | — |
| 31 | 345 | 2.4 | 795 | 26.8 | 2.243 | 40 | 0.22 | 1.366 | 7.565 | 10.980 | 0.689 |
| 32 | 345 | 2.4 | 795 | 26.8 | 2.243 | 60 | 0.19 | 1.366 | 4.413 | 4.176 | 1.057 |
| 33 | 345 | 2.4 | 795 | 26.8 | 2.243 | 80 | 0.20 | 1.366 | 3.298 | 2.929 | 1.126 |
| 34 | 345 | 2.4 | 795 | 26.8 | 2.243 | 100 | 0.25 | 1.366 | 2.638 | 2.474 | 1.066 |

从表 5-14 中计算结果可以看出,由公式计算的延性系数和有限元模型结果吻合较好,式(5-49)可以用于钢管-GFRP 管-混凝土构件位移延性系数的计算,作为判别构件延性的一个参考标准。

## 5.6 电化学方法去除海砂中氯化物

我国很多基本建设集中于沿海地区,钢管混凝土结构长期受氯离子侵蚀;北方地区,冬季大量使用氯化钠和氯化钙来除冰雪,保证交通畅行,也会引起结构腐蚀,因此严格控制钢管混凝土中氯离子的含量十分必要。由于电化学排除法是一种经济有效的方法,本节选择 COMSOL 软件对其过程进行有限元模拟。

### 5.6.1 影响脱盐效率因素分析

本节采用脱盐效率来评价电化学脱盐方法的效果,同时分析脱盐后氯离子与氢氧根离子的比值。电化学除氯的根本目的是通过外加电场将侵入混凝土中的有害氯离子排出,因此氯离子排出率是电化学除氯中最主要的技术指标。同时我们可以根据得出的脱盐效率计算出脱盐后氯离子含量与水泥含量的比值。脱盐效率方程为[22]

$$脱盐效率 = \frac{1 - 280 \text{天脱盐处理后整个混凝土面积内的氯离子浓度}(mol/m)}{初始值氯离子浓度(mol/m)} \times 100\%$$

在此采用 COMSOL 程序对电化学脱盐方法作有限元的模拟,该程序是解决各种物理场耦合以及偏微分方程的专业软件。这样,既避免了编制复杂的 Matlab 程序,也能更直观有效地模拟电化学脱盐的整个过程。最后得出的各影响因素的总脱盐效率方程,更是将复杂的偏微分方程转化为简便易于计算分析的方式,为工程实际设计提供了计算的依据。

### 5.6.2 混凝土防腐电化学脱盐有限元模型

#### 5.6.2.1 电化学脱盐的物理模型

电化学脱盐是以混凝土中钢筋作为阴极,在混凝土表面放置电解液,在电解液设置金属网作为阳极,在金属网和钢筋之间施加电场,在外加电场的作用下,混凝土中钢筋附近的氯等阴离子向外加溶液排除,钠等阳离子向钢筋的部位聚集,阴极钢筋处产生氢氧根离子,氯离子的排除和钢筋附近孔溶液 pH 提高,有利于钢筋恢复及维持钝态[22]。

从对试验装置和现场电化学脱盐处理的分析可知,现场和试验装置都是一致,都是以钢筋做阴极,采用钛金属网做阳极,利用稳流器等来维持电流,试验采用吸水海绵保持外加溶液与混凝土之间的紧密接触,而现场则是利用一层毡制毛皮。以上都符合电化学脱盐的物理模型[23],如图 5-48 所示,在此将采用该二维物理模型来模拟电化学脱盐。

整个电化学脱盐过程包括以下电化学反应方程[24]:

在钢筋阴极,得到电子,生成氢氧根离子,其电化学反应为

$$2H_2O + O_2 + 4e^- = 4OH^- \tag{5-50}$$

$$2H_2O + 2e^- = 2OH^- + H_2 \tag{5-51}$$

在钛金属网阳极,外加溶液内有大量的氢氧根离子用于反应,发生的电化学反应为

$$4OH^- = 2H_2O + O_2 + 4e^- \tag{5-52}$$

$$2H_2O = 4H^+ + O_2 + 4e^- \tag{5-53}$$

$$H^+ + Cl^- = HCl \tag{5-54}$$

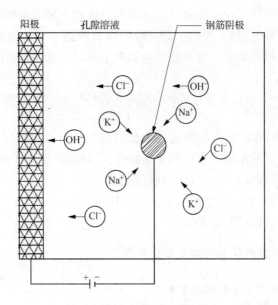

图 5-48　电化学脱盐的物理模型

　　整个电化学脱盐过程即是非线性扩散迁移过程,满足 Nernst-Planck 方程(5-55)加上电中性方程(5-58)。

$$\frac{\partial C_i}{\partial t} + \nabla \left[ -D_i \nabla C_i - Z_i D_i \left( \frac{F}{RT} \nabla \phi \right) C_i + C_i u \right] = R_i \tag{5-55}$$

　　Nernst-Planck 方程表示各离子的扩散、电迁移、对流等运动,同时该方程还保证了各溶质离子的质量守恒。电化学脱盐忽略了各离子的对流,其主要的方程有

$$\frac{\partial C_i}{\partial t} + \nabla \left[ -D_i \nabla C_i - Z_i D_i \left( \frac{F}{RT} \nabla \phi \right) C_i \right] = R_i \tag{5-56}$$

$$\frac{F}{RT} \nabla \phi = \frac{\dfrac{I}{F} + \sum Z_i D_i \nabla C_i}{\sum Z_i^2 D_i C_i} \tag{5-57}$$

$$\sum_{i=1}^{n} Z_i C_i = 0 \tag{5-58}$$

式中：$C_i$——离子浓度,mol/m³;

　　　　$D_i$——离子扩散系数,m²/s;

　　　　$Z_i$——离子的电荷数;

　　　　$R_i$——离子反应率,mol/(m³s);

　　　　$\phi$——电位,V;

　　　　$F$——Faraday 常数,取 96485.3415C/mol;

　　　　$T$——绝对温度,取常温 293.15K;

$R$——气体常数,取 8.3145J/(mol·K);

$I$——电流密度,A/m$^2$;

$t$——时间,s;

$u$——离子速度,m/s。

#### 5.6.2.2　COMSOL 有限元模型

根据电化学脱盐的物理模型,特别是其非线性扩散迁移方程,在 COMSOL 中选择 Nernst-Planck 模块对其进行有限元模拟。设外加溶液为区域 1(假设为 10mm,可以设为其他更大的值,对结果没有很大的影响,只是会增加计算的时间),混凝土溶液为区域 2,如图 5-49 所示(取钢筋直径为 10mm,保护层厚度为 40mm)。整个模型主要考虑五种离子:Li$^+$(c1)、OH$^-$(c2)、Cl$^-$(c3)、Na$^+$(c4)、K$^+$(c5),各离子的扩散系数和初始离子浓度如表 5-15 所示[23]。假设外加溶液体积无穷大,这样的话离子流入或流出对其离子浓度的影响相当的小,于是假设各离子在外加溶液中的扩散系数很大,都假设为 1m$^2$/d。阳极边界条件也设各离子的浓度值都保持不变,即 $C_i = C_{i0}$,电压值为 0。阴极钢筋处边界条件设电流密度 $-I$,Page 等认为[25],低于的电流密度,不会对混凝土造成明显的危害,于是电流密度值都不大于 5A/m$^2$。根据电化学反应式(5-50)产生 OH$^-$,其通量是 $-I/(FZ_2)$,其余离子的通量都为 0。其他的边界条件电流密度为 0,各离子的通量均为 0。

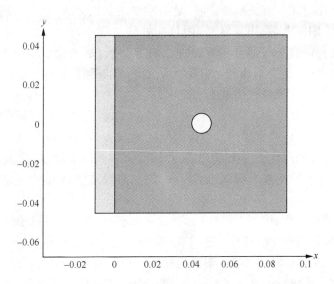

图 5-49　电化学脱盐的 COMOSOL 二维有限元模型

**表 5-15 有限元模型的系数值以及初始条件**

| 离子种类 | $Li^+$ | $OH^-$ | $Cl^-$ | $Na^+$ | $K^+$ |
|---|---|---|---|---|---|
| 电荷 $Z_i$ | 1 | $-1$ | $-1$ | 1 | 1 |
| 外加溶液中离子扩散系数/$(m^2/d)$ | 1 | 1 | 1 | 1 | 1 |
| 孔隙溶液中离子扩散系数/$(m^2/s)$ | $1.6 \times 10^{-11}$ | $5.28 \times 10^{-10}$ | $D_{cl}$ | $2.7 \times 10^{-11}$ | $3.9 \times 10^{-11}$ |
| 外加溶液中离子初始浓度/$(mol/l)$ | 0.001 | 0.001 | 0.01 | 0.005 | 0.005 |
| 孔隙溶液中离子初始浓度/$(mol/l)$ | 0 | 0.62 | 0.38 | 0.9 | 0.1 |

由于验算的时间非常的长，长达半年甚至一年，为了缩短程序运算的时间，以天（d）为单位进行计算。所以最后计算出的时间单位都是天，其余参数的单位不变。

$$t \rightarrow s = 86\ 400^{-1}d$$

$$F \rightarrow c/mol = As/mol = 86\ 400^{-1}Ad/mol$$

$$R \rightarrow J/(mol \cdot K) = AVs/(mol \cdot K) = 86\ 400^{-1}AVd/(mol \cdot K)$$

$$\phi \rightarrow V = A\Omega = AW/A^2 = (Nm/s)/A = kg \cdot m^2/(s^3 A) = 86\ 400^3 kg \cdot m^2/(d^3 A)$$

$$D \rightarrow m^2/s = 86\ 400m^2/d$$

### 5.6.2.3 有限元三维模型

上述内容都是根据电化学脱盐的二维模型得到的，而且以上六个因素的影响只要通过二维模型的计算就可以得到。但在分析现场的电化学脱盐实施情况时，却发现现场采用电化学方法来脱盐时，是沿构件的长度方向（轴向）全面布置金属网、外加电解液阳极的，费用非常高，而且在处理过程中，阳极存在的误差也会增大。如果只在构件的某一部分布置外加电解液阳极，那就会节省很多，也方便管理。鉴于上述分析，这里调试电化学脱盐方法的三维模型，分析阳极在轴向的长度与整个构件长度的比值对脱盐效率的影响。

二维电化学脱盐模型在建模时都采用了外加电解质溶液和混凝土孔隙溶液两个求解域，三维模型建模也采用二维模型同样的方法，但是在求解模型时总是不能收敛，后来就把模型简化了一下，即去除外加电解质溶液求解域，直接把阳极边界条件加在混凝土孔隙溶液求解域的侧面（外加电解液求解域）的位置，结果模型是收敛的。

常系数、系数方程、控制方程（Nernst-planck 模块）的输入跟二维模型一样，只是在建模时，要分两个部分完成。建几何模型时，先创建带有外加电解液阳极的一段柱体 1，然后再创建无加电解液阳极的柱体 2 和 3，如图 5-50 所示的三维电化学脱盐几何模型。求解域 1、2、3 的控制方程输入都一致，阳极边界面的边界条件：电压值为 0，离子的浓度保持初始浓度不变，即 $C_i = C_{i0}$；钢筋处输入阴极边界条件：电流密度 $-I(3A/m^2)$，$OH^-$ 其通量 $-I/(FZ_2)$，其余离子的通量都为 0；其他的

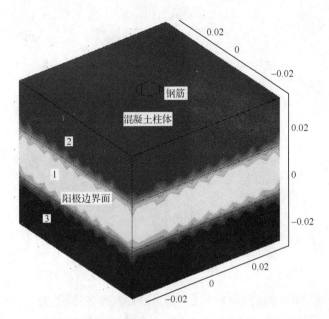

图 5-50　电化学脱盐的 COMOSOL 三维有限元模型

边界条件：电流密度为 0，各离子的通量均为 0。

### 5.6.2.4　混凝土防腐电化学脱盐模型验证

电化学脱盐的研究成果大都基于试验，因此与本书相关的试验数据很多。但本书对比的试验是由法国图卢兹理工大学研究所完成的砖块和混凝土的电化学脱盐试验[26]，主要对比其混凝土脱盐的试验结果。试验样品和装置如图 5-51 所示，该试验采用的是半径为 55mm 的混凝土圆柱体，柱高 50mm，其孔隙率和密度分别为 0.11 和 2627kg/m³，中心插入半径为 5mm 的钢筋。采用电阻为 10Ω，以保证脱盐过程中的电流密度，分别采用 1A/m² 和 5A/m² 的电流密度进行电化学脱盐处理。总共计算了五种离子 $Ca^{2+}$（c1）、$OH^-$（c2）、$Cl^-$（c3）、$Na^+$（c4）、$K^+$（c5），其外加溶液和混凝土孔隙内的离子初始浓度、扩散系数如表 5-16 所示。

表 5-16　试验参数以及初始条件

| 离子种类 | $Ca^{2+}$ | $OH^-$ | $Cl^-$ | $Na^+$ | $K^+$ |
|---|---|---|---|---|---|
| 电荷 $Z_i$ | 2 | −1 | −1 | 1 | 1 |
| 外加溶液中离子扩散系数/(m²/d) | 1 | 1 | 1 | 1 | 1 |
| 孔隙溶液中离子扩散系数/($10^{-10}$ m²/s) | 0.15 | 5 | 3 | 0.3 | 1 |
| 外加溶液中离子初始浓度/(mol/l) | 0 | 0 | 0 | 0 | 0 |
| 孔隙溶液中离子初始浓度/(mol/l) | 0.093 | 0.151 | 1.026 | 0.941 | 0.05 |

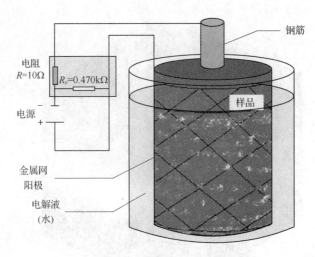

图 5-51　电化学脱盐试验装置

以上试验外加阳极以及电解液是均匀分布的，即各柱截面离子运动是一致的，所以采用 COMSOL 二维有限元模型就可以来模拟该三维模型了。计算模型各离子参数以及初始条件选用跟试验一样的数据，以方便两者的比较。其 COMSOL 模型如图 5-52 所示。

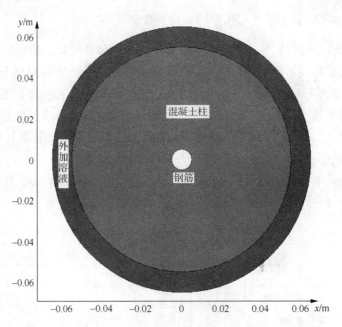

图 5-52　试验样品的 COMOSOL 有限元模型

　　模型计算完成后，比较图 5-52[26]，两者在电化学脱盐处理 31d 后，图 5-53 中每一小块扇形内氯离子质量占扇形混凝土总质量的百分比。

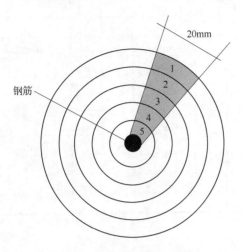

图 5-53　氯离子取值程序

　　如图 5-54 所示，在电流密度分别为 $1A/m^2$ 和 $5A/m^2$ 脱盐 31d 后氯离子含量的试验与模拟值的比较图，从图 5-54(a)、(b)可知，相对于电流密度 $5A/m^2$，电流密度为在 $1A/m^2$ 时，氯离子在混凝土柱中的含量相对是比较大的，有的甚至高于 0.4%，此时还处于不安全状态，还需继续脱盐。同时，在离钢筋比较近处试验数据和模拟结果是比较接近，但在远离钢筋处即靠近阳极时两者却产生了很大的差值，这说明模拟时外加溶液方程系数的设置可能跟实际的情况有较大的差别。主要是外加溶液的各离子的扩散系数，因为在试验的过程中，外加溶液是每隔一天都会更换的，以避免外加溶液中的氢氧根离子的含量变化对电化学脱盐进程的影响，这样的话就可以认为外加溶液的各离子浓度在脱盐过程是保持不变的。在模拟中为了达到这个目的，即在脱盐过程中各离子相对于外加溶液不管是流出还是流入对其都没有影响，本模型就假设外加溶液中各离子的浓度始终是保持不变，而实际的情况，不管是一天还是两天换一次外加溶液，外加溶液中的离子都是在变化的，特别是氯离子，它在外加溶液的浓度是不断变大的，这样从扩散的角度分析，在靠近阳极处混凝土孔隙中的氯离子就不易流出，导致此时的氯离子质量百分含量大于模拟的结果。同时由图 5-54[26] 的模拟结果看，其在靠近阳极处氯离子百分含量也是下降迅速的，在跟试验数据对比时也出现了与本书相似的状态。由此看来，在模拟时，为了更好地模拟实际的状态，都作了相似的假设，导致了相似的误差。由此本书的 COMSOL 模型也是可行的。

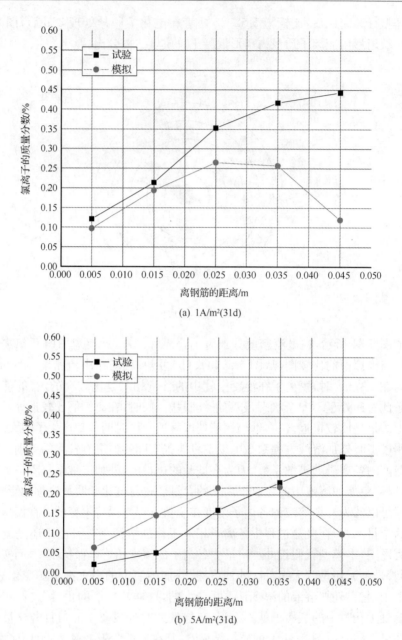

(a) 1A/m²(31d)

(b) 5A/m²(31d)

图 5-54　氯离子质量分数的试验与模拟值比较

### 5.6.2.5　水灰比

混凝土种类、孔隙率、水灰比、$C_3A$ 含量($C_3A$ 会与氯离子形成了难溶解的氯化钙铝酸盐)[27]等一些影响因素跟离子在混凝土中的扩散系数 $D$ 相关联,本模型主要研究氯离子在混凝土中的扩散系数,其他离子的扩散系数保持不变。

采用 Langmuir 等温吸附式(5-59)[28]对氯离子扩散系数进行修正,所得到的氯离子的浓度值就是指自由氯离子的浓度,其中 $D_0$ 是氯离子的初始扩散系数,$\alpha$ 和 $\beta$ 是与自由氯离子和结合氯离子相关的系数,$w$ 为混凝的含水量,$C_f$ 为自由氯离子的浓度。Sergi 对普通水泥砂浆试件回归分析得到当混凝土含水率 $w = 0.3$ 时,$\alpha$ 和 $\beta$ 值分别为 0.42mol/l 和 0.8mol/l[28],在此 $\alpha$ 和 $\beta$ 的值就采用这两个。在实际工程中,$\alpha$ 和 $\beta$ 的值可以通过自由氯离子和结合氯离子浓度来回归,采用与 Sergi 同样的回归方法。

$$D_m = \frac{D_0}{1 + \alpha/[w(1 + \beta C_f)^2]} \tag{5-59}$$

氯离子的扩散系数是随着水灰比的增大而增加的,主要是因为水灰比的增大,浆体内部孔隙也增多,对氯离子扩散的阻挠逐渐的减小。氯离子的初始扩散系数 $D_0$ 与混凝土的水灰比配制成正比的,见式(5-60)[28]。分别计算水灰比为 0.4、0.45、0.5、0.55、0.6,分析混凝土水灰比变化对各离子扩散迁移的影响。近似采用含水率为 0.3 时的修正系数。在实际工程中,Langmuir 等温吸附式(5-59)中的系数可以通过试验得出。

$$D_0 = 10^{-12.06 + 2.4}(w/c) \tag{5-60}$$

水灰比为 0.4,$D_0 = 10^{-12.06 + 2.4}(w/c) = 8.75 \times 10^{-11}$;

水灰比为 0.5,$D_0 = 10^{-12.06 + 2.4}(w/c) = 1.09 \times 10^{-10}$;

水灰比为 0.6,$D_0 = 10^{-12.06 + 2.4}(w/c) = 1.31 \times 10^{-10}$。

根据脱盐效率与水灰比的关系曲线(图 5-55)拟合得其关系方程为

$$T_{w\_c} = A + Bx = (28.474 \pm 0.51286) + (41.72 \pm 1.01561) \cdot w\_c$$
$$= 28.474 + 41.72 \cdot w\_c = 28.47 + 41.72 \cdot w\_c \tag{5-61}$$

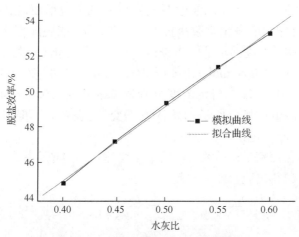

图 5-55　脱盐效率与水灰比的关系曲线

##### 5.6.2.6 电流密度

在选择电化学脱盐技术参数时,应在对混凝土不造成危害的情况下,尽量增大电流密度。Polder 等认为,低于 $5A/m^2$ 的电流密度,不会对混凝土造成明显的危害[29]。这里分别采用电流密度为 $1A/m^2$、$3A/m^2$、$5A/m^2$ 来模拟,分析电流密度对电化学脱盐的影响。

根据脱盐效率与电流密度的关系曲线(图 5-56)拟合得其关系方程为

$$T_I = A + B_1 x + B_2 x^2 = (16.918 \pm 1.3776) + (14.67514 \pm 1.04982)I$$
$$+ (-1.26286 \pm 0.17166)I^2 = 16.92 + 14.67I - 1.26I^2 \quad (5-62)$$

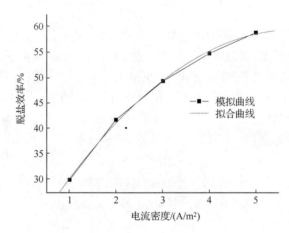

图 5-56 脱盐效率与电流密度的关系曲线

##### 5.6.2.7 氯离子初始浓度

随着氯化钠掺量的增加,混凝土保护层中 $Cl^-$ 浓度也增加,相应地 $Cl^-$ 的迁移数增大。因而,在相同的电化学脱盐技术参数条件下,能脱除更多的 $Cl^-$[22]。以上模型中 $Cl^-$ 的初始浓度都是采用 $0.38mol/l$,在此将变化 $Cl^-$ 的初始浓度分别取 $0.28mol/l$、$0.33mol/l$、$0.38mol/l$、$0.43mol/l$、$0.48mol/l$ 等进行电化学脱盐模拟,同时为了满足电中性,$Na^+$ 初始浓度分别取 $0.80mol/l$、$0.85mol/l$、$0.90mol/l$、$0.95mol/l$、$1.00mol/l$,其余离子初始浓度不变,同表 5-15。但只对 $0.28mol/l$、$0.38mol/l$、$0.48mol/l$ 进行对比分析。

根据脱盐量与氯离子初始浓度的关系曲线(图 5-57)拟合得其关系方程,然后除以总的氯离子量得出脱盐效率方程为

$$T_{C_{3,0}} = \frac{(A + Bx) \times 100}{(90 \times 90 - \pi \times 5^2) \times 10^{-6} C_{3,0}} = \frac{(-0.01534 \pm 8.36882 \times 10^{-4}) \times 100}{(90 \times 90 - \pi \times 5^2) \times 10^{-6} C_{3,0}}$$

$$+\frac{(0.00401\pm5.35759\times10^{-6})C_{3,0}\times100}{(90\times90-\pi\times5^2)\times10^{-6}C_{3,0}}=\frac{191.24}{C_{3,0}}+49.99 \quad (5\text{-}63)$$

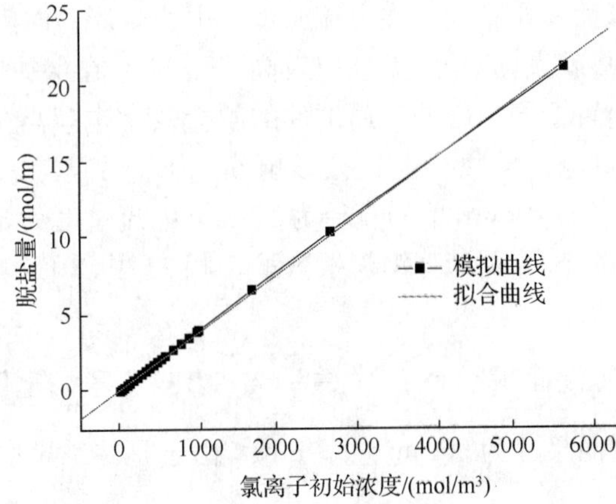

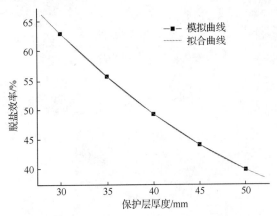

图 5-57　脱盐量与氯离子初始浓度的关系曲线

### 5.6.2.8　混凝土保护层厚度

随着保护层厚度的增大，$Cl^-$ 迁移的路径和迁移中所受的阻力都增加，迁移速率就会降低；此外，保护层的厚度增大，保护层中 $Cl^-$ 总量增大，而当电流密度一定时，$Cl^-$ 的脱除量一定，孔隙溶液中 $Cl^-$ 脱除比例越小，剩余 $Cl^-$ 浓度较多，脱盐效率下降[22]。在此采用钢筋保护层厚度分别为 30mm、40mm、50mm。

根据脱盐效率与保护层厚度的关系曲线（图 5-58）拟合得其关系方程为

$$\begin{aligned}T_H&=A+B_1x+B_2x^2=(129.59914\pm0.74667)+(-2.84654\pm0.03819)H\\&+(0.02111\pm0.000476)H^2=129.59914-2.84654H+0.02111H^2\\&=129.60-2.84H+0.021H^2\end{aligned}$$
$$(5\text{-}64)$$

图 5-58　脱盐效率与保护层厚度的关系曲线

5.6.2.9　同层钢筋表面积和混凝土截面积之比（钢混面积比）

钢筋数多，钢混面积比就大。在电流密度和电化学脱盐时间相同的情况下，多筋试件通过的电荷量就大，脱盐效率理应较高[30]。那么在保护层的厚度和单筋的直径相同的条件下，置于同一层的多筋试件的脱盐效率也就高于单筋[31]。其实钢筋的不同布置形式对电化学脱盐也是有影响[32]，但本书只考虑钢筋根数的效应。在此将在保护层厚度为40mm，单筋直径为10mm，电流密度为3A/m²等所有电化学技术条件相同的情况，分别计算钢筋根数取1根、2根、3根的电化学模型，钢筋的布置如图5-59所示。

① 1根钢筋。钢混面积比$= \dfrac{2 \times \pi \times 5}{150} = 0.21$。为了满足保护层厚度和钢筋间距要求，混凝土截面尺寸为90mm×150mm。由于是二维模型，所有表面积都取周长或边长。

② 2根钢筋。钢混面积比$= \dfrac{2 \times 2 \times \pi \times 5}{150} = 0.42$。

③ 3根钢筋。钢混面积比$= \dfrac{3 \times 2 \times \pi \times 5}{150} = 0.63$。

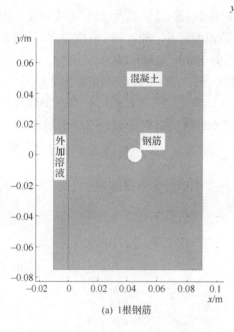

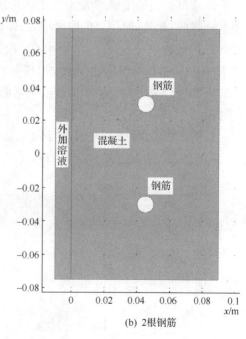

(a) 1根钢筋　　　　　　　　　　　　(b) 2根钢筋

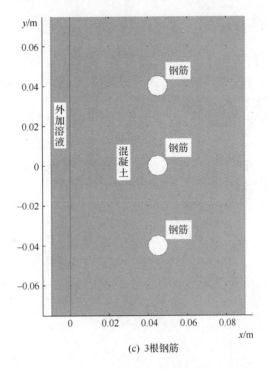

(c) 3根钢筋

图 5-59　钢筋布置图

根据脱盐效率与钢混面积比的关系曲线(图 5-60)拟合得其关系方程为

$$T_R = A + B_1 x + B_2 x^2 = (22.6825 \pm 1.73676) + (92.64048 \pm 7.54484)R$$
$$+ (-49.82993 \pm 7.07328)R^2 = 22.6825 + 92.64048R - 49.82993R^2$$
$$= 22.68 + 92.64R - 49.83R^2 \tag{5-65}$$

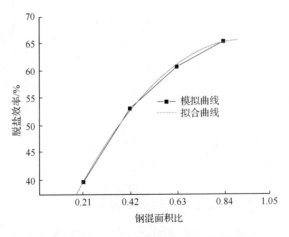

图 5-60　脱盐效率与钢混面积比的关系曲线

#### 5.6.2.10　阳极边数

采用两个独立的阳极分布在试件相对的两边以及矩形混凝土四边都设置独立的阳极。其他电化学技术参数都保持不变的情况下,通过三者(1 边阳极、2 边阳极、4 边阳极)对比分析来观察脱盐效果。

根据脱盐效率与阳极边数的关系曲线(图 5-61)拟合得其关系方程为

$$T_N = A + B_1 x + B_2 x^2 = (23.2925 \pm 7.33922) + (29.9345 \pm 6.69543)N$$
$$+ (-3.1575 \pm 1.31816)N^2 = 23.2925 + 29.9345N - 3.1575N^2$$
$$\approx 23.29 + 29.93N - 3.16N^2 \tag{5-66}$$

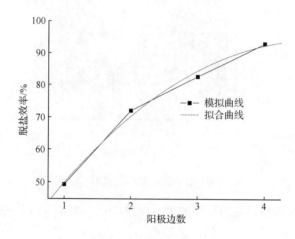

图 5-61　脱盐效率与阳极边数的关系曲线

#### 5.6.2.11　时间

根据脱盐效率与时间的关系曲线(图 5-62)拟合得其关系方程式(5-67)或式(5-68),虽然后者更精确,但前者考虑了极限状态值,即时间为 0 时,$T$ 也是 0;时间无穷大时,$T$ 为 100。所以选式(5-67)。

$$T = \frac{100t}{t + 40} \times 100\% \tag{5-67}$$

$$T = \left[ 133.06 - \frac{133.06}{1 + \left( \dfrac{t}{75.27} \right)^{0.83}} \right] \times 100\% \tag{5-68}$$

#### 5.6.2.12　阳极轴向长度与构件总长之比

为了研究外加电解液阳极的长度对整个构件脱盐的影响,在此主要分析了阳极轴向长度与构件总长的四个比值,分别是:$P=1, P=1/3, P=1/5, P=1/7$,阳极

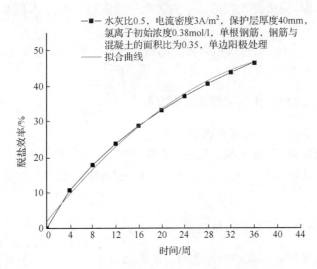

图 5-62　脱盐效率与时间的关系曲线

轴向长度不变,都取 0.05m,只是构件的总长变化。其 COMSOL 模型同图 5-52,取混凝土保护层厚度 40mm,钢筋直径 10mm,只是阳极轴向长和构件长变化,控制方程边界条件的处理都一致。同时,阳极的轴向长 0.05m 以及构件总长都是任意选取的,与实际工程中构件不一定是一致的,在此主要在研究两者比值对电化学脱盐的影响。

如图 5-63 所示,通过对模型中的三个求解域体积积分,计算出的脱盐效率。很显然,随着阳极轴向长度和构件总长之比的减小,脱盐效率也是减小的。这也说明了同样一个问题,孔隙溶液中的氯离子,离阳极越远,影响也就越小,当构件相对

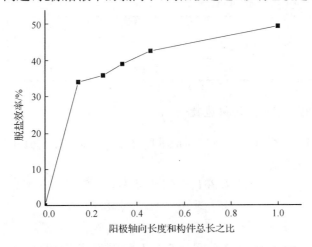

图 5-63　阳极轴向长度和构件总长比与相应脱盐效率关系图($t=280$d)

于阳极长无穷大时,阳极对孔隙溶液中的氯离子的影响几乎为 0,脱盐效率可以设为 0。

同时根据图 5-63 关系曲线拟合得出阳极轴向长度和构件总长之比方程为

$$T_P = Ax^B = 49.5P^{0.2} \tag{5-69}$$

### 5.6.3 各因素间的耦合作用和修正拟合方程

通过上面两个因素间的相互影响分析[33],得出以下三组的耦合作用比较大:电流密度与阳极边数,混凝土保护层厚度与阳极边数,混凝土保护层厚度与同层钢筋表面积和混凝土截面积之比。接下来就以上三组的耦合效应分别对其拟合方程进行修正。

#### 5.6.3.1 保护层厚度与阳极边数

根据不同阳极边数和保护层厚度对应的脱盐效率(表 5-17),修正脱盐效率与不同保护层厚度的关系方程

$$T_H = \begin{cases} 0.021H^2 - 2.84H + 129.60, N = 1 \\ -1.65H + 138.82, N = 2 \\ -0.015H^2 - 0.11H + 110.86, N = 3 \\ -0.026H^2 + 1.27H + 84.39, N = 4 \end{cases} \tag{5-70}$$

表 5-17 不同阳极边数和保护层厚度对应的脱盐效率(%)

| 阳极边数 / 保护层厚度 | 1 | 2 | 3 | 4 |
|---|---|---|---|---|
| 30 mm | 63.19 | 89.38 | 94.19 | 98.76 |
| 35 mm | 55.88 | 81.06 | 89.70 | 96.80 |
| 40 mm | 49.48 | 72.30 | 82.91 | 93.10 |
| 45 mm | 44.27 | 63.96 | 76.06 | 88.11 |
| 50 mm | 40.06 | 56.58 | 69.04 | 82.18 |

#### 5.6.3.2 电流密度与阳极边数

根据不同阳极边数和电流密度对应的脱盐效率(表 5-18),修正脱盐效率与不同保护层厚度的关系方程

$$T_I = \begin{cases} -1.26I^2 + 14.67I + 16.92, N = 1 \\ -0.78I^2 + 10.23I + 48.67, N = 2 \\ -0.68I^2 + 7.93I + 65.27, N = 3 \\ -0.52I^2 + 5.35I + 81.83, N = 4 \end{cases} \tag{5-71}$$

表 5-18　不同阳极边数和电流密度对应的脱盐效率(％)

| 电流密度＼阳极边数 | 1 | 2 | 3 | 4 |
|---|---|---|---|---|
| 1 A/m² | 30.03 | 57.95 | 72.35 | 86.47 |
| 2 A/m² | 41.85 | 66.31 | 78.76 | 90.87 |
| 3 A/m² | 49.48 | 72.30 | 82.91 | 93.10 |
| 4 A/m² | 54.91 | 76.72 | 85.80 | 94.65 |
| 5 A/m² | 58.99 | 80.38 | 88.08 | 95.75 |

### 5.6.3.3　保护层厚度与钢混面积比

根据不同保护层厚度和钢混面积比对应的脱盐效率(表 5-19),修正脱盐效率与不同保护层厚度的关系方程。

$$T_R = \begin{cases} -74.26R^2 + 111.83R + 28.02, H = 30\text{mm} \\ -67.57R^2 + 107.10R + 24.05, H = 35\text{mm} \\ -65.65R^2 + 105.26R + 20.59, H = 40\text{mm} \\ -62.93R^2 + 102.17R + 18.15, H = 45\text{mm} \\ -60.21R^2 + 98.69R + 16.38, H = 50\text{mm} \end{cases} \quad (5\text{-}72)$$

表 5-19　不同保护层厚度和钢混面积比对应的脱盐效率(％)

| 钢混面积比＼保护层厚度 | 30 mm | 35 mm | 40 mm | 45 mm | 50 mm |
|---|---|---|---|---|---|
| 0.21 | 48.23 | 43.56 | 39.80 | 36.83 | 34.45 |
| 0.42 | 61.89 | 57.11 | 53.22 | 49.96 | 47.21 |
| 0.63 | 69.00 | 64.70 | 60.85 | 57.54 | 54.66 |

将式(5-72)合成为一个以保护层厚度为系数的方程

$$T_R = (-92.32 + 0.66H)R^2 + (129.98 - 0.62H)R + (44.78 - 0.58H)$$

$$(5\text{-}73)$$

## 5.6.4　脱盐效率总方程

电化学脱盐方法去除混凝土中氯化物的相关规律一般都是采用试验测得,由于氯化物侵入以及去除过程本来就比较的长,试验至少需要一年,有的甚至三到五年才能看到相对比较明显的结果。同时,对于实际工程的技术人员,处理电化学脱盐过程中复杂的偏微分方程也是有一定的难度的。针对以上的问题,在此采用回归脱盐效率的总方程的方法。这样对应实际工程的相关参数,该方程就可以快速地计算出要求的脱盐效率需要的时间。这样可以根据工程实际的需要,改变相应的脱盐技术参数,来改变脱盐的时间,进一步改善和满足实际工程的脱盐效率。

回归多元因素方程的方法很多,主要有多元线性回归与多元非线性回归。根据前节的耦合分析,脱盐效率总方程应该用非线性回归。同时从耦合三维图形,各曲线都是平行的,所以各项乘积就可以得出总方程。存在耦合的组就采用修正后的方程。通过以上的分析,得出脱盐效率的总方程为

$$T = \frac{T_{w\_c} T_I T_{C_{3,0}} T_H T_R T_P \cdot 49.48}{49.48^5 T_N T_{H(N=1)}} \cdot \frac{100t}{t+40} = \frac{T_{w\_c} T_I T_{C_{3,0}} T_H T_R T_P}{49.48^4 T_N T_{H(N=1)}} \cdot \frac{100t}{t+40}$$

式中

$$T_{w\_c} = 28.47 + 41.72 \cdot w\_c \qquad (5\text{-}74)$$

$$T_I = \begin{cases} -1.26I^2 + 14.67I + 16.92, N = 1 \\ -0.78I^2 + 10.23I + 48.67, N = 2 \\ -0.68I^2 + 7.93I + 65.27, N = 3 \\ -0.52I^2 + 5.35I + 81.83, N = 4 \end{cases} \qquad (5\text{-}75)$$

$$T_{C_{3,0}} = \frac{191.24}{C_{3,0}} + 49.99 \qquad (5\text{-}76)$$

$$T_H = \begin{cases} 0.021H^2 - 2.84H + 129.60, N = 1 \\ -1.65H + 138.82, N = 2 \\ -0.015H^2 - 0.11H + 110.86, N = 3 \\ -0.026H^2 + 1.27H + 84.39, N = 4 \end{cases} \qquad (5\text{-}77)$$

$$T_R = (-92.32 + 0.66H)R^2 + (129.98 - 0.62H)R + (44.78 - 0.58H) \qquad (5\text{-}78)$$

$$T_P = Ax^B = 49.5P^{0.2} \qquad (5\text{-}79)$$

$$T_N = \begin{cases} 49.48, N = 1 \\ 72.30, N = 2 \\ 82.91, N = 3 \\ 93.10, N = 4 \end{cases} \qquad (5\text{-}80)$$

实际工程中,分别输入电化学技术参数以及混凝土相关参数,就可以直接得到时间与脱盐效率的关系,这样就得出相应脱盐效率的脱盐时间。同时我们可以改变相应电化学技术参数以及混凝土相关参数来改变脱盐时间与脱盐效率的相互关系,这样就可以根据需要来确定脱盐技术参数以达到我们脱盐的要求。

## 5.7　总结和展望

本章的主要结论如下:

① 提出了两种在钢管混凝土中应用海砂的新方法,分别为钢管-FRP 板-海砂

混凝土和双层海砂钢管混凝土。加入 FRP 板对构件承载力影响不大,相比普通混凝土略有降低。双层海砂钢管混凝土中普通混凝土层可以阻隔海砂中氯离子对钢管的腐蚀,厚度可参考钢筋混凝土的保护层厚度确定。

② 在钢管-FRP 管-混凝土双壁组合结构中,FRP 管能够显著提高构件的轴压承载力,钢管的套箍作用主要体现在弹性阶段,钢管屈服之后,套箍作用趋于恒定。FRP 管的套箍作用主要体现在强化阶段,直至破坏。

③ 基于已有的钢管混凝土统一理论公式,推导得出了适合本章构件的轴压承载力公式,和试验及有限元结果吻合较好。

④ 加入 FRP 管之后,构件的耗能能力变差,延性降低。FRP 管破坏时,荷载位移曲线会发生突然变化。当轴压比较大,长细比较小时,变化较明显。位移延性系数随着轴压比和长细比的增加而降低。对已有的实心和空心钢管混凝土压弯构件的恢复力模型进行修正,得到了适合本章构件的恢复力简化模型,并据此得到了位移延性系数的简化计算公式。

⑤ 从有限元模型方面对去除钢管混凝土中氯离子进行的探索,得出脱盐效率方程。

由于该结构尚未在工程中推广应用,本章的研究还有很多不足之处,在以后的研究中,还可以进行以下的工作:

① 对该组合结构动力如抗震性能进行试验验证。

② 对具体构造进行研究,并在实际工程中推广应用。

③ 去除混凝土中氯离子在实际工程中的实现和应用,开发出简单实用的设备。

④ 探索其他形式的能够合理方便利用海砂的新型组合结构。

## 参 考 文 献

[1] 韩林海. 钢管混凝土结构——理论与实践. 北京:科学出版社,2007

[2] 霍元. 海砂型氯离子的扩散机理及其对钢筋锈蚀性能的影响. 深圳大学硕士学位论文,2006

[3] 牛荻涛. 混凝土结构耐久性与寿命预测. 北京:科学出版社,2002

[4] 矫桂琼,贾普荣. 复合材料力学. 西安:西北工业大学出版社,2008

[5] Bank L C. Composites for Construction. London:Wiley,2006

[6] Samaan M S. An Analytical and Experimental Inverstigation of Concrete-Filled Fiber Reinforced Plastics(FRP) Tubes. University of Central Florida,Degree of Doctor of Philosophy,1997

[7] Abaqus Analysis User's Manual and Abaqus Theory Manual

[8] Son J, Fam A. Finite element modeling of hollow and concrete-filled fiber composite tubes in flexure:model development,verification and investigation of tube parameters engineering structures. Engineering Structures,2008,30(10):2656~2663

[9] Fam A Z, Rizkalla S H. Behavior of axially loaded concrete-filled circular fiber-reinforced polymer tubes. ACI Structural ,2001,98(3):280~289

[10] Son J, Fam A. Finite element modeling of hollow and concrete-filled fiber composite tubes in flexure: model development, verification and investigation of tube parameters engineering structures. Engineering Structures,2008,30(10): 2664~2666

[11] 程文瀼, 王铁成. 混凝土结构(上册). 北京:中国建筑工业出版社, 2004

[12] 中华人民共和国国家标准. 混凝土结构设计规范,2002

[13] Yu M, Zha X X, Ye J,et al. A unified formulation for hollow and solid concrete-filled steel tube columns under axial compression. Engineering Structures,2010, 32: 1046~1053

[14] 陈建桥. 复合材料力学概论. 北京:科学出版社, 2006

[15] 刘明学, 钱稼茹. FRP 约束圆柱混凝土受压应力-应变关系模型. 土木工程学报, 2006, (11): 1~6

[16] 杨建兴. 钢管混凝土框架抗震性能的非线性有限元分析. 华中科技大学硕士论文,2005

[17] 钱稼茹, 刘明学. FRP-混凝土-钢双壁空心管柱抗震性能试验. 土木工程学报,2008, (3): 29~36

[18] Schneider S P. Axially loaded concrete-filled steel tubes. Structural Engineering, 1998, 124(10): 1125~1138

[19] 屠永清. 钢管混凝土压弯构件恢复力特性的研究. 哈尔滨建筑大学博士学位论文,1994

[20] 钟善桐. 钢管混凝土结构. 北京:清华大学出版社, 2003

[21] 张凤亮. 空心圆钢管混凝土压弯构件骨架曲线和延性系数的研究. 哈尔滨工业大学硕士学位论文, 2008

[22] 李森林, 范卫国, 蔡伟成, 等. 电化学脱盐防腐技术的室内试验研究. 水利水运工程学报,2001,(3): 35~40

[23] Wang Y, Li L Y, Page C L. A two-dimensional model of electrochemical chloride removal from concrete. Elsevier Science B. V. PII,2001: S0927-0256 (00)00177-4

[24] Li L Y, Page C L. Finite element modelling of chloride removal from concrete by an electrochemical method. Corrosion Science,2002,(42): 2145~2165

[25] Page C L,Yu S W, Bertolini L. Some potential side effects of electrochemical chloride removal from reinforced concrete//Proceedings of the UK Corrosion and Eurocorr , Institute of Materials, 1994, 3: 228~238

[26] Toumi A, François R, Alvarado O. Experimental and numerical study of electrochemical chloride removal from brick and concrete specimens. Cement and Concrete Research,2007,(37) :54~62

[27] Orellan Herrera J C, Escadeillas G, Arliguie G. Electro-chemical chloride extraction: influence of $C_3A$ of the cement on treatment efficiency. Cement and Concrete Research,2006,(36):1939~1946

[28] Sergi G, Yu S W, Page C L. Diffusion of chloride and hydroxyl ions in cementitious materials exposed to a saline environment. Magazine of Concrete Research,1992,(44):63~69

[29] Polder R B, Hans J van den Honde. Electrochemical realklisation and chloride removal of concrete-state of the art, laboratory and field experience. Construction Repair,1996, 6(5) :19~24

[30] 成立. 电解质溶液对电化学除盐效果的影响. 四川建材,2006,(2): 19~21

[31] Arya C, Vassie P R W. Factors influencing electro-chemical removal of chloride from concrete . Cement and Concrete Research,1996,(6):851~860

[32] Garcés P, Sánchez de Rojas M J, Climent M A. Effect of the reinforcement bar arrangement on the efficiency of electrochemical chloride removal technique applied to reinforced concrete structures. Corrosion Science,2006,48:531~545

[33] 刘艳芝. 电化学方法去除混凝土中氯化物的有限元模拟. 哈尔滨工业大学硕士学位论文, 2008

# 第六章　可利用二氧化碳钢管混凝土构件

## 6.1　高压下混凝土碳化的有限元模型

### 6.1.1　引言

碳化过程是一个多物理场的耦合过程,主要涉及的物理因素包括相对湿度,温度、二氧化碳浓度与碳化反应速率等[1~5]。另外,水灰比、水泥品种与用量、骨料品种与粒径、掺加剂、混凝土抗压强度、养护方法与养护时间等因素也必须考虑进来[6]。

混凝土碳化深度预测模型是目前研究的热点,主要有混凝土强度模型、水灰比模型、多因素模型、多系数模型、基于人工网络方法建立的多因素碳化深度预测模型以及随机模型等[6]。

### 6.1.2　碳化耦合方程的建立

#### 6.1.2.1　碳化过程的基本假定

对碳化过程进行数值模拟,首先要找到各个不同影响参数之间的耦合关系,得到变量间的耦合方程,为进行数值模拟进行前期准备。

二氧化碳从外界空气进入混凝土的孔隙中,溶解在孔隙中的水中产生碳酸,然后与混凝土中的碱性水化物、硅化物、钾化物和钙化物等发生中和反应,形成碳酸钙。因为混凝土中氢氧化钙的含量通常要大大多于其他物质的量,所以我们可以简单地认为在混凝土中主要发生的是二氧化碳与氢氧化钙的反应,化学方程式可以写成[6]

$$CO_2 + Ca(OH)_2 \longrightarrow CaCO_3 + H_2O$$

此化学反应式只是碳化的最后结果,其中的过程很复杂,我们还需作如下假设:反应不可逆且瞬时发生;发生反应的混凝土中的孔隙中既不是全部都是水,也不是其中没有水。

#### 6.1.2.2　碳化速率方程

单位时间碳酸钙的生成量取决于碳化程度、外界温度、二氧化碳浓度和混凝土孔隙中的相对湿度[5]。假设碳化反应在第一时间进行,碳化速率方程可以写成

$$v = \frac{\partial [CaCO_3]}{\partial t} = f(h, T)[CaCO_3][CO_2] \tag{6-1}$$

$$f(h, T) = f_1(h)\alpha_1 k \tag{6-2}$$

式中：$k = Ae^{-E_0/RT}$（Arrhenius 公式）[2,7]；

　　　$E_0$ ——活化能[7]；

　　　$R$ ——热力学常数，取 8.314Pa·$m^3$/(mol·K)[7]；

　　　$A$ ——指前因子[7]；

　　　$T$ ——试验温度；

　　　$\alpha_1$ ——材料参数[8]；

　　　$f_1(h)$ ——把相对湿度的影响引入到碳化过程中的函数[3,4]；

　　　$h$ ——相对湿度，%[3]。

因此，碳化速率表达式可以写成[2~5,8~13]

$$\frac{\partial c}{\partial t} = v = \alpha_1 f_1(h) f_2(g) f_3(c) f_4(T) \tag{6-3}$$

式中：$\alpha_1$ ——材料参数，取 $2.8 \times 10^{-7}$[5]。

$$f_1(h) = \begin{cases} 0, & 0 \leqslant h \leqslant 0.5 \\ \dfrac{5}{2}(h - 0.5), & 0.5 < h \leqslant 0.9 \\ 1, & 0.9 < h \leqslant 1 \end{cases} \tag{6-4}$$

$$f_2(g) = \frac{g}{g_{max}} \tag{6-5}$$

式中：$g_{max}$ ——最大二氧化碳量含量[2]；

　　　$g$ ——碳化过程中二氧化碳量含量[2]。

$$f_3(c) = 1 - \left(\frac{c}{c_{max}}\right)^m \tag{6-6}$$

式中：$c_{max}$ ——最大碳酸钙沉淀量[3]；

　　　$c$ ——碳化过程中碳酸钙沉淀量[3]；

　　　$m$ ——根据相关文献[2]，取值为 1。

$$f_4(T) = k = Ae^{-E_0/RT} \tag{6-7}$$

### 6.1.2.3　不饱和混凝土中的水汽扩散与热传导方程

混凝土中的水汽与热量的传导方程为[3,5]

$$\frac{\partial h}{\partial t} = \text{div}(C\text{grad}h) + \frac{\partial h_s}{\partial t} + K\frac{\partial T}{\partial t} + \alpha_2\frac{\partial c}{\partial t} \tag{6-8}$$

式中：$K$ ——水化热系数[2]，$K = 0.0135h\dfrac{1-h}{1.25-h}$；

$\alpha_2$ ——湿度与化学反应间可能存在的相关性系数,本次模拟取值 0.0017[5];

$h_s$ ——自水化系数,本次模拟考虑 $h_s$ 不随时间变化[3]。

扩散系数依赖相对湿度和温度[2,14],即

$$C = C_1 \left[\alpha_0 + \frac{1-\alpha_0}{1+\left(\frac{1-h}{1-h_c}\right)^n}\right] \tag{6-9}$$

$$C_1 = C_0 \left[0.3 + \sqrt{\frac{13}{t_e}}\right] \frac{T}{T_0} \exp\left(\frac{Q}{RT_0} - \frac{Q}{RT}\right) \tag{6-10}$$

式中:$C$ ——相对湿度在混凝土的扩散系数[2];

　　　$C_0$ ——标准状态下 28d 时,相对湿度在混凝土的扩散系数[2];

　　　$Q$ ——扩散过程的活化能[7],KJ/mol。

　　　$t_e$ ——等效水化时间,$t_e = \int_0^t \beta_T \beta_h \mathrm{d}t$。

$$\beta_T = \exp\left[\frac{U_h}{R}\left(\frac{1}{T_0} - \frac{1}{T}\right)\right] = \exp\left[4600\left[30/(T-263)\right]^{0.39}\left(\frac{1}{T_0} - \frac{1}{T}\right)\right] \tag{6-11}$$

$$\beta_h = \left[1 + (\alpha - \alpha h)^4\right]^{-1} \tag{6-12}$$

$$\rho C_q \frac{\partial T}{\partial t} - \frac{\partial Q_h}{\partial t} - \alpha_3 \frac{\partial c}{\partial t} = \mathrm{div}(b\mathrm{grad}T) \tag{6-13}$$

式中:$C_q$ ——定压比热[3],$C_q = 0.1458T + 870.83$;

　　　$\alpha_3$ ——热量流动与化学反应间可能存在的相关性系数,本次模拟考虑该系
　　　　　　数取值为 0[5];

　　　$b$ ——多孔介质导热系数,$b = b_f^\phi b_s^{1-\phi}$;

　　　$b_f$ ——气体导热系数;

　　　$b_s$ ——混凝土导热系数;

　　　$\phi$ ——混凝土空隙率;

　　　$Q_h$ ——热通量;

　　　$\rho$ ——混凝土密度[15],kg/m³;

　　　$\alpha$ ——该参数由试验获得,本次模拟取值为 5[3,4]。

### 6.1.2.4　二氧化碳扩散方程

二氧化碳在混凝土孔隙中的扩散方程为[3]

$$\frac{\partial g}{\partial t} + \alpha_4 \frac{\partial c}{\partial t} = \mathrm{div}\left[D_g \mathrm{grad}g\right] \tag{6-14}$$

$$D_g(h, T, t_e, c) = D_{g28} F_1^*(h) F_2(T) F_3(t_e) F_4(c) \tag{6-15}$$

$$F_1^*(h) = (1-h)^{2.5} \tag{6-16}$$

$$F_2(T) = \exp\left(\frac{Q}{RT_0} - \frac{Q}{RT}\right) \tag{6-17}$$

$$\frac{Q}{R} = 4700\text{K} \tag{6-18}$$

$$F_4(c) = 1 - \xi c \tag{6-19}$$

式中：$\alpha_4$ ——湿度扩散系数的最小值与最大值之比[16,17]；

　　　$h$——相对湿度的扩散系数降低到最大值与最小值的中间值时的相对湿度；

　　　$g$ ——碳化过程中二氧化碳的浓度[3]；

　　　$Q$ ——扩散过程的活化能；

　　　$R$ ——热力学常数，取 8.314Pa·m³/(mol·K)；

　　　$T_0$ ——标准温度；

　　　$T$ ——试验温度；

　　　$c$ ——碳化过程中碳酸钙的相对浓度[2]；

　　　$D_g$ ——试验条件下二氧化碳的扩散系数[3]；

　　　$D_{g28}$ ——标准条件下二氧化碳的扩散系数[3]。

本次试验模拟考虑已有的试验成果，假定 $F_3(t_e) = 1.0$[3]。

### 6.1.2.5　压力与碳化的关系

引入压力对碳化的影响规律，在压力从 0.1MPa 到 20MPa 时，二氧化碳的溶解性提高了 100 倍，此关系直接影响了碳化反应的快慢。为了将压力的影响引入到常压下的碳化控制方程中，考虑到溶解性在控制方程中没有表达得很明显，所以将压力与溶解性的相关关系转化成压力与扩散系数的关系，从而得到在不同压力条件下的对碳化机理的影响因素，即

$$D_g' = (5P + 0.5)D_g \tag{6-20}$$

式中：$D_g'$ ——二氧化碳扩散系数；

　　　$P$ ——碳化压力；

　　　$D_g$ ——常压下二氧化碳扩散系数。

### 6.1.2.6　控制方程的建立

由式(6～3)、式(6～8)、式(6～13)、式(6～14)可得到控制方程的标准实用形式为

$$K_{11}\frac{\partial h}{\partial t} - K_{12}\frac{\partial g}{\partial t} - K_{13}\frac{\partial T}{\partial t} - K_{14}\frac{\partial c}{\partial t}$$
$$= \nabla(C_{11}\nabla h) + \nabla(C_{12}\nabla g) + \nabla(C_{13}\nabla T) + \nabla(C_{14}\nabla c) \tag{6-21}$$

$$K_{21}\frac{\partial h}{\partial t} - K_{22}\frac{\partial g}{\partial t} - K_{23}\frac{\partial T}{\partial t} - K_{24}\frac{\partial c}{\partial t}$$

$$= \nabla(C_{21}\nabla h) + \nabla(C_{22}\nabla g) + \nabla(C_{23}\nabla T) + \nabla(C_{24}\nabla c) \tag{6-22}$$

$$K_{31}\frac{\partial h}{\partial t} - K_{32}\frac{\partial g}{\partial t} - K_{33}\frac{\partial T}{\partial t} - K_{34}\frac{\partial c}{\partial t}$$

$$= \nabla(C_{31}\nabla h) + \nabla(C_{32}\nabla g) + \nabla(C_{33}\nabla T) + \nabla(C_{34}\nabla c) \tag{6-23}$$

$$K_{41}\frac{\partial h}{\partial t} - K_{42}\frac{\partial g}{\partial t} - K_{43}\frac{\partial T}{\partial t} - K_{44}\frac{\partial c}{\partial t}$$

$$= \nabla(C_{41}\nabla h) + \nabla(C_{42}\nabla g) + \nabla(C_{43}\nabla T) + \nabla(C_{44}\nabla c) + R \tag{6-24}$$

式中：$K_{11} = 1$；

$K_{12} = 0$；

$K_{13} = 0.0135h\dfrac{1-h}{1.25-h}$；

$K_{14} = 0.0017$；

$C_{11} = C$；

$K_{23} = -\rho C_q$；

$C_{23} = b$；

$K_{32} = -1$；

$K_{34} = \alpha_4$；

$C_{32} = D_g$；

$K_{44} = -1.0$；

$R = \alpha_1 f_1(h) f_2(g) f_3(c) f_4(T)$。

其他系数默认值为零。

### 6.1.3　混凝土试块的碳化模拟

#### 6.1.3.1　方形模型的建立和网格的划分

对混凝土试块的碳化模拟建立了一个二维的矩形模型，其尺寸和混凝土试块的尺寸一样。本次模拟的时间是 250d。方形模型的尺寸和网格按划分如图 6-1 所示。

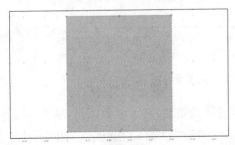
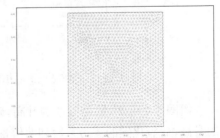

(a) 建立模型　　　　　　　　　　　　　　(b) 划分网格

图 6-1　方形模型及网格划分

6.1.3.2　模拟的结果对比

压力对碳化深度的影响关系如图 6-2 所示,由图可以看出,随着时间的不同,不同压力下的碳化深度相差越来越大,压力由 1 个大气压力到 80 个大气压时碳化深度增长了 4~5 倍。

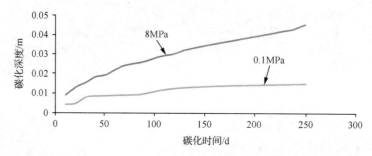

图 6-2　不同压力下的碳化深度随时间变化

由图 6-3 可知,在相对湿度 RH=0.65 时,碳化深度最大,由此可知,此相对湿度为最佳碳化相对湿度。此现象产生的原因是:碳化反应由两个部分组成,开始是二氧化碳溶于混凝土中的水中,形成碳酸;然后,产生的碳酸与水泥中的氢氧化钙等碱性物质发生中和反应,形成碳酸钙。而在第一部分时,需要有水的条件,水量多,相应的溶于水中的二氧化碳含量也会增多。而在第二部分,中和反应是一个产生水的化学过程,所以要使碳化反应的更充分,相对湿度既不能太高,也不能太低。在低相对湿度条件下,碳化反应的第一部分受到限制,高相对湿度条件下,碳化反应的第二部分受到限制。

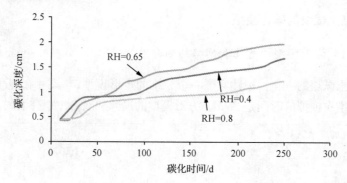

图 6-3　不同相对湿度下碳化深度对比

由图 6-4 可知,随着温度的升高,碳化深度增长很快,其主要原因是:随着温度的升高,二氧化碳的渗透系数和溶解性增大,一方面可以使二氧化碳气体更快速的进入到混凝土内部中,另一方面提高了二氧化碳在混凝土孔隙水中的含量,有利于

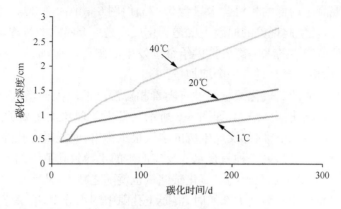

图 6-4　不同温度下碳化深度与时间关系

提高二氧化碳的浓度,从而加速碳化反应的速率。

　　混凝土内部相对含水量随时间的变化如图 6-5 所示。在外界相对湿度较低,为 0.4 时,碳化反应范围扩散的很慢,在相同时间下,其碳化深度比较高相对湿度时少了很多,发生此状况主要是因为,在外界低相对湿度的情况下,碳化所需的水不能及时地得到补充,反应发生所必需的水只能通过内部混凝土中的水汽扩散得到,此扩散是个很缓慢的过程,因此,碳化深度比其他相对湿度时的要小。

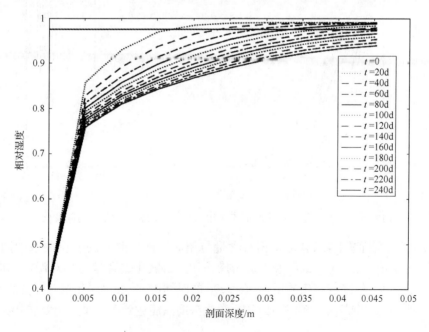

图 6-5　相对湿度为 0.4 时混凝土中相对含水量随时间变化

设定的混凝土内部的相对含水量为 0.975,但图 6-5 中内部混凝土的相对含水量明显有增长,发生此现象的原因主要是碳化反应是一个吸水的过程,同时反应也生成了水。反应产生的水一部分提供给继续发生的碳化反应,而另一部分则向内扩散,所以内部相对含水量有一个增加量。

内部参与反应的二氧化碳量并没有随着相对湿度的增大而增大,而是在相对湿度为 0.65 时,碳化深度最大,如图 6-6 所示。发生此现象的主要原因是在较高的外界相对湿度情况下,内部反应生成的水汽很难排出,而混凝土孔隙中主要包含两种物质,一种是空气,另一种就是水。反应产生的水导致孔隙中的空气的相对含量减少,进入到混凝土孔隙中的二氧化碳储量也就随之减少,从而导致了碳化反应速度的减缓。而在相对湿度为 0.4 时,混凝土孔隙中的水分少,溶解于水中的二氧化碳的含量相对变少,所以能够形成碳酸进一步进行碳化反应的二氧化碳量随之减少,所以碳化深度较低。可知,碳化反应所需的外界相对湿度在 60% 左右时,为最佳相对湿度,过高或过低都会影响反应的正常进行。

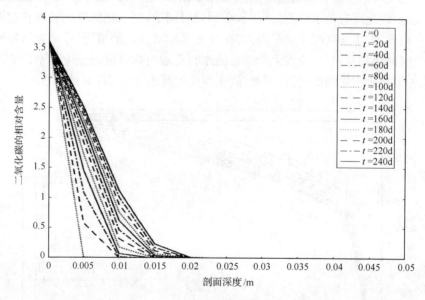

图 6-6　相对湿度为 0.65 时混凝土中的二氧化碳相对含量随时间变化

不同深度情况下,二氧化碳相对含量与相对湿度随时间的变化关系如图 6-7 与图 6-8 所示,在深度为 1cm 和 2cm 的范围内,二氧化碳含量与相对湿度随时间有很大的变化,但随着深度的增加,在 250d 的时间内,二氧化碳和相对湿度的变化很小。此现象表明,在 250d 的时间内,碳化深度只能达到 1cm 到 2cm 范围内。

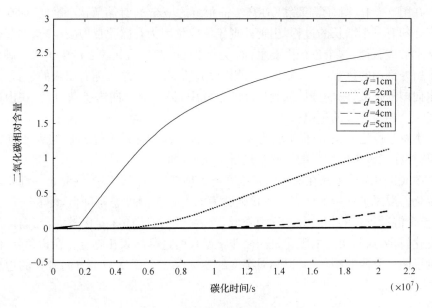

图 6-7　不同深度二氧化碳含量变化

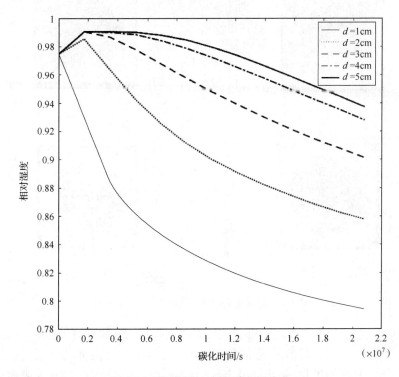

图 6-8　不同深度二氧化碳含量变化

　　在图 6-8 中,相对湿度除了在离表面很近的 1cm 处时储量越来越低,而在其他深度处却有一个增长的过程,出现此现象主要是因为在碳化反应发生时,二氧化碳溶于水形成碳酸,这个过程需要水,而在中和反应发生后又随之产生了水。碳化是一个由外到内的过程,在外表面,先消耗反应所需的水,之后随着反应的进行,产生的水向内外扩散,一部分扩散到外部的空气中,另一部分向内扩散,所以在内部会形成一个相对增长的过程。

　　本章中所建立的二维模型为 0.1mm×0.1mm 混凝土柱四边均为非绝缘边界,均存在二氧化碳浓度的转移与热量交换。

　　图 6-9 为混凝土柱在四边都有浓度场的环境下不同时间的混凝土内部相对湿度变化。混凝土柱接触外界二氧化碳时表面的相对湿度急剧降低,随着时间的推移,整个混凝土柱的相对湿度逐渐降低,外表面的浓度梯度变化较大,而内部的梯度变化较小,这与实际的碳化是一个非常漫长的过程结果相吻合。在边角处,由于受到了两个方向的碳化,所以相对湿度的变化深度会比受一个方向碳化的边界处更大。

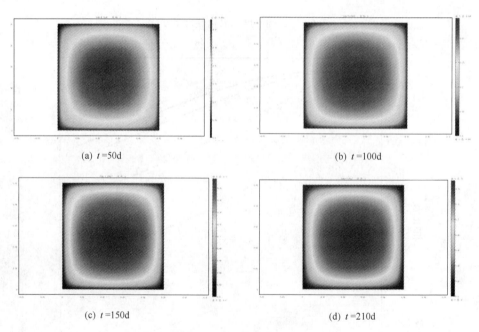

(a) $t$ =50d　　　　　　　　　　　　(b) $t$ =100d

(c) $t$ =150d　　　　　　　　　　　　(d) $t$ =210d

图 6-9　混凝土内部相对湿度随时间变化图

　　图 6-10 为混凝土柱在四边都有浓度场的环境下不同时间的混凝土内部二氧化碳含量变化。由图可知,混凝土柱接触外界二氧化碳时表面的二氧化碳含量急剧增加,随着时间的推移,整个混凝土柱的二氧化碳含量逐渐增加,外表面的浓度梯度变化较大,而内部的梯度变化较小,这与实际的碳化是一个非常漫长的过程结

果相吻合。在边角处，由于受到了两个方向的碳化，所以二氧化碳的变化深度会比受一个方向碳化的边界处更大。

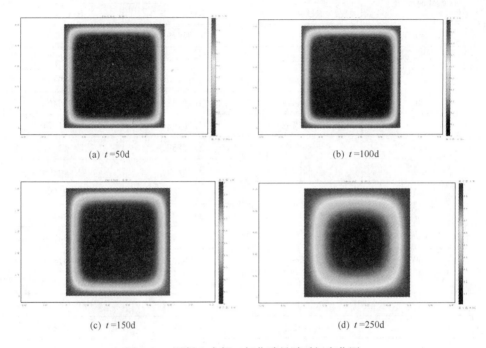

（a）$t=50d$　　　　　　　　　　　　（b）$t=100d$

（c）$t=150d$　　　　　　　　　　　　（d）$t=250d$

图 6-10　混凝土内部二氧化碳量随时间变化图

### 6.1.3.3　混凝土碳化深度的数值模型与公式对比

为了将数值模拟结果与公式结果进行对比，在此选取了固定的温度、混凝土强度和二氧化碳体积分数，而根据不同的碳化时间进行对比。根据牛荻涛等提出的预测碳化深度的随机模型，可得出的碳化深度在不同相对湿度条件下，不同时间碳化深度值。公式计算值如表 6-1 所示。

**表 6-1　不同相对湿度下碳化深度与时间的关系**

| 碳化时间/d | 碳化深度/mm | | |
| --- | --- | --- | --- |
| | RH=0.4 | RH=0.65 | RH=0.8 |
| 10 | 0.721471 | 0.398775 | 0.215469 |
| 20 | 1.020314 | 0.563952 | 0.304720 |
| 30 | 1.249625 | 0.690698 | 0.373204 |
| 40 | 1.442943 | 0.797549 | 0.430939 |
| 50 | 1.613259 | 0.891687 | 0.481804 |

| 碳化时间/d | 碳化深度/mm | | |
|:---:|:---:|:---:|:---:|
| | RH=0.4 | RH=0.65 | RH=0.8 |
| 60 | 1.767236 | 0.976794 | 0.527790 |
| 70 | 1.908834 | 1.055058 | 0.570079 |
| 80 | 2.040629 | 1.127905 | 0.609440 |
| 90 | 2.164414 | 1.196324 | 0.646408 |
| 100 | 2.281492 | 1.261036 | 0.681374 |
| 110 | 2.392849 | 1.322586 | 0.714631 |
| 120 | 2.499250 | 1.381396 | 0.746408 |
| 130 | 2.601302 | 1.437802 | 0.776886 |
| 140 | 2.699498 | 1.492078 | 0.806213 |
| 150 | 2.794246 | 1.544447 | 0.834510 |
| 160 | 2.885885 | 1.595098 | 0.861878 |
| 170 | 2.974702 | 1.644190 | 0.888403 |
| 180 | 3.060943 | 1.691857 | 0.914159 |
| 190 | 3.144820 | 1.738218 | 0.939209 |
| 200 | 3.226518 | 1.783374 | 0.963609 |
| 210 | 3.306197 | 1.827415 | 0.987405 |
| 220 | 3.384000 | 1.870419 | 1.010641 |
| 230 | 3.460055 | 1.912456 | 1.033355 |
| 240 | 3.534473 | 1.953589 | 1.055580 |
| 250 | 3.607356 | 1.993873 | 1.077347 |

　　相对湿度分别 0.4、0.65、0.8 时,公式计算值和数值模拟值的对比如图 6-11 所示。由图 6-11 可知,在最佳相对湿度 0.65 时,数值模拟值与公式计算值吻合得最好,其原因主要是因为一般的试验条件都是相对湿度为 0.6～0.7,所以由混凝土试块试验值拟合出来的公式只有应用于这个相对湿度范围才能较好地吻合。而在低相对湿度情况下,公式给出的结果明显大于数值模拟结果,发生此现象的原因主要是公式没有考虑到发生反应对含水量的要求。在低相对湿度的情况下,碳化反应受到限制,此时,碳化反应所需要的水分不能得到及时的补充,所以数值模拟得到的碳化深度明显低于公式所给出的值。

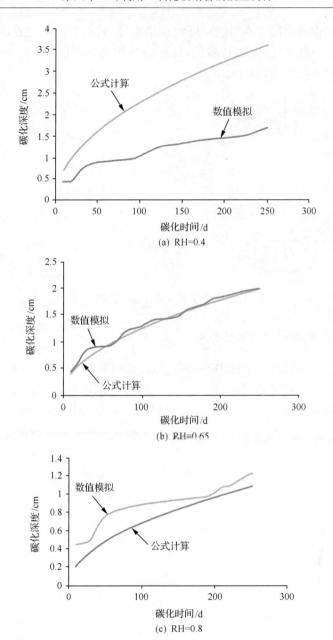

图 6-11 不同相对湿度下碳化深度的公式计算值和数值模拟值对比

### 6.1.4 钢管混凝土的碳化模拟[18]

#### 6.1.4.1 模型的建立及网格划分

钢管混凝土碳化模拟的几何模型与混凝土试块的不同,是环形的,如图 6-12

所示。考虑到钢管混凝土本身能较好地保持水分,且钢管混凝土在养护过程中钢管内部掺入了一些水,湿度保持较好,故模拟的相对湿度取 0.85。模拟的时间与高压碳化试验时间相同,取 1d。

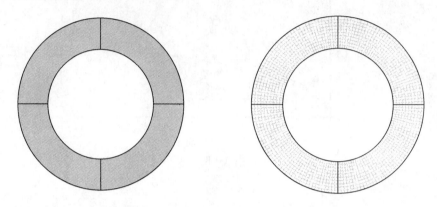

图 6-12　碳化模型及碳化模型的网格划分

### 6.1.4.2　数值模拟结果的分析

通过对普通钢管混凝土的内部碳化模拟,如图 6-13 和图 6-14 所示,可以看到当二氧化碳浓度不同时,碳酸钙为 0 点的位置明显不同,这表明碳化深度随二氧化碳浓度变化非常明显。当二氧化碳产生的压强在 2MPa 时,碳化深入点位于

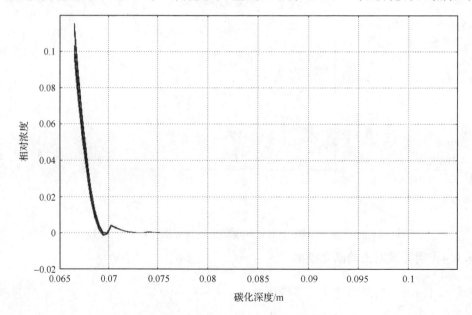

图 6-13　P-7-2 试件碳酸钙相对浓度随碳化深度的变化

0.069m 的位置；当二氧化碳产生的压强在 4MPa 时，碳化深入点位于 0.073m 的位置；当二氧化碳产生的压强在 8MPa 时，碳化深入点位于 0.077m 的位置。

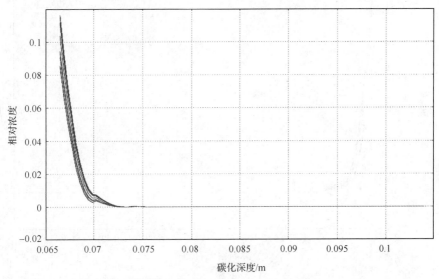

图 6-14　P-7-4 试件碳酸钙相对浓度随碳化深度的变化

从再生钢管混凝土的碳化深度情况来看，如图 6-15～图 6-17 所示，随着二氧化碳浓度的增大，碳化深度也在逐步增大，这个变化与普通钢管混凝土的类似。再生钢管混凝土碳化深度与二氧化碳浓度之间保持同向变化趋势，但并不是简单的正比例关系。二氧化碳浓度是影响碳化深度的一个主要因素。

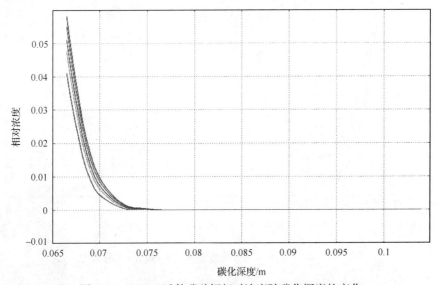

图 6-15　P-14-8 试件碳酸钙相对浓度随碳化深度的变化

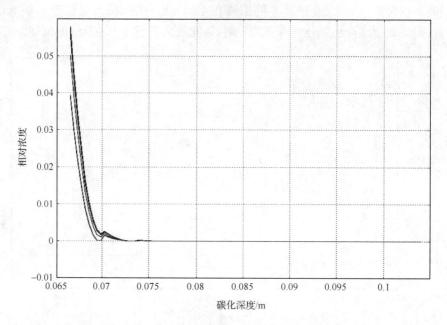

图 6-16　Z-14-2 试件碳酸钙相对浓度随碳化深度的变化

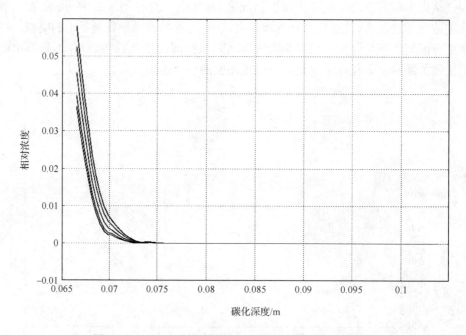

图 6-17　Z-14-4 试件碳酸钙相对浓度随碳化深度的变化

另外,从模拟的情况来看,再生钢管混凝土养护时间对碳化深度的影响不是很大,从图 6-18 和图 6-19 来看,养护 7d 和养护 14d 后加临界二氧化碳的再生钢管混凝土碳化深度点位于 0.07m 左右的位置。

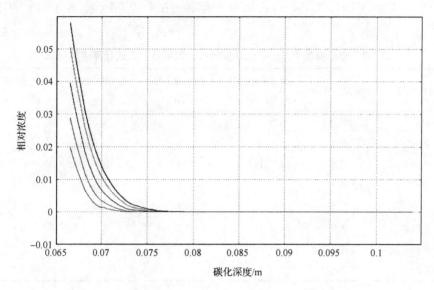

图 6-18　Z-14-8 试件碳酸钙相对浓度随碳化深度的变化

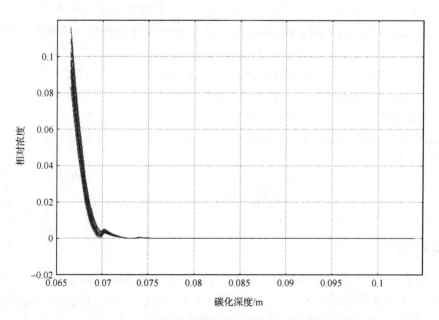

图 6-19　Z-7-2 试件碳酸钙相对浓度随碳化深度的变化

本研究将钢管混凝土碳化的模拟深度和由牛狄涛等提出的碳化深度公式计算值进行了对比,如表 6-2 所示。表中,试件编号中的 P 代表普通混凝土,Z 代表再生混凝土,第一个数字代表加二氧化碳时养护的天数(d),第二个数字代表二氧化碳的加压压力(MPa),如 Z-7-4,表示再生混凝土在养护 7d 后加入 4MPa 的二氧化碳。

表 6-2　空心钢管混凝土碳化深度的数值模拟值和公式计算值的对比

| 试件编号 | 混凝土类别 | 加二氧化碳时的养护时间/d | 加压的压强/MPa | 模拟碳化深度/mm | 公式计算碳化深度/mm |
|---|---|---|---|---|---|
| P-7-2 | 普通 | 7 | 2 | 3.5 | 4.6 |
| P-7-4 | 普通 | 7 | 4 | 6.5 | 6.6 |
| P-14-8 | 普通 | 14 | 8 | 10.5 | 9.4 |
| Z-7-2 | 再生 | 7 | 2 | 6.5 | 6.4 |
| Z-7-4 | 再生 | 7 | 4 | 9.5 | 9.3 |
| Z-14-2 | 再生 | 14 | 2 | 6.0 | 6.4 |
| Z-14-4 | 再生 | 14 | 4 | 9.5 | 9.3 |
| Z-14-8 | 再生 | 14 | 8 | 12.5 | 13.2 |

牛狄涛的公式主要是针对普通混凝土的情况[6],结合肖建庄的研究思路,将牛狄涛的公式在前面乘以一个系数 $K_1$,$K_1$ 表示再生骨料对碳化影响的因子,$K_1 > 1.0$,故得到再生钢管混凝土碳化深度公式为

$$L = K_1 K_T K_{RH} K_{CO_2} K_C \sqrt{t} \tag{6-25}$$

该式是牛狄涛公式关于再生混凝土的改进公式,本次模拟计算中,取 $K_1 = 1.4$。

从数值模拟值和公式计算值的对比来看,牛狄涛公式计算的碳化深度与本次数值模拟的碳化深度基本相当,说明本次模拟正确性较高,并且从模拟的情况来看,再生钢管混凝土碳化深度考虑用式(6-25)是合适的,$K_1$ 的取值也基本符合数值模拟要求。

# 6.2　试验设计及试验研究

## 6.2.1　引言

20 世纪 60 年代以来,国际上一些发达国家就开始重视混凝土结构的耐久性问题,对混凝土碳化进行了大量的试验研究和理论分析。国内在这方面起步较晚,从 20 世纪 80 年代开始研究混凝土碳化和钢筋锈蚀问题[6]。

从实心钢管混凝土到空心钢管混凝土是为了减轻结构的自重,如何更好地利

用空心钢管混凝土的内部空心部分又不增加结构自重成了本节研究的主要内容。混凝土的碳化会明显提高混凝土的强度,而自然碳化又是一个十分漫长的过程,所以把二氧化碳储存在空心部分内成了本节的主要目的。要以钢管混凝土的外层钢管与上下盖板构成密闭容器,充分利空心钢管混凝土的空心部分,可以很好地应用于实际工程当中。

## 6.2.2　钢管压力测试试验设计

### 6.2.2.1　压力的产生

为了达到试验所需的压力,采取在空心部分加干冰的方式,在试验开始前,把达到指定压力所需的干冰量计算好,然后放入干冰,快速将试件密封,形成密闭环境,图 6-20 为试验用干冰。

干冰是固态的二氧化碳,在常温和压强为 6079.8kPa 压力下,把二氧化碳冷凝成无色的液体,再在低压下迅速蒸发,便凝结成一块块压紧的冰雪状固体物质,其温度是－78.5℃,这便是干冰。干冰蓄冷是水冰的 1.5 倍以上,吸收热量后升华成二氧化碳气体,无任何残留、无毒性、无异味,有火菌作用。它受热后

图 6-20　干冰

不经液化,而直接升华。干冰是二氧化碳的固态,由于干冰的温度非常低,温度为－78.5℃,因此经常用于保持物体维持冷冻或低温状态。

在室温下,将二氧化碳气体加压到约 101 325Pa 时,当一部分蒸汽被冷却到－56℃左右时,就会冻结成雪花状的固态二氧化碳。固态二氧化碳的汽化热很大,在－60℃时为 364.5J/g,在常压下气化时可使周围温度降到－78℃左右,并且不会产生液体,所以叫干冰。

干冰的挥发性随着温度的升高而提高,颗粒状的比块状的挥发快。现在深圳干冰的市场价大概为 18～20 元/kg。干冰有密度高、保冷持久、干燥无污染等特点。

干冰在大气中升华,在 0℃时其体积会增大为原来的 750 倍。1kg 的干冰变成二氧化碳的体积为 0.5m³。如果在高压容器中使其升华可以得到 70kg 以上的压力。

切记在每次接触干冰的时候,一定要小心并且用厚绵手套或其他遮蔽物才能触碰干冰。如果是在干冰长时间直接碰触肌肤的情况下,就可能会造成细胞冷冻

而类似轻微或极度严重烫伤的伤害。汽车、船舱等环境不能使用干冰,因为升华的二氧化碳将替代氧气而可能引起呼吸急促甚至窒息。

气体的密度与压力和温度有关,气体状态方程为 $pV = nRT$,式中 $p$ 为压强,$V$ 为体积,$n$ 为摩尔数,$R$ 为常量,$T$ 为绝对温度。而 $n = M/M_{mol}$,$M$ 为质量,$M_{mol}$ 为摩尔质量。所以 $pV = MRT/M_{mol}$,而密度 $\rho = M/V$,所以 $\rho = pM_{mol}/RT$,所以只要知道了压强、摩尔质量、绝对温度就可以算出气体密度。

### 6.2.2.2　钢管的安全性分析

根据角焊缝设计公式[19],求出焊缝强度。试验开始前,先计算好达到所需压力需要的干冰量,如要达到 4MPa 压力,此时二氧化碳气体的密度为 93.349kg/m³,计算钢管体积,$V_1 = \pi \times 0.1095 \times 0.1095 \times 0.5 = 0.0188m^3$,$V_2 = \pi \times 0.0665 \times 0.0665 \times 0.4 = 0.0056m^3$,计算得达到所需压力的干冰量分别为 1.75kg、0.518kg,因为在法兰密封过程中会有气体泄漏,所以乘以 1.2 的系数保证容器内有足够质量气体,所以最终所加质量为 2.1kg、0.6216kg。

强度主要考虑钢管的环向应力,此应力由布置在钢管中部的环向应变片所测出的应变表示。上盖板设置应变片,观测压力与应变关系值。测试证明钢管的强度满足要求。

## 6.2.3　改造空心钢管混凝土试验准备

### 6.2.3.1　空心钢管混凝土的制作

空心钢管混凝土的制备采用内外钢管形成的夹层,内套筒外层包有塑料薄膜,薄膜与钢管间涂油润滑。中部浇筑混凝土,把浇筑好的钢管混凝土放在振捣台上振捣,一边振捣一边加混凝土,振捣密实,等待混凝土中凝后取出内钢管,形成空心条件。

内套筒上部焊有把手,方便拔出,可以多人用力,但工厂加工时没有按照要求做,所以只能一人用力,在混凝土浇筑完成后两个小时需拔出内套筒,此时可以很顺利的拔出;如果再等一段时间的话,一个人就很难拔出来,只能通过其他方式。最初的设计没有用到塑料薄膜,而是直接让内套筒与混凝土接触,在混凝土与内套筒之间涂油,减少摩擦来方便拔出,但考虑到油会浸入混凝土中,影响二氧化碳在混凝土中的扩散,所以想到在内套筒外缠一层塑料薄膜,在内套筒与薄膜之间涂油,从而减少油对混凝土渗透性能的影响。浇筑尺寸如图 6-21 所示,浇铸成型后如图 6-22 所示。

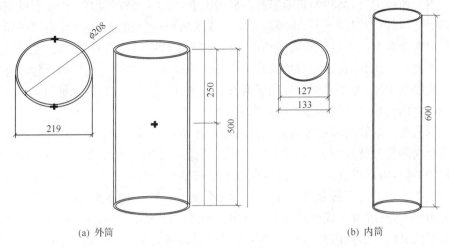

(a) 外筒　　　　　　　　　　　　　　　　(b) 内筒

图 6-21　套筒的几何尺寸(单位:mm)

图 6-22　内套筒拔出前后对比

　　内套筒拔出后,会将塑料薄膜留在混凝土上,为了不破坏没有完全硬化的混凝土,先将薄膜留在混凝土上,等混凝土完全成形后再进行拆除,本试验塑料薄膜的拆除时间为成型两天后。塑料薄膜拆除后,每天定时进行浇水养护,等到七天时进行第一次高压试验,将试块与垫块放进空心钢管混凝土的内部,然后放入计算好的一定质量的干冰,为了考虑焊接完成前有二氧化碳气体的释放,放入量为计算量的120%,将内筒拔出后的形态如图 6-22 所示。

　　因为要在钢管内部设置内套筒以利用内外钢管形成中部的空心结构,如何保持内套筒的位置就成为了需要解决的问题,开始时考虑把内套筒做成四等份的可拆卸的圆筒,内部设有三个支撑环,在混凝土成型后首先将三个支撑环取出,然后将四块 1/4 环的内套筒分别先后取出。但考虑由于混凝土的挤压,会使四块板之间的力很大,在混凝土成型后不容易取出。最终设计的方案是,由下底板上焊接块来固定内套筒。根据内套筒的直径找出固定焊接点的位置,在浇筑混凝土的时候先在上部将内套筒固定好位置,避免在浇筑时的扰动内套筒的位置。而在振动台上振捣时还可以调整内套筒的位置。所以此方法可以有效地固定内套筒。

　　上盖板的制作,首先要在盖板上打孔,孔径与卡套外径相同,制作完成后如图 6-23 所示。在卡套与盖板的连接处需要安装垫片防止漏气,垫片的材料需要一定的耐高温性能,因为焊接会产生大量的热。同样,高压热电耦也是如此安装在盖板上。

　　再生混凝土配合比设计的任务就是要确定能获得预期性能而又经济的混凝土各组成材料的用量。它与普通混凝土配合比的目的是相同的,即在保证结构安全使用的前提下,力求达到便于施工和经济节约的要求。国内外大量试验已表明:再生粗集料的基本性能与天然粗集料有很大差异,如孔隙率大、吸水率大、表面密度低、压碎指标值高等。考虑再生粗集料本身的特点,进行再生混凝土的配合比设计时应满足以下几个要求[15]:

　　　　(a) 球阀与上盖板连接　　　　　　　　(b) 加有测温系统的上盖板

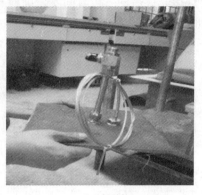

(c) 有测温系统的上盖板底部　　　　　(d) 上盖板整体

图 6-23　上盖板构造图

① 再生混凝土抗压强度一般稍低于相同配合比的普通混凝土,为了达到相同强度等级,其水胶比应较普通混凝土有所降低。

② 由于再生粗集料的孔隙率和含泥量以及表面的粗糙性,要满足与普通混凝土同等和易性的要求,则单位混凝土的水泥用量往往要比普通混凝土多。因此,在再生混凝土配合比设计中必须尽可能节约水泥,这对降低成本至关重要。

③ 再生粗集料的吸水率较高、弹性模量较低及再生粗集料中存在天然集料与老砂浆之间的界面等,给再生混凝土的某些变形性能和耐久性能带来不利影响。所以,在配合比设计时,必须注意充分考虑适用和耐久性的要求[20]。

### 6.2.3.2　排压系统与压力测试

本试验的压力是由干冰挥发成二氧化碳气体,在密闭空间中形成的。由于在空心钢管混凝土内部有压力,所以在做压力试验之前应该把里面的二氧化碳气体排出,从而安全地进行试验,本试验的排压系统采用了深圳斯麦泰克流体系统科技有限公司的气体减压阀系统。此系统可分为与钢板连接的卡套、球阀和减压阀三个部分。

首先在上盖板上打孔,将管道的卡套插入钢板,螺母与钢板间有四氟耐高温垫片,将螺母上紧,再将球阀与卡套连接。将试块与垫块放进空心钢管混凝土的内部,然后放入计算好的一定质量的干冰。在焊接开始前,将球阀开启,以保持气体的流动,因为在焊接过程中会产生大量的热,从而使干冰挥发,此时如果将球阀关闭,生成的二氧化碳气体就会从未焊好的焊缝中冲出,由于压力高于外界压力,所以会影响到焊接的效果,严重时会影响焊接的继续,从而导致试验的失败。焊接完成后将球阀关闭,用水冷却上部盖板与卡套连接处,因为四氟耐高温垫片的最高承受温度为 250~260℃,此时如果不及时对钢板加以冷却有可能会使垫片变形甚至融化。焊接完成后的一段时间要仔细检查焊缝处有无漏气现象，如有需进行及时补救，如果此时没有很好的补救，则当干冰完全挥发时，内部的气压会达到几十个大气压，此时就没有办法补救了，因为内部的气体会不断的向外排出，而焊接和胶水之类在短时间内无法成型。焊接完成后在不同时间将减压阀与球阀相连，以测试内部压力。

减压阀的进气孔所配压力表量程为 $0\sim100$bar（1bar$=10^5$Pa），精度为 2bar；出气孔压力表量程为 $0\sim17$bar，精度为 0.2bar。表 6-3 为压力系统产品型号。

表 6-3　压力系统产品型号

| 序号 | 产品名称 | 型号 |
|---|---|---|
| 1 | 气体减压阀 | 44-2263-241 |
| 2 | 球阀 | 1/2″ |
| 3 | 卡套 | 1/2″ |

减压阀系统如图 6-24 所示，分为三个部分：减压阀、球阀和卡套。将干冰放入后，焊接成型，加压养护时如图 6-25 所示。

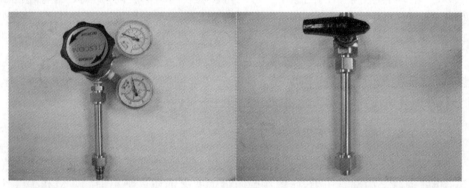

(a) 减压阀　　　　　　　　　　　　　(b) 球阀

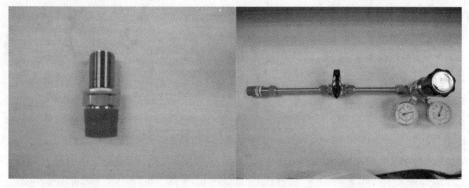

(c) 卡套　　　　　　　　　　　　　(d) 整体连接

图 6-24　减压阀系统示意图

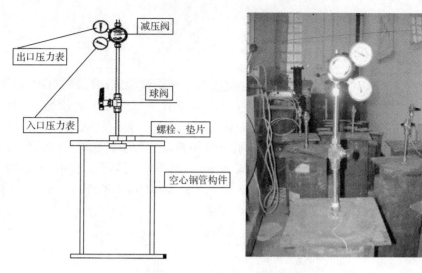

图 6-25 实际试件整体图

### 6.2.3.3 测温系统

因为干冰升华需大量热,为了观测温度变化,本试验温度测试采用深圳市泰士特公司生产的高压 K 型热电偶,型号 Q10Pt100-150-3122,Pt100 测温芯片,三线制单 Pt,铠装外径 $\phi$10,植入深度 100mm,螺栓锁紧,与钢板连接处与排压系统相同。热电耦与数字手持表相连,测量钢管内部温度变化。由于焊接产生大量的热,所以在焊接后内部温度会升高,一般温度会达到 36℃,时间持续也会比较长,一般会在一小时左右。然后温度逐渐降低,达到稳定,一般为 25℃。高压热电偶如图 6-26所示。

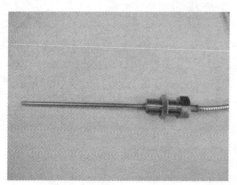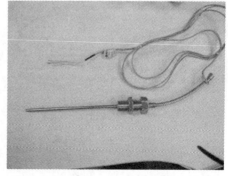

图 6-26 高压热电偶示意图

### 6.2.4　材性试验

#### 6.2.4.1　混凝土材性试验

本节的数据是严格按照《普通混凝土力学性能试验方法标准》(GB/T50081-2002)对混凝土进行了试块测试。对于每空心钢管混凝土构件分别浇注了两个立方体试件,共计18个立方体试块。每个立方体试块的试验在节点试验结束后马上进行。为了能将试块放入空心部分,此处采用的尺寸为砂浆试块用的常见的立方体试模,混凝土试模为70mm×70mm×70mm,由于立方体强度和脆性及结构试件间差别,按照《普通混凝土力学性能试验方法标准》(GB/T50081-2002)规定,由下式进行换算

$$f_{ck} = 0.88\alpha_{c1}\alpha_{c2}f_{cuk} \tag{6-26}$$

式中：$f_{cuk}$ ——立方体强度,MPa；

$\quad\quad f_{ck}$ ——混凝土强度标准值,MPa；

$\quad\quad \alpha_{c1}$ ——棱柱强度与立方强度之比值,对 C50 及以下取 $\alpha_{c1} = 0.76$,对 C80 取 $\alpha_{c1} = 0.82$,中间按线性规律变化；

$\quad\quad \alpha_{c2}$ ——C40 以上混凝土考虑脆性折减系数,对 C40 取 $\alpha_{c2} = 1.0$,对 C80 取 $\alpha_{c2} = 0.87$,中间按线性规律变化。

因为要把混凝土试块放入空心部分,所以压力试验所用混凝土试块尺寸为由70mm×70mm×70mm 的砂浆模具制成的立方体。其换算成标准试件的换算系数为 0.92,混凝土试块如图 6-27 所示。

图 6-27　混凝土试件尺寸对比

#### 6.2.4.2　钢管材性试验

对试件按规定进行设计加工,并且尽量消除了圣维南(Saint-Venant)影响。

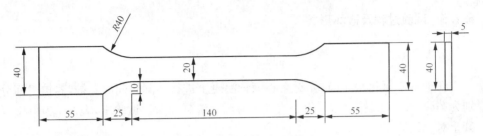

图 6-28　钢材试件设计示意图(单位:mm)

**表 6-4　钢材试验结果** (单位:MPa)

| 钢材类别 | 试件序号 | 屈服强度 $\sigma_y$ | 极限强度 $\sigma_u$ | $\sigma_y$ 均值 | $\sigma_u$ 均值 |
|---|---|---|---|---|---|
| 无缝钢管 | 1 | 359.7 | 512.5 | 346.5 | 498.9 |
| | 2 | 333.3 | 485.3 | | |

试件设计的示意图如图 6-28 所示,试验结果如表 6-4 所示。

钢材材料性能试验结果由哈尔滨工业大学深圳研究生院材料试验室的电子万能试验机的拉伸试验得出,在试件中部贴纵横向应变片,以测其泊松比。图 6-29 为拉伸试验机。

图 6-29　钢材拉伸试验

试验一共有三组对比试件,试验结果如表 6-4 所示,但其中一组试件与其他两组的屈服应力相差很大,可能是出厂时,材料性能试验的钢材与钢管的钢材不一致,所以此处只取两组试验结果,取平均值,作为钢管的材料性能。

### 6.2.5　试验过程及破坏形式

#### 6.2.5.1　构件概况

在加入二氧化碳之前,先对空心钢管混凝土进行不同时间的养护,养护时间分别为 7d 与 14d,试件分为 5 组。表 6-5 为普通混凝土对比试验组,表 6-6 为再生混凝土对比试验组。

**表 6-5　普通混凝土试验构件编号分组**

| 试件编号 | 养护时间/d | 试验压力/MPa |
|---|---|---|
| P | 28 | 0 |
| P-7-2 | 7 | 2 |
| P-7-4 | 7 | 4 |
| P-7-4-T | 7 | 4 |
| P-14-8 | 14 | 8 |

**表 6-6　再生混凝土试验构件编号分组**

| 试件编号 | 养护时间/d | 设计压力/MPa |
|---|---|---|
| Z | 28 | 0 |
| Z-14-2 | 14 | 2 |
| Z-14-4 | 14 | 4 |
| Z-14-8 | 14 | 8 |

#### 6.2.5.2　加载和测量设备

钢管混凝土柱的轴压试验是在哈尔滨工业大学深圳研究生院深圳市防灾减灾重点实验室完成的。加载装置为 YAS-5000 电液伺服万能试验机,试件上下端为平板铰约束。通过 GTC350 全数字电液伺服控制器控制加载,采用匀速加载,加载速度为 4kN/s,压力和端部位移由试验机自行读取。在试件的纵向和环向粘贴应变片,分别用来测量纵向和环向应变。应变用隐蔽采集箱采集,加载装置如图 6-30 所示。应变采集箱如图 6-31 所示。

对于加温对比试件 P-7-4-T,在 30 日 22:00 时,用电热毯将其包住,设定电热毯温度为 90℃,由于之前对空钢管做过加温试验,在电热毯温度设定为 90℃时,考虑热扩散,钢管内部温度为 35~43℃稳定,符合试验所需的 40℃要求。

　　　　　　　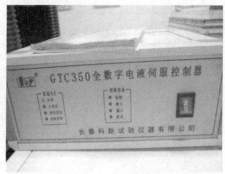

(a) 加载装置　　　　　　　　　　　　　　(b) 加载控制箱

图 6-30　液压加载试验机及控制器

　　　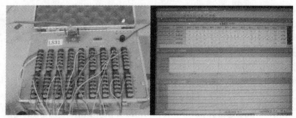

(a) 应变箱主机　　　　　　(b) 应变箱从机　　　　　　(c) 应变数据显示

图 6-31　应变采集箱及应变采集软件界面

### 6.2.5.3　二氧化碳压力与温度加载过程

为了观测压力的变化，一般每隔 1h 对压力进行采样。7d 养护条件下的压力测试结果如表 6-7 所示；14d 养护试件压力测试结果如表 6-8 所示。

表 6-7　7d 养护条件下试件分组压力　　　　（单位：MPa）

| | 试件编号 | P-7-4 | P-7-4-T | P-7-2 |
|---|---|---|---|---|
| 时间 | 30 日 19:49 | 3.7 | 2.8 | 1.5 |
| | 30 日 19:53 | 3.7 | 2.8 | 1.8 |
| | 30 日 21:48 | 3.7 | 2.8 | 1.8 |
| | 1 日 11:00 | 1.6 | 0.6 | 0.6 |
| | 1 日 21:00 | 0.9 | | |
| | 2 日 10:00 | 0.6 | | |
| | 2 日 20:00 | 0.6 | | |

**表 6-8　14d 养护条件下试件分组压力**　　　　　（单位：MPa）

| 试件编号 | | P-14-8 | Z-14-8 | Z-14-4 | Z-14-2 |
|---|---|---|---|---|---|
| 时间 | 18:35 | 3.7 | 3.1 | | |
| | 19:45 | 5.0 | 4.6 | 3.5 | 1.2 |
| | 20:00 | | 5.3 | | |
| | 21:00 | 5.6 | 6.0 | 2.5 | 1.2 |
| | 21:22 | | 4.6 | | |
| | 22:00 | 5.7 | | 2.0 | |
| | 22:30 | 5.7 | | | |
| | 23:30 | 5.7 | | 1.5 | 0.9 |

#### 6.2.5.4　试验现象

钢管高度为 500mm，厚度为 5.5mm，外径为 219mm。内部混凝土厚度为 37.5mm。上下焊接端板。加载速率 4kN/s。

由图 6-32 可知空心钢管混凝土轴心受压构件的破坏首先是端部，而且都是在后焊接的端部，分析其原因主要是在混凝土浇筑完成后，混凝土收缩变形，使混凝土与上端板间存在空隙，而后用砂浆抹面，可能是由于砂浆强度没有混凝土的强度高，或者是两者间的连接面强度不够，所以会在端部形成薄弱部位，因此会在端部出现破坏。

(a) 加载前　　　　　　　　　(b) 加载中　　　　　　　　　(c) 加载后

图 6-32　试验加载及破坏情况

为何没有在中部鼓曲，可以理解为，空心钢管混凝土并不像实心钢管混凝土那样，在端部出现破坏后，压碎的混凝土挤压下部的钢管使其产生很大的变形，而空心钢管混凝土，当端部破坏后，混凝土后形成脱落，掉落在空心处，不会对中部的钢管造成影响，当然这也不是绝对的，本试验中就有一个试件在中部也发生了屈曲，发生此现象的原因可能是此试件的混凝土与钢管的约束力较大，在端部发生变形后没有马上发生脱落，而将力直接传到了中部，使中部也产生了较大的变形。

### 6.2.6　X射线衍射分析

X射线衍射分析是利用晶体形成的X射线衍射,对物质进行内部原子在空间分布状况的结构分析方法。将具有一定波长的X射线照射到结晶性物质上时,X射线因在结晶内遇到规则排列的原子或离子而发生散射,散射的X射线在某些方向上相位得到加强,从而显示与结晶结构相对应的特有的衍射现象。衍射X射线满足布拉格方程

$$2d\sin\theta = n\lambda \tag{6-27}$$

式中:λ——X射线的波长;

$\theta$——衍射角;

$d$——结晶面间隔;

$n$——整数。

波长λ可用已知的X射线衍射角测定,进而求得面间隔,即结晶内原子或离子的规则排列状态。将求出的衍射X射线强度和面间隔与已知的表对照,即可确定试样结晶的物质结构,此即定性分析。从衍射X射线强度的比较,可进行定量分析。本法的特点在于可以获得元素存在的化合物状态及原子间相互结合的方式,从而可进行价态分析。当X射线以掠角$\theta$(入射角的余角,又称为布拉格角)入射到晶体或部分晶体样品的某一具有$d$点阵平面间距的原子面上时,就能满足布拉格方程,从而测得了这组X射线粉末衍射图。

样品的制备需注意以下几点:

① 金属样品如块状、板状、圆柱状要求磨成一个平面,面积不小于10mm×10mm,如果面积太小可以用几块粘贴一起。

② 对于片状、圆柱状样品会存在严重的择优取向,衍射强度异常。因此要求测试时合理选择相应的方向平面。

③ 对于测量金属样品的微观应力(晶格畸变),测量残余奥氏体,要求样品不能简单粗磨,要求制备成金相样品,并进行普通抛光或电解抛光,消除表面应变层。

④ 粉末样品要求磨成320目的粒度,约40μm。粒度粗大衍射强度低,峰形不好,分辨率低。要了解样品的物理化学性质,如是否易燃、易潮解、易腐蚀、有毒、易挥发。

⑤ 粉末样品要求在3g左右,如果太少也需5mg。

⑥ 样品可以是金属、非金属、有机、无机材料粉末。

X射线衍射仪以布拉格试验装置为原型,融合了机械与电子技术等多方面的成果。衍射仪由X射线发生器、X射线测角仪、辐射探测器和辐射探测电路四个基本部分组成,是以特征X射线照射多晶体样品,并以辐射探测器记录衍射信息的衍射试验装置。现代X射线衍射仪还配有控制操作和运行软件的计算机系统。

X射线衍射仪的成像原理与聚集法相同,但记录方式及相应获得的衍射花样不同。衍射仪采用具有一定发散度的入射线,也用"同一圆周上的同弧圆周角相等"的原理聚焦,不同的是其聚焦圆半径随 $2\theta$ 的变化而变化。衍射仪法以其方便、快捷、准确和可以自动进行数据处理等特点在许多领域中取代了照相法,现在已成为晶体结构分析等工作的主要方法。

分别对碳化与未碳化的混凝土做 X射线衍射分析试验,以得到其内部物质量的变化,用来分析碳化使混凝土强度提高的原因。

本试验应用哈尔滨工业大学深圳研究生院材料实验室的日本理学株式会社的 D/max 2500PC 型 X射线衍射仪对混凝土进行衍射分析,分析 $2\theta$ 在 $6°\sim60°$ 范围内混凝土内部各物质含量,速率定为 $3°/min$。X射线衍射仪外观及内部结构如图 6-33所示。图 6-34 为装试件用载玻片。

(a) 衍射仪外观　　　　　　　　　　　　　(b) 衍射仪内部

图 6-33　X射线衍射仪整体及内部结构图

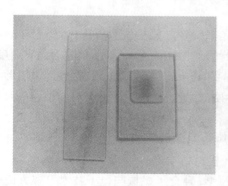 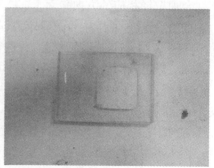

(a) 样品装入前　　　　　　　　　　　　　(b) 样品装入后

图 6-34　X射线衍射分析试件

用实验室玛瑙研钵将混凝土块研磨成粉末;用酒精擦拭载玻片,用吹风机吹干。将试样放入载玻片的凹槽内,用玻璃片将试样压平,形成密实;再将周围的粉末擦拭干净。将试样放入 X 射线衍射仪中进行衍射实验。

为了检测碳化与未碳化的混凝土内物质含量的变化,分别取自然碳化试块的内部试样与加速碳化的外部试样进行 X 射线衍射分析。取样点分别如图 6-35 (a)、(b)中用三角形标记的地方。

(a) 碳化样品取样　　　　　　　　　　(b) 未碳化样品取样

图 6-35　试块取样

# 6.3　混凝土试块及空心钢管混凝土试验结果分析

## 6.3.1　混凝土试块力学试验及微观试验结果分析

本次对混凝土试块的力学试验结果如表 6-9 所示。

表 6-9　混凝土试块强度测试值

| 序号 | 试件编号 | 屈服力/kN | 屈服应力/MPa |
|---|---|---|---|
| 1 | P | 211.8 | 43.22 |
| 2 | P | 212.5 | 43.37 |
| 3 | Z | 220.9 | 45.08 |
| 4 | Z | 197.0 | 40.20 |
| 5 | Z-7-4 | 229.0 | 46.73 |
| 6 | Z-7-4 | 237.2 | 48.41 |
| 7 | Z-7-2 | 206.7 | 42.18 |
| 8 | Z-7-2 | 187.8 | 38.33 |
| 9 | Z-14-8 | 224.6 | 45.84 |

| 序号 | 试件编号 | 屈服力/kN | 屈服应力/MPa |
|------|----------|-----------|--------------|
| 10 | Z-14-8 | 212.0 | 43.27 |
| 11 | Z-14-4 | 239.4 | 48.86 |
| 12 | Z-14-4 | 252.7 | 51.57 |
| 13 | Z-14-2 | 231.9 | 47.33 |
| 14 | Z-14-2 | 218.3 | 44.55 |
| 15 | P-7-4 | 230.4 | 47.02 |
| 16 | P-7-4 | 240.6 | 49.10 |
| 17 | P-7-2 | 234.9 | 47.94 |
| 18 | P-7-2 | 222.7 | 45.45 |
| 19 | P-14-8 | 214.6 | 43.80 |
| 20 | P-14-8 | 240.0 | 48.95 |

从表 6-9 的试验数据来看,普通混凝土试块和再生混凝土试块在碳化后,强度有不同程度的提高。而且可以看到,碳化的压力越大时,碳化后试快的强度一般也越大。从本次试验来看,普通混凝土和再生混凝土对碳化的反应没有什么很大的区别,原因可能和试验的数量有关系,本次试验的试件量不是太大,对于普通混凝土和再生混凝土的区别不是太明显。

宏观力学试验表明,碳化对混凝土强度的提高时有利的,而从微观来看,通过 X 射线衍射分析,能对宏观的现象作出解释。

表 6-10 和表 6-11 分别为未碳化试样与碳化试样的 X 射线衍射表。图 6-36 和图 6-37 分别为未碳化试样与碳化试样的 X 射线衍射图谱,在图中标注出的分别是 $CaCO_3$ 和 $Ca(OH)_2$ 的峰值点,X 射线衍射的原理就是根据已有的图库来分析图形,图库中有各种物质的衍射形状,从而可以从试验峰值形状判断出是什么物质,再根据峰值点的数值来推断出物质的大概含量。从 X 射线衍射图谱来看,没有发生碳化的试件,衍射图谱中 $Ca(OH)_2$ 的峰值强度要大于 $CaCO_3$ 的,而发生碳化的试件的衍射图谱中 $CaCO_3$ 的峰值强度又要大于 $Ca(OH)_2$ 的。通过分析知道发生碳化试块中的 $SiO_2$、$Ca(OH)_2$ 及 $CaCO_3$ 的比值约为 38%：19%：40%,而没有发生碳化试块中的 $SiO_2$、$Ca(OH)_2$ 及 $CaCO_3$ 的比值约为 40%：40%：20%,这说明,干冰(二氧化碳)的加入确实能使 $Ca(OH)_2$ 发生碳化,按照混凝土学理论[6],碳化可以使试块的强度增大,微观试验也证明了这一点。

### 表 6-10　未碳化试样 X 射线衍射表

| 序号 | $2\theta/(°)$ | 晶面间距 /Å | 峰高 /cps | 半高宽 /(°) | 积分半高宽 /(°) | $\eta/(1/ml)$ | 晶粒度 /Å | 物质名称 |
|---|---|---|---|---|---|---|---|---|
| 1 | 8.8089 | 10.03019 | 903.51 | 0.2324 | 0.3477 | 0.8031 | 358.02 | 未知 |
| 2 | 11.6785 | 7.57125 | 523.93 | 0.2156 | 0.3191 | 1 | 386.79 | 未知 |
| 3 | 12.5033 | 7.0736 | 579.62 | 0.1797 | 0.2513 | 0.6826 | 464.37 | 未知 |
| 4 | 13.8686 | 6.38012 | 149.18 | 0.2037 | 0.32 | 1 | 410.27 | 未知 |
| 5 | 15.7559 | 5.61989 | 237.9 | 0.2252 | 0.2859 | 0.8653 | 371.87 | 未知 |
| 6 | 18.0012 | 4.92366 | 7219.9 | 0.1496 | 0.2082 | 1 | 561.69 | $Ca(OH)_2$ |
| 7 | 20.846 | 4.25772 | 4472.12 | 0.11 | 0.161 | 1 | 767 | 未知 |
| 8 | 22.0157 | 4.03407 | 306.34 | 0.088 | 0.1201 | 1 | 960.13 | 未知 |
| 9 | 22.9767 | 3.86748 | 501.47 | 0.2841 | 0.3486 | 0.6473 | 298 | $CaCO_3$ |
| 10 | 23.5239 | 3.77874 | 531.15 | 0.1711 | 0.2169 | 0.6473 | 495.38 | 未知 |
| 11 | 24.1725 | 3.67879 | 328.46 | 0.1719 | 0.183 | 0 | 493.69 | 未知 |
| 12 | 26.6333 | 3.34421 | 23076.85 | 0.1422 | 0.1702 | 0.2534 | 599.44 | 未知 |
| 13 | 27.4704 | 3.24418 | 2087.32 | 0.1262 | 0.1343 | 0 | 676.77 | 未知 |
| 14 | 27.697 | 3.21815 | 450.6 | 0.1086 | 0.1156 | 0 | 786.83 | 未知 |
| 15 | 27.9072 | 3.19439 | 2106.55 | 0.1183 | 0.1259 | 0 | 722.85 | 未知 |
| 16 | 28.5926 | 3.11935 | 460.95 | 0.1417 | 0.2013 | 0 | 604.27 | $Ca(OH)_2$ |
| 17 | 29.4008 | 3.03541 | 4136.8 | 0.192 | 0.3010 | 1 | 446.7 | $CaCO_3$ |
| 18 | 30.9296 | 2.88877 | 1940.95 | 0.2038 | 0.2268 | 1 | 422.41 | 未知 |
| 19 | 32.246 | 2.77379 | 1379.83 | 0.1041 | 0.1445 | 1 | 829.94 | 未知 |
| 20 | 34.0769 | 2.62882 | 2720.8 | 0.2014 | 0.2302 | 0.2532 | 430.79 | $Ca(OH)_2$ |
| 21 | 34.3274 | 2.61021 | 585.98 | 0.1328 | 0.1504 | 0.2532 | 653.69 | 未知 |
| 22 | 35.0359 | 2.55903 | 253.45 | 0.2511 | 0.3067 | 0 | 346.52 | 未知 |
| 23 | 35.9631 | 2.49516 | 401.33 | 0.1523 | 0.169 | 0.2727 | 572.79 | $CaCO_3$ |
| 24 | 36.5171 | 2.45856 | 1139.8 | 0.1137 | 0.153 | 0.6642 | 768.7 | $Ca(OH)_2$ |
| 25 | 39.4508 | 2.28223 | 1579.43 | 0.1377 | 0.1994 | 0.9148 | 640.27 | $CaCO_3$ |
| 26 | 40.2683 | 2.23776 | 967.13 | 0.1007 | 0.1072 | 0 | 877.59 | 未知 |
| 27 | 41.1005 | 2.19435 | 316.85 | 0.34 | 0.3619 | 0 | 260.61 | 未知 |
| 28 | 42.4396 | 2.12816 | 2300.88 | 0.1014 | 0.1116 | 0.1726 | 877.75 | 未知 |
| 29 | 42.8846 | 2.1071 | 277.54 | 0.1105 | 0.1503 | 1 | 806.71 | 未知 |
| 30 | 43.1882 | 2.09299 | 684.12 | 0.1441 | 0.2077 | 1 | 619.17 | $CaCO_3$ |
| 31 | 43.8999 | 2.0607 | 180.68 | 0.3494 | 0.5081 | 1 | 256.01 | 未知 |

| 序号 | $2\theta/(°)$ | 晶面间距 /Å | 峰高 /cps | 半高宽 /(°) | 积分半高宽 /(°) | $\eta/(l/ml)$ | 晶粒度 /Å | 物质名称 |
|---|---|---|---|---|---|---|---|---|
| 32 | 45.7625 | 1.98106 | 681.58 | 0.1021 | 0.1267 | 1 | 881.97 | 未知 |
| 33 | 47.1092 | 1.92752 | 1470.41 | 0.2647 | 0.3094 | 0 | 341.89 | $CaCO_3$ |
| 34 | 47.5547 | 1.9105 | 959.26 | 0.1792 | 0.2032 | 0 | 506.02 | $CaCO_3$ |
| 35 | 48.4837 | 1.87604 | 492.93 | 0.1768 | 0.2463 | 1 | 514.6 | $CaCO_3$ |
| 36 | 50.1278 | 1.81829 | 2586.97 | 0.131 | 0.1813 | 1 | 698.97 | 未知 |
| 37 | 50.6565 | 1.80055 | 680 | 0.444 | 0.5566 | 1 | 206.75 | $Ca(OH)_2$ |
| 38 | 54.2756 | 1.68872 | 367.01 | 0.1754 | 0.2193 | 1 | 531.52 | $Ca(OH)_2$ |
| 39 | 54.8347 | 1.67282 | 741.28 | 0.1373 | 0.1705 | 1 | 680.77 | 未知 |
| 40 | 55.289 | 1.66015 | 591.28 | 0.1139 | 0.1487 | 1 | 822.15 | 未知 |
| 41 | 56.2019 | 1.63532 | 88.44 | 1.1323 | 1.5346 | 1 | 83.07 | $CaCO_3$ |
| 42 | 57.4189 | 1.60352 | 190.49 | 0.2871 | 0.3622 | 1 | 329.49 | $CaCO_3$ |
| 43 | 8.7831 | 10.05962 | 287.41 | 0.3632 | 0.4551 | 0.6713 | 229.12 | 未知 |
| 44 | 11.6276 | 7.60428 | 233.09 | 0.2759 | 0.4099 | 1 | 302.26 | 未知 |
| 45 | 12.4518 | 7.10271 | 396.73 | 0.1467 | 0.2304 | 1 | 569.12 | 未知 |
| 46 | 13.5839 | 6.51319 | 161.43 | 0.3364 | 0.4123 | 1 | 248.42 | 未知 |
| 47 | 15.7705 | 5.61473 | 181.77 | 0.1809 | 0.2242 | 0.3067 | 463.15 | 未知 |
| 48 | 17.9647 | 4.93359 | 2783.62 | 0.1379 | 0.1843 | 0.8497 | 609.13 | $Ca(OH)_2$ |
| 49 | 20.7947 | 4.26811 | 3581.88 | 0.117 | 0.1689 | 1 | 720.69 | 未知 |
| 50 | 21.9659 | 4.04312 | 217.32 | 0.1558 | 0.1659 | 0 | 542.45 | 未知 |
| 51 | 22.9542 | 3.87122 | 660.15 | 0.2896 | 0.3393 | 0.4939 | 292.4 | $CaCO_3$ |
| 52 | 23.508 | 3.78126 | 277.38 | 0.2194 | 0.2704 | 0.4939 | 386.34 | 未知 |
| 53 | 24.7695 | 3.59147 | 261.06 | 0.4295 | 0.4572 | 0 | 197.79 | 未知 |
| 54 | 25.5215 | 3.48732 | 340.5 | 0.1828 | 0.1946 | 0 | 465.29 | 未知 |
| 55 | 26.5534 | 3.35409 | 19042.43 | 0.1279 | 0.156 | 0.4862 | 666.49 | 未知 |
| 56 | 26.9568 | 3.30481 | 267.33 | 0.0672 | 0.0745 | 0 | 1270.19 | 未知 |
| 57 | 27.3912 | 3.25337 | 4469.39 | 0.1563 | 0.1703 | 0 | 546.55 | 未知 |
| 58 | 27.8758 | 3.19791 | 1990.39 | 0.1298 | 0.1403 | 0 | 658.4 | 未知 |
| 59 | 29.3246 | 3.04313 | 5802 | 0.2715 | 0.3321 | 0.6898 | 315.89 | $CaCO_3$ |
| 60 | 30.8846 | 2.89288 | 1141.36 | 0.2009 | 0.232 | 0 | 428.46 | 未知 |
| 61 | 32.1327 | 2.7833 | 325.71 | 0.1562 | 0.1663 | 0 | 552.65 | 未知 |
| 62 | 32.5018 | 2.75254 | 405.08 | 0.4522 | 0.4813 | 0 | 191.14 | 未知 |

| 序号 | $2\theta/(°)$ | 晶面间距/Å | 峰高/cps | 半高宽/(°) | 积分半高宽/(°) | $\eta/(l/ml)$ | 晶粒度/Å | 物质名称 |
|---|---|---|---|---|---|---|---|---|
| 63 | 34.0145 | 2.63351 | 1495.54 | 0.18 | 0.2468 | 0.7349 | 482.08 | $Ca(OH)_2$ |
| 64 | 35.045 | 2.55839 | 174.59 | 0.2913 | 0.3401 | 0.3881 | 298.69 | 未知 |
| 65 | 35.9381 | 2.49683 | 630.93 | 0.2279 | 0.2503 | 0 | 382.74 | $CaCO_3$ |
| 66 | 36.4579 | 2.46242 | 1982.19 | 0.1145 | 0.1267 | 0 | 762.86 | $Ca(OH)_2$ |
| 67 | 39.4104 | 2.28447 | 1610.27 | 0.2034 | 0.2883 | 0.6821 | 433.28 | $CaCO_3$ |
| 68 | 40.2233 | 2.24016 | 874.35 | 0.0998 | 0.1199 | 0 | 885 | 未知 |
| 69 | 41.0618 | 2.19633 | 303.37 | 0.4075 | 0.5173 | 0 | 217.44 | 未知 |
| 70 | 41.6427 | 2.16703 | 350.33 | 0.3099 | 0.4544 | 0 | 286.47 | 未知 |
| 71 | 42.3813 | 2.13095 | 1174.24 | 0.1055 | 0.1151 | 0 | 843.54 | 未知 |
| 72 | 43.1432 | 2.09507 | 696.51 | 0.332 | 0.3597 | 0 | 268.78 | $CaCO_3$ |
| 73 | 43.8247 | 2.06406 | 208.98 | 0.3723 | 0.4042 | 0 | 240.19 | 未知 |
| 74 | 44.7874 | 2.0219 | 166.01 | 0.0833 | 0.0954 | 0.9645 | 1077.37 | 未知 |
| 75 | 45.3824 | 1.99677 | 190.87 | 0.0672 | 0.0781 | 0.3024 | 1337.3 | 未知 |
| 76 | 45.7503 | 1.98156 | 677.66 | 0.1239 | 0.1418 | 0.3024 | 726.88 | 未知 |
| 77 | 47.0593 | 1.92945 | 952.08 | 0.3008 | 0.3801 | 0 | 300.89 | $CaCO_3$ |
| 78 | 47.4649 | 1.9139 | 766.13 | 0.2533 | 0.3142 | 0 | 357.84 | $CaCO_3$ |
| 79 | 48.4613 | 1.87685 | 738.82 | 0.3198 | 0.3886 | 0 | 284.55 | $CaCO_3$ |
| 80 | 50.0837 | 1.81979 | 4294.95 | 0.1085 | 0.1271 | 0.4453 | 844.25 | 未知 |
| 81 | 50.6297 | 1.80144 | 335.35 | 0.4926 | 0.5715 | 0.4453 | 186.32 | $Ca(OH)_2$ |
| 84 | 55.2637 | 1.66084 | 179.25 | 0.1579 | 0.1859 | 0 | 593.14 | 未知 |
| 85 | 56.5189 | 1.6269 | 143 | 0.1842 | 0.1999 | 0.1245 | 511.4 | $CaCO_3$ |
| 86 | 57.3309 | 1.60577 | 281.32 | 0.3486 | 0.3783 | 0.1245 | 271.26 | $CaCO_3$ |
| 87 | 59.8848 | 1.54325 | 1920.56 | 0.1198 | 0.1693 | 1 | 799.11 | 未知 |

### 表 6-11　碳化试样 X 射线衍射表

| 序号 | $2\theta/(°)$ | 晶面间距/Å | 峰高/cps | 半高宽/(°) | 积分半高宽/(°) | $\eta/(l/ml)$ | 晶粒度/Å | 物质名称 |
|---|---|---|---|---|---|---|---|---|
| 1 | 12.4171 | 7.1225 | 369.3 | 0.209 | 0.2915 | 1 | 399.43 | 未知 |
| 2 | 13.5765 | 6.51673 | 641.89 | 0.1043 | 0.1395 | 0.9253 | 800.94 | 未知 |
| 3 | 13.8023 | 6.41063 | 153.28 | 0.1496 | 0.1976 | 0.9253 | 558.85 | 未知 |
| 4 | 15.7553 | 5.62012 | 195.37 | 0.239 | 0.2544 | 0 | 350.42 | 未知 |
| 5 | 17.9864 | 4.92768 | 2657.97 | 0.1493 | 0.1674 | 0 | 562.83 | $Ca(OH)_2$ |

续表

| 序号 | $2\theta/(°)$ | 晶面间距 /Å | 峰高 /cps | 半高宽 /(°) | 积分半高宽 /(°) | $\eta/(1/ml)$ | 晶粒度 /Å | 物质名称 |
|---|---|---|---|---|---|---|---|---|
| 6 | 18.7343 | 4.73261 | 120.71 | 0.3038 | 0.3929 | 0.9183 | 276.84 | 未知 |
| 7 | 19.6511 | 4.51383 | 88.68 | 0.2985 | 0.3516 | 0 | 282.15 | 未知 |
| 8 | 20.7995 | 4.26714 | 3120.92 | 0.144 | 0.1846 | 0.2755 | 585.81 | 未知 |
| 9 | 22.9481 | 3.87224 | 623.52 | 0.2513 | 0.2857 | 0.3615 | 336.97 | $CaCO_3$ |
| 10 | 23.4871 | 3.78458 | 665.04 | 0.1708 | 0.1978 | 0.3615 | 496.28 | 未知 |
| 11 | 24.1255 | 3.68585 | 209.84 | 0.1625 | 0.2235 | 0.9566 | 522.23 | 未知 |
| 12 | 25.0081 | 3.55774 | 252.8 | 0.293 | 0.3602 | 0.9566 | 290.02 | 未知 |
| 13 | 25.6003 | 3.47677 | 551.63 | 0.1416 | 0.1507 | 0 | 600.99 | 未知 |
| 14 | 26.592 | 3.34932 | 16870.35 | 0.148 | 0.162 | 0 | 576.24 | 未知 |
| 15 | 26.7495 | 3.32995 | 778.33 | 0.6582 | 0.7392 | 0 | 129.57 | 未知 |
| 16 | 27.4041 | 3.25187 | 9919.84 | 0.1609 | 0.1825 | 0 | 530.78 | 未知 |
| 17 | 27.9172 | 3.19327 | 3383.93 | 0.1291 | 0.1918 | 0.8308 | 662.25 | 未知 |
| 18 | 29.2945 | 3.04619 | 5372.78 | 0.295 | 0.3616 | 0.8615 | 290.73 | $CaCO_3$ |
| 19 | 30.859 | 2.89522 | 1258.16 | 0.2114 | 0.2372 | 0 | 407.1 | 未知 |
| 20 | 32.1771 | 2.77957 | 250.2 | 0.4437 | 0.4795 | 0 | 194.61 | 未知 |
| 21 | 34.0183 | 2.63322 | 1165.37 | 0.1874 | 0.2457 | 0.7242 | 463.04 | $Ca(OH)_2$ |
| 22 | 34.3204 | 2.61073 | 292.36 | 0.147 | 0.198 | 0.7242 | 590.75 | 未知 |
| 23 | 35.6219 | 2.51827 | 803.23 | 0.0832 | 0.0931 | 0.2443 | 1047.66 | 未知 |
| 24 | 35.8943 | 2.49978 | 588.04 | 0.2027 | 0.2226 | 0.2443 | 430.28 | $CaCO_3$ |
| 25 | 36.4994 | 2.45971 | 1278.82 | 0.1203 | 0.1347 | 0.2443 | 725.96 | $Ca(OH)_2$ |
| 26 | 37.056 | 2.42404 | 551.68 | 0.0713 | 0.0819 | 0.0385 | 1227.05 | 未知 |
| 27 | 39.4047 | 2.28479 | 2012.95 | 0.184 | 0.2636 | 0.691 | 478.9 | $CaCO_3$ |
| 28 | 40.222 | 2.24023 | 586.6 | 0.114 | 0.1213 | 0 | 775.16 | 未知 |
| 29 | 41.0553 | 2.19666 | 343.56 | 0.3202 | 0.372 | 0 | 276.73 | 未知 |
| 30 | 41.6922 | 2.16457 | 1213.85 | 0.0949 | 0.1219 | 0 | 935.34 | 未知 |
| 31 | 42.4019 | 2.12996 | 775.06 | 0.1319 | 0.1626 | 0.154 | 674.93 | 未知 |
| 32 | 43.1784 | 2.09344 | 706.98 | 0.2993 | 0.3498 | 0.154 | 298.16 | $CaCO_3$ |
| 33 | 44.9514 | 2.0149 | 749.2 | 0.1164 | 0.1462 | 0.7432 | 771.36 | 未知 |
| 34 | 45.3016 | 2.00014 | 201.85 | 0.2132 | 0.2696 | 0.7432 | 421.67 | 未知 |
| 35 | 45.7469 | 1.9817 | 454.86 | 0.1944 | 0.2371 | 0.7432 | 463.3 | 未知 |
| 36 | 47.0493 | 1.92984 | 838.84 | 0.6 | 0.7815 | 0 | 150.81 | $CaCO_3$ |

续表

| 序号 | $2\theta/(°)$ | 晶面间距 /Å | 峰高 /cps | 半高宽 /(°) | 积分半高宽 /(°) | $\eta/(1/ml)$ | 晶粒度 /Å | 物质名称 |
|---|---|---|---|---|---|---|---|---|
| 37 | 47.4497 | 1.91448 | 576.61 | 0.1559 | 0.1932 | 0 | 581.51 | $CaCO_3$ |
| 38 | 48.4533 | 1.87715 | 805.4 | 0.3238 | 0.3922 | 0 | 281.01 | $CaCO_3$ |
| 39 | 48.9875 | 1.85792 | 287.31 | 0.1418 | 0.1651 | 0 | 642.99 | 未知 |
| 40 | 50.0748 | 1.82009 | 2475.73 | 0.1115 | 0.1476 | 1 | 821.39 | 未知 |
| 41 | 50.5132 | 1.80532 | 554.46 | 0.4841 | 0.5886 | 1 | 189.51 | $Ca(OH)_2$ |
| 42 | 53.0294 | 1.72543 | 229.91 | 0.1136 | 0.1306 | 1 | 815.9 | 未知 |
| 43 | 54.8232 | 1.67314 | 885.79 | 0.1284 | 0.1763 | 1 | 727.86 | 未知 |
| 44 | 55.2735 | 1.66057 | 278.32 | 0.1039 | 0.1368 | 1 | 901.38 | 未知 |
| 45 | 55.7572 | 1.64731 | 276.42 | 0.0466 | 0.0614 | 0 | 2012.78 | 未知 |
| 46 | 56.6408 | 1.62369 | 135.82 | 0.4925 | 0.5242 | 0 | 191.39 | $CaCO_3$ |
| 47 | 57.2608 | 1.60757 | 296.22 | 0.3566 | 0.3796 | 0 | 265.09 | $CaCO_3$ |
| 48 | 58.5897 | 1.57424 | 117.03 | 0.1749 | 0.1861 | 0 | 544.09 | 未知 |
| 49 | 59.9018 | 1.54285 | 2085.72 | 0.1098 | 0.1514 | 0.8163 | 871.97 | 未知 |

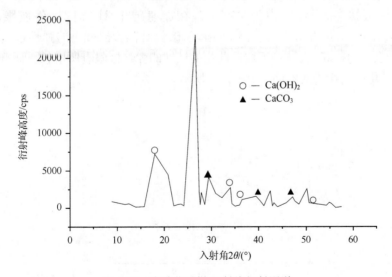

图 6-36　未碳化试样 X 射线衍射图谱

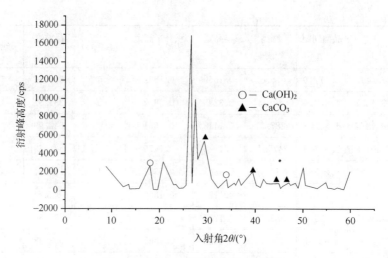

图 6-37　碳化试样 X 射线衍射图谱

## 6.3.2　空心钢管混凝土力学试验结果分析

### 6.3.2.1　普通混凝土

作为强度增长的对比,自然碳化条件为试验室环境下养护时间 28d。由压力试验结果可知,屈服时的力为 2001kN,在加速碳化 21d 时,试件屈服时力为 2093kN。强度增长为 4.6%。在弹性阶段,碳化对钢管混凝土的弹性模量没有影响,由于强度的提高,只是对于加速碳化的试件的弹性极限有所增长。而普通碳化与加速碳化的曲线趋式不同,如图 6-38 所示。

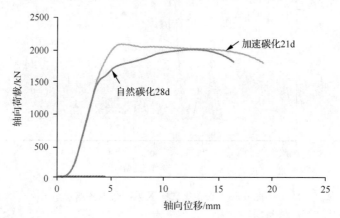

图 6-38　自然碳化与加速碳化对比曲线

不同压力条件下的强度对比如图 6-39 所示。2MPa 时屈服荷载为 2017kN,

4MPa 时屈服荷载为 2093kN。两种压力下的曲线形式完全一样，只是强度有少许增长，强度增长 3.8%。随着压力的增长强度提高没有预期的高，可能的原因是压力的持续时间较短，说明不同压力下几个小时的差异是很小的。

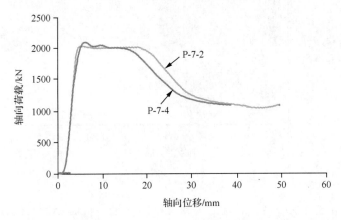

图 6-39 不同养护压力对比曲线

加温对比试验结果如图 6-40 所示，可以看出两条曲线差异很小。原因可能是加温时间太短，因为试验条件有限，加温装置只能用电热毯，对于电热毯来说，加热时间不能太长，所以加温时只加了 12h。可能对碳化反应的影响太小，所以结果对比不明显。

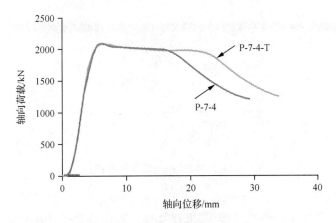

图 6-40 不同养护温度对比曲线

对不同养护时间的试件对比曲线如图 6-41 所示。碳化 21d 屈服荷载为 2093kN，碳化 14d 的屈服荷载为 2042kN。强度增长为 2.5%。应该说，随着时间的增加，钢管混凝土强度的提高还有很大空间，由于本试验时间有限，所以最多只考虑了 28d 的情况。

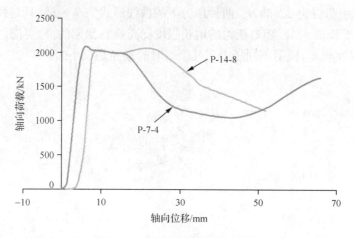

图 6-41　不同养护时间对比曲线

对试验所做的空心钢管混凝土荷载位移曲线进行汇总,对于普通空心钢管混凝土,试验结果如图 6-42 所示。

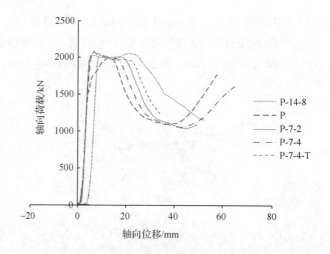

图 6-42　对比组荷载位移曲线

由图 6-42 所示,碳化后钢管混凝土的强度有少量提高,而且其峰值点的变形明显小于普通条件下的钢管混凝土,出现这种情况可能是由于碳化提高了混凝土的强度,但降低了其自身延性。而对于不同压力的初始条件下,强度提高没有明显的区别,主要原因还是高压的持续时间较短,一般为 1~2h,这段时间内,压力对二氧化碳进入到混凝土内部的影响不是很明显。所以对强度的影响只是由内部的二氧化碳环境造成的。

图 6-42 中对于自然碳化下的空心钢管混凝土来说,看起来没有塑性阶段,此

现象的原因是由于位移取的较大,所以对于屈服以后的平滑段来说,显得没有那么明显。

在表 6-12 中,可以看到高压碳化的不同压力下,普通钢管混凝土强度增长的对比情况。对于普通钢管混凝土,养护时间越长,加压的话,强度越低,原因是养护时间越长会产生更多的水化产物,来填补混凝土的孔隙,二氧化碳更难渗透,导致碳化引起的强度增大越小。

**表 6-12　高压碳化的普通钢管混凝土强度提高对比**

| 试件编号 | 实际承载力/kN | 强度提高率/% |
| --- | --- | --- |
| P(基准点) | 2017 | 0 |
| P-7-2 | 2001 | |
| P-7-4 | 2092 | 3.7 |
| P-7-4-T | 2080 | 3.1 |
| P-14-8 | 2063 | 2.3 |

#### 6.3.2.2　再生混凝土

对再生空心钢管混凝土进行轴压试验,加载速率与普通混凝土相同。

图 6-43 作为强度增长的对比,自然碳化条件为试验室环境下养护时间 28d。由压力试验结果可知,屈服时的力为 2005kN,在加速碳化 21d 时,试件屈服时力为 2079kN。强度增长为 3.7%。在弹性阶段,碳化对钢管混凝土的弹性模量没有影响。对于普通碳化,塑性阶段形式较好。

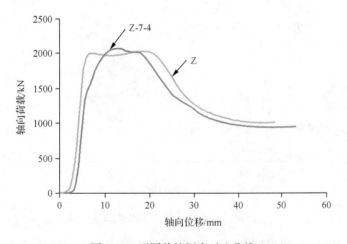

图 6-43　不同养护压力对比曲线

对不同养护时间的试件对比曲线如图 6-44 所示。碳化 21d 屈服荷载为

2079kN,碳化 14d 的屈服荷载为 2030kN。强度增长为 2.4%。由图可知,随着碳化时间的增长,强度会明显增大。21d 和 14d 的差异就有 2.4%,可以说对于钢管混凝土外说,强度的提高还有很大的空间。

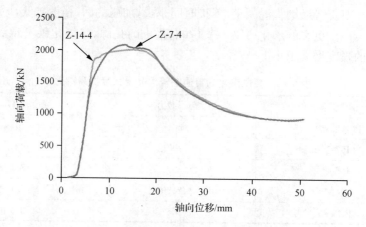

图 6-44　不同养护时间对比曲线

不同压力下的对比试验结果如图 6-45 所示,4MPa 时屈服荷载为 2030kN,8MPa 时屈服荷载为 2053kN。两种压力下的曲线形式完全一样,只是强度有少许增长,强度增长 1.13%。发生此情况的原因还是由于压力的持续时间较短,所以作为压力对比时,内部的压力不像设计出的压力差别那么多,所以强度增长差别不大。

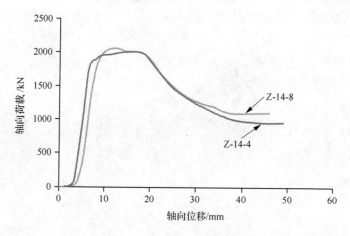

图 6-45　不同养护压力对比曲线

从表 6-13 中,可以看到不同压力下,再生钢管混凝土经碳化后强度的提高情况,从表 6-13 来看,加压时的养护时间对强度的提高有影响,加压时的养护时间越长,强度提高越低,原因可能是水泥的水化填充了混凝土内部的孔隙,使得二氧化碳更难渗透进去,强度提高就越少。

**表 6-13 高压碳化的再生钢管混凝土强度提高对比**

| 试件编号 | 实际承载力/kN | 强度提高率/% |
|---|---|---|
| Z(基准点) | 2030 | 0 |
| Z-7-4 | 2079 | 2.4 |
| Z-14-4 | 2005 | |
| Z-14-8 | 2053 | 1.1 |

# 6.4 高压碳化深度与各影响因素关系的拟合

## 6.4.1 混凝土试块方形碳化模型的拟合

### 6.4.1.1 深度与压力的拟合

应用 COMSOL 软件分别计算出在固定相对湿度和二氧化碳浓度条件及温度条件下,对不同压力下的碳化进行了模拟分析,得出了不同压力下的碳化深度关系,压力的不同用扩散系数的不同表示,此处只考虑压力对二氧化碳扩散系数的影响。不同压力下碳化深度与碳化时间关系如图 6-46 所示。

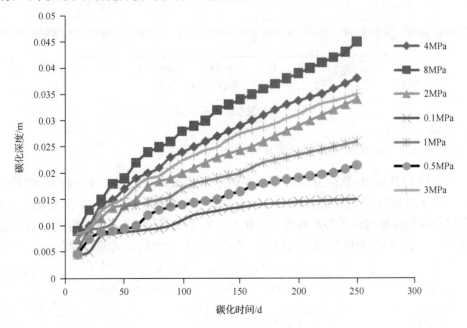

图 6-46 不同压力下的碳化深度对比

混凝土的碳化深度与时间的开平方成正比关系,所以这里将每条曲线与时间的开平方进行拟合,可以得出不同压力条件下的不同的系数值。得到压力影响系数为

$$K_1 = \begin{cases} 0.592P + 0.576, & 0.1\text{MPa} < P < 2\text{MPa} \\ 0.012P + 1.84, & 2\text{MPa} \leqslant P < 8\text{MPa} \end{cases} \tag{6-28}$$

### 6.4.1.2　碳化深度与温度的拟合

应用 COMSOL 软件分别计算出在固定相对湿度和二氧化碳浓度条件下,温度梯度为 0℃、20℃、40℃时的碳化深度与碳化时间关系曲线。分别根据不同温度曲线加入温度影响系数,最后得出温度梯度影响系数式(6-29),加入温度影响系数后,将模拟得出的温度关系曲线与拟合出的公式曲线进行对比,如图 6-47 所示,可以看出拟合的结果还是比较吻合。

$$K_3 = 0.029T + 1.34, \quad 0 \leqslant T \leqslant 40 \tag{6-29}$$

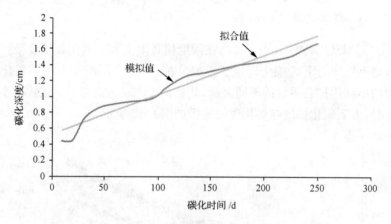

图 6-47　温度影响系数拟合

### 6.4.1.3　碳化深度与相对湿度的拟合

应用 COMSOL 软件分别计算出在固定温度和二氧化碳浓度条件下,相对湿度为 0.4、0.65、0.8 时的碳化深度与碳化时间关系曲线。分别根据不同相对湿度得出的碳化深度与时间关系曲线加入相对影响系数,最后得出相对湿度影响系数式(6-30),图 6-48 为模拟得出的温度关系曲线与拟合出的公式曲线的对比。

$$K_{\text{RH}} = \begin{cases} -0.8 \cdot \text{RH} + 1.52, & 0 \leqslant \text{RH} \leqslant 0.65 \\ 4 \cdot \text{RH} - 1.6, & 0.65 < \text{RH} \leqslant 1 \end{cases} \tag{6-30}$$

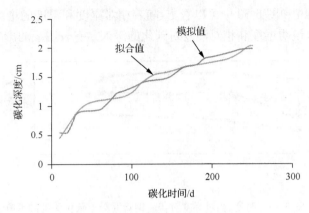

图 6-48　相对湿度影响系数拟合

#### 6.4.1.4　碳化深度与混凝土强度增长关系曲线的拟合

根据牛狄涛的公式[6]可得出的碳化深度与各种影响因素的拟合曲线。算出本次试验的不同碳化时间的碳化深度,根据碳化深度与强度变化,拟合出碳化深度与强度增长关系曲线,由试验得出的普通混凝土的立方体强度标准值变化如表 6-9 所示,为了得出碳化深度与立方体抗压强度的相关关系,将试验值与公式拟合的碳化深度值列入表 6-14。

表 6-14　碳化深度与抗压强度值关系

| 碳化深度/mm | 加速碳化时间/d | 立方体抗压强度/MPa |
| --- | --- | --- |
| 0.058 | 0 | 36.6 |
| 7.31 | 14 | 39.3 |
| 8.95 | 21 | 40.7 |

根据试验结果,拟合出的关系曲线为

$$\Delta L = 0.622 \frac{\Delta f_{cuk}}{f_{cuk}} + 0.058 \qquad (6\text{-}31)$$

式中：$\Delta L$ ——混凝土的碳化深度与其边长的比；

$\Delta f_{cuk}$ ——混凝土立方体抗压强度标准值随时间变化比例。

### 6.4.2　钢管混凝土环形碳化模型的拟合

#### 6.4.2.1　空心钢管混凝土碳化深度随相对湿度、温度变化的模拟

通过对普通空心钢管混凝土和再生空心钢管混凝土碳化的模拟,可以得到上述的碳化深度随相对湿度及温度的变化情况,如图 6-49、图 6-50 和表 6-15、表 6-16

所示。从图 6-49 和图 6-50 中可以看出,随着相对湿度和温度的增大,碳化深度也在逐渐的增大,说明温度和相对湿度对碳化的深入是有较明显的影响的。

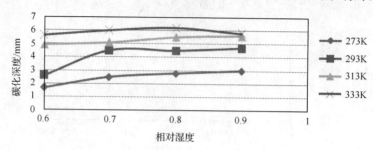

图 6-49　温度、相对湿度对普通钢管混凝土碳化深度的影响

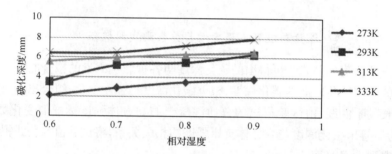

图 6-50　温度、相对湿度对再生钢管混凝土碳化深度的影响

表 6-15　普通钢管混凝土碳化深度随水胶比、温度的变化　（单位:mm)

| 水胶比 | 温　度 | | | |
|---|---|---|---|---|
| | 273K | 293K | 313K | 333K |
| 0.6 | 1.7 | 2.6 | 4.9 | 5.6 |
| 0.7 | 2.5 | 4.5 | 5.1 | 6.0 |
| 0.8 | 2.8 | 4.5 | 5.5 | 6.2 |
| 0.9 | 3.0 | 4.7 | 5.6 | 5.8 |

表 6-16　再生钢管混凝土碳化深度随水胶比、温度的变化　（单位:mm)

| 水胶比 | 温　度 | | | |
|---|---|---|---|---|
| | 273K | 293K | 313K | 333K |
| 0.6 | 2.1 | 3.5 | 5.6 | 6.4 |
| 0.7 | 2.9 | 5.2 | 6.0 | 6.5 |
| 0.8 | 3.5 | 5.5 | 6.3 | 7.2 |
| 0.9 | 3.8 | 6.3 | 6.5 | 7.9 |

本次模拟表明,普通空心钢管混凝土和再生空心钢管混凝土的碳化深度随相对湿度、温度的变化趋势是一致的。模拟还表明,再生空心钢管混凝土的碳化深度随相对湿度的变化率要高于普通空心钢管混凝土,说明相对湿度对再生空心钢管混凝土的影响要高于普通空心钢管混凝土。通过分析,可以得到碳化深度随温度、相对湿度变化的回归方程:

普通钢管混凝土

$$k_0 = 0.6 \tag{6-32}$$

再生钢管混凝土

$$D = 5.7 \cdot RH + [1.3 \times (T - T_0)/20 - 0.6] \tag{6-33}$$

式中:$D$——碳化深度,mm;

$RH$——相对湿度;

$T$——试验温度,K;

$T_0$——标准温度,K。

### 6.4.2.2 空心钢管混凝土碳化后强度增长的模拟计算

通过对混凝土试件快速碳化试验结果的分析,得出碳化混凝土与未碳化混凝土的主要不同点在于碳化混凝土峰值强度提高 60%[6,21]。对于未完全碳化钢管混凝土试件,强度表达式为

$$f_{cuk}^1 A = f_{cuk'} A_1 + f_{cuk} A_2 \tag{6-34}$$

对于空心钢管混凝土构件来说,$A$ 为混凝土总面积,$A_1$ 为碳化混凝土面积,$A_2$ 为未碳化混凝土面积。假设碳化深度为 $X$,$R$ 为钢管内半径,$r$ 为空心部分半径,则 $A = \pi(R^2 - r^2)$,$A_1 = \pi[(r+X)^2 - r^2]$,$A_2 = \pi[R^2 - (r+X)^2]$。并假设 $f_{cuk'} = 1.6 f_{cuk}$ [6],代入式(6-34),得总的抗压强度值为

$$f_{cuk}^1 = \frac{1.6 f_{cuk} A_1 + f_{cuk} A_2}{A} \tag{6-35}$$

空心普通钢管混凝土的强度标准值计算公式为[22]

$$f_h^y = (1.212 + B k_0 \theta_h + C k_0^2 \theta_h^2) \cdot 1.1 f_{ck} \tag{6-36}$$

式中:$\theta_h$——空心构件截面的套箍系数标准值,$\theta_h = \alpha_0 f_y / f_{ck}$;

$\alpha_0$——空心构件的含钢率,$\alpha_0 = \alpha/(1-\phi)$;

$\alpha$——对应的实心截面的含钢率;

$\phi$——空心率,$\phi = A_h/(A_h + A_c)$;

$A_c$,$A_h$——分别为管内混凝土的面积和空心部分的面积;

$k_0$——截面形状系数,圆形和十六边形 $k_0 = 0.6$。

将加速碳化改造前与改造后的混凝土强度分别带入式(6-36),就可得出空心钢管混凝土碳化后的强度,其试验值结果如表 6-17 和图 6-51、图 6-52 所示。

**表 6-17　空心钢管混凝土碳化后承载力模拟计算值和试验值**

| 试件编号 | 模拟碳化深度/mm | 模拟计算承载力/kN | 试验承载力/kN |
|---|---|---|---|
| P | 0 | 1903 | 2037 |
| P-7-2 | 3.5 | 1939 | 2000 |
| P-7-4 | 6.5 | 1972 | 2093 |
| P-14-8 | 10.5 | 2018 | 2063 |
| Z | 0 | 1903 | 2007 |
| Z-7-2 | 6.5 | 1972 | |
| Z-7-4 | 9.5 | 2006 | 2079 |
| Z-14-2 | 6 | 1966 | |
| Z-14-4 | 9.5 | 2006 | 2005 |
| Z-14-8 | 12.5 | 2042 | 2058 |

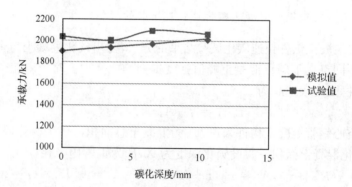

图 6-51　普通空心钢管混凝土承载力随碳化深度的变化

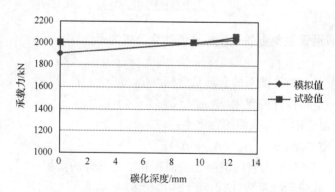

图 6-52　再生空心钢管混凝土承载力随碳化深度的变化

通过普通和再生空心钢管混凝土碳化模拟的强度计算,可以看到,模拟值和试验值比较接近,说明碳化深度的模拟较好,能真实地反应试件的碳化结果。模拟表明,模拟值略小于试验值,考虑到空心钢管混凝土强度计算公式本身的保守性,本次模拟的结果较接近于真实的普通和再生空心钢管混凝土高压碳化试验结果。试验和模拟还表明,再生空心钢管混凝土模拟值相比于普通空心钢管混凝土要更接近于试验值。

通过回归分析可以得到普通和再生空心钢管混凝土碳化作用下承载力的公式:

普通混凝土

$$F_h^y = (1.212 + Bk_0\theta_h + Ck_0^2\theta_h^2) \cdot 1.1f_{ck}A_s + 10.5\mu D_r$$

再生混凝土

$$F_h^y = (1.212 + Bk_0\theta_h + Ck_0^2\theta_h^2) \cdot 1.1f_{ck}A_s + 11.5\mu D_r$$

式中：$F_h^y$——空心钢管混凝土碳化后的承载力；

$\mu$——空心钢管混凝土碳化度；

$A_s$——空心钢管混凝土截面积；

$D_r$——空心钢管混凝土中混凝土部分的截面积。

# 6.5　结论和展望

混凝土由于其具有良好的承载力、广泛的取材和低廉的价格,在 20 世纪就得到了推广,在我们生活中几乎离不开混凝土。钢筋混凝土虽然具有良好的力学性能,但其自身由于碳化对混凝土内部钢筋的腐蚀会影响钢筋混凝土的耐久性,一直以来,学者们通过各种方法研究碳化深度与各种影响因素的关系,从而减小碳化对钢筋混凝土结构的影响。

但随着环境问题的日益增多,越来越多的人开始关注二氧化碳等温室气体的危害,如何回收和存储这些工业废气成了越来越多学者研究的内容。本章通过对碳化深度的分析,并建立了碳化深度与温度、相对湿度、二氧化碳浓度的关系模型,进行新型结构试验设计,在设计过程中总结了大量经验,为今后的研究打下了一定的基础。最后进行了能高效回收二氧化碳新型空心钢管混凝土试验,给出了钢管混凝土高压下的碳化深度与各影响因素之间的关系公式,而对于碳化对混凝土强度提高的关系由修正后的公式与试验强度值拟合得出。

本章虽然进行了大量的分析和模拟,但是还有很多问题需要进一步研究：

① 在与实际工程中的碳化深度对比时,结果还存在一定的偏差,主要是由于自然条件下的影响因素变化很大,并不能给出一个确定的值。对于碳化对强度的

影响,还有很多因素要考虑,如把二氧化碳变成超临界状态,此时碳化相对于普通加速碳化来说,碳化速率会提高几十甚至几百倍,对于如何更好地利用碳化而言,此法是今后研究的重点。对于压力对碳化影响的研究还有待加强,此试验只是在短时间内对压力结果进行了分析,对于长期高压条件下的试验还有待研究。

②关于再生钢管混凝土碳化研究的理论还需要深入研究下去,普通混凝土碳化的公式是否适用于再生混凝土值得深入研究。

③超临界状态的二氧化碳的碳化公式和普通混凝土碳化公式的区别也值得深入探讨。

## 参 考 文 献

[1] Rilem. International symposium on carbonation of concrete. Cem Concr Ass,1976: 135~139

[2] Saetta A V, Schrefler B A,Vitaliani R V. The carbonation of concrete and the mechanism of moisture, heat and carbon dioxide flow through porous materials. Cement and Concrete Research,1993, 23(4): 761~772

[3] Saetta A V, Schrefler B A,Vitaliani R V. 2-D model for carbonation and moisture/heat flow in porous materials. Cement and Concrete Research,1995, 25(8):1703~1712

[4] Berger R L, Klemm W A. Accelerated curing of cementitious systems by carbon dioxide, part II: hydraulic calcium silicates and aluminates. Cement and Concrete Research,1972, 2(6):647~652

[5] Saetta A V, Vitaliani R V. Experimental investigation and numerical modeling of carbonation process in reinforced concrete structures. Cement and Concrete Research,2004, (34):571~579

[6] 袁群, 何婵芳, 李杉. 混凝土碳化理论与研究. 郑州:黄河水利出版社, 2009:13~14

[7] 韩德刚,等. 物理化学. 北京:高等教育出版社,2006

[8] Houst Y F, Roelfstra P E, Wittmann F H. A model to predict service life of concrete structures. International Colloquium on Material and Restoration,1983:181~186

[9] Carlos A,Garc′la-Gonz′alez. New insights on the use of supercritical carbon dioxide for the accelerated carbonation of cement pastes. Supercritical Fluids,2008, (43):500~509

[10] 孙淑巧, 陈贤拓, 邹瑞珍. 钙矾石碳化反应速控步骤活化能. 河北师范大学学报,1998, (4):89~91

[11] Berger R L, W F H. Numerical simulation of carbonation of concrete. Cement and Concrete Research, 1986:7~11

[12] Bazant Z P, Najjar L J. Drying of concrete as a nonlinear diffusion problem. Cement and Concrete Research,1971,1(5):461~473

[13] Bazant Z P, Najjar L J. Nonlinear water diffusion in nonsaturated concret. Materials and Structures, 1972, 5(1):3~6

[14] Bazant Z P. Materials modeling for structural analysis, in mathmatical modeling of creep and shrinkage of concrete,1988:122~125

[15] 肖建庄. 再生混凝土. 北京:中国建筑工业出版社,2008

[16] 赵铁军, 李淑进. 碳化对混凝土渗透性及孔隙率的影响. 工业建筑,2003,(1):46~47

[17] Domingo C, Loste E, Gmez-Morales J,et al. Calcite precipitation by a high-pressure $CO_2$ carbonation route. Supercritical Fluids,2006, 36(3):202~215

[18] 张海燕. 混凝土碳化深度的试验研究及其数学模型建立. 西北农林科技大学硕士论文，2006：36～40

[19] 张耀春，周绪红. 钢结构设计原理. 北京：高等教育出版社，2003：62～67

[20] 史巍，侯景鹏. 再生混凝土配合比设计方法. 建筑技术开发，2001，(8)：18～20

[21] 周宇，张皓. 混凝土碳化后的力学性能研究. 佳木斯大学学报，2005，23(2)：3～5

[22] 查晓雄，钟善桐，徐国林. 空心钢管混凝土结构技术规程理解与应用. 北京：中国建筑工业出版社，2010：7～10